彩雲國物語

紫闇王座（下）

作者●雪乃紗衣
插畫●由羅カイリ

Kadokawa Fantastic Novels

目次

內頁插畫／由羅　カイリ

序章

沙沙、沙沙，不知從何處傳來像極了深海底聲音的樹葉聲。

那是一座籠罩在濃密黑暗中的森林。不知在誰的牽引之下，秀麗走在森林中。

不知道自己是從何時起，又究竟是為什麼要走在這裡。

頭上是繁星點點的夜空，然而那片星空也是前所未見。滿天星斗有如發光的碎片填滿了整片天際，發出璞玉般的煌煌白光。抬頭一看，就像即將被掛在天邊的滿月給吸進去似的，令人感到一股從未體會過的、不可思議的強大力量。

漆黑的夜晚，颳起一陣生氣勃勃、似乎連靈魂都足以吹動的古風。耳邊聽見來自悠遠太古時代的樹葉拂動聲。

這一定是古代的夜空。不知為何，秀麗這麼認為。而這裡是現今不存在的世界。

秀麗望著牽著自己的手——手的主人從未回過頭，可是那隻手卻充分撫慰了秀麗筋疲力竭的身心，為她注入寧靜與安詳，就像是迷路的孩子好不容易找到母親，正彼此牽著手走在回家的路上。真想永遠牽著這隻手走下去，無論要走到哪裡都沒關係。

此時，一陣風吹過黑暗的森林。原本安靜的飄雪，在秀麗周遭狂飛亂舞了起來。

——是雪？不對。秀麗睜大眼睛，凝視眼前的光景，原來飄落的是櫻花瓣。

一棵櫻花大樹就矗立在前方，那威武的姿態既優美，又帶著壓倒性的嚴峻。不同於秀麗認知中的任何櫻花樹。想必和那片星空一樣，這是一棵不存在於現代任何地方，屬於古代的櫻花樹。

櫻花樹旁，篝火照亮了一扇往內推的門扉。一旁穩穩立著一股散發令人畏懼的神聖氣息的漆黑，像是存在著某個門扉守護者……難道是小黑？

（……不可能吧……看起來一點也不像……為什麼我會那麼以為？）

牽著的手，放開了。秀麗心頭一驚，想追上前去。追上那隻手、那個人。可是……

「——」

那個人低聲說了些什麼之後，便伸出姿態優美的手「咿」的一聲推開了門。漆黑的頭髮飄了起來。門的另一端，除了孤獨的黑暗之外什麼都沒有。而那人就這麼獨自回到那片空無一人的黑暗中。那片黑暗裡，沒有秀麗，沒有靜蘭，也沒有爹。那是一個沒有任何人存在的孤獨世界，而那人，就這麼孤單的回到那裡去了。

——不要這樣。秀麗眼眶泛淚，也想穿過那扇門追隨那人而去。不要這樣。然而存在的漆黑卻慌忙擋在門前，身後也有另一個人抓住秀麗的手阻止她。

門內那人似乎稍稍回過了頭。剎那間，彷彿窺見了她薔薇色的豔紅嘴唇。

門關上了。再次關上了。胸口一陣激動，好想放聲大哭一場。正當秀麗想揮開那伸手抓住自己手臂的人時。

「不可以這樣。」

不知是誰從後面抱住了秀麗。一雙纖細的、女人的手臂。聲音也來自不熟悉的女性。

「不可以去。妳說過要醒來的不是嗎？妳要回去的不是嗎？再次醒來。」

這句話像是轉動箱子的鑰匙，開啟了失落的記憶。耳邊，聽見了自己的聲音。

『……一下就好，讓我睡吧。只要一下就好，然後我就會醒來……為了劉輝。』

秀麗的表情扭曲了起來。答應過自己，也答應過劉輝的。那所有約定。最後的約定，怎麼可以失約呢。

還不能、還不能去，還不能穿過那扇門，就算怎麼想要跟隨，也不行。

門前，那黑色像是放下一顆心，往後退了一步。秀麗回過頭。

在篝火照耀下，看見眼前那位穿著縹家公主服飾的女子時，秀麗大吃一驚。這位女子是……

「……請恕我無法報上姓名。現在還無法。不過，請暫時讓我協助妳吧，秀麗小姐。」

女子微笑著，手中拿著兩個小箱子。其中一個磨亮的銀箱子，附著兩把同樣閃著優美銀光的鑰匙，靜靜地躺在她手上。秀麗看了一眼，就知道那鑰匙做何用途了。

從另一個黑色的箱子裡，落下了發出黑光的團塊。秀麗登時向後一躍。這團東西的外表更像小黑，但看著看著，秀麗覺得自己似乎明白了這團黑色的物體是什麼。

接著，門前那黑色——依然帶著那一身神聖不可侵犯的氣質——朝這邊走近，出其不意地瞪了黑色團塊一眼後，像是警告對方離秀麗遠一點似的，出手揍了黑色團塊。秀麗大驚失色，這是怎麼一回事啊？

「好不容易才抓到的，請別揍它。為了某些原因，必須讓它暫時待在這裡。等時候到了，它也會離開的。和你一樣，在該回去的時候，為了該回去的理由離開。」

女子繞著手中的黑色細線，那線似乎與黑色團塊相繫，每繞一次，團塊就會轉一圈。秀麗心中有股不可思議的感覺，彷彿有什麼流進了自己的身體。突然，她感到睏了。

秀麗閉上眼睛……沙沙、沙沙……耳邊又聽見那不知來自何處的海濤聲。

第一章 蒼之君與雪夜

……不知從何處傳來了琴聲。音調高高低低，卻有著令人神往、靜謐而美妙的音色。

年幼的劉輝身上包著髒兮兮的毛毯，一聽見琴聲便睜開眼睛。

忘了是從何時開始聽到這琴聲，畢竟對年幼的他而言，那是像古時候一樣久遠的事了。他所能記得的只有，琴聲是在兄長突然消失身影後開始聽見的。

母親死了……接著兄長也消失了。

在那之後，劉輝一直是孤單的。

無數個夜晚，為了尋找兄長而徘徊於黑夜之中，直到小小的身軀沒有力氣了，才蜷曲著身體於寒夜中睡去。有時甚至懷疑，是不是一閉上眼睛，自己就會像故障的人偶一般再也無法動彈。

因疲累而一片空白、無法思考的腦袋，有一天，突然傳進琴聲。

（——）

劉輝睜開正要閉上的眼睛。眼前原本是無論晝夜都只會呈現黑白的世界，突然射進了一道光線，彷彿是在眨眼間就將一切塗抹上色彩。劉輝屏氣凝神地抬起頭。

那琴聲，不只令劉輝無神的眼眸活了起來，甚至連那隨著寒冬而封閉的感情都因強烈的共鳴而震撼。深深滲透進內心的音色使得胸口一陣激動。專心聆聽間，冰凍的心也為之溶解，化作眼淚紛紛滑落。直到聽見自己哽咽的哭聲與感受到臉頰的溫熱，劉輝才發現自己原來正在哭泣。

最後一次哭泣是什麼時候的事了啊？已經想不起來了。就連尋找兄長這個支撐自己的理由，都如脆弱的蛋殼般出現裂縫，而裂縫中空無一物。在所有人眼中，劉輝就像是個不存在的鬼魂。本以為是那總叫自己乾脆消失算了的母親不見了，但沒想到消失的，其實或許是自己吧。害怕自己要是停止在雪中前進的腳步，可能真的就會融化在雪中。到最後，只剩下這樣的恐懼促使著劉輝，拖著那破碎的蛋殼，無論多麼茫然失落，也仍持續徘徊前進。

那些差點失去的情感，彷彿被琴聲攪亂似的重新復甦。幾乎忘了如何表達感情的劉輝雙眼，因為強烈憶起的寂寞悲傷而令眼前的世界染上一片灰白。

都怪那琴聲實在太溫柔了，令人不禁哭泣。

他抽噎著，蜷曲著幼小的身軀，不斷流下眼淚啜泣。直到此時，才終於不是靠頭腦，而是打從內心了解到失去母親與兄長的事實，並了解伴隨而來的是什麼樣的孤獨。胸口彷彿開了一個黑洞，冬天呼嘯的冰冷寒風，就從那黑洞裡吹過。

……那一天，當劉輝的情感終於恢復了溫度之後，就那麼瑟縮在迴廊角落哭著睡著了。然而隔天早晨醒來，卻發現身處於熟悉的臥房裡。還記得當時的自己，為此感到相當不可思議。

從那天起，劉輝便不時聽見那同樣的琴聲。冬天結束，春天來臨，甚至在夏天過去之後，都還聽得見不知何處傳來的琴音。好幾次追尋著聲音，想尋找琴音的源頭，但只要劉輝一接近，琴聲便中斷。失望之餘，只好總是保持最近的距離默默聆聽。

不知從何時起，劉輝開始將琴聲當作搖籃曲，總在琴音之中睡去。

季節更替，又到了紅葉飄落的寂寥秋天。兄長已經消失一年了。

那天，在琴音中醒來的劉輝，儘管身上包著髒兮兮的毛毯，卻依然因寒氣而顫抖。

一如往常，踩著不穩的腳步踏出迴廊，想追尋音色的來源，卻發現天還沒亮。

耳朵和手腳都凍僵了，有什麼白白的東西飄落在小小的鼻頭上。抬頭一看，黑暗的夜空正飄落無數紛飛的白雪。

迴廊上空無一人，只有以一定間隔擺放的紅燈籠，無懼冰雪似的燃燒熊熊火光，還不時迸出火花。劉輝左看右看，卻都不見人影。簡直就像全世界只剩自己被留下，不由得開始拚命找尋琴音的源頭。

不知該朝何處往哪裡走。劉輝奔跑於漆黑之中，只有琴聲是唯一能依靠的目標。走下迴廊，奔到庭院中，單薄的室內鞋很快就沾滿了泥雪。

以往每當劉輝一靠近就戛然而止的琴音，只有在這一天夜裡，不知為何始終不停的迴盪在耳邊。為此，劉輝不但不覺得高興，反而感到沒來由的恐懼，總覺得一定發生了什麼不對勁的事。空無一人的後宮院落，火光下的黑影如可怕的怪物般伸縮。持續不斷的琴音，是最後的聲音。

（等等我。）

那是一個無聲的夜晚。劉輝好擔心是否會連那琴音，都會被吸入雪地而消失。彷彿被黑影追趕似的，他不斷地奔跑尋找。等等，等等我，在曲子結束之前。

在一切結束之前，在那之前。

一大片草叢的另一端，看得見紅紅的火光。

劉輝不加思索地穿越草叢，踩在變硬而光滑的雪地卻跌了一跤，摔了出去，

……琴聲，靜止了。

眼前是一大群素未謀面的人。火炬林立，將周遭照耀得如白晝般光明。

然而，劉輝的目光只落在正中央的那人身上。

（啊。）

小小的琴桌，桌子後方是一襲紫藤色的戰袍，淡淡的紫色，打理得乾淨漂亮的鎧甲，從劍鞘中拔出的劍。

「……劉輝……皇子。」

那人確實在看著劉輝，看著一直被當成鬼魂而遭到忽視的劉輝，這次也是。

一看到從琴桌後站起身來的那人的臉，劉輝就綻開了笑容。

是那個不時會來陪自己玩手球的人。也會一起畫畫或玩骰子。

（是那個「親切的好人」啊。）

劉輝知道兄長也經常追著他的背影。那目光與自己追尋兄長時的一樣。

可是那雙眼睛卻突然露出刀刃般的冰冷。目光很快地巡視了四周後，低聲吐出憤怒的聲音。

「——住手。這應該不關劉輝皇子的事。」

隨著一陣令人厭惡的金屬聲，刀光在火影反射下籠罩了劉輝，使他不由得瞇起眼睛。劉輝周圍，很快地被白晃晃的刀刃滴水不漏地包圍。耳邊傳來不知是誰嘲弄的笑聲，還有莫名的吶喊聲，但那些對劉輝而言都是毫無意義的。

在他眼中，只看見一道朝自己揮來的發光白刃。

之後究竟發生了什麼事，其實他並不明白。眼前不認識的男人身體突然像是長出了一把長槍。男人死了，蒼白的臉孔令劉輝忽然想起母親泡在水中的屍體。接著，他的身心就陷入一片空白，無法做任何思考了。

火炬一一熄滅。從周遭一片濃暗漆黑之中，傳來踏在雪地上的紛亂腳步聲、哀號聲與怒吼聲，不時還交織著劍鋒相交時的金屬聲。這些聲響，聽來都像來自世界另一端似的，既模糊又遙遠。

……回過神來，不知道是誰一把抱起劉輝，在雪夜中飛奔。劉輝上下起伏的小小身體被抱得緊緊的，臉頰貼在冰冷的鎧甲上。從鎧甲傳來的冰冷，與不知是誰的手及氣息傳來的溫暖，是這混亂世界中唯一的真實。

「——把你的眼睛和耳朵都閉起來。」

耳邊傳來溫暖又冰冷的聲音。在輪廓模糊的世界裡，劉輝照做了。關上耳朵時，彷彿還聽得見臨終前的痛苦聲音，伴隨著巨大的落地聲響與水聲。

不知道經過了多久，劉輝被放回地上。世界再次回歸寧靜。

「……沒事，可以睜開了。」

劉輝還是照做了。

那一大群人，已經一個不剩。那許多的火炬，也都消失了。

睜開眼睛看見的，只有迴廊上孤單的一盞燈，還有那個人。或許燈光也是那個人點亮的吧。劉輝本能地抗拒轉動腦筋思考，只是茫茫然的抬起頭，望向那人。

而那人也正低頭直視劉輝。究竟有多久沒有人與自己這樣四目相望了呢。看見劉輝拚命而真摯的眼光，那人微笑了起來。

「好久不見了，劉輝皇子。」

「好久不見了，蒼之君。」

聽劉輝這麼一說，那人突然驚訝地睜大雙眼。紫藤色的美麗戰袍，在火影中晃動。

「那名字，是誰告訴你的？」

「有時候，一個恐怖的伯伯會來找我。他說你就是『蒼之君』。」

「……恐怖的伯伯啊……」

旺季的表情似乎正忍著不笑出來。接下來，他便跪在劉輝面前，為他仔細擦拭起衣襬沾染的雪泥。

劉輝發抖著。已經忘記究竟是因為寒冷，還是有其他原因。他早就學會讓恐懼、嫌惡以及不想看見的事物從記憶中消除的技巧。知道這裡只有兩人獨處後，劉輝鬆了一口氣。鎧甲雖然冰冷，那人的手卻很溫暖。當他為自己拂去臉上的雪片後，劉輝更抓住他的手捨不得放開。將那雙手壓在自己的臉頰上，感受著他的溫暖，眼淚就這麼滾了出來。心情和初次聽見琴聲時一樣，受到深深的震撼。是因為許久未曾感受到來自他人肌膚的溫暖嗎？還是睽違一年，終於有人喚了自己的名字？又或是為了眼前這人未曾離開自己而欣喜？可能這些都是吧。

劉輝的小手將對方的手壓在自己的臉頰上，抬眼望向近在眼前，那人的眼睛。

那雙眼令人聯想到晴朗的七夕夜晚，佈滿閃亮星星碎片的夜空。而有如美麗夜空的那雙眼也正注視著他。即使有些危險，但劉輝並不在意。

「劉輝皇子……你為什麼會跑到那裡去呢？」

「我聽見……琴的聲音……」

「……………」

「不知道為什麼，我總覺得就在今晚，那琴聲會被雪掩埋、消失……」

聞言，旺季忽然低頭看了劉輝一眼，露出難以言喻的表情。就連兄長都不曾用如此認真、像是大人看大人的表情看過劉輝。會這麼做的……只有恐怖的伯伯，和眼前這人。

劉輝也不知道自己為什麼會那麼說。只是──沒錯，他就只是突然有這種感覺。感覺今夜之後，再也聽不到那琴音。像母親的死與兄長的失蹤一樣，永遠回不來了。

「兄長突然消失不見。我還沒學會超過一百的數字該怎麼數，但我一天加一個數，數到一百後再重來，已經重複三次了，兄長他……到現在都還沒回來。我好怕那琴聲也會像這樣，再也不回來了……」

無法清楚說明，開始吞吞吐吐的劉輝臉紅了起來，垂下眼睛。

那人沉默著，始終注視著劉輝。過了一會，才靜靜地開了口。

「……你不希望我消失嗎？」

「是啊。」

「就算有一天我會要你『──』也一樣嗎？」

「──」是個劉輝不懂的字眼。然而即使疑惑地歪著頭，凍僵的臉還是拚命的綻開笑容。就算不懂「──」的意思，那總不會比母親對自己做的事更過分吧。

令人落淚的琴音。來自他人肌膚的溫暖。不會從劉輝身邊逃離的人。這樣就夠了。

「是的。」

剎那間，空氣停頓了下來。那人從劉輝臉頰抽離雙手，反過來握住劉輝的手。

「劉輝皇子，你願意和我一起走嗎？」

「咦？」

「和我一起，離開這座城，捨棄一切。你願意嗎？」

大雪紛飛，落在篝火上的雪片無聲地融化消失。

緊握的手傳來溫熱，那是劉輝從未體驗過的溫度。只要跟這個人走，一定能到一個寬廣而溫暖的世界吧，那裡一定不像現在身處的世界如此冰冷。可是……

「不行，我不能和你一起走。」

微笑著拒絕。拒絕了這溫柔的邀約。

「我不能走，因為這裡是我該在的地方，我必須在這裡等我兄長才行。雖然很寂寞又悲傷，也發生了好多難過的事，但我還是得在這裡等待。如果沒有人等他，他就不會想回來了，不是嗎？我能為兄長做的，就只有這樣而已。」

「…………」

「討厭的事，真的有很多。其他兄長也很可怕，我不喜歡。有時候，會覺得喘不過氣來，好痛苦。即使如此，還是有重要的事物留下，在這裡。所以我不能捨棄這些到其他地方去，不能捨棄，不能走……現在還不能。」

說這番話時，那人臉上出現什麼樣的表情，已經記不得了。

「我一直都好討厭母親，可是當她一死，卻覺得自己胸口好像開了一個黑色大洞。雖然不是珍愛的事物，但那仍然是我的一部分，不是能輕易捨棄的……我無法丟掉這些，到其他地方去。如果不帶著那些一起走，我就不再是現在的我了。所以我要在這裡，等待兄長回來。以我的所有，不逃避也不離開。」

將那些自己也理不清的混亂情感拚命表達出來後，那人溫暖的手撫上劉輝的臉頰。

「你打算，等到什麼時候呢？」

「等到確定那些我重視的人們不再需要我的時候。」

「到時候你會怎麼做？」

「到時候……」

劉輝低下頭。他從沒想到那之後的事。伸出手，抓住臉頰上溫暖的手。

「……到時候，我還可以跟你一起走嗎？你願意等我嗎？」

等到那天來臨。那人表情扭曲，看起來似乎是想笑，結果卻變成哭泣的模樣。

紫藤色的戰袍飄動，那人張開了口。

「——」

突然刮過一陣強烈的夜風，大片雪花狂飛亂舞。那人回答的話語被風吹散了，劉輝根本沒聽見。

只有當時他鮮明的表情留在心中。若將兄長比喻為纖細的玻璃工藝，那人就可以比喻成一把磨光的寶劍。沒錯，就像兄長給的那把「莫邪」劍一樣美，而且冷硬堅強。這個人，和「恐怖的伯伯」有點像，但也完全不一樣。

那雙手抱起劉輝，紫藤色的鎧甲觸感冰冷，但劉輝並不以為意。從高處遠望四周，那是老是蹲在地上，低著頭的劉輝所不熟悉的。過去也從未有誰像這樣抱起劉輝。所以，只要跟這個人走，一定能經常看見這片景色吧。劉輝內心不禁為剛才拒絕了他而感到些許後悔。

「劉輝皇子。」

「是。」

「今天過後，我就會離開這座城了。想必暫時無法再相見。」

「暫時？要數一百多天嗎？」

「不，會比那更久。要數更多、更多天。」

看見劉輝那失望沮喪的模樣，那人不由得微笑了。大概因為平日不常笑吧，那笑容很不自然，但就像他緊握劉輝的掌心一樣，裡面有著真實的溫暖。

「……可是，我不會像你母后和兄長那樣消失的，總有一天，我還會回到這座城，雖然會是很久以後，而且我並不知道這麼做是對是錯。有時候，我甚至會覺得自己不要活在這世界會比較好……不過我也和你一樣，無法將自己的一部分捨棄，因為那樣，我就不是我了……現在，還無法、無法捨棄。」

劉輝拚命豎起耳朵傾聽，雖然他話裡的意思連一半都聽不懂。不過，劉輝還是隱約的了解到，自己無法離開這座城的理由，和那人無論如何都必須離開這裡的理由，在最深層的部分其實是相通的。也因此明白，自己無法阻止他。

「你、你馬上就要走了嗎？」

「是啊。天亮以前。」

看見劉輝低垂著頭，那人安慰似的握緊他的手。

「不過在那之前，我都會陪著你的，好嗎？只要你願意的話。」

劉輝笑開了臉，對方也隨著綻放微笑。雖然他看起來還是忘了該怎麼笑的模樣。

「那我們做什麼好呢？要再玩手球，或是擲骰子嗎？還是畫畫圖？對了，不如我教你怎麼數超過一百的數字……」

「彈琴吧。」

劉輝不加思索的回答。轉動脖子，尋找著剛才看到的琴桌與那把琴中之琴。然而旺季卻以迅速到近乎不自然的動作扳回劉輝的頭。在那瞬間，劉輝視野角落還是瞥見了迴廊的另一端。在那裡，似乎散落著像是人的手腳。火光閃動之下，有黑影搖曳。無論是純白的雪，還是那扇門，四處都濺滿了漆黑的什麼。

那被劉輝封印在心底的記憶之箱，再次打開了一條縫隙。

冬日裡的水池。哀號聲。漂浮在水面，有如活生物般搖晃的女人黑色長髮。母親那熟悉的衣裳。蒼白浮腫的手腳，她成了一尊被丟在水面的人偶，一動也不動。

那是母親的——

忘掉吧。旺季抱著劉輝這麼低語。很快的又改變了語氣，不斷反覆。請忘掉吧，包括今夜的一切。這都是夢。面對那真摯的請求，劉輝只能點點頭。

將腦袋染成一片白色，然後用無法對焦的眼光注視著那人。劉輝讓自己看見的所有東西都沉進記憶底層。沒錯，非忘記不可。一切都得忘記，那些討厭的事，全部都忘了吧。現在想做自己、想活下去的話，就只能這麼辦了。

劉輝輕聲的說出想聽琴聲的願望，他想再次聽見那令人泫然欲泣的音色，是這音色從裝滿現實的箱子裡把必要的感情還給了劉輝，也是這音色讓他記起了該如何哭泣。對他而言，就像是一首溫柔的搖籃曲。

「能不能請你彈琴給我聽呢？我時常聽到的那個琴音，只要聽了就能忘記一切，連討厭的事情都能全部忘記，也能好好睡一覺了。我會忘記的，把一切都忘記。所以……」

像「莫邪」的那個人，拗不過劉輝苦苦相求而答應了他。

兩人來到某一間小房間裡，找出滿是塵埃的小琴後，他便開始彈奏了起來。劉輝在旁邊打轉，不時問著一些「為什麼琴是七弦的哪？」之類的問題。過沒多久，他便開始打起瞌睡，琴聲也停了。感覺到身子被抱了起來，舒服的搖晃著，模糊中也知道自己被抱到床上了。

即使被抱到床上，劉輝還不願鬆手，緊抱著那人的脖子，所以對方只好繼續抱著劉輝在室內踱步。不經意地，窗戶打開了，吹進深夜刺骨的寒風，窗外是一片銀白的雪世界。

那是個安靜無聲的世界，白雪不停的飄落，很快就遮蓋了眼前的一切。

看不見前方的世界。耳邊似乎聽見了這句低語。白色的氣息，飄散在夜色中。

「莫邪」鈴鈴作響。聽起來，似乎因為找到了另一半而露出歡欣。不知為何，劉輝恍惚地想著，這個人需要「莫邪」。或許他沒有說出口，但劉輝莫名地就是知道。突然，對方略帶粗魯地揉了揉劉輝的頭髮。

「……你連身邊唯一留下的重要東西，都想分給別人嗎？」

「就算沒有了劍，還是會擁有回憶。」

「連兄長將這把劍送給你時的那份心意，都能如此輕易放手嗎？這麼做真的好嗎？」

犀利的指責令劉輝低下頭，這個人完全看透了自己想討好他人的心態。如果想被喜歡，想被愛，就只好先付出什麼。這正是劉輝個性中的弱點。

「劉輝皇子。」那人凝望著眼前那被皚皚白雪掩沒而看不見的前方世界，毅然決然地開口說。

「——總有一天，我會回來取走『莫邪』。在那之前，就請你收好它吧。」

不是前來「收下」，而是「取走」。

不是劉輝，也不是任何其他人。自己才是真正的君主，所以會回來「取走」屬於自己的東西，總有一天。

「到時候再讓我問你一次吧。是否真的願意將它交給我。」

「……那，如果我說不願意呢？」

反射性地提出這句疑問，連劉輝自己都吃了一驚。

然而對方卻似乎一點也不意外，只是微微一笑。那笑容既燦爛又美麗，並且帶有深意。

「到時候——」

記憶像被蟲蛀了一個洞，到這裡便中斷了。接下來想起來的，已經是那人關上窗，並讓劉輝躺上床的記憶。

劉輝心想，他要離開了。突然覺得好寂寞，躺在床上嗚咽著哭泣起來。

「……我們還能再見面嗎？」

他從毛毯上輕拍了拍劉輝的肚子。最後看見的，只有那磨亮寶石般的微笑。

「會的。只要你別再逃避做自己……雖然那對你我來說，未必會是件好事。不過要是無法避免的話，也只能正面接受了。總有一天，讓我們再相見吧。」

那天晚上的記憶，盡是蟲蝕的痕跡。那天，在那個地方所發生的一切，全都想裝作不曾看見。那段染血的恐怖記憶，如果能沉沒在遺忘的深淵水底，隨著琴音一起忘光就好了。

然而只有這段對話和那人的側臉，始終在水面搖晃著沒有消失。

……如他所言，那天之後，那人和他的琴聲就從城裡消失了。

偶爾劉輝也會想找尋，但不久後認識了邵可，再加上光陰流逝，那張臉和那段記憶也就漸漸塵封。

唯一一夜的邂逅。那一道如「莫邪」般冷硬、靜默而美麗的目光——

——「蒼之君」。

「——旺季將軍。」

聽見靜蘭的聲音，旺季這才猛然回過神來。

「東坡郡太守子蘭的屍體，剛才已經被人找到了。在那之後，地震雖已平息，但東坡郡府提出要求，希望您能在東坡多停留幾天。說是針對子蘭襲擊旺季將軍的那件事，想詢問您當時的詳細情形——」

「現在哪還有閒工夫多停留幾天。今晚就出發，如果真有必要，就讓迅留下來。」

「至少延到後天再走吧？這裡是州境，您應該知道，州境是不易維持治安的地方。在州府與郡府提出對策之前，我認為旺季將軍您應該留在這裡。」

「……好吧，我明白了。不過，最遲只能延到後天。」

旺季望著靜蘭的眼神難以言喻，使靜蘭少見地顯露出倉皇狼狽的模樣。不多久，旺季突然像是透過靜蘭想起了什麼似的，低語道：

「……真的一點都不像。」

靜蘭身體一震，嘴唇也很快地抿成一直線，睥睨著旺季的猜疑目光，似乎想質問他是否意指劉輝容易妥協，和自己一點都不像。但旺季卻聳聳肩說：

「不是那樣的。我的意思是說，他和誰都不像。不管是和哪一位兄長或是父親，雖然的確流著相同的血，但他跟誰都不像。我只是有時會思考這件事的意義罷了。」

旺季丟下靜蘭，逕自走出帳篷。抬頭一看，夜空中已開始看得見冬日的星座。

過去旺季曾留在朝廷與叛逆的皇子戩華敵對。面對勢力有如旭日東昇的戩華，旺季留在日薄西山的朝廷與之抗衡，直到最後一刻。當旺季在貴陽攻防戰中失敗後，儘管身為戰敗武將，卻保存了性命，之後更成為文官巡視各地，不常回到貴陽。

在過去，戩華不只是敵人，同時也是留下旺季性命的人。然而旺季始終堅持絕不臣服戩華的立場，也使自己成為舊臣們眼中的危險份子。不管是他所擁有的蒼家血統、援助貴族子弟的作為、乃至對政事的種種諫言，都是旺季引人反感的原因。尤其當旺季以連坐法逮捕了即位呼聲最高的第二皇子時，最是受到朝臣的激烈反對。即使如此，旺季依然不顧群臣百官反對的聲浪，毫不留情的對清苑處以流放之罪。這麼一來，更是一口氣點燃了朝廷裡的導火線。其他皇子與妾妃，一方面竊喜失去清苑這個對手，一方面卻也擔心起自己是否受到波及。在這樣的危機意識之下聯手結盟，對旺季的反目情結也於此時到達巔峰。

而那個雪夜，距離第二皇子遭到逮捕的秋天，正好過了一年。

『不知道為什麼，我總覺得就在今晚，那琴聲會被雪掩埋、消失……』

……曾經想過，或許就這樣拋下一切吧。

這時，彷彿讀出旺季這番心思而來到身邊的，就是這位年紀最小的皇子。

那時，在那裡，如果沒有劉輝皇子，或許一切終將變得不同。

劉輝皇子是個與眾不同的存在。總覺得他和其他年長的皇子擁有不一樣的特質。那並非成長背景的問題，而是與生俱來的天性。就拿清苑來說，如果沒有劉輝，他或許早就變成另一個人了。但劉輝卻不是這樣，就算沒有清苑，旺季認為現在的他依然不會改變。

不想看見的東西就不去看，討厭的事就忘掉它，連記憶也一併抹除。相對的，一旦有喜歡的事情就一頭沉迷進去。對年幼的皇子來說，為了不從現實中逃開，這是在這座城裡活下去而不發瘋的必要手段。

而曾幾何時，從現實中逃開卻成了目的。

再次與劉輝見面時，他已經成為皇城裡唯一僅存的皇子了。

曾說過不逃走的他，卻說出要從這座城、這張龍椅上逃走的話。留下病榻上的父親，曾無數次逃離這座城，也逃離那些被強加在他身上的職務與責任。

不願意即位。嘟囔著「那種事情，交給霄宰相他們去辦不就好了嗎」之類的話。

就在這個時候，旺季和霄宰相做出了決定。

既然如此。

既然如此，那也沒關係。

規矩是有的。過去由戩華與霄宰相一起決定的，一個冷酷的規矩。

「和你約定過了吧，劉輝皇子。是我要你忘掉的，所以就算忘了也沒關係。」

為什麼硬要押著心不甘情不願的你即位。

很遺憾那理由一點也不親切。沒有一點是為了你。

「不能一起走」。當時的劉輝皇子是這麼說的。只有一次的機會。那既是決定了劉輝的命運，也是同時決定忘記命運的一句話。無法一起離開。

捨棄自我，此後的人生也不再從任何事物之中逃離。旺季在當時，也下定了這樣的決心。

經過十年以上的歲月，旺季再度回到城裡來。遵守約定，沒有就此消失。

剩下的，只有那最年幼的皇子。

『和我一起，離開這座城，捨棄一切。你願意嗎？』

懷念地想起這再也不可能說出口的一句話，旺季靜靜低語。

「約定的時刻，即將來臨。我將前去取走屬於我的劍。到時候，再讓我聽聽你的答案吧。」

旺季。第一次聽見這個名字，是什麼時候的事了呢？

旺季將軍回來了——朝廷裡散佈著這樣的耳語，空氣中滿是浮躁的氣氛。

（那是……對了，是兄長們全都被御史臺捉起來的時候——）

在爭奪王位時，幾乎不曾發揮機制與作用的御史臺。

漫不經心走在後宮裡的劉輝，特別容易聽見這些蜚短流長。但也可以說，因為這些流言耳語之中，總會出現兄長清苑的名字，所以才特別容易吸引劉輝的耳朵注意吧。

那位御史大夫回來了……清苑皇子那時候的……失勢之後輾轉於各地……那些貴族和妾妃才會肆無忌憚……不過他回來……御史臺的綱紀也將肅正吧……他一定會將自己的子弟兵全部安排進御史

臺，一舉檢舉並汰換掉現任御史官員……那些脫不了關係的貴族與官吏也會毫不留情的加以處刑……聽說他連眉頭都不皺一下……真是可怕啊……畢竟他對戩華王和皇子們心懷怨恨吧……一定也會著手肅清後宮的女官和侍官吧……不過，趁戩華王臥病在床時回來，這未免太露骨了點。

……絕對是故意的吧……至今都蟄伏在地方上……簡直就像在模仿年輕時的戩華王嘛……難道將戩華王放他一條生路的恩情都忘了嗎……真是連狗都不如……落難貴族……狡猾得像條老狐狸的男人啊……不過你知道嗎？聽說他的血統比起戩華那是更……哎呀不能說了……

過了不久，所有妾妃與異母兄弟們，都在御史臺的審判下被砍頭了。女官與侍官口中的那些謠言真偽，劉輝終究無法肯定。只知道連後宮那些交頭接耳散播謠言的人數都突然減半了。每當劉輝為了前往府庫而離開房門時，總會發現官員的人數又減少了。

和旺季見面時的事，到現在都還記得很清楚。

隨著一大群人規律的腳步聲，原本輕薄鬆散的後宮忽然像被壓上一顆大石頭，氣氛突然變沉重了。劉輝快步穿過後宮，感覺到空氣像拉緊的弓般緊繃。

有什麼人要來。

這令人厭惡的氣氛。劉輝心想。「監察……御史臺……旺季……」等等隻字片語傳進耳中。

腳步聲停住了，就停在劉輝房門外。

原以為會是由侍官與女官恭恭敬敬將門打開，沒想到卻是毫不客氣的被擅自打開。

開門時發出的聲音實在太大了。

大得連劉輝那小而堅硬，一直緊閉的殼，說不定都出現了裂縫。

身後的御史與高官一齊下跪時，只有那個男人直視著劉輝的雙眼。

力道懾人的眼神，有著經過磨練的硬質與冷冽。令人聯想起七夕之夜的黑眸。簡直就像是「莫邪」的化身。劉輝甩了甩頭，想讓這突然閃過腦海的印象更鮮明。那時似乎就要想起什麼了，卻又覺得似乎是不該想起的事。眼前的旺季留著整齊的鬍鬚，衣著整潔，耳環相碰發出清脆的聲音。

冷風從敞開的門扉中吹進來，那和冷風一樣冰凍的聲音，喚了劉輝的名。

「——你就是，劉輝皇子？」

劉輝原本屈起一條腿，抱著膝蓋坐在窗台上讀書。身上還穿著邋遢的起居服，被叫了名字也提不起勁回應，就這麼無精打采的望著旺季。

感覺得出旺季一瞥打量了劉輝全身上下，而光是這一點就讓劉輝開始討厭他。那種眼神就和霄宰相或其他大官一樣，像是在評估劉輝有沒有利用價值——

撿起從手中滑落地面的書，劉輝感到這一切都令人厭煩。

「……如果你們是想廢嫡，高興怎麼做就怎麼做吧。如果要我走，我也會照辦。反正這座城又不是我的，這裡也不是我該在的地方……」

不明理由的，一陣頗費猜疑的沉默掠過。

旺季輕蔑地嗤鼻一笑。劉輝耳朵只聽見他似乎正在吩咐些什麼。晏樹……皇毅……這裡沒你們的事了……去著手處理內侍省和後宮監察的事吧……從頭一一調查清楚……是不是有不法賄賂或盜領挪用的情形……一旦發現證據即刻收押……將所有參與不法情事的女官和侍官全部拘捕起來——

周遭哀號四起，伴隨著死神般的腳步聲，眾人紛紛離去。最後只剩下旺季。

為什麼只有旺季留下來，劉輝並不明白。

雖然知道旺季正看著自己，但劉輝卻不去看他，只是遠望著窗外，城的另一端，只要不是這裡，哪裡都好。就這麼過了許久，都沒有將目光轉移。

就這樣經過了好長、好長一段時間。旺季比劉輝想像中的還有耐性。雖然知道他應該在等待什麼，但那到底是什麼，劉輝就不明白了。最後，旺季似乎也發現了。

發現劉輝什麼都不明白。不明白什麼？……就連這點也不明白。

只是——總覺得自己似乎快要放棄了什麼重要的東西，此時劉輝內心初次感到忐忑不安。全身冷汗直冒，連指尖都微微顫抖了起來。令人厭惡的感覺，使他起了一身的雞皮疙瘩。真討厭那雙眼睛。那雙美麗的、冰冷的、犀利的目光深深刺進劉輝心中，彷彿連那些封藏於內心深處的東西都要被挖出來了。那雙有如「莫邪」化身般的眼神，這輩子連看都不想再看見。也不想被他看見。

「……劉輝皇子。您剛才說，這座城不是你的，『這裡也不是你該在的地方』，是嗎？」

從他的語氣之中感受得到諷刺。不過諷刺也好，評估或毀謗也罷，這種事情劉輝早就習慣了。不認識的人高興怎麼嘲諷都只不過是表面，只要封閉起自己，劉輝內心保留的部分就能毫髮無傷。然而旺季這番話，卻像一把尖針，確實地刺進劉輝心中。明明這應該是第一次和「旺季」這個人見面才對，為何心卻受到如此大的震撼。不但感到心悸，甚至有點輕微的暈眩。自己早該習慣被人瞧不起，為什麼事到如今還會出現這種反應？不想被那雙眼睛輕視——不想被這個人輕視。

「看來，你連自己為何待在這座城裡的理由都丟棄了。原來你已經墮落到什麼都能輕易放棄了啊——過了十年，這就是你的答案嗎？」

——十年？

躂。耳邊傳來無情的腳步聲。

劉輝慌忙回頭一看，那個有著冷酷雙眼的男人已經不在那裡了。

就像是將一切——包括劉輝在內——都棄置不顧一樣，看也不看一眼就離開了。

從這天起，劉輝就開始畏懼旺季。連看都不想看見他。

旺季說的話，其實和霄宰相或其他大官老生常談的言詞沒什麼不同。每個人都一樣，明明對劉輝不抱期待，卻總是不忘批評他不負責任。為了什麼留在這座城裡？什麼身為皇子的自負與對人民應盡的責任，什麼該做的事，這些對一直遭人輕視的劉輝來說，根本是無妄之災。一切變得如此混亂，明明不是劉輝的責任而是他們的，劉輝又為什麼有負起責任的必要，繼承王位呢？那些人只是自私而卑劣的拿自己當替死鬼罷了。然而，唯有旺季的話與他們不同，深深刺痛劉輝的心。

不，才沒有什麼特別呢。他說的話跟那些大官也沒什麼不同。單純只是因為旺季這男人討厭自己，所以才敏感地產生了抗拒反應吧。正因如此，每次見到他時，身體才會總是起雞皮疙瘩，一定是這樣沒錯。

劉輝的世界裡，只有喜歡和討厭。而他決定將旺季這個男人放進討厭的那個櫃子。

既然是討厭的對象，那就盡量避免碰面，就算見到了面，也對他說的話充耳不聞就好。如此一來，自己就不會受到傷害。這是劉輝從被母親虐待中學會的生存之道。只要不和對方有所牽連就能保護好自己。所以這次，他也這麼做了。

不斷逃避。逃避旺季，也逃避他說的話。一直以來，都這麼做。

竹林裡的竹葉發出沙沙聲，像風鈴一樣。沙沙沙沙。沙沙沙沙。

記憶底層，比封存的夢境更深層之處，靜謐的曲調流洩而出。琴的聲音。

好深好深的夢中，各種場面亂七八糟的交錯。

『……不，已經決定了。就由劉輝皇子即位吧。』

那是什麼時候的事了啊。走在迴廊上的劉輝，聽見這句話而戛然停下腳步。

『我們不廢嫡。他身上的每一根頭髮都是靠民脂民膏養出來的。雖然嘴上說和自己沒有關係，但畢竟還是有派得上用場的地方……不這麼做，那些因飢荒而死的數千民眾就太可憐了。霄宰相說得沒錯，只要有三年的時間就足夠了……不過，看樣子他恐怕連三年都撐不住。』
霄宰相似乎還說了些什麼，但不可思議的是，只有旺季的聲音傳進了耳裡。
『……霄宰相您另外打什麼主意，我都無所謂。御史臺已經將中央「打掃」得很乾淨了。接下來，中央人事就交給霄宰相做決定，我會負責刷新地方……對了，只有一件事。霄宰相，如果那位皇子下次還想逃，就不必追他回來了。』
聽見這句話，劉輝不禁為之震撼。
『……也可以解除黑燿世和白雷炎的監督。要是他真墮落至此，沒有他在也無所謂。要是真變成那種人，他也就毫無價值了。下次，他再說政事與國務都跟自己無關，還要出去找尋兄長的話，就隨他去，不用管他了。看要消失到哪去都好。這就是我的條件——戩華王。』
最後稱呼父親時抑揚頓挫的語氣聽起來有些不可思議。總覺得父親與旺季之間，除了國王與大官的關係之外還有別的「什麼」。那是屬於共同度過漫長而複雜時光的同志之間才有的語氣。
『……下次，就輪到我了……如何？做決定的人是他，不是我。我該做的事已經不會改變，也不會濫情或同情他。因為我好不容易才走到這一步。』
門打開了，旺季就站在面前。小心翼翼的跨過落葉，卻連看也不看劉輝一眼，傲然的從身邊走過。臉上甚至連一點驚訝的表情都沒有，彷彿劉輝出現在這裡的重要性，甚至比不上地上的一片落葉。
也不知道自己後來是怎麼離開的，回過神來，人已經在府庫了。除了自己哭得唏哩嘩啦這件事外，其他什麼都不記得了。那天之後，劉輝以邵可為藉口勉強答應了即位一事。即位之後卻不上朝，每天躲在後宮裡，也絕對不和旺季碰面。就這麼一直不斷地逃避，不願意回想自己當時哭泣的理由。

……而現在，那理由已明擺在眼前。

『要是覺得痛苦，想逃就逃吧，已經無所謂了。』

琴音流洩。蝗災前夜，在旺季府邸也聽到了一樣的話。

在因激動的情緒而哭得頭暈目眩的那天，旺季也說過這句話，而這句話裡，對劉輝沒有絲毫期待。同樣的話，究竟被旺季說過多少次呢。而同樣的過錯，劉輝究竟又犯下了多少次呢。

旺季手指撥弄出的琴音，一一喚醒了那些被遺忘的記憶碎片。

忘了曾經聽過的搖籃曲，還有那說著「忘掉吧」的聲音。忘掉吧，請忘掉吧。

直到那天來臨。

『那我們做什麼好呢？要再玩手球，或是擲骰子嗎？還是畫畫圖？對了，不如我教你怎麼數超過一百的數字吧……』

『……雖然那對你我來說，未必會是件好事，不過……』

『……不過我也和你一樣，無法捨棄自己的一部分到其他地方去。那樣就不是我了……現在，還無法。無法捨棄。』

『是啊。天亮以前。』

不能不離開了。離開這座城的日子，將遠遠超過一百天。

可是總有一天還是會回來的。

會回來。會的。只要你不——……總有一天，讓我們再相見吧。

琴聲在心底悠揚復甦。在那下著雪的無聲夜晚。

那些毫無秩序地堆疊在內心深處的記憶。

『和我一起，離開這座城，捨棄一切。你願意嗎？』

——不。

『不行，我不能和你一起走。我——』

我得要，留在這裡。

●　●　●　●　●

——劉輝猛然驚醒。

一道冰冷從臉頰滑過，試著伸手去碰觸，透明的淚珠便沾濕了指尖。

好久沒有哭著入睡了。用力深呼吸了幾下，一邊用混亂不已的腦袋回憶某人，一邊默默拭去淚痕。

下了床，地板傳來秋末的凝凍寒氣。

披了幾件衣服走出迴廊，天色即將變亮。和造訪旺季府邸那時一樣，天空是一片濃重的深藍色。只有飄著幾片雲。「看不見前方的世界」。腦海中突然浮現這句話，到底是在哪裡聽誰說過的？

劉輝抬頭仰望周遭昏暗的世界，眨了好幾次眼睛，然後再次深呼吸。

接著，他便舉起腳步朝某處前進——毅然決然的。

天亮前的深藍色世界。未明的天際飄過幾朵薄雲，闇雲投下的陰影橫過大地。一隻似乎擁有三隻腳的巨大黑鴉。霄太師倚靠著一棵樹葉落盡的古櫻花樹，從這裡望得見仙洞宮那美麗的樓台。霄太師很喜歡這個地方，從這裡望出去的景色，千年以來都沒有改變。

「三年了啊……」

低語。先王戩華的駕崩，已經是三年前秋天時的事了。當時雙腳踏在霜上時發出的沙沙聲，霄太師到現在都還記得很清楚。那天早上，或許也下著和今天一樣的霜吧。

戩華的死充滿了謎團，知道真相的只有極少數的幾個人。關於他死時的情況有很多傳聞，例如沒有任何人親眼目睹他死亡的那一刻，只有人證實曾聽見不知是誰前往探視時的腳步聲。戩華很喜歡不受打擾的空白時光，而他就在那樣的時間之中死去。沒有人知道，在這最後的空白究竟發生了什麼。

「一律不准碰觸遺體」是戩華生前的遺言。雖然讓首席陶御醫確認了死亡，但包括下棺入殮的一切準備工作，都只由霄太師和羽羽兩人獨力完成。

對外，是這麼說的。霄太師在內心嘲諷地追加了這麼一句。

知道真相的，永遠只有少數幾個人。

相反地，裝著事實真相的箱子明明就滾落在顯而易見的地方，大多數的人卻總是視若無睹的從前面走過。不知道是真的看不到，還是不願去看。別說一探究竟了，也有人終其一生根本連去找尋都不願意。這沒什麼可笑的，因為霄太師自己也擁有好幾個這種箱子。要不要打開它們，或許得等到這個世界終結時才有答案。

飄過薄雲的深藍天空。另一端還可隱約看見閃爍的星星和殘夜之月掛在天際。

突然覺得溫度下降，耳邊傳來踏霜前進的沙沙腳步聲。

早有此預感。是因為剛好經過了三年嗎？還是因為和那時一樣，今天也是個冷得下霜的秋夜？沙沙、沙沙的聲音從背後筆直接近。

「霄太師。」

聽見呼喚自己的聲音，霄太師眨了眨眼。就好像是面對箱子並親自開啟它的聲音。

三年來始終不曾去打開的箱子。

鬍鬚底下，霄太師臉上浮現嘲諷的笑容，並未轉身面對國王。

「……原來是陛下。怎麼了？這麼晚了還到這種地方來？」

「孤是來找你的。」

聲音隔著古木，剛好從與霄太師相反的另一側傳來。毫不迷惘的聲音。毫不迷惘的腳步聲。從動作與氣息可得知，劉輝正不經意地觸摸著兩人中間的古木。

「這是……櫻花樹？……這裡什麼時候有這棵樹？孤一直沒注意到。」

「這是城裡最古老的一棵櫻花樹。它是一棵難以捉摸的櫻花樹，只有興致來了才會現身。」

霄太師若無其事的裝瘋賣傻，語氣雖然有點瞧不起人，但這時的劉輝卻知道他不是在誆人。那棵櫻花古木有著巨大的樹幹，儘管葉子都掉光了，還是搖曳著粗壯的枝枒，是劉輝完全陌生的櫻樹品種。就算劉輝再怎麼不常來這一帶走動，也不可能沒注意到有這麼一棵樹。真是不可思議的櫻花樹，劉輝認為霄太師說的話並非不可能。

「這棵樹活過了好幾個時代，看盡所有發生過的事。」

難以捉摸的櫻花樹，像是蟄居於城裡的耆老，只有興致來了才會現身。這種話可不是隨便編得出來的。回過神來，劉輝才發現自己正不加思索的說：

「這棵樹簡直就像你一樣，霄太師。」

霄太師頭還靠在樹幹上，半邊身體慢慢朝劉輝轉過去。剎那之間，霄太師的側臉看起來竟像個三十幾歲，有著冷峻美貌的青年。總覺得這一刻，隱藏一切真相的薄紗似乎被揭穿了。

「……我真沒想到，會從您口中聽見這句話，陛下。」

陛下。這個稱謂究竟是指劉輝，還是「其他的陛下」。腦中冒出這古怪的想法，感到有點混亂的劉輝眨眨眼，眼前看到的又是那個蒼老的霄太師了。唯有那雙眼睛，還是屬於年輕人的。

劉輝深吸一口氣。因為霄太師似乎不願意移動位置，他只好踏著地上的霜繞過古木。

霄太師依然倚靠著古木，聽著劉輝踩在霜上的腳步聲，同時他的身影也進入視野之中。凝凍的秋風吹起兩人的髮絲，也吹走了薄雲，露出即將沒入地平線的殘月。

天亮前的世界非常靜謐。那種完全的安靜，簡直就像一切都將結束似的。劉輝突然察覺一件事。

「……地震……停了嗎……」

直到昨天，腳底都還不斷傳來的震動，現在已經完完全全平息了。隨著地震而不安動搖的空氣，也如恢復水平的秤子般紋風不動。

「是啊，已經結束了。城下的災情雖然不小，但總算不至於演變成最糟的情況。暫時應該不會再有地震了。」

劉輝注意到霄太師說的是「已經結束了」而不是「已經停了」。

然而，他回應的也只是一句「這樣啊。」

靜謐的深夜裡，空氣冰冷澄澈，令人聯想起日出之前的黎明。原本沉澱的晦氣在這一天好像都能完全除淨，並重新注入清新的空氣。但新鮮空氣太乾淨，乾淨得令人毛骨悚然。已經不再有地震了，真是奇妙的感覺，這事實令人難以置信。因為有什麼結束了，所以才會如此安靜。

抬頭仰望天上的薄雲，雲間有兩顆星隕落。彷彿象徵著兩條生命的離去。不知為何，當劉輝看見這一幕時，突然覺得胸口憋得難受。結束了？是什麼？到底為什麼？

事態不可能平白無故自己結束，劉輝或許直到這時才終於察覺這一點。

劉輝嘆了一口氣，吐出白霧般的氣息，與霄太師正面相對，開口喚了聲：「霄太師。」

「孤一直聽見琴聲，一直……聽見旺季的琴聲。」

霄太師的眉毛調侃地挑動。「喔……不是聽見秀麗大人的二胡？」嘴裡雖然沒明說，但這位國王終於開始將眼光放在秀麗之外的地方了。

「在那之後，孤就開始片片段段地記起一些往事，但記憶像被蟲啃過似的不甚完整……沒辦法全部想起來。即使如此，孤還是想起從前曾經見過旺季。年幼時，而且還不只一次，是在很重要的時刻見過他。」

琴中之琴。箱子鑰匙。轉動鑰匙的聲音。

「很久很久以前，就在這座後宮，他曾為孤奏琴。穿著一身美麗的紫藤色服裝。」

「……紫藤色的服裝？」

直到此時，霄太師的表情才嚴肅了起來。

「……陛下還記得那是什麼時候的事嗎？」

劉輝閉上眼回想。當時雖然下著雪，但印象中樹梢還殘留些許未落的紅葉。

「兄長消失之後，認識邵可之前那段時間裡發生的事。在一個雪夜裡，旺季抱著孤在黑夜裡奔馳。越是覺得那天的事非想起來不可，偏偏這段記憶越是蟲蝕的最嚴重。」

「……雪夜，是嗎？」

霄太師重覆說著，像是對自己確認些什麼。那個夜晚，的確下了與季節不符的一場大雪。

「當時他對我說，天亮前一定得離開。」

霄太師表情扭曲，但看起來卻又像是在笑。

「……那個夜裡，果然發生過什麼對嗎？」

雙手抱胸，霄太師發出聲音笑了起來。是一種打從心底覺得有趣的笑聲。

「……真沒想到那個晚上，你也出現在那個地方。這件事，我今天才聽說。原來如此……所以那時旺季大人才會那麼說……呵呵，這真是一場巧合啊。」

「孤調查過，關於那天並未留下任何官方資料。但是，有幾件公文很不自然的消失了。」

「看來，不安定的火苗正開始四處竄起呢。不過這也是沒辦法的事。」

此時霄太師說話的語氣之中，平日那種倚老賣老的語尾詞都消失了。劉輝心頭一驚。面對這位如刀鋒般犀利的前朝名宰相，只要走錯一步，繩索都可能被切斷。吊橋的繩索。

「沒想到能獲得這種情報，就回答你一個問題當作回禮吧。問題只能問一個，但我一定會知無不言，據實以答。想知道什麼呢？關於那個雪夜的事嗎？」

「不。」

這次輪到劉輝凝視霄太師了。

「孤想問關於孤即位的事。」

霄太師笑了。這該是劉輝第一次看見霄太師打從心底發出微笑。找對了鑰匙，插進鎖孔後也轉得動。只是裡面裝的東西是真是假，得讓識貨的人確認才行。

『霄宰相說得沒錯，只要有三年的時間就足夠了。』

霄宰相說得沒錯。

那時，追著不斷逃避的劉輝，強迫他即位的人是霄太師，和旺季扯不上關係。隨著琴聲，旺季冷漠的聲音從被埋藏的記憶深處響起。那句話代表了什麼？

『那就是我的條件。』

蒼家的倖存者。無論血統、年紀或實力都沒話說。沒錯——比劉輝更有資格。然而……

霄太師臉上帶著冷若冰霜的表情，笑了。嘴角上揚，彷彿掛在樹梢的上弦月。

「你自己不是應該已經明白了嗎？」

打從假立秀麗為貴妃之後，不管劉輝做什麼都不插口也不插手的老臣，霄太師雙手抱胸看著劉輝。瞬間，空氣似乎變得更冷了。周遭依然是一片深藍色的世界，天還沒亮。

「正因為你一直說討厭當王，不願即位，所以我和旺季大人才決定由你即位。」

身上每一根頭髮都是靠民脂民膏養出來的。要是他不願意負起責任，至少該將他用在派得上用場的地方。

「……時候還未到啊。國政荒廢，要想重新振興需要花上一段時間。我負責中央，他負責地方，可這段期間龍椅卻不能空廢，總得有個傀儡坐上去才行。病床上的戩華王是否策劃著『下一步計畫』事關重大，很有可能發展出完全不同的結果，更別提太多人認為自己被放在他的『下一步計畫』裡而囂張跋扈，鬧得不可開交。」

霄太師確實遵守了約定。率直而誠實的打開天窗說亮話，將真相告訴劉輝。

「既然如此，暫時就把那個自甘墮落，一味逃避的孩子拉上檯面吧。畢竟戩華王依然被當作神一般崇拜著，只要他那些無能的子嗣沒有全部消滅，就一定還會有許多不死心的傢伙，爭先恐後的拱這些皇子出來。在這種情形下絕對無法輕易將王位交給旺季。更何況當年戩華攻擊貴陽時，直到最後，旺季與孫陵王都站在朝廷的立場阻止他。戩華留下的老臣中，也不乏當年和旺季交手過的對象。這些人在戩華欲留下敵營大將旺季與孫陵王的性命時，可都是極力反對呢。」

貴陽完全攻防戰。父親奪下王座的最後一場激戰。這場戰役及最終的結果，劉輝也曾耳聞。不過，那就和從史書讀過百年以上的歷史戰役沒什麼兩樣。

「在朝廷貴族與官員紛紛倒戈投降時，只有旺季和孫陵王依然與戩華對抗，奮戰到最後一刻，那場戰爭打得很漂亮。當時的王，將一套紫藤色的戰袍硬交給旺季，任誰看來，穿上了就等於赴死，但他仍默默接下戰袍出征……這已經是超過三十年前的事了。」

對戰到最後一刻的「兩位皇子」。

無論父親與旺季之間有過什麼，毫無疑問的，霄太師手中都握有那收藏了真相的箱子。這位著名的軍師如同這棵櫻花古木，始終站在父親身旁見證著一切真相。

「認同旺季大人和孫陵王大人而願意追隨他們的武官雖多，但同樣的，也有許多崇拜戩華王的老臣，仍將他們兩人視為『敵人』。當年這兩人都還年輕，即使成為朝廷幕僚，依然對戩華王持反對態度。」

「……就算過了三十年嗎？」

「沒錯。戩華是勝利者而旺季是失敗者，這一點是不容顛覆的。雖然現在情勢已經不再那麼嚴重，但當初戩華病倒時，旺季承受的壓力卻是非同小可。所謂臥薪嘗膽也不過如此。當他從地方上回到朝廷時，周遭盡是批評他『趁戩華病危回來奪權的卑鄙小人』、『明明戩華還有個最小的皇子，這麼做未免太陰險』之類的反對聲浪。和當年那些惡毒的批評聲浪相比，你現在所承受的，根本是小巫見大巫。」

而那只不過是六、七年前的事。

劉輝表情扭曲，想著自己每日只是重複著上朝，坐上龍椅，然後再返回後宮內院。旺季不在朝廷之後，這張龍椅坐起來更是冰冷難熬、如坐針氈。那些陰暗沉澱的視線、毀謗、謠言，冷嘲熱諷。「昏君」。從早到晚，劉輝連大氣也不敢多喘，拖著沉重的腳步，每天依然準時出席朝議。

竟然還有比這更難受的。

「甚至在其他皇子因無能而被處刑之後，朝廷仍認為比起旺季大人，更應該由你——不，應該是說由戩華留下的『優良血脈』來當國王。他們所期待的，是被譽為蒼玄王再世，終結黑暗大業年間的帝王戩華王最後的子嗣——最後的小皇子呢。」

霄太師的語氣中有著刻意的揶揄。

「想知道旺季為何沒有立刻即位？答案很簡單，在那個時機是不可能的。那時他若即位，只會使國家再次陷入權力鬥爭的腥風血雨之中。在國家與政務百廢待舉的當下，哪有那個閒工夫捲入愚蠢的政治鬥爭。」

「……所以？」

「沒錯。所以才需要你呀。至少，在為振興國政的布局完成之前都還需要。要知道，吵架可是需要體力的事，只有朝廷那種地方才會死到臨頭還把精力放在內部鬥爭上。」

劉輝想發出聲音說點什麼，喉嚨卻乾渴的不得了。一放開緊握的拳頭，馬上又會自然而然地握緊。潤了潤唇，發出嘶啞的聲音，腦中浮現當時旺季說的話。

——那就是我的「條件」。

「……三……年？」

「喔，你還記得啊。不，應該說……你終於想起來了才對。沒錯，正是如此。」

霄太師發出輕笑聲，刺骨寒風將他的聲音吹送到耳邊。「劉輝陛下……」

「……你不是說不想當國王嗎？不是說政事與自己無關，只要有人去做就好了嗎？這樣的一位皇子，誰會真心相信他適合即位為王呢？你該不會以為我們真那麼想吧？只不過是因為這個世界，有些時候『有總比沒有好』而已。」

讓他派上用場。閉門不出的昏君。「有總比沒有好」。直到那天到來為止。

曾經有另一個未來可能發生。在走到今天這一步之前，也曾有過其他選擇。霄太師和旺季並沒有機關算盡，將自己誘導走到這裡。當然，他們不是完全沒有算計，但沒有任何人的人生是完全操縱在別人手中的。是那些在該打開時沒能打開，只是徒然錯過的箱子，一個個堆疊成了今日的人生。

這是劉輝自己選擇，自己走上的未來，而其結果，就是今日的處境。

「不想做也無妨。沒人對你期待什麼。最低限度，你只要會蓋御印，乖乖坐在龍椅上就夠了。『直到那天來臨為止』。我覺得你應該感到開心才對啊，劉輝陛下。你的心願就快實現了——你說的沒錯。」

裝著真相的箱子被打開了。殘忍而冷酷的內容物無情地攤在眼前。

「你只是一顆方便的棋子，為了退位而即位的，戩華王最後的皇子——你就是那最後一人。」

劉輝的表情變了，仰頭望天，濃稠的深藍也漸漸變淺。天將破曉。掛在古櫻花樹梢的月亮早就不知沒入何處消失了。劉輝發出沙啞的聲音低聲說：

「原來如此。」

張嘴時呼出的氣息染白了周遭的空氣。鞋底傳來霜雪崩落的聲音。

「……原來如此。」

再次靜靜低喃後，劉輝腦中迴響起在九彩江時，瑠花對他說的話。

『縹家不會承認你。不承認你的，也不只有縹家。』

真相的重量，比當時感受的更沉重，反彈也更巨大。劉輝閉上眼睛。

「孤懂了……孤明白了。孤來找你就是想確認這件事。能夠清楚告知孤這件事的人，也就只有你了……謝謝你。」

露出一抹微笑，轉身離開時的腳步已經不再迷惘。

短暫的猶豫與沉默之後，霄太師主動開了口：

「……你打算怎麼辦？」

這或許是第一次，霄太師主動留住劉輝的腳步。表情雖然不甚愉快，但語氣中並未帶有輕蔑或冷淡，也無絲毫不耐。從霄太師的眼神看得出，他只是單純想得知劉輝自身有什麼想法。

劉輝的嘆息化作白煙，轉過身來。僵硬的臉頰牽動一個不知所措的笑。

「孤會照你想的去做。做自己該做的事。孤一直都在思考什麼是正確的，但始終都不明白。不過現在，總算懂了。」

霄太師以青年般的敏捷動作起身，相當優雅的動作，讓他看起來像是個千年前的貴族青年。這麼說來，霄太師的出身也是個謎。關於他來自何方，從什麼時候開始在戩華身邊效力，這些劉輝完全沒聽說過。就像那棵古代櫻花樹一樣，他好像一直都在這座城裡。

「……陛下，剛才你說記憶像遭到蟲蝕，但其實你已經全部想起來了吧？正因為想起來了，所以才來找我確認，不是嗎？」

劉輝不置可否。唇邊第一次掛著一個掌握真實的成熟微笑。

「你說呢。就算是那樣，孤應該告知的對象也不是你，霄太師。」

「陛下，你……」

「孤不會逃避。」

劉輝靜靜宣告。天空的藍越來越淺，某處傳來鳥振翅的聲音。

「不會逃避，會一直待在這座城裡，待在王座上。這裡是孤該待的地方，在這裡等待旺季的回歸。然後——」

該做的事。該留下的理由。不管那將會多麼痛苦。

從琴音底層，聽見這樣的聲音。

『我必須在這裡等才行。』

——直到那天來臨。

過往的自己所持有，裝著重要真相的箱子。不知從什麼時候開始，就被推進了櫃子最深處。

劉輝微笑，眼前迅速浮現秀麗的臉龐。還有絳攸、楸瑛、兄長以及羽羽與悠舜。

在九彩江時，曾說過不會為了秀麗而當國王。想走自己找到的路。

當時的答案，出發點不是為了秀麗，也不是為了自己。可是，卻是為了守護自己與秀麗都包括在內的所有一切而做出的答案。一直以來，劉輝都不知道怎麼做才是對的。不管做什麼，好像都做錯，導致他變得動輒得咎。只能緊抓著手中僅有的，只顧著守護自己和那些對自己而言重要的事物。到最後，更連前方的路都看不清。那個答案，對劉輝而言不是最好的，可是。

站在一個國王的立場，對國家而言卻是最妥善的。

或許那也是唯一僅存，能夠讓秀麗繼續成為官員的答案。

「孤……」

剎那之間，劉輝看見不可思議的光景閃現。霄太師變成一位三十幾歲的白皙青年，而他倚靠的那棵古代櫻花樹上原本開滿的花，卻忽然散落一地。藍色的天空，即將破曉。櫻花瓣紛紛飄落，彷彿下著一場雨。劉輝抬頭看著這片夢幻般的櫻花。古代的櫻，曾經見證了這座城裡所有國王所做出的決斷。那些國王，無論是明君也好，昏君也罷，選擇的是錯誤的道路，又或是正確的道路，古木全部都看在

眼裡。

在這棵古櫻花樹的眼中，自己看起來是怎樣的一個國王？又是如何看待靠自己所做出的第一次決定呢？

花瓣裊裊婷婷地飄落在劉輝的指尖上。劉輝微笑了。就算那些花瓣隨著幻影一同消失，他依然緊握著拳頭。深吸一口氣，說出那句話。

「孤決定，將王位禪讓給旺季。」

東方的天際已然發白。

——天就要亮了。

巨大的黑鴉，拍著翅膀，飛過破曉時的天空。

此時。

有如靜謐的夜晚被撕裂了一般，遠方傳來悲痛的吶喊。

劉輝心頭一驚，反射地朝聲音傳來的方向望去——那是仙洞省。

燈火接二連三的點亮，聽得見喊叫聲中夾雜著匆忙的腳步聲。

從剛才就一直凝望仙洞省的霄太師側面，看起來突然充滿感情。或許是劉輝看錯了也說不定，但那張冷冰冰的側臉，在那瞬間的確露出一抹傷痛。

「陛下，姑且不論我與旺季如何……羽羽大人絕對是從您即位之初便一心一意追隨著您。」

羽羽眼中的紫劉輝是個怎樣的人，羽羽看見了些什麼，霄太師完全不懂。唯一知道的就是，羽羽選擇的確實是紫劉輝。就像他相信那面有凶相的皇子戩華直到最後。

羽羽是個歷代罕見的術者，比起星宿象徵的命運，他更相信人的意志。不管走在何等艱辛的路上，他都相信前方有希望。一旦羽羽承認了紫劉輝的即位，對他而言，唯一的「王」就不再是別人。直到最後，唯有這件事是絕對的。

仙洞官向來被稱為「王之燈」。如燈籠般安靜照亮國王踏上的道路。

「羽羽大人的命是獻給你的。他的王就是你。只有這件事是絕對的真實。」

明明已經天亮了，現在卻比任何時候都要冷。劉輝的心開始像小鳥似的顫抖。討厭的預感讓全身起了雞皮疙瘩。乍然平息的地震。霄太師的低喃「都結束了」。是啊，事情不會平白無故結束。仙洞省。朝議一直缺席的羽羽。他去哪裡，做了什麼？

陛下。耳邊彷彿聽見那黃昏色的聲音。這麼說來，劉輝才發現自己未曾從羽羽身邊逃離過。陛下。

——陛下，您要上哪去呢，陛下……

只有他一直追著劉輝跑。

「——」

努力去回想最後一次和羽羽說話是在什麼時候？但是，連那時說了哪些話都想不起來。

劉輝頭也不回，用力踏著霜雪，朝仙洞省走去。

霄太師抬頭仰望大放光明的天空，一顆星星像眼淚般流逝而過。

雲層散去後的天空，紅色妖星依然嘲弄的探出頭，露出小丑的嘲笑。

霄太師瞇細了眼，仰頭望向紅色妖星，也轉過身去。

和劉輝背對背。

——那天，傳出了仙洞令尹羽羽死去的消息。

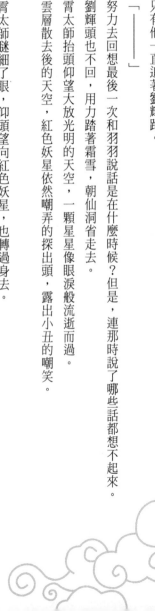

第二章 兩位皇子

「沒想到羽羽大人竟會在此時過世……」

數日後——邵可來到依然被軟禁於後宮的百合房裡，繞著圈子踱步。

絳攸和百合也在房裡，臉上都掛著肅穆的表情。

「邵可大人……聽說針對殺害羽羽大人的那位仙洞官的公開審問，將於今天舉行。」

「是啊。妳的行動還受到限制，我又已經辭官沒有辦法去看，只好委託蘇芳君去了。只能在這枯等真是難受。但話說回來，為什麼會舉行公開審問呢……」

看見絳攸的神色，邵可停下了腳步。打從靜蘭失蹤，絳攸就一直是這副難看的表情。

「絳攸大人，靜蘭的事請別在意了。畢竟，或許連我都阻止不了他。」

聽見靜蘭失蹤時，就連邵可都不免咂嘴暗忖不妙。都怪自己把心思全放在劉輝身上。原本靜蘭就是個容易鑽牛角尖，而且又沉不住氣的孩子。

（一定是對朝廷現在的狀況難以忍受，才讓他理智斷線了吧……）

做弟弟的劉輝還在忍耐，做兄長的靜蘭倒是先失去理智了啊——

展開緊急調查之後，得知他正式加入了前往紅州鎮壓蝗災的軍旅，總算才暫時放下心來。雖然很不想這麼說，不過以靜蘭的壞脾氣，這一趟鐵定是落得被旺季玩弄於股掌之間的下場。剛好讓他趁此機會冷靜一下腦袋也好。也不知道為什麼，旺季似乎特別容易被像靜蘭這種性情彆扭的年輕人纏上。

「不是的。現在我……我必須保護邵可大人和百合媽媽以及陛下才行。」

「……你說什麼？」

「楸瑛又不在，靜蘭也失蹤了，剩下的男人就只有我了，不是嗎！那兩個沒用的傢伙到底在搞什麼！請、請放心，不管發生什麼事，我都會挺身保護您們的！」

……邵可瞄了身旁的百合一眼，正好對上因尷尬而游移的百合眼神。

曾是黎深貼身護衛「讓葉」的她，過去的工作之一，正是保護黎深。大姑婆玉環早就讓她習得高超的護身術。包括黎深在內，過肩摔一兩個大男人，這對百合來說根本不是問題。

絳攸似乎打從相遇之初，就認定了百合是一位「體弱多病的女子」，直到現在都不曾懷疑。老實說，所有人（包括女人）之中，最文弱無力的恐怕是絳攸自己。事實上，邵可現在之所以會來到後宮，就是為了怕有什麼萬一時，自己能夠保護包括絳攸在內的眾人。不過這種話可不能告訴絳攸。

此時，只見邵可和百合忽然抬起頭，幾乎同時傳來一陣腳步聲，來的是首席女官十三姬。

「──邵可大人。這是紅家送來的飛鷹傳書。」

「送到了啊。謝謝妳。」

邵可馬上打開那封書簡。紅家的情報傳遞依賴分佈於全國各地的優秀鷹匠，所以傳信手法堪稱全國最迅速。紅州府的驛使傳遞訊息的速度，當然也比旺季回貴陽的速度快多了。一旁的百合露出緊張的表情低聲詢問：

「紅風和蝗害的情形如何？」

「……紅風比往年早了三天吹起，然而蝗災也已正式宣佈幾乎完全鎮壓了。」

「發布鎮壓宣言了嗎？怎麼辦到的？不可能有鎮壓方法啊——」

「……縹家採取了行動。而且不是一間、兩間廟社而已，是全國社寺總動員，全面協助朝廷，投入鎮壓蝗災與救濟災民的行動。」

聞言，絳攸眼神倏然一暗。他被「全面協助朝廷」這句話吸引了注意。

「這意思是……朝廷之中，有誰勸說了縹家採取行動嗎？」

「應該是吧。我想不是悠舜大人，就是旺季大人，暗中派出使者和縹瑠花交涉的結果。因為只有一半機率說得動縹家，所以才在一開始先隱瞞不表吧……」

「……那麼，這一切不就都……成了旺季大人的功勞嗎？」

一切的一切。當然救災是人命關天的事，絕對不該扯入政治鬥爭。可是——

如此一來，整件事就間接證明劉輝已沒有繼續當一個國王的必要了。

「……不過還是有一個好消息。我想，使瑠花採取行動的人之中，應該可以算上我家丫頭一份。這裡提到她從縹家回到紅州，和旺季大人及縹家的人一起四處奔走。也是啦，怎麼想，她都不可能不插手這件事。所以，若論功勞，雙方勉強可說各占一半吧。」

十三姬激動地搶過書簡，百合和絳攸也飛快的靠過來。

「秀麗回來了嗎？太好了，這麼說來，哥哥的表現也不錯囉！一定大大活躍了一番，真有面子！不但奪回秀麗，在珠翠小姐面前大展身手，還一起回來了！我家那笨蛋哥哥，是不是在紅州立下超級大功了呢……咦？奇怪……」

絳攸和十三姬都沉默了。邵可眼神尷尬的飄走，伸手撫摸著後頸。

「……有關楸瑛的事……信裡完全沒提到。連一個字都沒有。只有寫到秀麗和燕青在一起而已。」

「怎麼會這樣啊，哥哥到底在搞什麼鬼！這種時候不大顯身手一番更待何時！」

「就是說嘛！那傢伙從出去到現在到底都幹了些什麼啊！」

就在十三姬與絳攸忿忿不平、對楸瑛破口大罵時，百合將書信從頭到尾看完了。

「……嗯哼……也沒提到笨蛋黎深的事呢，大哥。」

雖然黎深正在蟄居，但連一行都沒提及他，反而令百合與邵可感覺必有內情。暫時掌管家務的三弟媳冰雪聰明，總是能適時彌補老實的玖琅在行事上的缺漏。既然信裡沒提到黎深，就表示或許發生了些什麼。

「蝗災的鎮壓……照這樣看來，旺季將軍很快就會回到王都了吧……大哥。」

「……沒錯。偏偏在這個時間點上，羽羽大人卻遭人殺害。而且接下來還要舉行公開審問。至少該阻止公開審問才對，為什麼悠舜大人不阻止呢？」

聽見悠舜的名字，絳攸覺得心臟像被冰冷的手指揪住似的。心頭冰冷的感覺，使得深藏在懷裡，尚未打開的那個紫色小布包又更為沉重了。

拜託了，千萬不要再發生什麼事。絳攸緊咬著唇，刻意忽視懷中布包的重量。

重臣幾乎都齊聚於政事堂了。國王和鄭悠舜也在場，但負責主持的是刑部的來俊臣。御史臺的葵皇毅冷冷望向那被五花大綁的仙洞官。

「……證據和證詞都非常充分，足以證明這個男人就是殺害羽羽大人的兇手——」

國王左邊是悠舜，右邊則站著璃櫻。第一個發現羽羽已撒手人寰的正是璃櫻。明知羽羽已經沒有呼吸了，璃櫻卻仍發狂似的對他展開急救。而拉開璃櫻的人，就是劉輝。璃櫻一臉蒼白，從羽羽死去那天起就是這樣，但他依然堅持參加御史臺的每一次偵訊調查。不管誰勸阻他，璃櫻都充耳不聞。

劉輝面前，被捕的仙洞官雙膝跪地。身後有兩名武官持著長槍抵著他，擺在身前的雙手也被扣上木枷。

「只是關於動機，兇手直到今天依然堅持緘默。」

在場所有重臣的視線都朝那仙洞官射去。羽羽在朝廷裡是僅次於悠舜與旺季的大官，是先王戩華時代的老臣，在朝廷裡勞苦功高。光憑這一點，殺害他的兇手就足以判定唯一死罪，甚至不須理由，現在馬上就可當庭判以死刑。光是刑部尚書的來俊臣便已有此權限。

然而不願意這麼做的人，卻是璃櫻與國王。璃櫻暫且另當別論，來俊臣實在不明白，國王為何執意舉行公開審判。仙洞官的殺人理由連傻瓜都知道，像這樣公開了，反而有可能令事態惡化，國王竟不去防止那件事發生，使得來俊臣首次對他產生了奇妙的看法。

「——快說！為何殺害羽羽。」

璃櫻從右側階梯往下走了幾步。雖然在武官的阻擋下沒能靠近兇手，但還是掙脫了拉住他的手臂。殺人的年輕仙洞官，璃櫻並不陌生。璃櫻與這一名仙洞官是從春天才開始共事，但記得沒錯的話，他已經跟在羽羽身邊好幾年了。

「為何殺了他！你不是仙洞官嗎？」

總是面無表情的璃櫻，在那近乎冰冷的冷靜眼神中，正燃燒著熊熊怒火。雖說年紀不過是個孩子，但那足以裂帛的大吼之中，充滿了足以撼動空氣的憤怒。

如人偶般動也不動的犯人，直到此時，才緩緩抬起頭來。

「……就因為我是仙洞官，所以才必須這麼做。璃櫻大人，我只是盡了自己的職責。」

那如沼澤般不見底的眼光，由下往上窺視著璃櫻。異樣的眼神令人恐懼，若不是璃櫻正在氣頭上，恐怕也會被嚇得倒退幾步。總覺得，那雙眼睛似曾相識……對了，是黑色的飛蝗。一如那令人厭惡、空泛不實，如漆黑洞穴般的蟲眼。單憑自己的想法行動，如無底沼澤一般。

「羽羽大人太不像話了。雖說他年紀大了，但打從一開始，他就沒資格當仙洞令尹。他不應該繼續活下去。天上出現了紅色掃帚星，就代表了應該『除舊佈新』。我很明白星象的意義，沒錯，那指的就是羽羽大人。所以我才下手。本以為他很快就會死了，沒想到卻一直苟活，這麼一來，只好靠我除掉他。這就是我的職責，我沒做錯。」

葵皇毅與來俊臣很快的交換了一個眼神，默默給彼此一個暗號。對於歷經許多審判的兩人而言，這種類型的犯人並不罕見。只是話雖如此，要是在對應上出了什麼差錯，倒也是不妙。

來俊臣想代替璃櫻審問犯人，卻一直找不到插手的時機。仙洞官只對璃櫻說的話有反應，璃櫻也不可能就此退讓。再加上璃櫻畢竟貴為仙洞令君，在現場所有大官中，官位僅次於悠舜，這一點也相當棘手。

差點被那雙陰險蟲眼吞沒的璃櫻，慢慢的又重燃了怒火。

「你說……羽羽不像話？你說他該死？你再說一次！」

「我有說錯嗎？他一直做出錯誤判斷，不管我們如何進言，羽羽大人完全聽不進去。只知道跟在那昏君身邊，把所有重要的事情都延後處理，最後就成了現在這樣子！看看這三年都發生了些什麼事？這國王先是躲在後宮，無視各省政事。接著是錄用女人為官，隨心所欲的決定人事升遷。還有，不打算留下子嗣也是一條罪過。另外，在紅家拒絕上朝時的經濟封鎖，兵部侍郎離奇死亡事件，茶州的傳染病，藍州的水災，碧州的地震，以及紅州的蝗災。這些事都讓別人去替他擦屁股，完全是個無能昏君。他的過錯，卻要全國人民一起承擔。在這裡的每個人都心知肚明，只要那昏君坐在那張龍椅一天，國家的一切都只會繼續惡化。然而羽羽大人卻到最後都包庇這樣的國王，身為仙洞令尹的他也一樣無能。」

場面突然安靜了下來。只有仙洞官繼續說著。

「我們仙洞省對與王位相關的政事是有責任的。紅色妖星是凶兆，代表王位的交替更迭。各州的天災就是最好的預兆，而將預兆傳達出去也是仙洞宮的職責。像羽羽大人那樣掩蓋事實，根本就是錯的！那昏君只要一有麻煩事就馬上默不作聲，而尚書令就只會在一旁點頭。一切都因為他坐在王位上，國家才會變成今天這樣！」

悠舜舉起羽扇，正打算拍扇定刑，卻被劉輝阻止。悠舜和其他注意到劉輝動作的大官都瞠目結舌。

劉輝坐在王位上，靜靜地俯視眾人。

這三年來，沒有人敢正面對劉輝說的話，現在直接傳進他耳中了。

「既然羽羽大人不願諫言，那就由我來。即使為此必須殺掉羽羽大人也無所謂，因為那就是仙洞官的義務。不是嗎？璃櫻大人。在事態繼續惡化下去之前，過錯總需要有人來矯正。你說，我哪裡做錯了？還是你真的認為，紫劉輝比誰都適合坐在龍椅上嗎？你可是旺季大人的唯一傳人，蒼家的璃櫻皇子呀。」

——響起一陣交頭接耳的私語。璃櫻猛吞一口氣，睜大了眼睛。

仙洞官眼神發著光，交替看著劉輝跟璃櫻。

「璃櫻大人，您是繼承了蒼家與縹家，比誰都具有純正濃厚血統的王室傳人。和那妓女所生的國王比起來，您的出身更正統更高貴。旺季大人原本的姓氏為蒼，重視血緣的仙洞宮，應該選擇的是旺季大人和您才對！羽羽大人太老了，老得眼睛都花了。我們有義務導正王室血統，讓更高貴的血緣與更正統的人來當國王，取代異端戩華的兒子！」

那些對戩華王誓言忠誠的老臣聽了，莫不起身咆哮。

「先王是異端？不准你這下等人污衊了戩華王的名字！」

「葵皇毅，現在馬上封住這傢伙的嘴！快將他斬首！」

楊修默默將眼鏡推回原位。這些話早該從誰的口中說出，只不過剛好是在今天的這個場合而已。各自接受這番話，並決定該怎麼做的時候到了。透過眼鏡，看見景侍郎與悠舜仰頭望天，工部管尚書則正在嘆氣。然而其他大官卻都像戴上了黃尚書的面具似的面無表情。看來仙洞官說的那些話，都是這些人心裡所想的。

國王還未下達處刑的命令。悠舜少見的猶豫了。是否該擅自拍下羽扇定案——正當他還在猶豫時，仙洞官突然拖著枷鎖，揮開武官的長槍，朝璃櫻逼近。

「旺季大人是您的親生外祖父啊。您一定會站在外祖父那邊，而不是與這個國王為伍吧？現在正是時候，該將榮耀歸還給您們的高貴姓氏了，和王位一起。」

璃櫻退了一步，腳底一個踉蹌。他張開口，卻發不出任何聲音、說不出任何話。背後感覺得到國王的視線，全身都冒出冷汗，無法回頭面對龍椅上的國王。

發現仙洞官那異常激動的模樣，或許並不只是出自對劉輝的反感，背後更交雜了許多錯綜複雜的因素。朝廷之中醞釀的洶湧暗潮與不安恐懼，全都藉由眼前的仙洞官之口，成為一道濁流一股作氣的宣洩出來。在這之中，甚至連那些不關劉輝的事，也都被歸咎到他頭上。不應該是這樣的。然而他們已經認定只要沒有國王，一切就會好轉，並為此將所有東西都牽扯進去。他們真的相信只要這麼做，眼前的不安就會消失。

「您身上繼承著縹家的血，不能小看仙洞省。古來有云，能鎮壓蝗害者，才是受八仙深厚庇佑的真正王者。想想成就了這次功績的人是誰吧，不是紫劉輝，是旺季大人。這就說明了一切——仙洞省在此提出要求，請遵循紅星之兆，即刻進行王位的更迭吧！」

仙洞官本來就掌握著判別王座真偽，即位與否的權利。他的聲音，響徹了整個政事堂。

悠舜猛然睜眼，就要拍下羽扇。

然而，璃櫻卻比悠舜早了一步，伸手蒙住仙洞官的口，封住他高亢的聲音。力道之猛，甚至讓仙洞官的下顎骨發出難聽的喀喀聲。

「——住口。仙洞省令君是我，不是你。」

璃櫻說這句話時的口吻沉靜，但卻足以令政事堂中的每個人都聽見。

近距離冷冷睥睨著年輕仙洞官那雙昆蟲般的黑洞雙眼，璃櫻剛才冒出的一身冷汗已完全退去。仙洞省這三個字，使他從憤怒中醒來。身為仙洞令君，至今他仍有許多無法決定的事，然而只有這一點他是肯定的。

「舉凡朝廷百官，連官位最低的廄官都有諫言權，即使是帶罪之身也一樣。這份權利不管是誰都無法剝奪，也絕對不能妨礙，無論諫言內容是什麼。但是，你仍然沒有任何殺害羽羽的理由。連一個都沒有。」

葵皇毅與凌晏樹以及孫陵王，都因璃櫻起身說這番話時，身上所散發寧靜的霸氣而感到驚訝。璃櫻是旺飛燕的兒子，也就是旺季的外孫，這件事他們早已知情。然而至今從未覺得璃櫻與旺季有任何相似之處。真要說的話，璃櫻給人的印象還是「縹家的人」。

然而如今，他的聲音聽起來令人產生旺季就站在那裡的錯覺。

「你說了許多看似有道理的話。然而你為什麼不在殺害羽羽之前，挺身而出，到陛下面前提出那些諫言？今天，陛下直到最後都沒有阻止你發言，就算你是殺害羽羽的罪人也一樣。即使你不殺害羽羽，陛下也一定會和現在一樣坐在王位上，不逃不躲的聽你說什麼。而你，為什麼不這麼做？」

仙洞官的眼中，開始蒙上一層陰暗的猶豫與畏懼的神色。

「難道你認為因為有那些想說的話，就能構成殺人的理由？你想說的話，會比一條人命還重要？你連正面訴求的覺悟都沒有，還是你以為只要殺了羽羽，人們就會因畏懼而聽你的話了？你只不過是將自己看不順眼的事統統歸咎給陛下和羽羽罷了。你只不過是擅自認定只要排除了他們就能使一切順利，然後就動手執行了。再說，你為什麼不對身為仙洞令君的我下手，反而狙殺了我的副官羽羽？我當時明明也在場。」

「那是因為，您是蒼家的——」

「所以你是以血緣來選擇殺人的對象？嘴上冠冕堂皇說著縹家或是仙洞省，要知道所謂的諫言，不是那種經過算計，別有居心的話。那種東西不是諫言，而是讒言。」

從仙洞官昆蟲般的雙眼露出扭曲的眼神，閃現著異樣的光芒。

「殺害了羽羽，卻還企圖合理化自己的行為，我絕對無法原諒這樣的人。就像你有你的想法，羽羽也有羽羽的考量。仙洞省必須處於中立的立場，決對不可出言左右國王。你可以有自己的信念和意見，有什麼不滿也可以提出來，然而最後的判斷還是必須交給陛下自己決定。必須為政事負起責任的，是陛下以及朝廷裡每日為百姓努力的百官們，而不是仙洞省。即使是看見相同星象的兩個人，最後也可能走上不同的道路，因為決定最後道路靠得是人的意志。不可自以為是，決定這個國家前途的，不是星象，也不是仙洞省——更不是你那骯髒的讒言！」

剎那，傳來木頭裂開的細微聲響。

璃櫻的手先是被一股強勁的力道撥開，接著腹部受到一陣猛烈衝擊，痛得眼前一片雪白。整個人就這麼不明就裡的被震飛了出去。

像顆球似的，璃櫻在地上翻滾碰撞了好幾下。劉輝慌忙奔下王座，抱住滾到王座前短梯下的璃櫻身子。

只見仙洞官手中的木枷已被他一分為二，押著他的兩名武官也被踢飛到政事堂後方。而兩名武官手中的長槍則被折斷拋在地上。

劉輝睜大了眼。雖然散發著一股詭異的氣氛，但怎麼看，那纖瘦體弱的仙洞官，都不該是個能徒手劈開木枷並折斷長槍的人。

懷中的璃櫻痛得嘔吐。一看到劉輝，表情都扭曲了起來。似乎想說些什麼，一張口又是一陣乾嘔。劉輝小心的不去搖晃璃櫻的身體，幫他將頭和身體擺在比較舒服的位置。確認過嘔吐物沒有帶血後，才暫且放下一顆心，幸好沒有傷到內臟。劉輝注意到當時璃櫻自己反射性的向後一跳，或許因此減緩了衝擊的力道。

「白大將軍！孤沒事，快去保護悠舜！別讓他靠近！」

白雷炎正朝劉輝飛奔，在劉輝御令之下，猛然停住腳步。

「璃櫻，聽得見嗎？」

這幾天除了水以外，幾乎沒吃什麼食物的璃櫻，嘔出來的只有胃液。

「……小心……那傢伙……吃了藥……和暗殺傀儡一樣……能增強身體機能……拿好劍……」

劉輝正想伸手取劍，不料卻撲了個空。一頓之後，臉色發青。

「……糟、糟了。『干將』和『莫邪』不在身邊之後……孤就一直沒配劍。」

「…………什麼？！！！！」

璃櫻又是急得漲紅了臉，又是驚得臉色發白。雖然無法發出聲音，從他的表情也知道，他在心裡已經把所有罵人的話都對著劉輝罵過一輪了。

搶在飛身趕上的武官之前，仙洞官提早一步跳到劉輝與璃櫻面前。令人難以置信的身體機能。半途中，仙洞官將折成兩半的長槍從地上撿起，硬塞給劉輝。

異樣扭曲的表情，仙洞官發出狂亂的聲音嗤笑著。

「璃櫻大人，您很聰明，說的話也正確，正確的令人想吐。聰明是沒什麼問題，只不過，您剛才也不敢說我的話完全是錯的。當我問你旺季大人和這個昏君誰適合當國王時，你無法回答。紅色妖星的凶兆顯示的是王位更迭，這並非謊言。而你也不能否認旺季大人的確比昏君擁有更濃厚純正，更應該繼承王位的蒼家血統，而你則是繼承旺季大人血脈的皇子。你更沒說旺季大人不該坐上王位——從來沒說過。」

在場所有人，都清楚聽見他說的話。

璃櫻像被人重重敲擊了腦袋似的猛烈顫抖。抱著他的劉輝雙手不曾放鬆，璃櫻有如惡寒的顫抖也都傳遞到他身上了。璃櫻無法反駁任何一句話，腦中一片空白，什麼都無法思考。

「若說由人的意志來決定，那麼我的意志是否也該算在其中？我認為這個國王無德無能，也不受天星庇佑。所以我不承認他，要除掉他，這有什麼錯？這個王身上沒有王星！我是正確的！」

一股驚人的力量揮動著長槍，目標是劉輝。劉輝抱著璃櫻，打橫縱身一跳。

然而長槍沒能揮到底，舉著長槍的手臂，就那麼摔落在地。「咦？」仙洞官不解的歪著頭。一秒後，看見自己滾落在地的手臂。

接著，劍穿刺過他的心臟，出現在胸前的劍尖馬上又被抽了回去。仙洞官雖然從背後被刺了一劍，但致命一擊則落在他的頸動脈。毫不留情的，就像屠殺的是野獸而不是人。鮮血噴出的聲音聽得一清二楚。

劉輝和璃櫻茫然地望著眼前發生的一切。為了擊退殺手，劉輝也曾殺過人，但眼前的行為對他來說卻是陌生的。毫不拖泥帶水，雲淡風輕的殺人方式。兩人身上連一滴血都沒沾到，簡直就像殺人時，把血的噴濺程度都計算進去了。

耳邊傳來劍收入鞘中的聲音。熟練的腳步踩過血窪，發出輕微的水滴聲。

劉輝抬頭望向「那兩人」。

兩人出手時悄然無聲，就連劉輝都沒發現。一晃眼，電光石火之間就結束了一切。

「宋將軍……孫陵王……？」

「……御前拔刀，冒犯陛下了。請原諒。」

孫陵王笑了笑，將劍放在地上。宋太傅從先王時代開始，不管到朝廷何處都被允許配劍，但六部尚書孫陵王是不能在政事堂上帶劍的。仔細一看，那把劍毫無特殊之處，是公家配給一般武官的便宜貨，看來是他臨時從附近武官身上取得的。

宋太傅一揮動手上的劍，血滴便如雨落。他瞪視了孫陵王一眼，那個過去曾同時與自己及戩華王和司馬龍三人對戰的年輕人。

「……你功力不減當年啊，孫陵王。保護了陛下，我向你致謝。」

「沒什麼。」

宋太傅又瞪了劉輝一眼。兇惡的表情令劉輝吞了一口氣。然而宋太傅踏著大步走上前來，然後卻是屈膝一跪。在劉輝面前深深低下頭，打從心底說出這麼一句話：

「……您沒事，真是太好了。」

那聲音裡不帶任何一絲怒氣，使得劉輝心頭一熱。用點頭代替了致歉。

耳邊聽見悠舜擺脫白雷炎的聲音，伴隨著拐杖的聲音靠近。

一邊抱著璃櫻，劉輝抬頭望著政事堂精美雕琢的天花板，深吸一口氣。

視野一角，彷彿望見霄太師冷冷的表情。腦中響起那個寒冷夜裡他說的話。

『你只是一顆方便的棋子罷了。』

從趕上前來的文武官員之中，感受到凝視著劉輝與璃櫻的目光——包括六部的首長副官、葵皇毅、凌晏樹，還有其他高官——那是在場所有官員們的眼光。

仙洞官屍體流出的血，漸漸變成紅褐色的血窪擴散，滲入地裡，不會消失了。和他口中吶喊的那些話語一樣。劉輝覺得那聲音彷彿還在政事堂裡迴盪、衝撞，但絕對不會消失。像一顆水珠破碎了，沾染在百官身上。

「陛下。」

悠舜的聲音很冷靜。聽起來似乎有些生氣。本來悠舜建議不該公開審問，劉輝卻沒有採納。沒有下令處刑的也是劉輝自己。

這一切都是劉輝自作自受。

「悠舜，孤有話跟你說。」

劉輝直視悠舜的眼睛，發現從那雙眼眸裡依然讀不出情感。每次望向那雙眼，劉輝總是感到迷惘。深不可測的雙眼，就像他那謎樣的微笑，令劉輝感到不知所措。不過現在不一樣了。

劉輝微笑著，即使因為弄不清悠舜內心想法而悲傷，也不再迷惘了。這是因為就算讀不出悠舜的心意，劉輝自己的心意已經確定了。

「是很重要的話。很重要。」

劉輝伸出手，握住悠舜的。他的指尖冷得像冰。

「等把璃櫻交給陶御醫之後孤就過去，請你在尚書令室等。」

悠舜顫動睫毛眨了眨眼。從相握的手中傳來悠舜的體溫，但他本人似乎不喜歡這樣，很快的將手抽離，而劉輝也不去追。

「……明白了，我的陛下。」

劉輝的臉稍稍扭曲了一下。從悠舜沉靜的聲音和表情，果然還是完全無法讀取他內心的想法。甚至不知道他是否早已預測到劉輝會這麼說。很想說些什麼，但無論說什麼聽來都像是藉口，所以什麼都說不出口。就像追不回他離去的指尖，劉輝還是沒能掌握悠舜任何一個地方。

「白大將軍，為防萬一，還勞煩您護衛悠舜，送他安全回到尚書令室。」

劉輝抱起璃櫻正想帶他離開時，璃櫻卻伸出手表示抗拒。

「……我，我……」

璃櫻臉色蒼白，推向劉輝的手也軟弱無力，腦袋一片混亂，不知道自己想做什麼。但很清楚自己全身的顫抖，並不是因為受到攻擊的緣故。

『你無法回答，連一句話都沒說。』

仙洞官的話語在腦中反芻，始終沒有消失。

劉輝伸出右手，蓋住璃櫻那露出混亂、甚至是膽怯的雙眼。

「……什麼都別在意。在孤帶你到陶御醫那邊之前，就閉上眼睛別說話吧。現在不想看見的東西，不去看也沒關係。不想聽的不用聽，不想思考的也不用思考。什麼都不做也沒關係，孤准許你這麼做。」

璃櫻發出呻吟，想說些什麼，但卻難以成聲。不久，璃櫻顫抖的雙臂無力地垂落，劉輝手掌下的雙眼也乖乖閉了起來。

劉輝雙手抱起璃櫻，一走出去，文武百官便慌忙低頭，讓出一條路。劉輝看不見那些深深低垂著頭，臉上的表情究竟是怎麼樣。明明他們就在那裡，卻還是什麼都看不見。死去仙洞官的吶喊，現在還在政事堂的牆壁間衝撞迴盪，像是山谷回音留下殘響。劉輝穿過這些回音，分明周圍擠滿了人，卻只聽見自己的腳步聲。那是一個形單影隻，既冷清又孤獨的聲音。

只回過一次頭，看見仙洞官的屍體即將被清理，之後他便從視野裡消失了。

● ● ● ● ●

劉輝並非將璃櫻帶往仙洞省，而是帶他回到自己的後宮。抱著璃櫻回去的路上，懷中的他像得了瘧疾似的一直抖個不停。

在十三姬事先暖過的房裡，陶御醫已經在等待了。結束診療後，陶御醫和十三姬先離開，房裡只剩下劉輝與璃櫻兩人。

室內平靜的讓剛才那一幕變得好不真實。劉輝靠著寢床，低頭望向璃櫻。璃櫻僵硬著一張臉，劉輝便像剛才那樣再次撫上璃櫻的眼皮。

「孤讓人都退下了。這裡沒有旁人，只有孤在旁邊看著，你睡一下吧。」

璃櫻張著蒼白的嘴唇想說話，聽見劉輝這麼一說便作罷了。

「母后的屍體，也是孤第一個發現的，漂浮在池塘裡，在水面上晃啊晃的。」

璃櫻聽說過，第六妾妃死因應該是病死。官方說法。顯然事實並非如此。反正，第六妾妃的死因對朝廷來說，不管是什麼都無所謂。妓女出身的妾妃，就像剛才仙洞官的喊叫，對眾人而言是無足輕重的。然而，對劉輝而言她依然是母親。

「好長一段時光，連孤都忘了那件事。也不曾有為母親感到哀傷的記憶。然而只要一到夜裡就會感到恐懼，只有兄長在身邊才睡得著。」

「…………」

「現在你什麼都不用去想……羽羽死後，你都沒有哭吧？」

掌心下，璃櫻的顫抖停住了。

「只有現在，做什麼都沒關係。你可以把時間都留給羽羽，他一定不會生氣的。」

聽見微弱的啜泣聲，接著，掌心便感到璃櫻流下的大顆淚珠。

如下雨般的無數淚水，沿著璃櫻蒼白的臉頰滑下。璃櫻舉起衣袖擦了無數次，眼淚還是停不下來。

忍不住的嗚咽，使他哭得更兇，開始抽泣。過去的璃櫻，從來沒像這樣哭泣過。

劉輝默默將璃櫻的頭拉到自己胸前，就像過去靜蘭對自己做的一樣。

璃櫻有些害臊地想停止呼吸，內心深處卻抗拒似的大為震動。如決堤一般，心頭有熱流奔馳。雙手緊抓著劉輝的衣服，將臉用力埋在裡面。雖然無法控制自己不哭，但至少要忍住別發出哭聲。

『璃櫻大人，你不是「無能」的。』

今年春天才認識了羽羽，兩人的相處甚至不滿一年，實在太短了。

只要被那雙小小的，皺皺的手握住，就覺得整顆心都獲得包容，湧現溫暖的感覺，同時也會感傷的想哭。每次背起他，都覺得他又更小、更輕了。

兩人都未曾提起，但曾幾何時璃櫻也發現了，羽羽將璃櫻喚來貴陽的真正理由。

每次握手，羽羽都會交給璃櫻一些東西。為了讓璃櫻留在羽羽不在的未來世界。

一旦深思，都會因為太過恐懼而不去想。希望盡量延後那一刻的到來。想要珍惜再珍惜，兩人共處的時光。

『璃櫻大人是我的驕傲。』

那時的羽羽，像斷了線的傀儡。低垂著頭，背靠著牆，像睡著了似的。背上插著短刀，鮮血染紅了上衣。終究沒能保護他，早知道就不要去取什麼溫開水了。

早知道就一直陪伴在他身邊。

「……羽羽……」

璃櫻一邊哭，一邊持續發出自己也不明意義的囈語。前幾天都是一人獨處，自己就像是凍僵了一樣，而現在一切開始融化流出。這的確是一段只屬於璃櫻與羽羽的時光，劉輝只是沉默的在一旁守護著他，甚至沒有伸手撫摸璃櫻的頭。所以雖然是兩個人卻能夠好好獨處。那段時間和璃櫻過去知道的冷漠孤獨完全不一樣，是溫暖的足以融化冰凍眼淚的一段時光。

不知道過了多久，回過神來，璃櫻才發現自己在床上睡著了。淚水使眼前如包覆著一層膜般朦朧，腦袋也變得模糊，想不起身旁的人是誰。雖然想著應該說點什麼，但疲憊與強烈的睡魔讓他無法思考。

「……睡吧。只有現在能好好睡了。」

璃櫻恍惚的腦袋裡，聽見那溫柔的聲音。還來不及點頭，眼睛就閉上了。最後的眼淚無聲滑落，璃櫻陷入泥沼般的深眠之中。是啊，只有現在了。睡到下次醒來的時候。

無論是國王或璃櫻，內心都隱約明白，這對他們而言是最後的時間。

在日暮時分的昏暗光線下，哭累睡著的璃櫻側臉，看起來是那麼憔悴。不過那表情之中，總算浮現些許與年齡相稱的稚氣。

走出房間時，最後一次回頭望向璃櫻。斜陽照耀之下的劉輝臉上，帶著怎樣的表情，沒有人知道。

包括劉輝自己。

「劉輝陛下，璃櫻的情形怎麼樣？」

一出迴廊，邵可與十三姬已經在那裡等待了。劉輝想試著笑一笑，但馬上就發現自己的笑容有多麼不自然。為了掩飾，只好低下頭去。政事堂上發生的事，一定早就傳進他們兩人耳中。別說他們，恐怕連後宮裡的老鼠都聽說了。

「……總算是睡著了。」

晚風沙沙地吹過樹梢。抬頭望向微暗的天空，深呼吸一口氣。該是時候了──

「……孤得去找悠舜才行。已經約好了，孤卻還是遲到。」

悠舜的名字，令邵可和十三姬起了反應。

「您要去找……鄭尚書令？」

「是，有話對他說，是很重要的事。」

劉輝的聲音和漸漸變暗的暮色一樣深沉。不管是聲音還是表情，都和過去不同，帶著一股寧靜的味道。那是只有經過不斷思考，終於獲得結論的人，才能擁有的表情與音色。

若他只因政事堂上發生的事就做出這個結論的話，邵可一定會阻止。然而邵可隱約明白不只如此。十三姬的內心天生就比常人纖細聰明，而邵可則是與劉輝相識已久，因此兩人都沒有阻止他。

十三姬只是低下頭，畢竟她還猜不出劉輝做出的結論，只是感覺到劉輝已決定要捨棄什麼了，而自己並沒有阻止他的權利——無論是誰都沒有，邵可也一樣。

「結束之後，孤也會告訴你們兩位與絳攸。不過，一定要讓悠舜第一個知道。」

「嗯……不過，剛才確實聽聞悠舜大人有來客。還是晚點再去吧？」

十三姬與百合雖是身在後宮，對外朝的情報向來能夠正確掌握。速度和精準度都很高，可信度也是數一數二。劉輝望向十三姬，訝異地皺起眉頭。

「……來客？」

「是。與其說是來客，不如說是使者。聽說是從紅州來的。好像是……來做紅州蝗災的簡報。大概是讓腳程比旺季將軍快的使者先來報告的吧。外朝也還……那個……慌慌亂亂的……所以對方想先向尚書令報告，現在正前往會面的樣子。」

劉輝與邵可臉色都微微變了。邵可更是小心翼翼的追問：

「……十三姬……已經直接放使者通行，前往與尚書令悠舜大人見面了嗎？」

「當然，已經確認過使者身分，官位還不低呢。聽說還帶著太守印，是紅州有名的太守。不過這也算是稀奇，郡太守直接以使者身分前來，或許是因為三大天災的緣故吧。我想想……沒記錯的話，是州境關塞的太守……那名字聽起來個性就很差……啊，對了對了，因為和靜蘭的名字很像。叫做——子蘭。」

忽然，從別處傳來另一個腳步聲。

「……妳剛才說什麼？」

十三姬聽見聲音回頭一看，難以置信地瞪大了眼睛。

悠舜很喜歡天將亮的時間。暗夜的深藍色之中，慢慢滲入白色的天光，將世界染成美麗的淺藍。帶著白光的淺藍世界。等到太陽光照射下來之後，輪到金黃色開始滲入世界，那時的天色總令悠舜感到眩目。相比之下，傍晚的夕暮在消失時，卻總像非常匆忙地逃離，欠缺了一點風情。特別是秋天的黃昏。

一邊望著眼前日薄西山的世界，悠舜嘆了一口氣。手中握著羽扇，慢悠悠的走在寂寥的悲秋禁苑中，回頭望向使者。

「我是鄭悠舜。勞您遠道而來了，子蘭大人。」

由於子蘭提出避人耳目的要求，悠舜便帶著他來到池邊，一方面是悠舜自己也不希望子蘭和國王碰面。護衛的白大將軍雖然不肯答應，但悠舜還是硬打發他走。話雖如此，白大將軍也沒有輕易放棄，還是先嚴密檢查過使者子蘭的全身，然後才離開。無論是官帽、官鞋，還是放零錢的小包，甚至把手伸進子蘭口中徹底檢查了一番，現在眼前的子蘭是名符其實的被扒光狀態。子蘭好像想起方才的檢查似的，厭惡的伸手抹抹嘴巴。

「……未免太緊張了吧。朝廷裡的氣氛真詭異，是發生了什麼事嗎？」

「這你就不必多問了。我才應該是接受報告的人吧，子蘭大人。請你開始報告吧。」

悠舜冷冷回應。子蘭停下腳步，悠舜便跟著停下。他並未開口詢問蝗災的事，因為若不是蝗災已經平息，現在成群的黑色飛蝗早已隨著紅州季風飄來貴陽了吧。如果事態變成那樣，悠舜既無法在此悠閒散步，仙洞官也沒有閒工夫去殺害羽羽了。事物總是如此，好壞經常都是一體兩面的。

「子蘭大人，旺季大人大約何時返抵貴陽？」

「我想就快到了。紅州有些事絆住了他。」

「喔？是發生了什麼事嗎？」

「是啊。『東坡郡守子蘭大人，遭人殺害』。」

池塘裡傳來鯉魚跳躍濺起的水聲。遠方看得見燈籠的火光閃爍。為了避人耳目之故，院落裡，只有這池邊一角特別昏暗。悠舜低語：

「……嗯，我想也是。」

「……你說什麼？」

「很遺憾，我見過真正的子蘭大人。雖然你們的年紀體格都相近，但很明顯的長相不同。順便告訴你，其實我也見過你。」

儘管巧妙掩蓋了，那人臉頰到下巴一帶的傷痕還是略可辨識。

男人露出吃驚的目光，像是不敢相信悠舜的話。不過他小心翼翼的，沒有多說什麼。

悠舜在很久之前見過這臉上帶傷的男人一次。不過只要一次，就足以令悠舜記住這張臉了。

「很久以前，當我的故鄉被殲滅時，你和旺季大人一起出現在那裡。」

男人無言，但並未顯出慌亂的模樣，反而像是心裡有數，冷靜了下來。

「……沒想到你竟然還記得。」

悠舜抓起羽扇和拐杖。太陽已經完全下山了，黑暗中的他，露出一抹影子般的微笑。

凌晏樹和司馬迅必須負責「表面」任務，因此無法時時刻刻統領「牢中的鬼魂」。必須有人代替他們執行此一任務。被選上的人，為了旺季而始終活得像個影子。

「牢中的鬼魂」不只有死刑犯，還包括了許多失勢的高階武官。既是這樣的出身，當然懂得朝廷禮數，足以假扮郡太守，同時又具有不管做了多麼骯髒的工作都不以為意的作風與意志。不過，這些人有時候也會依自己的判斷而擅自行動。

「那顆太守印應該是真的。你應該是從某個取走子蘭性命的人，可能是晏樹，或是他的手下那裡得到這顆印，並以驚人的速度搶在旺季大人之前趕到貴陽，然後，再事先讓仙洞官服下那縹家的『藥物』吧。雖然，我還不知道這些是出自你的主意或是晏樹的主意。」

縹家的「暗殺傀儡」身上都帶有那種藥物，在並肩戰鬥的那段期間，從他們身上取得並不難。

「……不過，你回來為的不只這些事，所以才會像這樣來見我。我再問你一次，你要報告的是什麼？」

夜色般的男人笑了。叉著雙手，抬頭望向夜空。天上有雲，卻不見月亮。

「尚書令，旺季將軍很快就要回來了。」

「…………」

「今夜是個好時機，今夜的月亮將不昇起。多虧了那愚蠢的仙洞官，朝廷上下現在正議論紛紛。瞧這悶熱的氣息，很久以前也曾有過一樣的氣氛。爭奪王位的前一夜出現的氣氛。」

「…………」

「一位皇子被暗殺，這件事成了導火線，各皇子都開始率領私人軍隊闖進後宮。一個晚上後宮就堆滿了好幾百具屍體……今晚的氣氛，和那個晚上很像啊。不過，死的只是羽羽還不夠。那個愚蠢的仙洞官，既然要殺，就要殺個更有用的人才對啊。」

風突然停了。連池子裡的鯉魚都好像全部消失似的，周遭忽然安靜下來。

「羽羽的作用太小了。一定要死一個讓所有人都能感覺到國王已經面臨末路的人才行。真白費我讓他服下了最後的藥，沒用的傢伙。眼前不就有另一個能更簡單就解決的人嗎。而且只要殺了這一個在朝廷中舉足輕重的人，就等於斷絕國王所有的救命繩啊……」

嘴角牽動著臉上的傷痕，男人嘆了一口氣。有如低吟著童謠似的，夜色般的男人喃喃說著。

「就像把手腳一一斬下，奪走當今陛下擁有的東西，只給他留下最後一樣。只剩下那個人在他身邊，而陛下也只有靠著那個人才勉強能夠生存。就算只是活著而已。只要那個人一死，一切就都完了。那人是誰大家都知道，國王的心臟。」

「……………」

周遭已經完全暗下來，眼前是一片昏暗。然而夜色般的男人之所以無法判讀悠舜的表情，並不只是因為天色的緣故。悠舜與男人正面相對，毫不隱藏。男人內心低喃，真是令人畏懼的宰相。深不可測，無論伸出手怎麼摸索，他都站在碰觸不到的深冷地方。說不定連他本人都看不清自己。事到如今，比起旺季救他的理由，男人更能理解晏樹為何處心積慮想殺他。

男人露出沉痛的表情。在這種時候，依然能夠打從心底同情眼前的對象。同情他處於那又深又冷的地方，同情他的悲哀。雖然有必要的話，自己連十八歲的姑娘都能毫不猶豫的揮著斧頭殺害，卻也並不是真的冷血無情。然而鄭悠舜殺人時，一定不帶絲毫情感。再怎麼深冷的地方，只要看得見底就還有救。可是悠舜所在的地方，連他本人都知道是個深不見底，毫無希望之處。

「腳不好，身體又衰弱，臉上還帶著死相，你已經活不了多久了。」

悠舜笑了。這話小璃櫻也說過。不過這種事悠舜自己比誰都清楚。

「儘管如此，我還是無法等到你死的那天。不能同情，也沒得商量。只要放你多活一天，就會多一番作為。你太危險了。腦袋好的可怕，才半年就從一個無名小卒變成與旺季大人擁有同等評價的大官。在蝗災那件事所博得的名聲也不遜於旺季大人。然而那些評價本該全部屬於旺季大人。這一點你就和另一個人不同了。另一位擁有和你一樣頭腦的人。」

悠舜手中的羽扇遮住了他的臉。因此，現在鄭悠舜的臉上做何表情，夜色般的男人更加看不清楚了。不過那也無妨，又不是為了知道他在想什麼而來的。

「即使只讓你多活一刻，那一刻不知道你又會完成一些什麼。你就是這麼一個人。才用了半年時間就讓那個年輕國王的身心完全崩壞，讓他除了你之外，什麼都不剩。」

「……這又如何？有什麼問題嗎？」

悠舜在黑暗之中靜靜微笑。那笑容既妖豔，又充滿了謎團，美得令人顫慄。然而男人不為所動，一步步逼近悠舜，直到距離近得伸手即可勒住他的頸項。

「不知道問題在哪，這就是最大的問題。如果對象是凌晏樹，很容易就知道他危險的地方是哪裡。只要懂得應對方式，就能和危險的野獸和平共處。然而你不一樣。不知道你到底哪裡危險。想支配你又未免太過愚蠢傲慢了。」

聰明。悠舜在心中低語。除了男人原本深思熟慮的個性外，對旺季的忠誠心才是最可怕的地方。晏樹還沒打算對悠舜下手，這男人卻不一樣。就算悠舜還有利用價值，也敏銳的察覺到悠舜的危險就在於無法完全操縱利用。知道這一點的人並不多，這男人正是極少數之一。他一心一意只想為旺季摘除所有可能帶來危險的芽苗。

而悠舜……完全無法反駁。

抱歉了。男人如此低喃之後伸過手，抽走了悠舜的拐杖。那小心仔細的手勢，優雅的讓人想起他曾服侍過的某位皇子。沒了拐杖，悠舜只能站在原地嘆息。不是不能走，但就算逃走又怎樣。悠舜不時會有這種念頭，當故鄉被殲滅時，腳開始不能動時，以及自願前往茶州時都曾這麼想。而現在不知何故，也出現了那種有點想放棄的心情。風在頭頂呼嘯盤旋，今夜一定會很冷吧。說不定是今年最冷的一天。

「……你是為了旺季大人而來當宰相的。這一點我很感激你。而我今天也不是為了逼國王走上絕路才這麼做，只是結果剛好這樣而已。」

只要王的心臟——悠舜一死，國王就無法繼續在朝廷生存下去。連一刻也無法。殺了悠舜會發生什麼事，男人看得一清二楚。不過那也只是目的之一而已。

「等旺季大人回來就殺不了你了。所以我才會趕在他之前過來，我想盡量趁早多解決一些問題。」

悠舜凝視著夜色般的男人，男人的雙手已搭在悠舜纖細的脖子上。那雙手粗糙有力，充滿輕易就能折斷頸項的力量。悠舜吐出白色的氣息，最後開口問道：

「……你想要的是什麼？」

「我只要旺季大人坐上王位。」

就在男人的手用力使勁時……

「——悠舜！」

聽見了誰的聲音。接著在一陣激烈的衝擊之後，悠舜發現自己的身體正浮了起來。

一拍之後。

平靜的有如一面鏡子的池面，濺起了大片水花。

● ● ● ● ●

『即使只讓你多活一刻，那一刻就不知道你又會完成一些什麼。』

沉重的池水冷得像冰。悠舜並不划水掙扎，只放任自己深深地、深深地沉入池中。覺得自己像是沉進了黑暗底層，悠舜不禁微微笑了起來。這地方很適合自己啊。既冷又深的黑暗底層。逝去的族人們一定也都來到相同的地方了吧。

（……或許，這樣也好。）

就這樣也好。

手中握著一個願望，無論必須背叛誰都想完成的願望。想阻止一旦下定決心就永不回頭的自己，唯一的辦法就是死。那個男人只是發現這一點而已。悠舜並不怪他。

「咳咳……」將口中殘存的空氣吐出。

突然，一股不知來自何人的力量，用力抓住悠舜的手臂。將被水藻纏繞的他拉出池外。

水面之上，看得見燈火搖曳，聽得見誰在吶喊著什麼。剛在水中時，有雙手伸進水裡拚命揮動尋找著什麼。悠舜無法聚焦的眼神看著這一切，內心感到一陣不可思議。

他到底是在找什麼啊。

那種找法，簡直就像丟失了世界上最重要的寶物一樣。

最後似乎看見那雙手停止搜尋的動作，朝自己伸來，彷彿總算找到那重要的寶物一般。等等離開池子，一定要問個清楚。悠舜閉上眼睛。

……再次醒來時，悠舜正一邊咳嗽一邊吐出肺中大量的池水與水藻。張開口想說些什麼，卻因一陣噁心襲來而頭暈目眩，差點又吐了起來。

「悠舜！你聽得見嗎？悠舜！」

「……陛下……？」

從聲音認出了是劉輝。全身溼透，冷的不得了，吸了水的官服沉甸甸的。身邊傳來慌亂的腳步聲。

「是孤沒錯。可惡，這個虎皮條紋男！不是吩咐你好好護衛悠舜的嗎！」

「我護衛了啊！等一下，誰是虎皮條紋男？你才是笨蛋國王吧！要不是你這個臭小鬼亂推亂擠把尚書令給撞了下去，哪會變成現在這樣？大白天的也就算了，你還是不管做什麼都只會壞事耶！」

「唔……所、所以孤不就急急忙忙地去救他了嗎？孤本來想要帥氣跳進池子去救他，怎知反倒被你給揍了一拳。你這近衛是怎麼當的啊？」

「揍你是剛好而已！你以為我不知道嗎？什麼帥氣的跳進池子？你明明是隻旱鴨子，讓你跳下去的話，我們就又要多救一個人耶，笨蛋！救人的事交給我和楸瑛處理就好！」

「什麼旱鴨子？孤只是沒游過泳而已！」

「你這笨蛋真的很欠揍，再吃我一拳，喝！」

鐵拳還真的打在劉輝頭上，發出「鏗」的一聲。聽見劉輝發出哀號，悠舜卻一點也不同情他。要是白大將軍說的是真的，那劉輝真的是笨的欠揍。悠舜又頭暈目眩了起來，不過是另一種意義上的。

伸手撥開蓋住前額的頭髮，溼透的袖子馬上滴下水來，發出水池的臭氣。這時，有另一雙既不是劉輝也不是白大將軍的手，從後方輕撫悠舜的背。

「……您沒事吧？悠舜大人。幸好趕上了。」

聽見這聲音，即使是悠舜也不免意外。他驚訝得一邊咳，一邊轉頭望向楸瑛。

「……楸瑛大人？你怎麼會在這？」

「是秀麗大人吩咐的。她要我趕回王都加強你身邊的護衛工作。我也沒料到，竟然會在匆忙趕回的途中再次遇上那個男人。」

戴狐狸面具的男人。從臉頰到下巴有一道疤痕的男人。當楸瑛在路上偶然看見他時也很驚訝，雖然心想不會這麼巧吧，但還是謹慎的跟蹤男人。看到對方一路直進貴陽，更是令人大吃一驚。

「……再次？話說回來，那男人現在在哪？」

「已經抓起來了。托白大將軍也在場的福，總算是逮到活口。」

悠舜感到一陣奇妙的安心。那個想殺死自己的誰如果死了，就太沒天理了。如果必須有人死，該死的大多應該是自己才對。雖然也有例外，至少這次那個男人不是。

「秀麗大人是怎麼知道的？」

「是。她說如果對方想除掉妨礙者，必然會找地位比她更重要的人下手。悠舜大人既是宰相，向來又討厭帶護衛，加上現在軍方和近衛武官多數被派往各地，都城警備不足所以有機可乘……加上若失去您，將會對國王造成最大打擊，所以才要我前來保護，以防萬一。」

悠舜不知道自己是不是在笑。當初那個被耍得團團轉的小姑娘，如今已經成長為不管情形怎麼迂迴，腦中思路都能即時跟上。只是這次，就連悠舜也不能肯定，她所做出的判斷是否正確。心中微微冷笑起來。

屋外黑暗的另一端，四名羽林軍正看守著負傷的男人。憑男人的功力，就算手中不帶武器還是有可能脫逃，但他卻毫不抵抗束手就擒。悠舜想了想，這麼說：

「……請將他送到御史大夫葵皇毅那裡，並且要極度保密。我這邊沒事了，如果可以的話，請讓白大將軍與楸瑛大人一起送他過去，因為他被暗殺的可能性極高。到了那邊之後，請楸瑛大人向葵皇毅說明前後始末。」

白雷炎與楸瑛雖不願意，但劉輝已經點頭，楸瑛也只好心不甘情不願的往男人那邊退下。

「……大將軍，武官中有誰知道今晚的事？」

「我和楸瑛，還有在場的副官皇子龍以及四五名手下。」

和楸瑛的左羽林軍將軍職位相當的右羽林軍將軍，就是皇子龍。悠舜點點頭。

「若是皇將軍，就不擔心此事會洩漏了。也請他務必守密。還有，雖然現在說有點遲了，但非常感謝您前來搭救。」

白大將軍像擰抹布似的擰著自己的上衣，再抖開時，水已經幾乎全乾了。他將上衣掛在赤裸的肩頭，再將披著的虎皮拋向悠舜。虎頭滾落到悠舜膝上，一向鎮定的他也不免驚呼失聲。劉輝七手八腳的用整張虎皮將悠舜包起來，抓起兩隻虎腳，在他身前打了個結。毛茸茸的虎皮暖呼呼的，卻很難不會有被老虎吃掉的感覺。

「……你們主從兩個都太危險了，送犯人過去之後我馬上回來。」

悠舜望著白大將軍腰間有如寶石一般的長劍，又望望手無寸鐵的劉輝。

「……白大將軍，恕我僭越，能否請您暫時將腰間這把寶劍放在陛下這邊？」

「悠舜！白大將軍那把劍是——」

「不，不要緊。我原本就這麼打算的——陛下。」

白雷炎立刻卸下腰間寶劍，將劍拋向劉輝。於是那把如青玉般的美麗寶劍，便穩穩落入劉輝手中。

白雷炎一邊轉身，一邊低語。

「……請不要再兩手空空到處亂跑了……拜託您。」

政事堂上發生的事，還有剛才的事——白雷炎懊悔的聲音令劉輝驚訝地抬起臉望向他，但白大將軍已經邁著大步朝楸瑛那邊走去了。

劉輝靜靜地凝視手中光輝燦爛的寶劍——青釭劍。

這是白家傳家武器之一的名劍，只要是習武之人莫不垂涎。削岩如泥的這把寶劍，單就劍本身的價值來看，甚至高過「干將」與「莫邪」。事實上，就連劉輝也很少有機會看到這把劍。

深刻的懊悔與低沉的聲音。令劉輝想起宋將軍對自己低頭時的模樣。

當時，白雷炎是否也有同樣的表情呢？

自從斷絕輸送糧食到黑白州之後，劉輝就無法好好正視他了。不要他護衛自己，而命令他去保護悠舜，一部分也是因為心中對他有著罪惡感。劉輝認為自己沒有資格被他保護。雖然白雷炎沒有表示什麼，但內心卻一直放不下這件事。然而即使如此，他還是將這把可說是分身的青釭劍交給劉輝。像是在說「如果無法正視我，至少看著我的劍吧」。

這把劍就像代替了他。

劉輝握緊了劍。自己總是如此後知後覺。感覺到悠舜的視線，劉輝將撿起的拐杖遞給他，並握住他的手。黑暗之中苦笑著低聲說：

「抱歉，孤來遲了。」

國王的聲音聽來像是壓抑著什麼。但那究竟是什麼，悠舜也不知道。不可思議的是，口中回答的竟不是「沒這回事」，而是「對啊」。

國王皺起一張臉，用力抿住嘴唇，像是把想說的話又吞了回去似的。

……此時，正好看見絳攸與邵可帶著大量毛毯與取暖用的溫石趕來。

● ❋ ● ❋ ●

劉輝將悠舜帶往的，不是後宮中的其他房間，而是自己的臥室。

看見妻子柴凜已經在那裡等待，這最讓悠舜感到吃驚。見到渾身溼透的丈夫，凜有一瞬間皺了皺眉，但接下來，為悠舜清潔身體，換上清爽乾淨的官服，也都是凜一手完成的。這段時間，無論是凜或悠舜都沒有開口交談。

更衣完畢後，凜深深低下頭，像是在做無聲的告別。良久之後，她才轉身離開。動作快得連悠舜也看不清她眼中的神情。

回過神來，悠舜才發現自己不知不覺地抓住凜的手。向凜求婚時也是這樣。像這樣，抓住準備離開的她的手。當時，悠舜有必須對凜說的話。然而現在的悠舜卻是——什麼都沒有。儘管如此，他還是無法放開凜的手。

凜對悠舜而言，是個枷鎖。像一塊沉重的大石頭，總有一天她也會成為悠舜的弱點。只要沒有她，悠舜可以自由飛往任何地方。可是伸手抓住她不放的，也永遠是悠舜。正因為如此，凜才會成為悠舜的弱點。

——即使如此，對悠舜而言，這塊大石卻是必須的。無論是悠舜的心還是人生都需要她。這不是弱點，而是如果沒有她，悠舜整個人就會變成一片空洞。直到這時，悠舜才明白這一點。

可是悠舜早已走上不歸路，無法回頭。凜曾說過，願意與自己同生共死。這主意聽起來真不錯。可是現在，悠舜閉上眼睛，放開她的手。

不能帶她一起走。不想這麼做。她對悠舜而言，就像是不配擁有的未來。和夢想一樣，不能一直放不開。如果不想破壞，就只有放手。

所以。悠舜終於放開了那雙手。也將她，從人生中放開。

「……謝謝。請妳離開吧。」

此時，凜卻回過頭來。她的表情寫著，知道悠舜想捨棄的是什麼。沒錯，就是自己這個妻子。凜的表情扭曲，舉起悠舜主動放開的手，甩了他一巴掌。就這一次。悠舜與其說是痛，不如說是驚訝。

這是凜第一次打了自己。

「老爺，我以前說過吧。我所愛的並不是那種什麼都很完美又溫柔的人。凜喜歡你的缺點，喜歡那個明明知道我會成為你的負擔，卻依然牽起我的手的你……可是，這一切都結束了。請你走自己希望走的路吧。凜很明白你的心願是什麼，那也是值得你這麼去做的心願。你自己或許還半信半疑，但那一定是一件好事。只有這一點我很確定。可是……」

凜用兩手包住悠舜雙頰，哭泣似的笑了。凜的眼裡，映出的是悠舜的身影。

「可是凜不能和你一起去了。如果你不願帶我走上你的人生。縱使我早有覺悟，只要你願意和我牽手同行，無論天涯海角我都願意和你一起去……然而今天你放開我的手並非為了保護我，而是為了讓你自己輕鬆。所以我不能和你一起去了。」

悠舜瞠目結舌。雖然想否認，卻說不出口……說不出口。

「這是道別。老爺。我將如你所願離開，從你的心裡離開，也從你的人生離開。再見了。」

祝你幸福。凜微笑著，最後一次吻上悠舜冰冷的嘴唇。

就這樣，凜真的走了出去。再也不會回頭。悠舜茫然地聽著門關上的聲音，只是關上門的人不是悠舜，而是凜。

……好一陣子，悠舜都茫然失落，不知所措。

突然，視野裡出現了一雙鞋。悠舜想從椅子上站起來，卻被輕輕阻止。

「坐著就好。白大將軍守在外頭，所以不用擔心。身體覺得怎麼樣？」

「是……不要緊。」

悠舜深吸一口氣，漸漸恢復平日的冷靜。暫時無視凜離開之後身體出現的空洞。告訴自己，這麼做是對的。這一天總會來臨，只是剛好是今天……如此而已。

「……您不是說，有話告訴我嗎？陛下。」

微笑著，悠舜已經完全恢復平日的表情。溫柔、沉靜、謎樣的表情，像一座越想探究越是迷失方向的迷宮，總令劉輝發出困惑的微笑。

「……其實……孤本來想更早告訴你的。」

暖爐裡的炭火跳了一下。悠舜沉默等待劉輝繼續往下說。燭台的火影晃動，燭火後方的國王雙眸靜謐，悠舜在稍早之前就發現了。

「孤一直思考怎麼做才是最好的，卻一直不懂。越想越不懂。不管做什麼都做錯，只能全權交給你判斷。」

「可是……」劉輝低頭望向悠舜，微微苦笑。

「可是現在孤懂了。原來孤一直只想著自己，都只想著怎樣的未來對自己才是好的。總想讀懂別人的心，好去迎合對方。這是孤的壞毛病──悠舜。」

劉輝深呼吸，發現自己的指尖竟然在顫抖，於是用力握緊拳頭。

火影依然搖曳，使得劉輝看不清悠舜此時的表情。

「……孤決定退位。將王位禪讓給旺季。這對國家來說，才是最好的。這是孤的結論，本來想請你和……羽羽，為這件事做準備，沒想到……」

悠舜的眉毛動都不動。兩人之間瀰漫著連風都靜止的空白。

這份沉默並不會讓人感到驚訝，就像是一直在等待似的，等待劉輝說出口。

「……絕對不是因為今天的仙洞官事件，孤才做這個決定。」

雖然悠舜並未提及政事堂發生的事，但劉輝並不希望被認為是因為發生了那件事，自己才突然做出這個決定。至少不希望悠舜這麼認為。不過他同時也覺得如果是悠舜就一定會明白，他有一雙看透一切的眼睛。認不清的，總是劉輝自己。不過，劉輝軟弱的聲音再次開口。

「不……當然要說完全沒受到影響是騙人的。孤或許又……因此再次想逃避了。至少從別人眼裡看來會是如此。老實說，孤自己真的搞不清楚……如果現在開始還不遲……不，一定已經太遲了吧，可是……」

劉輝微微皺起眉頭。明明早已下定決心，內心深處卻有個反對的聲音。像撬開一個不知名的箱子，那是什麼──然而現在的劉輝無法抓住那東西，就連為何現在自己又開始猶豫，他也搞不清楚。

「……並不是因為……比起孤，旺季一定能做得更好什麼的……如果孤還有能力去做，也願意盡量做……孤是想好好做的。可是，不行了。孤是不行的。說不清楚，只知道現在孤不能繼續留在朝廷——」

儘管劉輝話不成章。悠舜還是努力側耳傾聽。

「孤本來打算……等旺季回到貴陽的。在那之前，本打算好好坐在王位上等待，因為那是孤應該在的地方，不管發生什麼事，都要完成自己做得到的事……和你，一起。」

琴音深處，傳來說話的聲音。那是遙遠過往中自己的聲音，難以忘懷的話。

——我必須在這裡等待。

——你打算，等到什麼時候？

——等到知道那些我重視的人們，不再需要我的時候。

等到知道自己不再被需要的時候。等到那一天來臨為止。

劉輝伸出手，緊握住悠舜的雙手。是啊，要和悠舜一起。

「……可是，就連這……好像也沒辦法了。」

「……陛下。」

「羽羽……已經死了。被殺死了。下次就輪到你了，這些都要怪孤。」

悠舜直視著劉輝，那張臉開始微微扭曲，從雙眼中滾落淚水。

「差點以為，你就這麼死了。」

池塘。水聲。令人背脊發涼。和母親死去時一樣，再也不想親眼目睹的光景。

「孤本來想好好等到旺季回來的。決定這次絕不再逃避，想把這最後一件孤能辦到的工作做好。可是還是不行了。沒有辦法繼續下去。就算被人從背後指指點點，說孤又逃避了也沒關係。如果這麼做就能不再讓誰死掉，那就值得了。孤不想你死，你對孤而言，是非常重要的存在。然而只要孤繼續坐在那張龍椅上，就連你，孤都保護不了。」

劉輝的臉已經哭花了，大顆眼淚不斷流下，他也不去擦拭。

「孤已經無法再等旺季回來了。今晚的事，讓孤明白了這一點。已經不行了，情勢再也控制不住。大家都想在旺季回來前就把事情做個了結。他們都知道只要殺了你就能讓一切結束。也知道這是最簡單的方法。可是孤不要這樣，所以悠舜……孤現在，在此，命你將尚書令之職——」

此時，遠方傳來鼓笛的聲音。

悠舜臉色驟然大變。看看劉輝，他似乎因為太激動而沒有聽見。喀嚓，窗外傳來白大將軍有所行動的氣息。腦中突然懂了臉上帶傷的男人話中含意。

『今夜是個好時機，今夜的月亮將不昇起。』

趁劉輝還未察覺，悠舜小心翼翼地恢復了原本的表情。沒有太多時間了，不過並不是完全沒時間。這寶貴的剩餘時間，多多少少還剩下一點。

「陛下，您說對您來說我是必要的……難道您能完全不後悔嗎？連一點都不後悔？您應該知道結果會變成如何吧？」

劉輝很清楚悠舜這麼問的意思。悠舜不可能沒察覺到劉輝內心的猶豫。

「孤不否認曾經有所猶豫，也曾經有過懷疑，然而卻連一次都不曾後悔。」

不知是幸運或不幸，悠舜總能正確分辨人的真偽。特別是像劉輝這麼容易懂的人所說的話。正因如此，悠舜臉上才會浮現詫異的表情。

「……明明有過懷疑？」

「就在感到懷疑的過程中，孤甚至搞不清楚自己究竟是在懷疑什麼。要說遭到背叛，孤根本就不懂你要怎麼背叛孤。你想想看，悠舜，你可曾犯下任何錯誤？對這個國家，你可曾做出任何不適切的判斷、命令或指示嗎？」

劉輝越是去想，越是只能得出這樣的結論。

「無論孤想了多少次，都想不出來。你接受孤的要求，成為一位出色的尚書令。不成材的都是孤，今天事情會變成這樣也都是孤的錯，你一點錯都沒有。真的是連一個錯都沒有。這種事就連孤也明白。既然如此，孤又有什麼好後悔的？你說？」

「…………」

劉輝擦擦眼淚，但眼淚還是停不下來。嗚咽著，想勉強繼續說下去。對現在的劉輝而言，悠舜仍然是個謎。還是完全搞不懂他。但是不懂他，對劉輝而言，卻一點都不覺得痛苦。無論悠舜心裡想什麼，結果都會是悠舜的問題，不是劉輝的問題。劉輝終於發現了這一點。自己只能依靠手中掌握的東西來下判斷。而看看自己手中所能掌握的悠舜，不管看幾次，都找不到他背叛的證據。這對劉輝而言就是真實了。

「直到眼前這一刻，你都沒有虧欠什麼。你總是幫助把事情搞砸的孤，一如當初的約定，成為孤的盾，成為孤的矛，總是保護著孤。即使孤逃到藍州去，你還是願意等待。只有你願意。是孤配不上你這個尚書令，孤不是個稱職的王。孤一點也不後悔，反而十分感謝。不過，你可以不必再等了。」

最後這句話，似乎微微震撼了悠舜。當然，可能也只是錯覺而已。

「可以不必再等了。」

緊握的雙手傳來一股溫熱。再也壓抑不了情感，連劉輝自己都不知道現在流下的眼淚，究竟是出自什麼樣的心情了。他只知道一點，那就是即使悠舜曾背叛自己，那也已經不算什麼了。這樣的自己，沒有什麼好抱怨的。如果因此能換回悠舜這條命，那就算是賺到了。

「孤在此命你立刻解除尚書令職位。今夜，立刻。然後逃得越遠越好。孤會讓白大將軍跟著你。」

為了守護悠舜的性命，這是現在劉輝唯一能為他做的了。

下定決心抬起哭花的臉，眼前是悠舜沉靜的表情。看起來和平常沒什麼兩樣，不過因為火影搖曳的緣故，總覺得他的眼神之中，似乎有著平常沒有的東西。

這時，劉輝總算聽見遠方傳來的鼓笛聲音。那是警笛，告知出現異常狀況。眾人怒吼的聲音、腳步聲、鳴金擊鼓的武器聲不絕於耳。

「糟了。該不會就是今晚——」

劉輝睜大眼，反射的跳起來。這次，輪到悠舜抓住他的雙手。

「——我的陛下。」

語氣緩慢，冰冷得幾近嘲弄。悠舜喚著劉輝。他的聲音帶著不可抗拒的強制力，使劉輝驚訝地轉頭一看，他臉上的表情也和聲音一樣冰冷。令人背脊發涼的冰冷雙眸。

「最後讓我問您一件事。只問一次。」

無論何時碰觸，總是冷得像冰的悠舜指尖，傳來一絲溫熱。

「您要身為一位國王繼續坐在王位上等待時機來臨，還是要這樣捨棄王都？」

身為一位國王。這句話令劉輝微微起了反應。

露出冰冷的眼神，悠舜繼續說下去。他臉上已看不到一絲微笑了。那張毫無表情的臉，別說劉輝，就連紅黎深或黃奇人都沒見過。

「如果您選擇留在王位上等待，我便願意陪在您身邊，直到最後。」

「……咦？」

「身為您的尚書令，讓我陪伴您到最後吧。直到人頭落地為止。但若您選擇就這樣不戰而逃，捨棄王位逃得遠遠的話，我將走上與您不同的道路。」

忽然，與旺季分別時的話語閃過腦中。

『你想像逃到藍州時那樣，逃得遠遠的也可以……只不過，這將會是最後一次。請記住，那樣你將再也無法坐回王位。』

——再也，無法。

究竟該堅持留在王位上直到最後，還是該捨棄。該選哪一條路。

最初也是最後的抉擇。一旦選擇錯誤，悠舜就會離開，並且再也不回頭。

劉輝凝視著悠舜那雙彷彿切斷一切情感的，透明玻璃般的雙眼。

到底該選擇哪一個？

悠舜早就知道了。一旦捨棄，就再也不會有第二次。能讓毫無野心的劉輝持續坐在王位上的只有義務與責任，而背負著重責大任，蹣跚前行的他，手上並沒有一根名為「信念」的手杖。責任太重，只要卸下一次，劉輝就再也扛不起來了。

這是最後的機會了，這麼一想，劉輝本已下定的決心又開始動搖。向著外朝的方向仰起頭，劉輝確實有種繼續待在王位上，等待旺季歸來會比較好的強烈感覺。這種感覺有如一陣風暴吹進心中。至少到最後一刻，要讓自己像個國王。並且讓悠舜在身邊輔佐自己。或許那樣才是對的。

然而——

耳邊聽見遠方的怒吼、狂叫、劍戟的聲音。劉輝仰著頭，視野內華麗的天花板變得模糊。胸口深處又傳來那聲音。明明沒打開那箱子卻傳出聲音。猶豫與後悔並非完全消失。現在劉輝即將放開的是什麼，那有多重，他心裡有數。明知如此……

劉輝再次用雙手捧住悠舜的臉頰。一邊看著近在眼前的悠舜雙眼，一邊皺著臉笑了。或許直到最後一刻，自己還是做錯了吧。然而。

對於這個答案是絕對不會後悔的。這個能保護悠舜的答案。劉輝有如嘆息似的低聲說：

「——孤選擇逃避。所以，你走吧。」

● ◉ ● ◉ ●

一拍後，悠舜笑了。笑臉冰冷至極，連一絲溫暖都沒有。

「……做得很好，陛下。」

臉上掛著像看見孩子不小心掉進陷阱似的陰沉愉悅微笑。

就像過去悠舜所有的獻身、溫柔及忠告，都是為了引出現在這句話而設下的圈套。劉輝忽然沒來由的發現，自己說出的是悠舜期待的答案。問題只在，悠舜為的並不是劉輝，而是另一個人。

然而，不要悠舜做自己的尚書令是劉輝自己，選擇捨棄一切的也是。直到最後，悠舜都將一切奉獻給劉輝，就算那是經過算計，有所圖謀的結果，將一切破壞殆盡的依然是劉輝自己。

「……那麼，看來我的任務似乎到此結束了。」

「……咦？」

此時，門被踢破，白大將軍大步走了進來。三兩步就跳到劉輝與悠舜身邊。劉輝這才發現不妙，將悠舜夾在中間，與白雷炎背對背，在拔出青釭劍時，十幾名殺手就從天花板接二連三無聲的跳下。

被殺手無聲包圍。與其說他們是殺手，不如說是經過正規訓練的武官。穿著也很類似某種私人軍隊，劉輝發現他們額上纏繞的布。額上的布。

──「牢中的鬼魂」。

白雷炎咔啦咔啦的轉動脖子熱身。對手相當強悍，可不是三腳貓的私人軍隊。

「好一個『私人軍隊』啊……是誰幫你們帶路的啊！」

左羽林軍前往碧州後，白雷炎重組了編制與警備人力。人數確實銳減了沒錯，但可不會因此就出現破綻。一定是有同時精通私人軍隊與羽林軍動向的人，為私人軍隊指點出一條直通此地的祕密路徑，並交給他們詳細地圖。

「是我啊。」

淡淡的聲音回答了白雷炎與劉輝的疑惑，聲音的來源，就在兩人身後。

「是我要他們來接我的。別殺掉他們好嗎。」

……咚，拐杖拄地的聲音，冷冷地響徹整個房間。咚、咚，悠舜毫不猶豫地從劉輝與白雷炎中間走過，慢慢接近那些殺手。背對劉輝，完全沒有回過頭。

劉輝有個預感，悠舜會就這樣連看都不看自己一眼，從這間房間離去，並再也不會回來。不再回到這個朝廷來。劉輝發出呻吟，只有一次也好，真想留住他。想再看看悠舜的表情。儘管先放手的人，是劉輝自己，但內心卻是如此激動地想留住他，不願他離開。對自己而言的必要存在。內心的感情如暴風雨般翻騰，也不知道是站在國家的立場，還是站在自己的立場，能夠確定的，只有現在的自己沒有任何足以令悠舜回頭的理由。什麼都沒有——但那會是什麼。

就在此時。

嘩地，與悠舜之間的空間突然產生奇妙的歪斜，室內空氣的溫度似乎也上升了。

一拍後，有某種物體散發淡淡的光線，從那歪斜的空間中一點一點浮現。

眼前的景象令劉輝和白雷炎都驚訝地睜大雙眼。殺手們也在困惑之中暫時退下。

屬於王室的那對寶劍，忽然浮現於半空中。

下一秒，便如懸掛的線被切斷般猛然落下，帶著劍鞘直直插進地面。位置正好就在劉輝與悠舜中間。從劍插下的地方，地面開始發出嗶哩嗶哩的聲音，並出現龜裂。裂縫一直延伸到悠舜鞋尖才停下。

悠舜緩緩回頭，那張比白雪還蒼白的臉，冰霜似的雙眸。一旦下定決心就不會再回頭的悠舜，本該是誰都無法讓他回頭才對，他卻停下腳步，回過頭了。

他先是望向那雙突然出現的王者之劍「干將」與「莫邪」，接著，又望向劉輝。

「是『干將』和『莫邪』？怎麼回事？等一下，它們到底是從哪裡出現的？」

白雷炎瞪大了黑白分明的雙眼，凝視著天花板與雙劍，但天花板上根本連個洞都沒有。

王室的寶劍——王者之劍。

劉輝看著悠舜，他那雙謎樣的雙眼也正看著那對寶劍。私人軍隊按兵不動，劍就在悠舜伸手可及的地方。要是就放在那裡，毫無疑問的，絕對會被他帶走的。劉輝能夠感覺到。

同時他也模糊的感覺到，不能就這樣把劍交給他。現在還不能。

無視於思考，而決定遵從內心的感覺，劉輝奔向雙劍，毫不猶豫地拔了出來。

悠舜白著一張臉，看著劉輝一連串的動作。搖搖頭，阻止了想要出手干涉的殺手。

「……你們住手。贏不了的。我們是該撤退了，旺季大人就快回來了。」

只有一度，悠舜凝視著劉輝。臉上毫無笑容，那雙眼則像是一尊陶瓷娃娃。

悠舜再次轉身，而這次不再回頭了。

就這樣離開這間房間，以及房間的主人。

劉輝深吸一口氣，想對悠舜說點什麼。可是究竟該說什麼才好？道謝、賠罪、安慰，好像都不對。

腦中一片空白，直到看見悠舜的衣襬就要從視野中消失，才倉促開口大喊。或許這句話，才是劉輝真正想對悠舜說的。

「保重……保重身體，好好活下去——抱歉，悠舜……」

但悠舜的身影已經離開視野，再也看不見了。劉輝總是這樣，不管做什麼，總是太遲。

無法傳達的話語，在空蕩蕩的室內迴盪。

一記鐵拳又毫不容情地打上劉輝的腦袋，令他發出哀號。

「你是白痴嗎！人家都已經背叛你了，還什麼保重身體！對方可是宰相，機密情報就要被他洩漏啦！」

「嗚嗚……可是……」

劉輝苦著一張臉，看見自己手裡還抓著青釭劍，便朝白雷炎一遞。

彼此都明白這意思是，這把劍還你吧。

白雷炎睥睨著劉輝。那張凶神惡煞的臉，就像一頭猛虎似的瞪著劉輝。眼角瞥見自己那張虎皮掛在房裡，便走過去拿起虎皮披上身，又跨著大步走回劉輝身邊。

下一瞬間，他非但沒有伸手接過青釭劍，反而一個矮身，屈膝跪下。

「我先前將這把青釭劍交給你，可不是隨便亂給你的。你不必還我。就算你說要還，老子我也不會接受。至少現在還不會……聽好了，這就是我的答案。」

獻上自己的劍。楸瑛之前也曾這麼做過。這代表的是武將誓言忠誠的表現。無論劉輝內心是否還有迷惘，白雷炎都已經下定決心這麼做了。認定劉輝就是他的君主，是他將劍獻上的對象。

即使劉輝因罪惡感而遠離，或是將劍歸還，都不會動搖他的決心。

「我也是個武官。旺季大人和孫陵王大人對我來說，都是很特別的存在。當然我也很尊敬旺季大人。但是那和國王是兩回事。對我來說，你就是我的國王了。白州的事你不必在意。白家的事也一樣。我是近衛大將軍，如果不滿意這份工作或你這個國王，只要辭官回鄉就好了。現在我之所以會在你面前，這就表示我已做出選擇了。再說我需要的國王，不是旺季大人那種事事完美的人。你就不一樣了，所以我選擇你。畢竟你這個人笨得連自己是個旱鴨子都忘了，是個一急起來就不顧自己的傻瓜啊。」

沒錯，這個明明不會游泳還想跳進水裡救宰相的傻瓜。

這麼一個傻瓜，身邊卻什麼人都不在了。既然如此，自己只好留在他身邊。想代替劉輝跳進池子裡，想要幫他救他想救的人。不是旺季，而是劉輝。對白雷炎而言，這個理由已經很充分了。幫助弱者就是自己該做的事。能讓他想幫助的人，才是他白雷炎的王。

劉輝靦腆的低下頭，過了一會兒才點了點頭，收回青釭劍。

「……既然如此，那就有勞你了。白雷炎，這是孤最後的請求。」

在這句話後，劉輝提出的「請求」，雖然令白雷炎顰起了眉，萬般不情願卻也只好答應。

「……我知道了，就答應你這個請求。可是我說你啊，一次背著青釭劍和『干將』『莫邪』三口劍，這也太蠢了吧？太貪心只會導致自身的毀滅，姑且先找個地方放置吧？」

的確，現在回過神來，劉輝才發現背著三把劍實在是太重了。但是，說什麼也不能將劍放下。

「不……可是……唔……好重——這把青釭劍最重了啦，不然先放下它好了。」

正想放下青釭劍的劉輝，腦袋又重重吃了白雷炎一記鐵拳。

「喂！你敢放下這把劍，我現在就砍了你，笨蛋！」

「怎麼這樣啦？」

窗外的火把數量越來越多，怒吼聲也越來越大。白雷炎不禁皺起眉頭。劉輝也抿緊了雙唇。

「……白雷炎，那是……」

「……不用擔心。不過是因為仙洞官那件事，被鬼迷了心竅的幾百個笨蛋武裝暴動而已。楸瑛和皇子龍已經趕過去了，馬上就能鎮壓住。只怕剛才那群私人軍隊混進去煽動人群，倒是會使事情變得棘手一點……不過私人軍隊也不過數百人，有右羽林軍在就夠了。」

劉輝腦中浮現母親漂浮的屍體，以及後宮中無數的死屍。被分屍的手腳變得不像是人體，散落一地。劉輝忽然覺得呼吸不順，全身冷汗直流，頭暈目眩。用力閉上眼睛，擦拭額頭上的汗水，再做一次深呼吸。然後下定決心開口。

「……白雷炎……抱歉，請不要掀起戰鬥。還有，剛才那件事……就拜託你了。你快去吧。」

本以為白雷炎會拒絕的，但他卻什麼都沒說。只是對劉輝低下頭，轉身離去。正好與他擦身而過的幾個人，也在此時奔進劉輝的房間。

「劉輝陛下！您沒事吧？」

「我聽到好恐怖的哀號聲喔！那邊那個傢伙，你竟敢闖進這裡？國王在朝廷裡已經被整得鼻青臉腫了，你這虎皮男還想來把他揍得更慘嗎？真是個沒血沒淚的傢伙，快給我滾！」

「喂、喂！楸瑛的妹妹，妳等一下！這位可是近衛大將軍耶！」

邵可、十三姬、絳攸依序衝進房間，這順序當然和忠心程度沒關係，單純只是體力和腳程高低所形成的順序。絳攸或許還稍微擔心了一下，這要是真跟忠誠度有關的話該怎麼辦呢。

接著，皇子龍將軍和他麾下的右羽林軍精銳部隊十數人，以及黑衣近衛數名也抵達了。

另一方面，從反方向通路進來的，則是楸瑛帶領留守貴陽的左羽林軍也抵達了。近衛們先確認過劉輝平安無事，才鬆了一口氣。楸瑛他們也一樣。

「陛下，請下令吧。只是一小群人而已，馬上就能鎮壓他們。兵部孫尚書也在之故——」

怒吼與干戈交錯的聲音從遠處傳來。遠得彷彿像是與在深宮後院的自己毫不相干，只是發生在世界另一端的事。好遠，好遠……但其實不是這樣的。

這座城裡，的確出事了。即使是在相隔遙遠的地方，劉輝依然身處暴風雨的中心。

指尖在顫抖。遍佈塵埃的記憶之箱動了起來。被處刑的其他皇子，血染的後宮。

顫抖不是因為害怕，而是突然發現自己已經站在無法回頭的岔路口。

劉輝發現自己決定踏上的道路，等同與所有一切決斷。就像放開悠舜的手一樣。所有命運將就此道別。不管是朝廷，還是未來。

劉輝感覺得到在場所有人的視線。然而誰都沒說什麼，只是等待著劉輝。就連邵可和絳攸也是。

劉輝腦中響起悠舜溫柔卻冷徹的聲音：

『如果您選擇留在王位上等待，我便願意陪在您身邊，直到最後。』

現在反悔，還來得及。或許還能留住悠舜。留在身邊。

還來得及選擇，身為國王該走的路。

如果只是今晚的騷動，輕易就能鎮壓。只要鎮壓住，然後等旺季回來就好。就算悠舜不在身邊，寫好的劇本也只會在某些情節上偏離。只是如此而已。

——然而。

那麼做，真的是自己的答案嗎？

「……不。」

凝視著在紅光閃閃的火炬與劍戟交錯之下，夜空仍然晃動不安的方位，劉輝沉靜地開口：

「請不要掀起戰鬥。請不要讓任何人死——孤不希望那樣的事發生。」

聲音漸漸逼近。一點一滴，距離已經縮短的只有一指之遙，來到劉輝身邊了。就算不是今晚，也總有一天得面對。只要劉輝繼續待在這城裡，不管幾次都得面對。

「孤決定今夜出城。離開貴陽，逃走。」

話出口時，劉輝早已預期眾人將會失望、憤怒，或是反對、抵抗。就算遭到謾罵或叛離也都是無可奈何的事。然而……

沒有一個人那麼做。相反地，他們紛紛安靜地跪在劉輝腳旁，就像是剛才的白雷炎那樣。這下，反而是劉輝狼狽了起來……原來，自己竟是如此錯估了他們的忠誠之心。

楸瑛和皇將軍是最後跪下的兩人，他們深深的低下頭，楸瑛發自內心這麼說：

「那麼，我近衛羽林軍將跟隨國王到最後一刻。」

接下來是邵可。他將雙手放在胸口交握。

「——劉輝陛下，請到紅州來吧。只要您願意來到紅州，我紅家必定歡喜迎接，紅家一族以家徽『桐竹鳳麟』發誓，絕對守護國王陛下到底。」

這真的是最後的選擇。劉輝還有些許躊躇，畢竟這裡是打從出生以來，成長居住的地方。對於自己還有留戀這一點，劉輝也感到訝異，畢竟在這裡生活的日子裡，根本沒什麼美好的回憶。

「…………好，那就拜託你們了。」

劉輝的表情扭曲，不知道自己現在到底是在哭還是在笑。

「陛下，悠舜大人他——」

「不……」

劉輝快速且不自然的打斷了這句話。留下奇妙的空白。

「悠舜他去別的地方。和他就此分道揚鑣。」

儘管他盡力想說得若無其事，但看見全體聽見這句話時的臉上表情，就知道自己又失敗了。都已經是最後了，怎麼還是什麼事都做不好。

轉過身，劉輝奔向黑夜中的迴廊。在腳步聲中，絳攸望著劉輝的背影，最後一個離開。猶豫著是否該將懷中的布包交給劉輝，終究還是在夜風與喧囂中打消了念頭。

整個後宮紛紛攘攘，充斥著耳語。對劉輝而言，那是熟悉而令人厭惡的氣氛。當年五位兄長鬥爭之時，隨時都可感受到這種陰暗而沉澱的熱氣。過去雖然未曾捲入過其中任何一次紛爭，但這次或許真的是輪到自己了。

刺骨的寒氣，令劉輝渾身打顫。在無數的火炬照耀下，連沒有月光的夜空似乎都搖晃了起來。

忽然，一片白色物體無聲地落在他的鼻尖。抬眼一看，多雲的夜空飄下了今年的初雪。

「竟然下雪了?不會太早了嗎?傷腦筋啊，這下沒時間為馬匹更換蹄鐵了呀。」

十三姬雙手揮舞著兩把短刀，如一陣風似的領先眾人奔馳於迴廊上。不但引領大家抄距離最短的捷徑，她挑選都還是私人軍隊難以發現的複雜路徑。自從十三姬當上首席女官之後，後宮的警衛也都由她統整管理。楸瑛和皇將軍馬上就察覺此時讓十三姬帶路是最妥善的，他們率領的幾十位近衛武官也都默默跟隨在後。楸瑛打量著目前的軍力，區區數十騎。已經沒有時間將前往各地鎮壓的羽林軍召集起來了。接下來的武官人數，只會有減無增。而靠著這區區數十騎之軍，必須一路保護國王直到抵達紅州。

楸瑛微微苦笑了起來。儘管面臨眼前如此艱難的情況，卻認為能幸運成為這少數之中的一員更有意義，或許真的笨得無可救藥了吧。但同時，他也從來沒有這麼滿意自己過。

話說回來，這一路上並非完全不曾與追兵狹路相逢。有好幾次，都與分散行動的零星私人軍隊交鋒，而每一次都有驚無險的脫身了。好幾次，好幾次，還來不及喘口氣，又被其他追兵攔住。追兵之中，甚至不乏正規的武官部隊。這代表的是什麼意義，眾人都心照不宣，只是沒說出口而已。忘了是第幾次聽見「小心敵人！」時，邵可回頭一看，前方出現了二十幾名敵兵。近衛武官上前應戰，卻不殺死任何敵兵，只以拖延戰術為劉輝爭取逃脫的時間。所有人直到最後都堅守著劉輝「盡量不開戰，絕對不殺人」的溫柔命令。

邵可凝望著劉輝的背影。他內心早已有覺悟，為了劉輝，如果需要恢復「黑狼」的身分也在所不辭。儘管劉輝並未意識到，然而劉輝確實為邵可留下一條不必重操舊業的路。過去，邵可只遇過命令他殺人的王，卻從未遇過命令「不可殺」的王——邵可想堅守這個命令。

不為了誰，而是為了邵可自己。只因這也是他的心願，打從年幼時起的心願。

轉過某一條彎道時，劉輝察覺到黑暗的前方出現某道人影。只消一眼，就看出那是誰了。

「璃櫻。」

璃櫻略略抬起蒼白的臉孔，望著劉輝。

在後宮看著他憔悴至極而陷入沉眠的表情，彷彿已經是久遠以前的事了。

「你平安無事，真是太好了，璃櫻。快逃回仙洞省去，身為中立的仙洞令君，是沒有人會加害於你的。對了，保險起見，孤讓一兩位武官護送你——」

璃櫻的臉頰因心痛而抽動。的確，現在的朝廷，除非完全不問世事的人，否則應該不會有哪個笨蛋敢加害璃櫻。但在場所有人也都心知肚明，那決不是因為他擁有「中立」的仙洞令君身分。包括璃櫻自己在內，都知道真正的理由。

因為他是旺季的外孫，身上留著縹家與蒼家的血，是比劉輝更適合繼承王位的人。

那些現實、骯髒卻又毫無疑問，步步逼近的瘋狂耳語，璃櫻並不是沒有聽見。

「……你打算離開王都嗎？你想逃避嗎？你要捨棄王位嗎？如此一來，可能再也不能回來了。」

璃櫻逼問的聲音之中，少了平日大人般的老成，而有著與他年齡相符的稚氣。

劉輝靜靜地接受了他的指責，露出為難的微笑。

「……你說的沒錯，不過，孤非這麼做不可。無論如何。」

璃櫻的表情終於完全扭曲。這就是——

「這就是，你的選擇。是嗎？」

「是的。」

忍耐許久的情感一口氣噴發，複雜的表情浮現在璃櫻臉上。

兩人即將走上不同的道路。就在這裡分開，毫不留情的被撕裂成兩半。但是現在回頭還來得及。

璃櫻呻吟著想開口說些什麼，卻什麼都說不出口。不知該說什麼才好。所有話語都消失在一片空白之中。還想拖延時間。要是在此和國王分道揚鑣，就再也沒有第二次挽回的機會了。

『當我問你旺季大人和這個昏君誰適合當國王時，你無法回答。』

——現在還來得及。璃櫻還沒說出他的答案。

現在，在這裡。

心中已經有了決定。

正想要開口時，不經意地，璃櫻腦中閃過旺季嚴厲的眼神。

『要是連自己覺得正確的話都說不出口，就回去吧。別礙事。』

從不認為他是自己的外祖父。現在知道了，內心也並未特別感慨。原本璃櫻的成長背景就比一般人欠缺家人間的情感概念。再說對旺季而言，自己並非必要的存在，只是一顆可以利用的棋子罷了。

就像現在，只要璃櫻待在朝廷裡，不但能令劉輝評價掃地，同時還能提昇旺季的聲望。只要一個晚上，事態就能產生如此巨大的轉變。現在璃櫻終於理解瑠花說的話了。旺季為了得到自己想要的東西，將會利用任何能夠利用的人事物。只要那是能讓一切秩序井然，且令傷害減輕到最低程度的話，就算連璃櫻都必須利用，那麼他也會這麼做。

（只要我不在朝廷……）

只要那麼做，旺季就無法利用自己，國王也不會受到逼迫了。

然而喉嚨卻像被什麼哽著，發不出聲音。指尖微微發顫。現在璃櫻也終於能理解國王的心情了。

要是有人能告訴自己正確答案，一定會馬上照著做。

遺憾的是，現在沒有任何人伸手拉璃櫻一把。劍戟的聲音漸漸逼近，雖然誰都沒有說什麼，依然能清楚感受到他們的煩躁與焦慮。快沒時間了。

將躊躇拋到腦後。那些混沌不清的情感也全部一起。如吐出胸中硬塊似的，全部丟棄。

「如果是，國王您，我，和你，一……」

「一起」。在吐出這個字眼之前，被一把蒙住了嘴巴。用大而溫暖的手掌。

抬眼一看，劉輝站在面前。

「——別捨棄。」

他輕聲這麼說。

「別捨棄。你該留在這裡，留在這座城裡，陪在旺季大人身邊。」

璃櫻如黑夜森林般的瞳孔流露出痛苦的眼神。劉輝很喜歡這雙美麗的眼睛，每當望進那雙眼眸時，總覺得深不可測。仔細想想，那雙眼睛真的和他的外祖父旺季非常相像。

「他是你的外公吧。」

「我不在乎。」

「你還不夠了解旺季大人，又怎能輕言捨棄呢。是不是？現在的你，只是一時衝動，這麼做以後會後悔的。那不是能輕言捨棄，也不該是輕易被捨棄的關係。看看你現在的表情，簡直像是要把自己的心切下一塊似的。孤不想看到這樣的你。」

「…………」

「如果內心還有猶豫，就去見旺季吧。好好和他面對面談談，然後再決定也還不遲……雖然這話，孤說起來一點說服力都沒有。」

劉輝微笑著。璃櫻真的好久不曾見他這麼笑了。笑容到底是什麼時候開始，從他臉上消失的呢？不過現在，那笑容又回來了。笑容裡有著過去所沒有的堅強。

現在的璃櫻，還無法露出這樣的笑容。或許就因為這樣，國王才會說不行吧。

不被允許，和他在一起。劉輝要璃櫻做的，是去面對自己在不知不覺中一直刻意逃避的問題。面對旺季的存在。

「聽好了，你還有父親……旺季大人除了你之外卻沒有別的親人了。孤是這麼聽說的。對旺季大人而言，你是他在這世上唯一的骨肉至親。」

璃櫻表情扭曲。那種事他自己早就調查過，也很清楚。但那又如何。要說孤單無依，璃櫻還不是一樣，國王自己也一樣。彷彿聽見璃櫻這樣的心聲，國王又微笑著說：

「孤沒能保護任何一個家人……一個都沒能保住。在處刑的日子也總只是讀書度過。甚至還曾認為空蕩蕩的後宮住起來清心多了。孤的確是被父母兄弟給捨棄了，但同時也是孤捨棄了父母兄弟。孤才是那個最空洞的人。然而你的表情說明了你還不是，所以直到最後，都要陪在旺季大人身邊喔。好好守護他吧。這不是什麼背叛，是身為家人理所當然該做的事。」

劉輝放開璃櫻的手，與他正面相對，露出至今從未流露的眼神。他正眼對待璃櫻，態度並不是將他當作一個孩子，而是當作一位地位對等的皇子。

「——璃櫻。」

就像過去旺季看待劉輝一樣，如今劉輝也以相同的眼神看待璃櫻。

站在這裡的，是兩位皇子。不是國王與仙洞令君的身分，而是身為紫戩華與蒼季各自的後代，以皇子的身分相對。雖說劉輝本來應該面對的是他的外公，但兩者其實並沒有太大的分別。

開始下雪了。儘管只是小雪，但雪花卻開始狂舞了起來。

劉輝遙遠的記憶甦醒。回想起那早已蒙塵的雪夜。

「璃櫻，孤今夜即將出城。應該會有好一段時間無法相見了。」

——今天過後，我就會離開這座城了。想必暫時無法相見。

一樣的雪夜。別離時相同的話語。在十年前的記憶之箱中，毫不褪色地迴響著。

從劉輝口中緩緩地吐出相同的話語。

「不過，一定很快就會再見面的。不久之後。」

——總有一天，我還會回到這座城來。

——只要你別再逃避做自己。

好幾次，好幾次，劉輝都逃避了——而這是最後一次。

「到時候，讓我們彼此面對吧，璃櫻。一定會再相見的，不只是你，還有——旺季大人。」

——如果無法逃避了，那就面對吧。總有一天，讓我們再次相見。

璃櫻似乎聽見劉輝心底的聲音。於是無言的點了點頭。抿著唇，望著劉輝。

國王現在做的並不是逃避。然而還是能感覺到他放開了重要的東西。即使那些東西對國王而言不是不重要，但他還是做了這樣的選擇。為了其他更重要的東西。璃櫻也察覺到，儘管他只帶著數十人的軍隊，卻幾乎不讓任何人的血沾上劍尖。戰鬥與殺戮都不是他的選擇。璃櫻似乎有些明白了，劉輝選擇的究竟是「什麼」。

只為了不讓任何人受到波及，只為了避免事態變得一發不可收拾。

他決定在今晚的這個雪夜裡。捨棄王位，離開王都。

璃櫻說出了他的答案。那是現在的他唯一能做的回答。

「……我、我明白了。我會留下來，留在這座城裡。」

劉輝燦爛地笑了。

命運像團團轉的風向雞，帶來不可思議的似曾相識。

只是他還沒決定究竟要選擇和當時相同的道路，還是走上另一條路。

——那天夜裡，現任國王紫劉輝只帶著些許的兵力，離開了王都。

第三章 雪闇千里行

烏雲籠罩的天空下，大雪中，劉輝策馬不斷前進。腦中甚至不去想現在到了哪裡，身後跟隨的人有誰。只要注意力一渙散，思緒馬上會被拉往過去的記憶。

出了後宮，抵達十三姬及邵可以前就準備好的馬廄時，劉輝看見擋在最後面的男人，不由得全身冷汗直流。

「……孫陵王。」

兵部尚書孫陵王左手握著一把大劍，劍身垂直立於地面，還收在劍鞘裡。劉輝的目光被那把劍吸引，但無論他怎麼凝神細看，還是只看得見漆黑的劍影。儘管如此，劍身之上卻又纏繞著青色火焰般的閃耀光輝，光看就讓人一陣恐懼，背脊發涼。

孫陵王右手拿著菸管，呼出一口青煙。但他站立的架式，卻又是毫無破綻。

「陛下，您打算上哪去？」

「…………」

「請別擔心，這種程度馬上就能解決。您還是請回吧。」

跟在劉輝身後的楸瑛也追上來了，一見到孫陵王，楸瑛馬上拔出了劍。同樣以反射動作拔出小刀的十三姬，膝蓋卻不由自主的發抖。有生以來，還是第一次面對這樣的強敵，即使對手只是個文官。可是——定睛一看，孫陵王那把長劍讓十三姬大吃一驚。劍柄與劍鞘都是黑夜之色，劍身也比一般的劍要來得長。有這種特徵的劍並不多。

「難道這就是那把失蹤許久，名列天下五劍首席的兵器『黑鬼切』嗎？記得沒錯的話，那確實是……」

近衛們一聽聞此言，人人皆倒抽了一口氣。楸瑛嘆了一口氣，低聲說：

「沒錯，那就是只有黑門孫家的『劍聖』才得以繼承的劍。雖然他本人老是強調自己只是一般庶民哪。」

「才不是咧。這把劍不管埋在深山裡，還是丟下山谷，甚至是獻給地藏菩薩，不知為何，最後都會跑回我身邊啊！簡直就是背後靈。我也想跟這把烏漆抹黑的劍說不要再見！只要帶著它，身分馬上都會暴露，超級麻煩的啦。」

「你竟然將這把天下一流的名劍丟下山谷！帶著這把令人垂涎三尺的寶劍到處跑，還真敢說自己是平凡庶民啊！又或者該說，雄霸天下的『劍聖』幹嘛來當文官啊！」

「這是歧視！姑娘，妳這話是歧視喔！劍聖難道就不可以當文官嗎？」

「你少囉唆！女人當文官時的意見那麼多，輪到自己就說別人歧視？」

這句話並非單純的以牙還牙。雷霆大怒的十三姬是真的動了氣，而這句話也如雷灌頂，確實打醒了孫陵王。孫陵王板著一張臉……十三姬說的沒有錯。

「……原來妳就是十三姬。的確如傳聞是個有膽識的女人。迅那傢伙也真是的，竟養出這麼好的女人。只可惜你是楸瑛的妹妹……不過，無論如何今天別想過我這關。」

孫陵王闇夜般的眼神凝視著劉輝，有如一頭萬獸之王，震懾了在場眾人。

「旺季大人就快要回來了。你只要忍耐到那時即可。我也會負責制住那些沒長腦袋的傢伙，不會讓他們動你們任何一個人一根寒毛。否則就是給旺季大人丟臉。所以你也不能逃走，乖乖待在王位上吧。」

逃走。沒錯，不管看在誰的眼中，劉輝現在的行為就是逃亡。不管用哪種方式說都一樣。待在王位上，等旺季回來，盡自己最後的責任。孫陵王的言外之詞。

這也是劉輝與霄太師談過話之後，內心決定要做的事。然而——

劉輝沒有點頭。深藏在胸中的那口箱子又發出「咚」的一聲。

彷彿像是察覺到了這個，孫陵王冰冷的眼底射出犀利的光芒。

「旺季消失之後，不管別人說什麼，你不都每天堅持坐在王位上，就那麼走過來了嗎？我還以為你真的有所覺悟了呢。沒想到，現在又想一走了之了嗎？就連最後的一點責任都沒辦法貫徹嗎？小鬼，我可沒想到你竟是個這麼愚蠢又沒有勇氣的人。」

語調雖平靜，卻充滿深不見底的怒氣。劍鞘中的黑劍給人一種正劈哩劈哩放電的錯覺，像是與它的主人相呼應。

雪下得更大了。孫陵王滑著貓般優雅的腳步，身體無聲地移動。但劉輝卻依然呆站在原地。孫陵王低聲道：

「很快的，事情就會圓滿解決了。在那之前，可不能讓你從這裡逃脫。」

劉輝下巴一震。突然有一股怒氣湧上心頭。他用力握緊拳頭。

……圓滿解決？

「……不對。」

確實對霄太師也說過那樣的話。但這幾天下來，只有一件事改變了。

「哪裡圓滿解決了？中立的羽羽遭到殺害，還有人企圖暗殺宰相悠舜，不是嗎？」

孫陵王停下腳步。皺起眉頭，表情之中帶著罪惡感。

「……那不是……」

那不是我們做的。這句話孫陵王怎麼都無法說出口。悠舜那件事也從葵皇毅那裡聽說了。不可否認的，朝廷大官無人積極制止對國王越來越激烈的反對聲浪，所以才會導致今天的結果。當然這也包括陵王。就算起因是人們對國王的不信任，但煽動這件事的，確實是旺季派的官員。陵王僅存的良心，讓他無法否認這些。就算是旺季也會無話可說吧。對於中立的羽羽遭到殺害一事，自己確實難辭其咎。悠舜的那件事也一樣。

「對孤的毀謗中傷，無論多少孤都願意承受。但孤絕不容許羽羽和悠舜成為攻擊的對象。這到底哪裡圓滿了？若現在孤二話不說，就將王位禪讓給旺季，豈不等於昭告朝廷。只要誰能殺了國王與他的近臣，就能擁有至高無上的權力嗎？你們想要孤證明的是這一點嗎？如果是這樣，和過去又有什麼不同？和大業年間那個殺光所有人，讓一切結束的作法又有什麼不同！」

從不知道，劉輝也會發出這樣的怒吼。

邵可意外的看著劉輝，心底深處響起了某種聲音。正好就是過去自己跟孫陵王說過的，當欠缺的什麼被填補上的時刻來臨，那或許就是——

劉輝口中吐出比雪還要白的氣息，睥睨著孫陵王繼續說：

「……如果是旺季，或許會做得比孤還要好。孤也確實這麼認為，由他來當國王，對國家和人民都好。所以，孤也想過要等他回來。可是現在，孤無法繼續坐在王位上等待了。無法就這樣默不作聲地將王位禪讓給他。」

「……然後呢？你就這樣逃走，又能怎樣？說說看啊，逃離之後你打算怎麼辦？」

劉輝為之語塞。

腦中只一個勁兒的想著，不逃離不行。孫陵王完全看透這一點。

「你認為逃到紅州會發生什麼事？現在還有許多誓言對戩華王盡忠的人，他們必定會隨你集結於紅州。由你主動讓出王位將會是讓傷害減至最低的辦法。紅州地勢天險，又有豐富的鐵炭和資金，一旦你逃往紅州，絕對會引起戰爭。無關你個人的想法，戰與不戰的意見必然會分為兩派。而你明知有可能發展成無法避免戰爭的事態，仍執意逃離嗎？你認為這真的是為國家好嗎？」

「……孤……」

「羽羽和悠舜的事，或許真是我們的敗筆。可是，你這除了不成熟之外，什麼都不是的一番話，卻可能引起我們力圖迴避的戰爭。倘若真是如此，不如我現在就阻止你。國家的未來不能用你一個人交換。即使真如你所說，這麼一來就和過去沒什麼兩樣了，那也沒有辦法。」

劉輝感到全身起了雞皮疙瘩。孫陵王壓倒性的霸氣，令他差點連站都站不穩。

——沒有勝算。這一點很清楚。

「……你的問題我無法回答。可是啊，旺季一定知道答案。他一定能夠回答你。他一定會讓我們見識到那個世界。所以我選擇了他。如果你只是嘴上說說，內心卻沒有答案，就還是遠遠比不上旺季——若不這麼認為，就拿出你的答案來。拿出比我和旺季更好的答案。」

在下得越來越激烈的雪中，劉輝的表情扭曲著。微張的嘴唇，卻吐不出任何一句話。

孫陵王等了三拍，便不再等待。瞥了一眼十三姬、楸瑛與皇將軍。倒轉菸管，將菸灰抖落。三對一。他甚至不去數一旁的近衛有多少人。至於紅邵可，應該會到最後才出手吧。

「三對一。真令人懷念的數字。只不過和上次不同，這次的算是小意思……別以為你們能逃得過。」

十三姬懊悔地握緊手中的雙刀。過去，孫陵王的對手是紫戩華、司馬龍與宋隼凱，與他們三人相比，眼前的三人的確有所不如。但問題不是哥哥或皇將軍，而是自己。劉輝沒被孫陵王數進去。為了讓國王安然脫身，只有靠自己三人來抵擋了。要是白雷炎將軍在場，局勢就完全不同了，只可惜他已奉劉輝之命前往別的地方。

「──不如讓老夫加入吧。」

隨著劍尖點地的聲音傳來，孫陵王皺起了眉，露出厭惡的表情。

來人往前站一步，將劉輝護在身後。劉輝泫然欲涕地望著他的背影。那位朝廷三師之一，過去曾是父親麾下的首席武官，立下無數彪炳戰功的將軍。

「宋、將軍……」

「你快走吧，小伙子。」

「……可、是……」

逃往紅州將可能引起戰爭。悠舜之所以會離開，或許也是因此而感到失望吧。

還是該繼續留在王位上？一度下定的決心，輕易地又開始動搖。自己都驚訝於意志的不堅定。

「快去吧。老夫不懂那些複雜的事，我只知道，要是你聽孫陵王的，繼續留在王位上，你自己的意念就會被抹煞。一切都得按照這些傢伙的理論去進行。這種事情過去我看多了。聽好了，無論要決定什麼，都必須是出自你自己的意念。不管你是國王還是無名小卒都一樣。讓別人來替自己決定就是不對……這是你父親，戩華說過的話。」

隨著一陣清澄的金屬聲，宋太傅從劍鞘中拔出劍。劍鍔上刻著先王戩華所賜予的「沉丁花」紋路。沉丁的花語是「光榮與不滅」，最適合幾度於形勢不利的征戰中獲得勝利的這位常勝將軍。

「你這老頭還真敢說啊……不管別人怎麼求饒都無動於衷，雙手沾滿鮮血的男人不知道是誰呢。」

從陵王漆黑的劍鞘下，出現的劍身依然是黑夜般的顏色。除了刀紋不時反射出光芒之外，整把劍既無寶石裝飾也沒有雕刻花紋，從劍柄到劍身都呈現一樣的漆黑夜色。材質與製作人，至今仍無人知。

邵可心頭一震。過去只有過一次與現在相同的感覺。那一次是面對戩華王拔劍的時候。奪走越多性命的妖劍，越是光芒奪目。楸瑛與皇將軍也神情嚴肅的擺好陣式。

無視於孫陵王的揶揄，宋太傅對呆若木雞的劉輝說起話來。

「至今的你，都按照別人的安排而活。有時是老夫，有時是邵可，有時是你的近臣。你沒有自己的意念。你無知，不知世間疾苦，只重視自己的世界，對其他人事物毫不關心。霄老頭曾笑著說，你只要那樣就好……看來現在的你，似乎已經明白他會那麼說的原因了。」

那樣就好。劉輝深吸一口氣。所謂的好，其實是對他們來說很好。自己只是一個為了退位而即位的王。

「聽好，大人決定的世界，必定是對大人有利的世界。年紀越大，越只想著怎樣才能保全自己全身而退。年輕時的我，因為這樣而必須幫大人收爛攤子，對這種事厭煩的不得了，一直認為我們非改變不可。現在我上了年紀，輪到你了。如果想打破霄老頭他們硬塞給你的殼，那就去吧。只要那是你發自內心的意念。想改變什麼，就靠自己去改變。像你父親過去曾經做的那樣。我能為你做的，就是爭取這點時間了。」

劉輝心頭一熱。想改變什麼，就靠自己去改變。

就算還有迷惘，只要現在覺得有什麼是錯的，就該去改變。

想對宋太傅回應些什麼，然而已經連說這些話的時間都沒有了。

雜沓的腳步聲與劍戟交鋒的聲音響起，劉輝感到有誰抓住了自己的手臂。

「——騎我的夕影去吧。食糧和水都裝在牠身上了。紅州是東邊，快，去吧。」

「十三姬……」

即使如此，劉輝仍一動也不動。宋太傅與孫陵王交鋒時所發出電光石火的劍戟聲，聽得一清二楚，也使他僵在原地。十三姬察覺了這樣的劉輝，正面直視著他說：

「聽我說，國王陛下。我之前曾對你說過，當不管怎樣都束手無策的時候，我會騎馬帶你一起逃走對吧？如果今夜就是那個時候，我一定會遵守承諾，帶你逃到一個誰都不知道的地方去。而且那個地方不會是紅州。但前提是，國王你必須將名字、人生、重要的人們以及與他們共同度過的時光全都捨棄才行。然後我會留下那樣的你，一個人回到後宮來。」

「……咦？」

雪光照耀下，十三姬鐵青著臉，但仍綻開微笑。

「我會留下來的。好歹我也是首席女官啊。守護國王的後宮直到最後，就是我的職責。紫劉輝這位國王，至少該有我陪伴到最後。因為我覺得你……算是個很不錯的男人噢。甚至比迅還要好。所以把夕影交給你。也把我的命交給你。連一次都沒把我和秀麗搞錯的國王，太過溫柔的國王。或許無論是誰都會說你這樣很糟糕吧，但根本沒那種事。我很清楚的。我知道你有多麼孤獨，有多麼寂寞，有多麼煩惱，有多麼痛苦，但你依然想找出答案。我也知道你有多麼信任人性，你心中擁有多少愛，以及你多麼懂得為他人著想。儘管每天痛苦得要死，你還是繼續坐在王位上不是嗎？你一點都不糟糕……雖然我能為你做的，就只有做肉包給你吃之類的事。」

劉輝搖搖頭。十三姬總像隻安靜的貓咪默默陪伴在身邊。兩人擁有相同的孤獨與寂寞，就算無法為彼此填補那些孤單寂寞，至少能夠相互安慰。每天早晨把賴床的劉輝叫起來，等到太陽下山了，又來到外朝與後宮的交界處迎接他回來。回想起來，那些對劉輝的毀謗，從來沒有在後宮聽到過。這些都是十三姬為劉輝做的事。

「我明白，現在你不能選擇和我一起逃走。所以，你去吧。去找出孫將軍要你回答的那個答案。好嗎？我想知道那是什麼。我想看見，你的國家會是什麼模樣。」

最後那句話和她的微笑，令劉輝胸口激動不已。

十三姬突然推了劉輝一把。不知何時，十六衛的武官早已紛紛趕到。只是，他們為的不是保護劉輝，而是為了支援孫陵王。為了不讓劉輝被追上，十三姬擋在武官面前。身材嬌小的十三姬很快就被武官們團團包圍，看不見身影了。

正當劉輝想要前往搭救十三姬時，卻被身為她兄長的楸瑛用極大的力道一把抓住。硬拖著劉輝離開，不由分說地推著他騎上十三姬的愛馬夕影。邵可割斷轡繩，接著劉輝眼角又瞥見皇將軍與他率領的近衛陸續由一旁的馬廄中牽出馬匹，並迅速跨上馬背。

邵可將「干將」與「莫邪」一起繫上馬背，相對的，自己則借青釭劍一用。不知道為什麼，他覺得這麼做比較好。雙劍交給劉輝比較好。

「請您上路吧。往紅州去。應該知道方位吧？既然剛才連十六衛都出現了，這就表示孫尚書必將出動正規軍來追你。另外，也可能與從紅州歸來的旺季軍狹路相逢。但無論如何，你都一定要想辦法甩開，直到逃到紅州為止。只要進了紅州，他們就不敢動你一根寒毛。紅姓官員應該會為你打開芳林門。你快去吧──我隨後一定追上。」

「邵可。」

劉輝覺得自己像個傻子。只會張開口，呼喚邵可的名字。

「別擔心，我接了絳攸馬上去。沒問題的。」

一直以來，邵可都牽著劉輝的手，尤其當他感到不安時。現在或許是放開手的時候了。

「劉輝陛下，直到今夜為止，關於您所做出的這些決斷，不管是我或絳攸大人都未從旁置喙。這些，全部是由您自己思考、決定的。對於這一點，請您一定要對自己有信心。孫尚書說的或許沒錯，但未必完全正確。而您也必定不是完全錯誤，甚至可以說，您大部分的決定都是正確的。我選擇的君主是您，讓我們在紅州相見吧。」

邵可揮手朝夕影的馬臀一鞭。

……將一切都留在這闇夜大雪中，就此離去。

手中握住的只剩下迷惘，劉輝騎著夕影奔馳而去，單槍匹馬的離開了貴陽。

眼角瞥見國王騎著黑馬遠離的身影，孫陵王不禁咂了咂嘴。抓緊他鬆懈的這個瞬間，宋太傅立刻朝他揮劍斬下。伴隨著尖銳的金屬撞擊聲，劍鋒相抵時激出了火花。

宋太傅對孫陵王嗤之以鼻。想起他以一敵三，一人對付戩華、司馬龍以及自己的那場戰鬥。

「我想起來了。當時你為了讓敗陣的旺季順利逃離，單槍匹馬面對我們三人……今天的情形剛好和那一天相反呢。還真令人懷念，是吧？」

聞言，孫陵王臉頰一陣抽搐……下個瞬間，他已將劍尖朝上一挑。宋太傅縱身朝後一跳，擺出防禦的姿勢。然而孫陵王卻文風不動，將夜色般的寶劍收入鞘中。轉頭朝劉輝策馬奔馳的方向看去，人已經走得不見蹤影了。陵王再度皺起眉頭，點燃手中的菸管。看見裊裊升起的青煙，慌亂的武官們也如漸漸平息的波浪般鎮定了下來。孫陵王和旺季不同，具有引人注目的外表，但也不知道是幸或不幸，他在戰場上格外醒目。光是他的幾個動作，往往就能使武官們冷靜下來，這一點連宋太傅都做不到。從前的戩華王也有此能力，但放眼當今，有這等能耐的恐怕也只有這個男人了。

孫陵王環顧四周，發現除了十三姬還留在現場外，卲可與其他近衛都消失蹤影了。看來，確實如宋將軍所言。陵王抬頭仰望雪夜。

「……算了，要將陛下帶回，我還有其他辦法。在這裡的所有人聽好，無論是否隸屬十六衛或羽林軍，全部開始執行逮捕私人軍隊的行動，全部抓起來關進牢房去！已經逃走的就不用追了。還有，在這種時刻，要是還有哪個白痴想要起內鬨，就等著吃我一頓拳頭。」

雪無聲飄落，周圍越來越冷，在這氣氛中，陵王的命令鏗鏘有力地直擊心臟。一般來說，文官出任兵部尚書總容易遭到軍部的輕視，但孫陵王無論人品或實力都足以完全掌握全軍。當他口中說出的不是「追擊」而是「將國王帶回」時，即使原本狀況外的近衛，也都馬上明白了當下的情勢。這就是旺季為了以防萬一而將孫陵王留在王都的原因。

宋太傅收起了劍。從過去到現在，宋太傅都自認只是一介武人。自己懂的只是如何戰鬥，也認為只要這樣就夠了。過去的孫陵王也應該是如此。然而當他為了配合旺季，雖然心不甘情不願，但也成為一位出色的文官之後，宋太傅突然察覺了自己與孫陵王之間的差距。一個是始終安於過往的自己，一個則是不斷前進的孫陵王。孫陵王並未將宋太傅放在眼裡，從最初直到最後都是這樣。

他眼中看見的，是更不一樣的東西。年紀明明只差十歲，對孫陵王而言，宋太傅已是過去的人。宋太傅內心突然湧現一陣懊悔，然而那也是自己過去走過的路，只是如今輪到陵王而已。失去了在戰場上大顯身手的機會，宋太傅已在不知不覺中老去，而且被遠遠地拋在後方了。然而就算這樣，自己並非已經無路可走，也不是什麼都不能做了。

「……你的確是手下留情了，孫陵王。不過不是對老夫。」

孫陵王並未回答這句話，只是轉身背對宋太傅，默默離開。

……雙腳踏在霜上，發出沙沙的聲響，好長一段時間，孫陵王只管低頭看著手中漆黑的劍。

沒錯，他的確手下留情了。只要他認真應戰，宋太傅不會是對手。年輕的孫陵王只可能贏過偉大的老將，卻不可能輸給他。陵王當然也會有居於下風的時候，但那時的對手只會是比自己更年輕的初生之犢，那些活得閃閃發光的傢伙們。要輸就要輸得令人振奮。年紀邁進四十歲時，孫陵王就這麼決定了。不知這究竟是年華老去的證據，還是出自身為年長者的自尊。

或許，只要自己認真了，想必用這雙手抓住國王也不是難事。之所以沒這麼做，確實是因為心中還有迷惘。究竟是不是真的想抓住紫劉輝，連自己也不明白。

「……大業年間的那種做法，一定有什麼不對，是吧……」

對那個問題，陵王或許無法回答。即使如此……

心願只有一個。那就是想親眼見識旺季的國家。轉動菸管，丟掉裡面的菸灰。所以，下次不能再猶豫了。

「……下次，就不會再手下留情了。就算對那少爺也一樣。」

現在，還不是這些小鬼稱霸的時代。

● ● ● ● ●

……黑夜與雪，讓星光與山影都從視野中消失。原本劉輝離開貴陽的次數就寥寥可數，曾經去過的藍州和紅州又是完全相反的方向，那次的經驗根本派不上用場。

最重要的是，原本堅定的心意如今變得有如鐘擺一般激烈動搖，這才是最讓劉輝心慌意亂的。猶豫與焦慮，不知道自己的選擇是否正確的後悔與迷惘，都讓他完全迷失了方向。雖然有自己應該是出了芳林門的記憶，但在那之後，腦袋就混亂的完全無法思考方向，只顧著一味狂奔。好幾次都感覺到楸瑛或皇將軍似乎在身邊說些什麼，但劉輝卻完全聽不進去。

途中也遇上了幾次追兵，每次也都憑感覺知道又有幾名近衛為了阻擋追兵而脫隊。由馬蹄聲可判斷出最初跟在身邊的幾十騎近衛，人數正不斷的減少。

像是缺了齒的梳子，身邊的馬蹄聲紛紛被吸進雪中，逐漸消失。

即使聽見背後傳來的劍戟聲，劉輝依然頭也不回地，駕著夕影向前奔馳。總覺得只要自己一回頭，就會再也動彈不得。就會回到貴陽，成為一個受人擺佈的傀儡。心情一直受到牽扯，想選擇輕鬆的路子走。想逃避，逃得遠遠的，越遠越好。

到最後，背後傳來的馬蹄聲終於只剩下雙騎。而這時，連這兩人的馬都發出嘶啼，停了下來。

皇將軍沉靜的聲音，在紛飛的風雪中，聽起來更顯沉重。

「……陛下，不能追隨您到最後，末將內心實感痛苦遺憾。然而，末將也必須留下來抵擋了。請您快走吧。末將會在心中祈求您平安無事。」

一路上緊緊跟在劉輝背後的雙騎之一，就這樣離開了。而另一個楸瑛也開了口。

「陛下，請您聽我說，您一定要好好逃走。我們必須在這裡分開了，請您一定要平安無事。」

一路上拚命專注於手中韁繩的劉輝，這才回過頭來。這才終於，回過神來。

回過神來，只覺得全身像泡在冰水裡。

「楸瑛，皇將軍！」

發出吶喊時，已經太遲了。在追兵掀起的滿天雪塵中，那兩人手握著長槍與劍，已經兵分二路離開。最後看見的，只有他們策馬奔騰的背影。而就連那背影也很快的從視野裡消失。

就這樣，劉輝完全的落了單。

劉輝失魂落魄，只聽見耳邊暗夜裡的風雪呼嘯而過。氣溫越來越低，紛飛的雪片像一層厚厚的紗，將劉輝與世界完全阻隔開來。

前後左右張望，發現自己已經連楸瑛與皇將軍離開時的方位都弄不清楚了。可怕的寒氣令劉輝即使咬緊牙根，牙齒還是咯咯打顫。一開始，夕影還疑惑的放慢了腳步，但很快的，就載著劉輝在黑夜中馳騁了起來。

離開王都，是出自劉輝自身的意願。本該如此。

——如果不是自己選擇了逃避，是否就不會牽累楸瑛和邵可以及近衛們了呢。

是否只要乖乖將自己的項上人頭交給私人軍隊，一切就能得到平息了呢。

不，在事情演變至此之前，只要照悠舜說的繼續坐在王位上等旺季回來就好了吧。

如果不讓旺季前往紅州，早早就將王位禪讓給他，羽羽是不是就不會被殺死？

或是在更早之前，不管霄太師或旺季說什麼都答應，說不定現在一切都會不一樣了，而或許那樣才是對的。

所有對過去的後悔，都如眼前激烈的風雪般襲捲劉輝的腦袋，腦海裡成了一片空白。

就連為了什麼非逃不可，那心中萌芽的小小種子，都彷彿在這闇夜風雪的肆虐之下遭到掩埋、為之吞沒。

是不是就像母親一直提醒自己的，世界上如果沒有自己就好了。

風聲之中，傳來不知來自何處的濁流般水聲。夕影朝著河川的方向奔去，筆直地，馬蹄滴答。不如，就這樣直衝進水中吧——

耳邊彷彿聽見從那有如女人尖叫般的高亢風聲之中傳來的琴聲。和今天一樣，那天也是個狂風暴雪交加的夜晚。

『連兄長將這把劍送給你時的那份心意，都能輕易的放手嗎？』

連兄長將這把劍，送給你時的那份心意。

——我選擇了你做我的國王。

——好嗎？我想知道那是什麼。我想看見，你的國家會是什麼模樣。

——對我來說，你就是我的國王了。

——我的國王，就是你。清苑皇子這個人，已經不需要存在了。

——只有這個……請你相信。只要在你身邊我就能感到幸福。

——因為你，我才會在這裡。

邵可、楸瑛、十三姬、蘇芳、靜蘭與珠翠、絳攸……大家的臉接二連三浮現眼前又再度消失。

眾人之後，浮現在眼前的，是一位少女，身上原本穿著貴妃裝扮，卻漸漸變換成官服。唇邊帶著一抹微笑，在劉輝身前下跪。看到她低頭下跪，也曾讓劉輝感到寂寞孤獨。但並不是這樣的。

除了劉輝之外，沒有人能令她甘願臣隨。這也是她之所以是她的證明。

——我是為了輔佐你而來。為了輔佐你成為一位優秀的國王而來。

只將心獻給一個人的證明。沒錯，無論何時，秀麗的心都毫無保留的獻給劉輝。

腦中再度想起旺季的那句話。「連兄長將這把劍送給你時的那份心意，都能輕易的放手嗎？」

默默跟隨，為了能讓劉輝順利逃離而義無反顧投身雪塵，紛紛回頭應戰的皇將軍與近衛們，以及楸瑛。自己連他們都要拋棄了嗎？

『如果不帶著那些一起走，我一定不再是現在的我了。』

過去，不管遭到怎樣的毀謗及否定，仍然獨自堅持下去。

即使連母親都否定自己，就算不剩下任何一個人，依然獨自堅持到現在。

為什麼一成為大人會變得連自己都守不住，如此的脆弱又無力。

劉輝的表情扭曲——雖說如此，擁護自己、奮發向上，非前進不可的理由，劉輝還是想不出來。

風咻咻吹過。在連一寸之外都看不見的雪夜中，夕影絲毫未停下腳步，將一切交給手握韁繩的劉輝決定。無論是選擇前進、停止、還是回頭。然而劉輝始終茫然落失的只是呆坐在馬上。甚至連自己現在是坐在馬鞍上還是龍椅上都搞不清楚了。是啊，就連這簡單的近乎愚蠢的選擇，劉輝也從來沒有真正決定過。自己決定過的事，輕易的就能數得出來。漸漸的，時間和周遭的人都放棄了劉輝，漸漸流逝。無論是還坐在王位上時，或坐在馬鞍上的現在都一樣。

經過自己思考決定的事，是有的。也有無論如何都不能退讓的事物。和璃櫻之間也留下了約定。然而即使頭腦明白，在這雪夜之中，理智還是被風雪吹散，甚至感覺那一切只不過是一場虛幻。腦中只有「只要自己不存在就好了」的念頭，怎麼也無法散去。明知這只不過是想圖個輕鬆的念頭，但如此一來，確實一切就能得到圓滿解決，而且不管劉輝怎麼想，都想不出有任何壞處。

旺季曾說過，對於劉輝為他人而活的想法，他怎樣都難以相信。愛人的心、言語、忠誠、期待、信賴，這些劉輝都具備，但只有這些卻是不夠的。光只有這些，手中連一根韁繩都無法掌握住。無法判斷自己所選擇的道路是否正確，連自己都無法認同自己。

河邊發出濁流拍岸的聲音，冷得彷彿能使人心跳暫停的水花濺到劉輝身上，此時他才回過神來。急急忙忙拉扯手中的韁繩，卻拉不動了。凍僵的手指像黏在韁繩上似的，不知為何，連一吋也拉不動。對於冰冷的水花，夕影非但不為所動，反而亦步亦趨的朝濁流的漩渦之中走去。這時劉輝才注意到自己騎著的是一匹有著青色毛皮的馬。光影之中，本該呈現青色的這匹黑馬，現在的顏色看起來卻是如同闇夜。鴉色。劉輝口中不經意地吐出這個字。沒錯，一如傳說中金鴉的變化一般，這匹馬有著如同火焰的金色鬃毛，以及烏珠般的皮毛。

（金色的鬃毛？）

一陣寒意襲上心頭。夕影的鬃毛是接近白色的灰色，但眼前的馬卻搖曳著朱金色的鬃毛。

這是一匹陌生的馬。

「——！」

背脊發涼，張口想叫牠停住，嘴裡卻灌滿了水和雪，連一聲都發不出。

這匹陌生的夜色馬，正一步一步前進，並開始踏入濁流之中。

很快地，濁流淹沒了劉輝全身。連頭頂都受到冰水拍打，流進喉嚨深處的水嗆得劉輝用力咳了起來。身體像一片隨波逐流的葉子，在水中上下起伏。不時碰撞到漂流木或岩石，每次都令劉輝疼得大喊出聲，手腳像是要被水流扯斷一般。劉輝甚至不知道自己眼睛是不是還睜開著，手裡是不是還握著韁繩。

——要是沒有生下你就好了。

耳邊傳來母親那憎恨的怒吼，還有劉輝的手球被整袋丟進水池的聲音。看著母親那麼做時，劉輝就明白了，其實她真的想丟進池裡的不是手球，而是劉輝自己。

年幼時那狹隘的世界裡，母親的話對他而言便是世界與真實。

然而後來從水池裡浮上來的卻是母親自己。不久，清苑哥哥也消失了。短短幾年內，所有人都死了，動亂也平息了。和過去相同，現在也一定會是如此——

『那和過去又有什麼不同。』

這句話又在耳邊響起。那不是別人的聲音，而是劉輝自己對孫陵王說的話。來自自己內心。

「——」

自己說的話。原本如一片落葉隨水漂流的劉輝，這時才開始奮力抵抗起水流，在水中划動著雙臂掙扎。和那時相比，有什麼不同了。

現在死在這裡，就等於由劉輝自己拉動弓弦，將自己射向毫無改變的世界。

荒蕪如沙漠的後宮。人在那裡是如何越變越空洞，劉輝是最清楚的。

自己一直都是個空洞的人，這就是最好的證明。

不能認同，不能就這麼死在這裡。就算已經決定退位，就算已經逃避了。

因為他心中有著理由。

（孤……）

只要一出事，就會有成群的人們理所當然的死去，被殺，屍體浮出水池，被處理掉……在那個世界，所有人都認為這才是解決問題最快的方法。

劉輝想起羽羽的遺體。有如人偶般靜靜地躺在那裡。那幾天，在哀悼之前，人們內心充斥的是對彼此的猜忌。只有璃櫻的痛哭，讓劉輝變回有血有肉的人。

——和過去，有什麼不同了。

（孤想看見的是……）

自己想看見的是什麼？

後腦杓突然被什麼用力撞擊。劉輝只見自己口中僅存的空氣全都化為氣泡散逸。腦中一片斑駁，明暗閃爍。逐漸失去意識。

自己好像低聲說了什麼。那好像是一個很重要問題的答案。

（——）

腦海的某個角落，響起大鴉拍動翅膀的聲音。

這之後，劉輝便沉入濁流與黑暗之中。

……劈哩啪啦。炭火燃燒的聲音。

從彷彿隔了好幾層布幕的世界另一端，傳來某個神經質的踱步聲。

極度的寒冷使得全身刺痛著。劉輝好幾次睜開眼，卻每次都又再度昏厥。

不知道幾次之後，才因自己不斷打顫的身體反應而朦朧覺醒。實在太冷了，冷得身體止不住顫抖。咬緊的牙根咯咯作響，腦袋深處是劇烈的疼痛。伸手想拉起被褥，卻因過度發抖而什麼都抓不住。伸手想去碰觸什麼，但呼吸卻突然變得困難。

喉頭被什麼纏住。好像有人撲了上來。頭頂上方，不知是誰一直發出低沉的怒罵。脖子上受到嚴重的壓迫，劉輝無力地揮舞雙手掙扎，用盡氣力呻吟，睜開雙眼。

眼前模糊地有兩團火影。漆黑的火影之中，只有兩道目光發出異樣的亮光，像是一頭野獸。只不過，那毫無疑問是屬於人類的眼神。伴隨著那雙可怕的眼神，指節粗大的雙手以萬鈞之力勒緊劉輝的脖子，那人口中還不斷地發出如夢囈般的低喃。

「……殺掉就好了！這種傢伙，反正最後還不是會被殺死，就像我的孩子全部都被殺死了一樣。所以還不如現在殺了你比較好，死在這裡還比較好。就算不殺你，也不會有什麼好事。活著根本不會有什麼好事。像你這種人，死了比較好。」

從未聽過的陌生女人聲音。沙啞的，彷彿來自地獄怨念的聲音。

女人將全身的體重壓在勒住劉輝脖子的雙手上，劉輝感到自己的喉骨發出被擠壓的難聽聲音。受到女人的詛咒與惡鬼般的模樣震懾，腦袋一片混亂，甚至分不出是現實還是虛幻。連舉起雙手的力氣都沒有，只能張著虛弱的手指，扒抓著身上的棉被。

突然，身上的壓迫解除。劉輝別過頭咳了幾聲，喉嚨又噎住了。

「不是叫妳不准出手的嗎？到一邊去！」

耳邊傳來另一個蒼老而沙啞的男人聲音。女人一邊怒罵著那個男人，一邊心不甘情不願的走開，遠遠的還能聽見她惡狠狠的聲音。那種怒罵的方式，和朝廷裡那些為了保身而發出的陰險詆毀不同，女人的話語是一刀兩斷式的直接，充滿不帶任何雜質的純粹暴力怨氣。最後她丟下一句「你明明就被害得這麼慘，為什麼還要這麼做？這個蠢材！」然後一邊叨叨絮絮著「無話可說了，為什麼不去死了算了」之類的抱怨，一邊拖著神經質的腳步不知道走到哪裡去了。

劉輝回過神來，發現自己還發抖著。也分不清是因為寒冷，還是因為剛才遭遇的事——畢竟那的確是針對自己爆發的確切殺意。

「抱歉。我不過是離開了一會，沒想到就發生這種事。」

男人俐落地以單手招呼劉輝躺下，與他的動作相同，他的聲音雖然聽來嚴格，卻也十分溫柔。

「過去也曾發生過相同的事啊……你是第二個了。」

男人淡然而安靜的自言自語。端起碗，湊近劉輝唇邊，不知名的液體燒灼似的穿過喉嚨。劉輝雖然有點被嗆到，但還是一滴不剩的喝光了它。

第二個？自己似乎發出聲音提問，朦朧之中的聲音卻是含混不清。睏意緩緩侵襲。不過是喝了一碗湯，寒氣卻已經由指尖慢慢散去。

被蓋上了一張薄被。昏暗的光線下，看不清那男人的面容，只聽見耳邊呼嘯而過的風聲。

「睡吧。在這個季節下這麼大的暴風雪也是罕見。已經十幾年沒遇過了。想必明天就會停了，雪也會馬上融解。偶爾下一場這樣的風雪也不壞呢。當然，只是偶爾的話……」

男人說話的聲音誘人入睡。安安靜靜的，彷彿歷史悠久的大樹下，落葉擦動的聲音。

第二個？自己似乎又問了一次。於是聽見男人「是啊」的回答。

「你是第二個了。第一個人在雪停的那天晚上離開了。是個有著令人難忘眼神的年輕人。」

劉輝在半夢半醒之間，突然冒出一個奇異的念頭。老人口中的「第一個人」，該不會是那個像磨亮「莫邪」一般的男人吧？不知道這句話自己是否也說出口了，不過這次並沒有獲得回應。

——砰。激烈的風拍上窗戶發出巨響，使劉輝猛地驚醒。

乍然之間，不知自己身在何方。

視野一片微暗，看不清楚周遭。眼角餘光瞥見爐火搖曳。但現在究竟是夜晚還是天明，依舊分不清。一試圖起身，才發現自己睡得全身是汗。那令自己抖得牙齒打顫的惡寒與渾身的疼痛已經逐漸消退，頭痛和暈眩也只剩下輕微程度。

正當劉輝甩著頭，企圖讓自己更清醒些時。

「你起來啦，年輕人。覺得身體怎麼樣？」

劉輝嚇得心臟差點從口中蹦出來。

火爐另一端，有誰坐在那裡。火光搖曳著，看不清他的長相。

爐中的柴火燒得劈哩作響，耳邊聽著那聲音，劉輝轉著不甚清醒的腦袋，急忙說些什麼來回應。

「……啊，是……已經好多了。那個……謝謝您。」

「這樣啊，年輕人身體就是健壯。原本你燒得可燙了。」

說完這句話，兩人又陷入沉默。

劉輝困惑著，那人坐在那裡似乎也無意攪動爐裡的炭火。炭火持續發出聲音，劉輝下定決心從床上——說是床，其實仔細一看只是一堆乾燥的稻草，而自己就像個被塞在裡面的烤蕃薯——爬出來。才一爬出那堆稻草，吹上身的冷風就讓劉輝打了個寒顫，急急忙忙地又爬回稻草堆裡，沒一會兒工夫，鼻水就淌了下來。男人似乎笑了。

「稻草下面應該有一件簑衣，穿上它能抵得幾分寒。」

劉輝不知道「簑衣」是什麼，只是照對方說的，伸手朝稻草堆裡摸索。這時才察覺到手臂似乎有些不對勁，仔細一看，原來自己的雙手雙腳都層層纏繞了綁帶。身體也是。雙臂被綁得像兩根圓棍，難怪會覺得動彈不得。

「你的手腳差點就因凍傷而壞死，所以我擅自幫你包紮了。幸好，只是表皮輕微的凍傷而已……」

「謝……謝謝您。」

被綁帶纏成了圓棍似的雙手，繼續在稻草堆中摸索著，終於在底層發現了某樣東西。費盡工夫拉了出來之後，原來是一大塊毛扎扎的編織物，這玩意到底該怎麼穿啊。

（……對了，不是有種蟲叫做簑衣蟲嗎……）

這個季節經常可以在樹梢或屋簷上看見掛著那種蟲，於是劉輝便模仿蟲的樣子，將那件簑衣裹在身上。粗糙的簑衣碰在皮膚上的感覺不是很舒服，但卻很溫暖。將簑衣打了個結，劉輝覺得自己好像也成了一隻簑衣蟲。是說不管從哪個角度看，都毫無疑問是一隻簑衣蟲吧。

披著簑衣離開稻草堆，邊躊躇著邊靠近火爐。

走到終於能看清對方模樣的距離時，劉輝不由得震撼了。

對方的年齡難以判斷。確實是個上了年紀的老人，但分不出和霄太師相比，誰的年紀比較大。臉上刻劃的皺紋與其說是年齡的證明，不如說是來自生命中無數的歷練滄桑。或許他的實際年齡要比外表年輕也說不定。不過這還是小事。他身上還有更明顯的特徵：臉上有一隻眼睛殘了，雙臂之一也只剩下半截斷臂。

劉輝不知該說什麼才好，只能僵著不動。老人瞇起那隻獨眼。

「現在，已經不覺得有什麼不方便了……你吃嗎？只剩一碗就是了，但你應該餓了吧？」

放下火夾，老人開始攪拌起加熱中的鍋子。聽得見攪動時鍋底傳出的咔啦聲，可見真的只剩下一碗的分量了。一聽見鍋子的聲音，劉輝突然覺得好餓。老人取過身旁一只木碗，裝了一碗又稀又淡的湯遞給他。

劉輝用兩隻圓棍手，恭敬的接過碗，但在張嘴喝湯前，又看了一次老人的獨眼和獨臂。總覺得無論如何都要在用餐之前問個清楚。

「……請問，您的眼睛和手……那是……怎麼回事？」

老人表情微微一動。劉輝並不知道那其中帶有什麼樣的情感，只是，老人露出的表情彷彿說著，看過他這樣的人雖多，問出這問題的人可不是那麼常見。接著，老人只說了兩句話作為回答：

「戰爭時失去的。不是什麼稀奇的事吧。」

戰爭。劉輝表情大大扭曲了。低下頭，淡淡的湯水反射出自己的臉，人影隨湯水晃動。胸中閃過的痛楚連自己也吃了一驚。就在不久前，劉輝的世界還和戰爭一點關係都沒有，像是活在遙遠的童話之中。然而離開王都之後，一想起大雪中，為了幫助劉輝逃離的楸瑛他們，內心不禁顫抖。不想被老人看見自己臉上表情，劉輝低頭啜飲著無味的湯。稀薄的湯水填不飽肚子，反而使他更餓了。

「你的頭，還好嗎？你不止身體嚴重碰撞，腦袋瓜上也撞出不少疙瘩。現在看起來好像好多了就是。」

「頭？」劉輝舉起圓棍手摸摸自己的頭，痛得呻吟起來。一陣一陣刺痛，隔著繃帶發現頭不可思議的變形，簡直不像是人類的頭了。這下，要照鏡子可能需要一點勇氣才行。

「會迷路到這附近來的笨蛋可不是那麼多。是發狂了吧……就算迷失方向，這裡也不是輕易可進入的場所。」

「不，我迷迷糊糊的，自己都記不起是怎麼來的。」

話說回來，自己到底是為什麼會出現在這裡。

「對了——」

「那匹馬，雖然過意不去，不過我放掉了。」

劉輝忽然想起那匹有著朱金色鬃毛與鴉色毛皮，陌生的黑馬。心用力跳了一下——夜色般的黑馬。載著劉輝，淡淡地帶著他離開。不知朝向何方。

裝作沒看見臉色青一陣白一陣的劉輝，老人將臉轉向狂風肆虐的窗外。

「真是一匹漂亮的軍馬啊，可惜我這裡沒地方安置牠，而且不能讓我這裡的女人看到那種軍馬……說不定會被她宰來吃呢。不好意思啊。」

「……請問……那馬的鬃毛，是什麼顏色？」

老人臉上出現稍縱即逝的奇妙表情。那不是驚訝或懷疑的表情，而像是以前也被問過一樣問題似的吃驚。老人用單手攪動爐裡的灰燼，炭火再度「劈哩」一聲燃燒了起來。

「接近白色的灰色吧。」

那就是夕影了。那麼，劉輝見到的那匹馬難道是幻覺嗎？那當然是幻覺，向十三姬借來的明明是夕影，而且一直都乘著同一匹馬的劉輝，怎麼可能換了座騎。

然而那匹夜色般漆黑的馬，卻一直縈繞在劉輝腦海久久不離。

「暴風雪的夜裡，總是會看見各種不可思議的東西啊……」

「……」

「那是一匹好馬。應該是那匹馬載著你到這裡來的吧。真不知道那天晚上，牠是如何度過那樣的激流……這附近沒有像樣的道路，橋樑也全部被大水沖走了。我看到你時，全身大半被雪凍僵，滿頭都是碰撞出的疙瘩，那模樣可真是難看。若不是那匹馬，就是雪人或地藏菩薩帶你來的吧。」

地藏菩薩或雪人……？變成一隻簑衣蟲的劉輝低頭看著空碗。真的是夕影（夕影？）把沒入河川的自己拖了出來，然後帶到這裡來的嗎？

現在是什麼時候，這裡又是哪裡——這樣的疑問不斷浮現，又像晚霞一樣朦朧散去。火爐裡火光熊熊，聽著炭火吱吱作響，思路也越來越遲鈍。這簡陋的山中小屋給人一種非現實的錯覺，好像在玩具箱裡迷了路，與不知名的老人攀談，一切都像是出現在遙遠夢境的場景。明明應該有什麼是現在應該認真思考的，卻又覺得一切都無所謂了。剛才那些，一想起來就令劉輝心痛的近衛們，正眼睜睜的從內心遠離。乾脆就這樣——

「……朝廷裡，好像發生了什麼事喔。」

老人這句話，對沉浸在舒適夢境中的劉輝而言，簡直像被誰冰冷的手一把掐住了心臟。倉促之間，勉強壓抑身體的顫抖，也不知道有沒有成功。只知道老人用一隻獨眼直盯著自己。

「聽說國王逃離王都了。雖說遭到不知名的賊人侵害，但為數並不眾多，他卻放棄戰鬥就那樣逃之夭夭了，現在下落不明。」

古木般安靜而淡漠的聲音繼續敘述著。從那聲音聽不出感情。無論是老人的，還是劉輝的。

「旺季將軍回到貴陽，下令要從四面八方進行搜索。聽說已經搜到附近的村莊了……」

老人說的每一個字都和劉輝切身相關，原本模糊不確定的什麼，如今清晰地浮現出輪廓，正急速接近劉輝。近得一伸手就觸摸得到。

旺季，已經回到王都了啊。

「天一亮，搜索或許就會進行到這裡了。河川結冰後，要到這裡就方便多了……」

劉輝陷入混亂，低聲悶哼。不知該怎麼辦才好，腦袋瓜卻是一點辦法也想不出來。任何一點。

忽然，劉輝察覺一道視線而抬起頭。但眼前只有木屋粗製的內門。

不對——劉輝心頭一驚。木門上有道縫隙，從那裡可窺見兩顆正在轉動的眼珠，令人毛骨悚然。兩顆眼珠像兩個黑色的洞穴，正嚴密的緊盯著劉輝不放，看似在監視他。劉輝雖然沒發出慘叫聲，卻開始坐立不安。

老人也回頭了，但卻什麼都沒看見。不過，他似乎知道劉輝看見的是什麼。

「……還以為她不到天亮是不會起來的。」

劉輝想起這屋子裡的另一個人。也想起來頭一天如惡夢般的夜晚。原本都快要說服自己，那只是一個單純的惡夢，這裡住的只有老人而已。老人應該也沒有忘記那天晚上的事，但卻絲毫未顯露歉意。劉輝從他的表情能夠讀取的，就只有對老人而言，那晚發生的事沒什麼值得道歉的這一點。但理由為何，他還是不知道。

劉輝吞了幾口口水。那個女人的事，就像一腳踩進了就拔不出的泥沼，最好不要追問比較好。然而卻不知為何，心中像被什麼牽動著，終究還是開口問了。

「她是你的妻子嗎？」

老人瞇起獨眼，凝視了劉輝一會兒。沉默的模樣，就像剛才問起獨眼獨臂時一樣。好像在說，這十個人中就有九個人不會去碰的問題，你怎麼偏偏就是那不識相的一個。但與其說因此惹惱了他，不如說他似乎認為這樣的劉輝挺有意思的。

「不，她不是我老婆。不過她住在這裡很久了，算是照顧我生活起居的人吧。」

照顧生活起居？還記得那晚她怒罵老人的模樣，要比掐住劉輝脖子時還要凶狠。明明不是妻子，竟能夠和那麼恐怖的女人一起生活。話說回來，那樣的女人真的能「照顧」別人的生活起居嗎？

或許是心裡的一百個疑問都顯露在臉上了吧，老人淡淡地聳聳肩說：

「她平常不是那樣的。照顧別人似乎能讓她鎮定下來，所以我也就隨她去了。是個手腳俐落的女人唷，只是一遇到軍人或地位高的人，她就會變成那樣……」

火爐上熱著的鐵瓶，開始咻咻地噴出蒸氣。

老人從劉輝手中拿過剛才的木碗，也不沖洗就直接丟入茶葉，注入熱水。漆黑的茶水發出奇異的氣味，類似某種藥草。氣味和邵可常泡的那種茶非常類似。

低頭看老人遞回的碗，自己的臉投射在黑色茶水表面，不斷的晃動。回想起女人暴風雨似的怒氣與恨意，如果不是老人介入阻止，她真的會殺了劉輝。那種強烈的殺意，絕對不是搞錯對象，是真的衝著自己來的。

「我可以問為什麼嗎？」

簡短的問句，老人卻正確讀取了劉輝的疑問。沉默之後，老人歪著頭，望向屋內一隅。

「……看到那麼威武的劍，那傢伙就忍不住了吧，那讓她回到了過去。」

這時劉輝才想起「干將」與「莫邪」。急忙隨著老人的視線朝屋子角落望去，成堆的稻草下露出了一小截熟悉的劍柄。看來像是被誰藏在裡面，不，實際上就是為了隱藏才放在那裡的吧。大概，就像藏起劉輝一樣。

「我失去的只是一個眼睛和一隻手，那傢伙失去的卻是所有的孩子。生了將近十個孩子吧，其中一半不是餓死就是病死，還有一半在戰爭中被殺了。聽說還有好幾個是在她眼前被殺的。她之所以能活下來……或許因為她是女人吧。以前的她還算是個美人，對男人來說，是個發洩欲望的絕佳工具吧。當然，這也不是什麼稀奇的事了。」

劉輝無言以對，根本不知道該說什麼才好。腦袋裡擠不出任何一個字。

「……雖然那不是什麼稀奇的事，但也足以將她整個人搞瘋了。就我看來，那才是最慘無人道的經歷，但她卻從沒提起過。掛在嘴上的，總是孩子們的事。堅信他們總有一天會回來……都已經這樣過了幾十年了……最初我也覺得很厭煩，不可思議的是，現在已經不以為意了。雖然很瘋狂，但看她這樣堅信著，我已經不會覺得愚蠢，反而開始認為眼前的她早就超越了一般人……一直看著她，突然發現真正有問題的人不是她了……是啊，不是她。」

老人說著，古木似的姿態與聲調，像正對著孩子敘述什麼傳說中的故事。

「對她而言，所有佩帶劍的人都是殺人魔。平常安安靜靜的她，在那個時候就會突然變了個樣。回到過去，被恨意牢牢糾纏而動彈不得。最近的她，連三拍前的事情都有可能忘記，但她卻念念不忘，在屋子上下找尋被我藏在稻草堆裡的你。嘴裡叨叨念念著『那傢伙上哪去了？我要殺了他』，整個人越來越瘋狂……不可思議的是，她真的分得出來。知道誰是殺過人的，誰是害她變成那樣的人。知道誰正接近那個殘酷的世界。無論是過去或未來。」

『死了最好，活下來也不會有任何好事。』

直至今日仍未盡的怨怒。對國家的，對戰爭的。劉輝無法抗辯。如果被質問在劉輝這一代有了什麼改變，他也回答不出。那麼對她而言，一切就都和過去無異。害她變成那樣的人。不過是換了個人坐在龍椅上罷了，過去和未來都一樣。而她也知道。

劉輝看著老人的獨眼與獨臂。他說，那是在戰爭中失去的。那麼對老人而言也應該一樣。

「……您為何……要救我呢？」

說出口的就只有這麼一句話，但老人依然正確的回答了劉輝真正的疑問。

「我失去眼睛和手臂，那是我該付出的代價。這代價不是別人該付出的。但那女人被奪走的卻不是這樣，和我不同。我的眼睛和手臂，是投入戰爭的我該付出的代價，不能推諉卸責……我遇見她後，終於能夠這麼想了。」

「……」

「到了明天，她應該會將你交給前來搜尋的武官吧。我不打算阻止那個，但你若在那之前離開，我也不會阻止你。我已經決定了，只要是來到這山裡的，不管是誰我都救，是人也好動物也好。那是我給自己定的規矩。」

火光跳動，老人瞇著眼的表情，似乎帶著微笑。

「……能逃到這麼偏僻的地方來，逃著，迷了路，差點沒了命，即使如此卻還是活下來的傢伙，一定有非活下去的理由。如果不是有人幫他，是不可能活著來到這裡的。」

劉輝的臉大大扭曲了起來。

——如果不是有人幫他，是不可能活著來到這裡的。

「我說年輕人啊，我再告訴你一件事吧。當今國王，和他父親完全不同，似乎的確是個笨蛋。」

「…………」

「就算眼前出現無理取鬧的賊寇作亂，他也不選擇鎮壓而是逃離。這的確是前所未見的呆子國王沒錯。如果是他那自小流落在外的父親戩華皇子，不管面對的是幾百個對手，也一定會殺出一條生路吧。但現在的國王和他父親，真是完全不同。」

「…………」

「但這又有何不可？」

劉輝驚訝地抬起頭。只見老人微微一笑。

「有何不可？託他的福，沒有任何人為此而死。如果今天他掀起了戰爭，只要一有人為此而死，事情就會一發不可收拾了吧。我想，他一定是一位和他父親完全不同的國王。」

老人望著稻草堆裡的雙劍，裝作沒看見此時劉輝臉上的表情。

「……那兩把劍真是漂亮。從沒殺過任何人。手上握著這只消一揮就能輕易解決兩三個人的名劍，任誰都會想拿來防身保命吧。如果那個國王帶著這兩把劍，卻一次也不曾使用，一個人也不殺，只是自己在雪中拚命逃離的話……我並不認為那個國王如朝廷所說的，是個拋棄國家逃之夭夭的人。反而應該相反才對。比起虛榮的名聲，他是為了守護更重要的東西而逃的吧，我是這麼想的……」

老人依然用著如說故事般的古木聲調。劉輝低下頭，下巴打顫，手中捧的茶也帶起了一陣漣漪。

「和先王不同，當今國王從未掀起戰爭。百姓的兒子和村裡的年輕人不需被徵召入伍，田地也不會因戰亂而荒廢。發生飛蝗與地震天災時，派出軍隊救援人民。自我有生以來，從未見過這樣的國王，也沒想過會有這樣的國王。對我們百姓來說，能不掀起戰爭的國王就是最好的國王。所以我挺喜歡現在這樣，也喜歡這個國王。就算不是個威風凜凜的國王，就算他有點窩囊。就算我從來沒見過他。」

——所以我挺喜歡現在這樣，也喜歡這個國王。

碗中的茶映出劉輝的雙眸，似乎閃著淚光。

至今，從來沒有人對自己說過這樣的話。

「不管那些大官又吹捧了些什麼，或是天上出現了什麼妖星，這些都毫無關係。大自然有大自然的規律。我們百姓只要能夠每天活著，並且覺得希望這樣的日子持續下去，其他就沒什麼好說了。你懂嗎？真的沒什麼好說的。這就是我想說的話。我們人是在大自然的安排下活著的。國王的工作，就是傾聽人民的心聲，可是當他身邊的人太過喧囂……那聲音就會變得模糊難辨了。」

「……………」

「到城裡去時，我也變得聽不清楚自然的聲音了。所以才會回到山裡。城裡的獵人之所以會殺死太多山裡的野獸，榨取過多的自然資源，就是因為他只聽得見自己的聲音。哪天山神受不了，是會發怒的。百姓也一樣。不過，如果情況不是那樣……也就是一件好事吧。」

感覺得到老人發出微笑。接著隨著一聲嘆息，他又回頭望向木門上那一道黑暗的縫隙。

「……那傢伙一直活在過去。因為一直以來都是如此，之後也不可能改變了吧。只要拿起一次武器，就會害怕丟棄它。但越是拿著武器不放，人的心越是會變得脆弱。只要發生一點小事就會被影響而發狂。除非一開始就不要拿起武器，否則就得殺了誰，或是被人奪下武器，然後才有可能擺脫。這樣的人我看多了，沒辦法的……可是我還是希望，這一次總有一天會改變。願意去相信那能夠自己放下手中武器的笨蛋，具有真正勇氣的傢伙，總有一天會出現。就算現在是個笨蛋，誰又能說將來也是個笨蛋呢？再說，如果是真的無可救藥的笨蛋，誰都不會去幫助他，就連馬都不會相信他的。」

不曾對任何人使用的劍。甚至為了保護自己都不曾用過。這麼做，又是為了守護誰？

孤零零的，連自己都保護不了。卻能為了保護什麼而逃到這裡來？想要守護的到底是什麼？

老人笑了。似乎對那把乾淨的劍感到很滿意，最後又小小聲的說了那句話。

「有何不可？」

這是一句不加任何虛飾，質樸、誠實而安靜的肯定。差點以為自己搞錯了，連好不容易做的決定都無法抱持自信。既不知道自己為什麼逃，也不知道任性的要屬下們不能殺人是否正確。內心動搖著，不知道自己做得對不對。

『比起虛榮的名聲，他是為了守護更重要的東西而逃的吧，我是這麼想的……』

到底是為了什麼而逃呢？

收藏在內心深處的那口箱子，又發出微弱的聲音了。這次，是蓋子打開的聲音。

（孤，是為了什麼而逃……）

浮在水池上的母親屍體。烏黑的一頭長髮像水草一樣擴散開來。後宮中發生的無數次小鬥爭，每天越來越多的屍體，都曾經映在劉輝眼底。兄長和妾妃們受到處刑，被砍落的人頭，其實劉輝都在處刑之後一個人跑去看了。屍體總是會在不知不覺中消失，補上新的女官和侍官後，後宮又會打掃得乾乾淨淨，像是那些事從來沒有發生過一樣，恢復若無其事的寧靜。這時劉輝總會跑去府庫，但就連面對邵可，那句「一切都和我無關」還是硬生生又吞了回去，沒想到有一天竟然成真了。

蓋子打開了。那些刻意壓抑的感情，隨著眼淚一起流出。

那種情景，再也不想看見第二次——想要守護，即使只是多守護一個人也好。所以才逃走的。

真想壓抑的話，就如孫陵王所說，是很簡單的。就像在甕口壓上蓋子一樣簡單。

然而那麼做是沒有意義的，不知何時起，劉輝打從心裡理解了這一點。縱使在甕口壓上蓋子，甕裡裝的東西也不會消失。而且那麼做會發生什麼事，劉輝早就親身體驗過了。同樣的過去。什麼都不會改變。既然如此，就算對孫陵王而言是有意義的，但對劉輝而言卻是毫無意義。

為了選擇走上不一樣的未來，劉輝才離開了那座城。

『不能不離開。』

不知道是誰的聲音，和劉輝自己的聲音重疊。沒錯，不能不離開。不能不離開。

別的辦法、別的辦法。快想想、快想想。如此拚命思考。

想要一個和那再也不想目睹的過去不同的，未來的世界。

劉輝擦乾眼淚，吸吸鼻涕。聽見心裡最後的箱子，完全蓋上蓋子的聲音。

「孤，不能不離開。」

不能停留在這裡。

老人似乎無聲的笑了。簡直就像在同一個場所，同樣的夜晚，也曾有過另一個誰，跟他說過相同的話。

「……是嗎。那麼，你加油啊。喔……剛好，雪停了呢。」

本來颳得鬼哭神號似的風聲，現在已經完全聽不見了。

「追兵應該很快就要到了，那傢伙好幾天前就去通報了吧。」

「……什麼？」

聞言，劉輝驚訝得馬上站起來，著急得團團轉。

「怎麼會？那……這裡到底是哪……請問這裡到底是哪裡啊？」

「……你打算上哪去呢？」

「呃……紅州。」

一直都像古木般淡淡然的老人，此時終於露出不可置信的驚訝神情。

「……我說你啊，到底是多沒有方向感？要去紅州的話，只要順著河川流向走就行了，你怎麼反而挑了相反方向往源頭來了呢……難道你真的只是個單純的笨蛋……？」

「什麼？」

劉輝腦中模糊記起從前邵可曾要他牢記的地圖。記得沒錯的話，橫越紫州的兩條大河之一，的確是朝紅州流去。而自己若是沿著反方向來到源頭的話，這裡是……

「……孤來到北方了嗎？……不，若那條真是大河，夕影不可能橫渡成功的啊……」

若是夕影能夠橫渡的河，應該就是支流了。但大河的支流太多，實在無法得知自己橫渡的是哪一段。懷著期待的目光望向老人，老人卻困擾地瞇著獨眼嘆了一口氣。

「……抱歉，因為某些理由……不能告訴你這裡位於何處。不過，我倒是可以告訴你下山的路。聽好了，只要方向有一點錯誤，就會迷途至死。積雪並不嚴重，你就努力點自己走下去吧。那簑衣蟲……不，那件簑衣就送你吧。」

對啊。夕影不在身邊，只能靠自己徒步下山了。劉輝不由得冒出一頭冷汗。

老人以口頭告訴劉輝下山的道路後，指指稻草堆說「你身上的東西都在那了」。劉輝摸摸稻草堆，取出了雙劍和自己原本穿在身上的衣服。不過原本帶著的水、糧食和錢財卻不在其中。劉輝看著看著也沒說什麼。在這簡陋的山屋裡，素未謀面的陌生人願意照顧受傷的自己，還把僅存的最後一碗薄粥讓給自己分食，這對他來說，已經是不可多得的奇蹟了。儘管後宮裡什麼都有，卻從來沒人和劉輝分享過什麼。

劉輝瞪著自己減少的行囊瞧了半天，考慮的結果，伸手拿起「干將」。

「……老人家。」

老人沒有回答。或許在劉輝盯著行囊瞧時，老人心裡誤會了什麼吧。劉輝屈膝一跪，捧著「干將」遞向老人。

「沒有其他能充當謝禮的東西了，請您收下這個吧。」

沉默降臨。劉輝低著頭，不明白這陣沉默代表什麼意義而不知所措。

過了一會，終於聽見老人放下手中碗的聲音。

「……你竟然把『干將』拿來充抵寄宿費用？還要把它留在這裡？」

咦？自己有說是「干將」嗎？劉輝歪著頭……應該是說了吧。

「是的。因為我並沒有需要它的必要，請您收下吧。現在身上沒有銀兩，也沒時間作工回報您了，把這『干將』拿去賣了，應該可以換取不少錢……看這劍鞘也挺豪華的不是……？」

事實上，大少爺劉輝根本不知道這把劍究竟值多少錢。只是想到如果是秀麗，一定會堅持「回禮」的，所以拚命思考的結果，也只有用行囊裡看起來最值錢的這把劍來回報人家了。

會有這種想法一點也不覺得奇怪。心想不能留在那座城裡才會帶出來的雙劍，現在卻要將其中之一的「干將」留在這裡——留在這雲深不知處的奇妙山屋裡——然而劉輝卻覺得這樣也很好。就算沒有「干將」，也不覺得有哪裡不便。

（……呼，還是說只有一把，不足以報答救命之恩？）

然而「莫邪」是……劉輝焦急著低下頭道歉。

「真的很抱歉，但另一把劍，我已經答應要給某人了，在他回來取走之前會好好保管的。所以實在不能將它留在這裡，如果是其他東西——」

「不，夠了。我就收下『干將』吧。」

老人忽然出現在眼前，令劉輝嚇了一跳。雖然隔著幾步的距離，但沒道理連他站起身都沒感覺啊，然而他卻像從平地冒起的熱氣一樣，突然出現在自己面前。

壞掉的獨眼和斷臂。完好的那另一隻眼笑了起來，還能動的另一隻手則抓起「干將」。

抓起劍，又將劍丟了出去。動作毫不拖泥帶水，就像那是一把玩具劍似的。刷地，「干將」又沒入稻草堆中，等飛舞起來的稻草全都落回原位後，劍就完全被掩蓋起來，消失不見了。要是鍬瑛或靜蘭在，一定會馬上發出慘叫，然後撲上前去把這國寶挖出來吧。

「這把劍對我來說，也是一點用都沒有。」

老人從近距離俯看劉輝。那矮小的身體之中，不知蘊含了多少頑強的力量。壞掉的那隻眼睛牽動著好幾條皺紋，使整張臉看起來有些猙獰。雖然外表令人害怕，劉輝卻莫名的不覺可怕。老人就像一棵古木，安靜淡定，同時有種叫人說不出的懷念。然而他的眼神，卻又像遠望著未來。

「……活了這麼久，總算長了點見識啊。」

「咦？」

「沒什麼……你快走吧。跟我住的那個女人，差不多要起來了。等她起來，你要走也走不成。」

劉輝想起那個女人。可怕的女人，可怕的那一夜，總有種她現在都還透過木門上的縫隙瞪視自己的錯覺。她有這個權利。怒罵也好，掐著脖子不放也好，都有值得原諒的理由。然而對於她說的「活下去也不會有任何好事」這句話，劉輝現在還不能決定該如何回答。現在，還沒有這個權利回答。

老人說，真正瘋狂的，不是那個女人。

真的有問題的，不是她。或許老人是為了確認這一點，才和她共同生活的吧。劉輝覺得，日後有必要鼓起勇氣再來見她一次。必須來見她，並確認一些事。雖然她既可怕、又無情、毫不慈悲，但劉輝卻不能無視她的存在。她既是過去，也是「現在」的一部分。反映著現在這個國家的模樣。

等全部結束，劉輝還能活著來面對她的話。

到時候，自己應該就能成為一個面對任何疑問都能做出回答的國王了。

這時，遠方忽然想起鳴笛聲。像是呼應暗號一般，四下跟著響起了高亢的笛聲。好幾種不同的笛聲交錯，老人起身望向窗口。

「……已經來了啊。年輕人，你快走吧，現在馬上離開。」

劉輝點點頭，很快打理好行囊。說是行囊，也只剩下衣物和「莫邪」而已。這時，劉輝突然為老人感到擔心，說不定他會因藏匿自己而遭到不測，自己竟然到現在才發現這一點。

老人單手抓起掛在樑柱上的斗笠，往劉輝頭上一戴。

「再附送你這個吧。」

運用獨臂與嘴，老人俐落的將斗笠的繩結繫在劉輝下巴。看到劉輝的表情，似乎知道他在想什麼，很懷念似的瞇起眼睛。

「很久以前，也有個年輕人在雪夜裡闖進我這裡來啊……」

「咦……？」

「那天晚上的雪，下得比這次還大……那個人也在雪停之後離開了。來到這裡的人，大概都會好好離開。所以我想，你應該也能夠安全離開吧。」

雪夜。劉輝腦中，閃光似的浮現一個聲音。

——今天過後，我就會離開這座城了。

不能不離開。雪夜之後，和琴聲一起消失的人。如同閃閃發光的「莫邪」一般，冷硬而美麗，帶著傷痛的側臉。難道會是他——

「……那個男人，是什麼樣的人？」

「可以確定的是，比起現在的你，看起來要有出息多了。各方面，你都比不上人家啊。」

「……唔、嗚嗚。」

說完這句話後，老人就不再告訴劉輝什麼了。

「把你撿回來，是我給自己的規矩。我遵照自己的規矩而生，會因此變成怎樣，都跟任何人無關。相反地，你要是再像這樣猶豫著不走，我也不會阻止你留下。」

像是發出什麼暗號，笛聲又再度響起。那聲音已經來到比剛才更近的地方。

劉輝望著通往外頭的門，不經意地感受到一道視線。

內門中，有著一道縫隙的那扇門，有一雙烏溜溜的眼神窺伺著。這次絕不是錯覺，而是真的有人在那。昏暗而閃著警戒眼光的雙眸，令劉輝倒吞了一口氣，卻沒有掉頭離開，而是對那人深深低下頭，行了一個禮。一拍後抬起頭，目光已經消失了。只聽見神經質的腳步聲漸行漸遠。

劉輝再度對老人低頭示意後，跨出三步，伸手握住門把。一打開門，寒冬的冷空氣便狂亂地吹進室內，雪深及膝，笛聲越來越近了。

外頭天還沒完亮，深濃的藍色還支配著銀白色的世界。

天將破曉。不知為何，劉輝覺得這是個很適合離開的時刻。

「——那我走了。」

「年輕人。」

這是老人第一次開口叫住他。最初，也是最後一次。

「……好久以前，那個雪夜裡來的男人，他也走了。我對他說，一個人努力是成不了什麼事。結果那傢伙卻說，就算現在只是一個人，十年後一定會不一樣。就算只有一個人努力，只要默默耕耘，一定會開花結果。即使在朝廷那個臭水溝裡也一樣。這麼說著，他就離開了。過了十年，這次輪到你來了……我時常想，等著那個男人的到底是誰。」

風吹起劉輝的頭髮，遮住了他臉上的表情。連劉輝自己都看不見。

——即使在朝廷那個臭水溝裡也一樣。

「憑你，是贏不了他的，不管怎麼努力也一樣。即使這樣，你還是要去嗎？」

劉輝沒有問老人的名字，也沒問他究竟是誰。和他說的話比起來，這些一點都不重要。

劉輝笑了。因為臉凍僵了，所以笑容或許有點不自然吧。

「……我跟人約好了。很久很久以前。不能因為沒有勝算就反悔吧。我已經忘記過太多事，也有太多諾言沒能遵守。剩下的這最後一個約定，絕對不能再出爾反爾了。」

老人那隻滿是皺紋的手，突然握住劉輝的繃帶手。那隻手，和文官的手或武官的手都不一樣。那隻手經歷過夏日曝曬與冬日的刺骨寒風，經年累月形成，有著古木一般的堅強。那隻手用力握了一下劉輝的手，然後放開，好像他握住的是劉輝的心。

「──送你一句話吧。一個人努力成不了什麼事，也改變不了什麼，這是理所當然的事實。然而，時候會到。只要有人持續耕耘，改變的時候總會來臨。到那時候──」

到那時候？

後面的話，劉輝沒能聽見。不，連老人有沒有說完這句話，他都不知道。

老人的聲音被笛聲與崩落的大量積雪發出的巨響掩蓋，聽不見了。取而代之的，是耳邊傳來誰爭論著什麼的聲音。劉輝抓起老人的獨臂，用額頭碰了碰那手背，做為最後的致意。

「我出發了。謝謝您親切的對待，真的很感謝您。」

老人笑著拍拍劉輝的額頭，為他推開房門。

劉輝邁開腳步，踏進破曉前的雪夜中。撥開雪，照老人教的，朝一棵有著雙叉枝枒的樹奔去。老人想起什麼似的聲音在背後響起。

「對了年輕人，剛才忘了告訴你。那條路有點危險，要多加小心啊。」

「欸？……嗯？啊？……咦咦？」

就在此時，腳在雪地裡踩了個空。突然看不到眼前的路。

接著，劉輝便感覺到自己正咻地向下滑。一屁股跌坐在地後，就趁勢向下滑了。劉輝發出慘叫聲，就這樣順著被冰雪覆蓋，長著枯樹的斷崖斜面往下滾落。

不只是一瞬間，實際上好長一段時間，劉輝只是不斷地向下滾落。

「————！好痛，痛痛痛痛！」

彷彿無止盡的翻滾之後，劉輝開始發現斜面上有些較平緩的部分，便舉起「莫邪」勾住不知名的樹，好不容易止住了落勢。不過，因為那一勾力道過猛，樹上的積雪全都掉落下來，把劉輝整個人埋進去。原本的簑衣蟲，現在成了頭頂著斗笠的雪人了。

……雪人劉輝打從出了城之後，就發現自己是一個無法獨力生存的男人。只要沒有猴子、狗、雉雞之中的誰跟在身邊，就算是主角桃太郎也一定只是個庸才吧。

吐出塞了滿嘴的雪片，撥開壓在身上的雪，拚命從雪堆裡爬出來。也好不容易挖出埋在雪下的「莫邪」——這把劍應該從未遭人如此對待過吧——光是這樣就氣喘吁吁、滿頭大汗了。此外，應該是滑落時碰撞導致的吧，劉輝身體各處都疼了起來。多虧有那頂斗笠，頭倒是沒怎麼撞傷——不，老人一定早就知道會這樣，才把斗笠給自己戴上的吧——身上帶的東西都因擦撞而變得破破爛爛，尤其是那件簑衣，滑落途中就散開來。要是真正的簑衣蟲，這下可就沒法過冬了啊。

（不過斗笠也因為繩結繫得太緊，差點沒被勒死！是不是應該生氣啊？）

果然老人只是表面親切，實則是在整人吧！

（不不不，這種幾可媲美霄太師的黑心行徑，這輩子不可能遇到那麼多次吧！）

好不容易心跳才緩了下來，重新仰頭望向那片斜坡的劉輝，這下卻又嚇得心跳差點停止。與其說是一道斜坡，不如說是一條狹窄的裂縫，劉輝應該是從那裂縫裡摔出來的，但現在連仔細看都看不出到底是沿著哪裡滑下來的了。裂縫呈現一道陡峭的銳角，能活下來真是奇蹟。會指出這種路的人，果然還是霄太師第二吧。

「……呼、呼。人生真不簡單啊！充滿各種困難。以後我再也不說自己喜歡雪了。」

一個人叨叨絮絮的卻沒人答腔，真是好生寂寞。

此時，肚子突然咕嚕一聲感到飢餓。想起自己只喝了一碗稀薄又難喝的湯水，肚子是越來越餓了。貧血與目眩使劉輝差點站不穩，加上才剛養好沒多久的身子，發軟的膝蓋抖個不停。

看看四周，全都是理所當然會存在的枯木，劉輝先以白雪果腹。吃了一口後，有種真的吃進了些什麼的感覺，所以開始一口接一口。然後，就在差點要忘記自己究竟該往哪個方向前進時。

——耳邊傳來好幾匹馬奔馳的蹄聲。

被吃下的雪給凍得茫然的劉輝腦袋，這下子完全清醒了。一把抓起「莫邪」站起身來。

看見遠遠的山頭有著火把忽明忽滅的光芒。光芒的移動看起來不像有特定的目的，四處游移，比較像是在搜尋什麼。

等確定火把的光芒全部從視線中消失後，劉輝開始移動——朝紅州前進。

雖然已經在邵可督促下死背了地形圖、地勢圖、星象圖與方位的確認方式以及繁複的河山地名，但那畢竟是十年前的事了，能不能順利記起來還是個問題。

一度消失的軍馬啼聲，聽起來比剛才更接近了。即使如此，還是只能前進。

劉輝重新戴好斗笠，拄著「莫邪」站起身。肚子雖然還是很餓，但一想到若能走到河邊或許能釣到魚，劉輝不禁立刻振作起精神。

（哼哼，釣魚可是和十三姬一起修行過的。看我的吧，中午有鯛魚大餐吃了！）

根本不知道河裡釣不到鯛魚的劉輝——這位年輕的國王在不久之後就會知道這件事了——今年二十一歲。

既沒食物又沒錢，更別說釣竿、魚簍，身上甚至連一顆打火石都沒有，自己的馬跑去哪了也不知道。體力降到最低點，就算是劉輝，人生中也未曾遇上如此兩手空空，孤注一擲的時刻。只有年輕這個本錢要多少有多少，劉輝暫時不去想自己身處的劣勢，以免自己更沮喪。直到粉身碎骨為止，都不放棄那股毫無根據的自信，這就是年輕的證明。

「很好！加油啊，劉輝！嘿嘿，喔！」

因為身邊沒半個人，只好自己鼓勵自己之後，劉輝爬下了懸崖。

——午飯的鯛魚，很快就從腦中消失。劉輝小心翼翼的沿著溪流往下。一顆有自己身高大的岩石滾落，從溪流裡溢出雪水。劉輝屏氣凝神，一邊留意著不要從覆蓋著積雪的岩石上滑落，一邊踩在岩石與岩石之間，腳步慎重的往下爬。

因融雪而增高的河川水線，發出潺潺水流聲。偶爾環顧四周，只見山中依然有數頭軍馬持續搜索。雖然比起預料的人數還要少一些——

（……都是專業精兵啊……究竟是哪個單位訓練出的部隊？）

事實上，劉輝原本認為要甩開他們很簡單。

然而，那些時而消失蹤影的火把，始終跟在劉輝身後。而且從火把的位置看來，他們正在逐步縮短和劉輝之間的距離。好幾次都以為已經順利甩開他們了，但不用多久，劉輝附近一定又會出現至少一頭軍馬。只是對方是否真的已經發現劉輝，到現在還無法肯定。畢竟軍馬無法下到劉輝滑落的山崖下，不知道他們是已經知道劉輝在那，但是因為下不去而只好在上面盤旋找路，還是根本沒發現劉輝就在下方。有時隱約傳來對方人馬交談的聲音，卻在傳進耳朵前就被風雪吹散而聽不清。尤其進入溪流路段之後，多了潺潺水聲的妨礙，更是聽不見人聲了。

就這樣持續了一陣子之後，劉輝也總算弄清了追兵馬匹的數量。

（三匹……或四匹吧……沒有更多了。）

原本心想就算真的被發現，如果只有這些人，或許還可能逃脫。但觀察了馬匹的動向之後，這點又無法確定了。在這又是雪又是冰，天色又暗的陡峭斜坡上，還能如此安穩的策馬追蹤，而且劉輝連甩都甩不掉他們。由此可見，對手絕對是身手不凡的武將。

再過半刻，天就要亮了。天色一亮，劉輝的所在一定就會曝光了。

忽然，從靜謐的山頭傳來大鳥振翅的聲音。黑鴉。

反射地擺出警戒的姿勢時，劉輝腳底踩著的岩石崩塌了。雖然人沒摔下去，卻有幾塊石塊滾落水中，激起一陣水花。

——瞬間，正沿著斜坡往下的馬蹄聲倏然停止，周遭陷入可怕的寧靜。

冷汗沿著劉輝的背脊滑落。糟了。被發現了。

劉輝嘆了一口氣，擦擦汗，轉換念頭，開始專心沿著溪流往下。

用比剛才快三倍的速度，連看也不看眼前的路就往下跳。原本像是在巨人的惡作劇下堆起的巨大岩石，過了某處後也開始變小。河川的傾斜度變得平緩，寬度卻有原本的兩倍大。如此一來，就無法踩在河水裡繼續前進了。看看周遭，發現原本陡峭的山崖高度降低，已經可以沿著山崖爬進山區了。然而山區也是追兵們的所在之處。

劉輝想了一想，決定了。他迅速地爬上山崖，進入山區。

耳邊傳來長驅直下的馬蹄聲。分別從三個方向，保持一定的距離，在密集的斜坡之間穿越樹叢的矯健蹄聲明顯靠近，用翩然而降來形容都不為過。三匹都是如此。明明是緊急時刻，劉輝卻驚訝得說不出話來。從馬蹄聲便可得知馬上的三人都是受過嚴格訓練的，且三人都毫無疑問的比自己強多了。

（等等，等一下啊！到底是誰派出這麼高強的追兵啊——！）

馬蹄聲越來越近了。劉輝腳下踩著雪，拚命往下衝。萬一真的被追上了，也只好拔劍應對，不過在那之前，還是希望盡可能拉開距離拖延。再過不久，就能進入支流了。

雲朵之間，開始透出一絲陽光，照在純白的雪地上。雪光強烈的反射，讓劉輝以為自己差點瞎了。身後的馬似乎也受到驚嚇，但仍然高明的迴避光線繼續追趕。

雪漸漸染成了金黃色。天已經亮了。

此時，傳來清楚的聲音。

「等一下！」

劉輝差點停止呼吸。停下腳步，慢慢回過頭去。三匹馬已經來到視野所及之處。中間那匹很快地超越另外兩匹，如疾風一般奔馳而來，最後一個跳躍，落在劉輝身邊。馬上的男人用力拉緊轡繩，呼吸紊亂地看著劉輝。

接下來，是一陣沉默。馬上的男人神情困惑地歪著頭。

「……咦？好奇怪……應該沒錯才對啊……不、不好意思。所以您只是普通的樵夫嗎？搞錯人了……？不對啊，可是……咦？那把劍是……」

劉輝摘下破破爛爛的斗笠，稍微抬頭望向馬上的人。

「你在找誰啊？……楸瑛。」

說完之後，他便笑了。不知道是開心，還是想哭。連自己都搞不清楚了。

一拍之後，楸瑛瞪大了雙眼。幾乎是滾落下馬，衝向劉輝。

「陛下！」

被楸瑛用力抓住肩膀，斗笠也撞掉了。楸瑛像是想確認劉輝長相，伸手粗魯的夾住劉輝雙頰，從極近距離觀察他。接著，就輪到楸瑛露出又哭又笑的表情了。膝蓋一彎，跪倒在雪地上。

「陛下……您沒事……真是太好了……真的……太好了……！」

劉輝也哽咽的說不出話，只能點點頭。和楸瑛於雪夜中一別後，並未經過許多時間。然而彼此卻都有種已經好幾年不知對方下落的感覺。

「楸瑛不該離開陛下身邊……請您原諒……」

那黯淡的聲音，令劉輝感慨萬千。開口想說些什麼，卻一個字都說不出來。

此時，另一匹馬也趕上了。看見馬上那出乎意料的人，劉輝又是一陣瞠目結舌。

「劉輝！」

靜蘭蒼白著一張臉跳下馬，無言地緊緊擁抱劉輝。在被他抱住的前一刻，劉輝瞥見了兄長泫然欲泣的表情。

「你活、活著、太好了。」

聽見他顫抖的低語，劉輝想哭，卻又微微的笑了。

『一定有非活下去不可的理由。』

老人的聲音，在腦海中響起。

「靜蘭，你怎麼會在這裡？你不是前往紅州了嗎？」

之前從邵可那裡聽說，靜蘭隨滅蝗軍隊前往紅州的事，所以怎麼也沒想到，他竟會和楸瑛一起出現在這座山中。

靜蘭看起來有更多想問劉輝的事，不過被楸瑛給擋下了。

「我說……總之，先冷靜一下。再說……啊，來了來了。」

剩下的另一人也終於到了。劉輝對他臉上的雀斑頗有印象。

「陛下，您平安無事太好了。下官隸屬左羽林軍，名叫皋韓升。終於找到您了。」

看見那匹隨皋韓升抵達的馬，劉輝不禁大吃一驚。那匹馬是——

「夕影？」

「是的。能夠找到陛下您，都多虧了夕影的帶路。這傢伙跑到我身邊，並領我們來到這偏僻之地。如果不是牠帶路，或許就不會找到您了……」

楸瑛撫摸著夕影的脖子說。仔細一看，十三姬為劉輝準備的馬鞍和水，幾乎都完好無缺的掛在夕影身上。銀兩也全部都在。劉輝想起山屋裡的老人家。

伸出手，夕影便撒嬌似的湊過鼻頭磨蹭。作為慰勞，楸瑛從袋中取出獎勵的砂糖碎片餵夕影吃了。

「好乖，好乖，你做得很好，夕影。這次多虧你了。當夕影出現在我面前時，水和馬鞍還有銀兩，一切都完好無缺……只有食糧袋看出夕影吃過的痕跡而已……只見夕影而不見陛下您……微臣真的嚇得心臟都要跳出來了……豈不讓人不得不聯想起幽靈船的故事嗎……」

「幽靈船？」

劉輝眨著眼發問，皋韓升像是想起什麼似的咯咯笑了起來。

「可不是嗎，不過下官覺得挺有趣的啊！就是船上的人忽然全失了蹤，充滿謎團的事件。」

「韓升！哪裡有趣啊！一邊找尋陛下，一邊聽你說那些幽靈船啊、雪女啊、神隱的，全都是些不吉利的故事。被你搞得人心惶惶，士氣低落了啊！」

「那可是我為了讓你找得發狂的心情鎮定下來的親切之舉耶！」

「——給我閉嘴！你這廢材武官！」

靜蘭狠狠的瞪了楸瑛一眼。看來他也因為那些鬼怪故事而心神不寧了。

劉輝再次檢視夕影。黑色油亮的毛皮在日光反射下呈現美麗的青藍色，鬃毛則是近乎白色的灰色。夕影的眼神溫柔，雖然已經不年輕了，卻是一匹聰明又耐力出眾的良馬。

絕對不是那匹有著黑夜闇色的毛皮，以及朱金色鬃毛的陌生馬匹。

拉著劉輝沉入河底，令人心生畏懼的那匹闇色馬到底是什麼來歷。直到現在，劉輝都不認為那只是個幻覺。然而當時乘著那匹馬越過的，或許是一條不該穿越的河川。

不管那匹闇色馬是什麼來歷，夕影救了劉輝，這一點毋庸置疑。擺脫追兵，越過河川，帶劉輝來到有著那老人的山屋，之後，又帶著靜蘭與楸瑛找到劉輝。看著夕影那有些謎樣的眼睛，劉輝說出了心底的話。

「謝謝你，夕影。」

隨著一聲嘶啼，夕影靜靜地垂下頭，意思似乎是接受了劉輝這句道謝。

雖然遍尋不著適合的洞穴，皐韓升還是發現了一處不容易受到風寒的雪堆處。就在劉輝還未回過神來時，三個受過野戰訓練的武官已經迅速的將裡面的雪鏟出，整理得乾乾淨淨，並收集來乾燥的樹枝生了火，放上小鍋加熱。皋韓升突然不見蹤影，回來時，手中已多了山菜，以及不知從哪獵來的野兔和山鳩，楸瑛也幫著一起俐落地開始料理起食物。

兩手空空的劉輝不時晃過來晃過去，嘴裡嘟囔著「不如孤去釣魚來吧」，卻被眾人異口同聲叱喝「不想被水鬼抓走就乖乖回去坐好！」完全是礙手礙腳的狀態。當看到明明應該和劉輝同樣都是身為少爺的楸瑛與靜蘭，也都用著熟練的動作，毫不留情的剝下可愛兔子的皮和山鳩羽毛時，劉輝深深地震撼，並且沮喪了。

（……嗚嗚，只有孤一點都派不上用場……）

而且正當他垂頭喪氣的找了個地方坐下時，一陣猛烈的飢餓感襲來，同時肚子開始發出巨大的咕嚕聲。

彷彿料到這一點似的，皋韓升正好從小鍋舀出一碗什麼，端給劉輝。

「來，請先吃點東西吧，陛下。不但可以暖暖身子，還可以先墊墊肚子。」

碗裡是濃稠而香氣四溢的乳白色湯汁。啜了一口，湯汁隨著濃濃的乳酪味緩緩流進了胃。輕啜兩口之後，劉輝更是忘我地喝了起來。

不知為何，身體一暖，劉輝的手腳便開始異常發癢。因為實在是癢得受不了，便背著眾人偷偷將已經破破爛爛的繃帶翻開。一看之下，皮膚呈現嚴重泛紅。本以為這個舉動沒人看見，不料瞞不過眼尖的楸瑛，一個箭步上來，再次掀開繃帶察看。

「……喔，太好了。只是輕微的凍傷。」

「可、可是孤現在覺得超級癢耶，癢得都快發瘋了。」

「那是當然的啊。因為身子暖了，傷口自然會發癢。幸好只是表皮的輕微凍傷，要是真正的凍傷，為了治療就算必須截斷四肢都不奇怪。把我手邊帶來的藥敷上去吧……不過看這模樣，似乎有誰已經做過處理了？」

仔細一看，除了今天逃亡時新增的傷口外，劉輝身上的傷口都有處理包紮過的痕跡。多虧了這些適當的處置，劉輝才能避免更嚴重的凍傷，也未染上破傷風的吧。看著敷藥與包紮的情形，楸瑛狐疑地歪著頭想。不管是麻煩了哪裡的誰，此人絕不是個普通人。

一邊為劉輝重新包紮，楸瑛仔細觀察起了劉輝。

身旁放著剛從身上脫下，不知從哪弄來的破簑衣和舊斗笠。劉輝雙頰消瘦，明顯大病初癒的模樣，全身上下遍佈著瘀青與擦傷。手腳全都呈現輕微凍傷，臉色蒼白，頭上則大包小包的腫成了一個奇怪的形狀。

要是在過去，或許楸瑛早已毫不客氣的取笑他了吧。然而現在卻只是沒來由的想哭。

「……陛下，您可知打從離開貴陽之後，自己失蹤了幾天嗎？」

「咦？不，孤完全沒概念。」

丟失了財物與食糧，手上甚至連打火石與弓箭都沒有。這當然是無法計測天數的狀況，不過更是因為劉輝本身傻頭傻腦、渾然未覺。楸瑛心想，至少這樣會讓他覺得受比較少的苦吧。

不該分頭行動的。應該陪伴他到最後。那天之後，楸瑛無數次這麼後悔。原本想用若無其事的語氣告訴劉輝他究竟失蹤了多久，沒想到一開口卻洩漏了內心所有的情緒。

「……半個月。」

「半個月？……孤還以為……頂多就是三天。」

劉輝望向依然準備著食物的另外兩人。難怪加入滅蝗軍的兩人也會出現在這裡。

「原來是這樣……旺季已經……回到都城了……是嗎？」

「是的。就在陛下失蹤數日後進入貴陽城。」

只差數日。沒想到就這麼擦身而過。僅僅數日的差距。

若是沒了這數日，就那麼一直等到旺季回都的話，一切是否將完全不同。

靜蘭抿著嘴。說服旺季羈留東坡關塞的人正是自己。秀麗那麼強烈希望旺季儘快趕回貴陽，靜蘭內心卻徹底的小看了這件事。認為秀麗擔心的事根本不會發生。

「……進入紫州沒有多久，部隊收到來自孫陵王大人的傳令，我才得知你離開貴陽以及朝廷正對你展開搜索的事。之後我馬上和皋韓升等十數人趁夜脫離部隊，分頭展開獨立搜索。換句話說，我們這幾個擅自脫離了旺季將軍的部隊。」

皋韓升皺起臉上的雀斑不滿地反駁：

「別說得那麼難聽嘛，茈武官。那也是沒辦法的事啊。畢竟兵馬權可是握在旺季將軍手上。」

一聽見「兵馬權」幾個字，楸瑛不禁惡狠狠的瞪了劉輝一眼。

「……沒錯，聽見這件事時我真是太驚訝了。那可是兵馬權耶，陛下！你懂不懂那代表什麼意思？那代表只要陛下不在場，他甚至有權命令近衛。若只是暫時將兵馬權交給鄭尚書令，那還能夠理解，沒想到你真是笨的可以，竟然全讓給了旺季，就在我前往縹家這段期間！」

「對、對、對、對不起啦……那時候孤腦袋裡一片空白……」

「唉。反正就是這麼回事，萬一那時候旺季要求韓升和靜蘭加入搜尋你的隊伍，他們是不能違抗命令的。否則就是違反軍法，嚴重的話，甚至可能被開除軍籍。所以他們只好在被命令之前逃離部隊。畢竟滅蝗軍的成立，好歹是由陛下直接命令旺季大人執行的，可以算得上是屬於你的軍隊。勉勉強強說得過去。只要不叛逆國王，日後再怎麼追究都有理由化解。不過靜蘭就算了，沒想到韓升也會一起脫逃呢。」

「請別小看我好嗎？羽林軍的忠誠是只獻給國王陛下的。若非陛下御令，我也不會加入旺季將軍麾下。只要能守護國王與國家，叫我做什麼都願意。但若是必須為他人的私欲行動，那可就敬謝不敏。當然，更別說夾帶私情了。」

聽見韓升最後加上的這句話，靜蘭正在剁山鳩的手不禁一個使力，山鳩頭就這麼飛了出去。鬼婆婆似的面無表情繼續剁著山鳩，嘴裡卻沒有反駁。看見這兩人之間，不知何時產生的權力結構改變，令楸瑛意外。沒想到竟然有人能治得了這個總是以私情為重（只在晚飯時，準時回營的羽林軍武官也沒別人了）卻毫無罪惡感的靜蘭，而且就近在眼前。

「……就這樣，從旺季部隊脫逃的靜蘭他們十幾個人，和從王都出發搜尋陛下的我們一行人，之後就在途中會合。統整人馬之後，再度各自行動，從貴陽到紅州之間分散搜尋。然而直到途中發現夕影為止，可說是一點線索都沒有……真的是抱著必死的決心連日四處搜尋啊。」

事實上，是楸瑛他們一開始便把事情想得太簡單。認為幾乎沒有出過貴陽城，也沒有太多旅行經驗的國王，多半是落腳在附近的小村落裡。就算刻意躲藏，也不會是太難找到的地方。沒想到——

就像是劉輝整個人從這世界上消失了一般，怎麼找都找不到他。

尤其是看見夕影身上掛著空蕩蕩的馬鞍，背著的財物卻幾乎完好無缺時，楸瑛和靜蘭差點陷入絕望。財物未蒙受損失，就代表不是遇上強盜襲擊。話說回來，如果只是遇上強盜襲擊也根本無須擔心，以劉輝的實力就算遇上強盜也足以保護自己。

最怕他會因自己的絕望而逃走。真是那樣，事情就麻煩了。

夕影馱著的東西完整的像是被直接丟下，只帶著一副空蕩蕩的馬鞍回來。

發狂的持續搜尋。只能依靠夕影的指引，擔心的心跳不止。

每當看見樹上掛著吊死屍，或是河川裡浮上溺死者時，楸瑛也好，靜蘭也罷，雖然打死也不願說出口，卻都忍不住不去想那最糟的可能性。彼此也都很清楚對方的想法。

「……話說回來，陛下。你是怎麼來到這裡的？這和紅州是完全相反的方向啊。誰會想到你竟然跑到這連地圖上都沒有標示的偏僻山中，而且還陷入懸崖狹縫之間，像隻光禿禿的簑衣蟲滾來滾去的，還差點死在這裡啊！你要遇難是可以，但能不能換個比較簡單明瞭的方式啊！我真的是擔心死了！」

這或許是第一次聽見楸瑛用這麼自暴自棄的口吻說話。自己好幾次浮現「就這樣死了算了」的念頭，很快的就拋到遠遠的腦後。

當時的自己確實是真正的自己。但是選擇現在站在這裡的自己更好。劉輝現在已經能這麼想了。

用這雙手掌握自己全部的弱點，然後往前，走自己的路。

這樣的選擇不是為了誰，而是第一次，劉輝為自己做的選擇。只是他也察覺到，這選擇雖然不是為了別人，但出發點卻還是為了自己重要的人。心裡頓時感到不可思議。

不知該說什麼好，劉輝點點頭，然後扯開嘴角笑了。

結果當然是遭到靜蘭和楸瑛暴風雨似的劈頭狂罵。「你這傢伙，真的有在反省嗎？」，「還笑！笑什麼笑！」於是劉輝又像是一把撒了鹽的青菜，萎縮了。

「……所以說，我們並不知道在那之後，旺季大人是否派出追兵。只是可以確定，朝廷的確派出了搜索隊。因為我們途中也遇上了好幾次。」

「楸瑛，王都現在的狀況如何？還有其他近衛的安危呢？邵可、還有絳攸呢——對了，皇將軍他……還有當時那些近衛們……為了讓孤逃脫，一個一個，回頭……」

「那就是我們的工作。」

劉輝並未指責楸瑛的冷酷。只是怎麼也無法控制表情的扭曲。

「當時追兵從兩個方向逼近。我和皇將軍商議採分頭誘導，各個擊破的方式。幸而後來從貴陽離開的近衛們陸續會合，我這邊總算是平安完成任務……之後再返回貴陽，離開城裡時的近衛，大約有半數都歸隊了。可是，皇將軍和另外半數的下落，至今不明。不知道是被捉了，還是……」

「還是？」

楸瑛望著劉輝，口中沒有說出那個「死」字，換了個方式回答。

「後來聽說，孫陵王大人朝皇將軍的方向派出的，是約莫數百騎的追兵……」

劉輝聞言大驚失色。腦中浮現單槍匹馬，掉頭消失在雪塵之中的皇將軍背影。

『末將也必須留下來抵擋了。請您快走吧。末將會在心中祈求您平安無事。』

在他說完這句話之後，劉輝什麼都沒能對他說。不只是皇將軍，其他的近衛們也一樣。連一個人都未能顧及，只自顧自的不斷逃跑。

「十三妹也平安無事。她將闖入後宮的盜賊及軍隊全趕出去，甚至把阻止她的武官們都揍了一頓，騎著馬，跑到外朝大發脾氣，引得孫陵王和葵皇毅不得不出面。最後她還嚷著再也不准任何人未經國王許可進入後宮……直接將抗議書扔到他們兩人臉上……」

「扔、扔到葵皇毅和孫陵王臉上？」

楸瑛說得已經是比事實委婉了四十五度角。

事實是十三姬先把武官們一個個抓起來丟出後宮。然後騎上軍馬，闖進兵部與機密要地御史臺，誰不好選，偏偏選了葵皇毅和孫陵王開刀，把抗議書朝他們臉上摔，兇巴巴的罵完「連一個國王都保護不好還有什麼用，是不是沒有長雞雞啊！」才回後宮的。

（……嗚，算我求妳，把最後那句話收回去吧十三姬……！）

拜此之賜，世人對「藍家公主」的印象完全改變。楸瑛心想，自己的弟妹運還真是差……喔不，還真是好啊。

「妹妹是藍家的女兒，朝廷尚不敢對她出手。再說首席女官的階級等同於貴妃，同時也是後宮的女近衛。除了國王和尚書令之外，無人能直接命令她。現在十三姬正在努力守護後宮，為國王保住了大本營。紅家的百合公主也留在後宮，她們的安全也都獲得保障。」

守住國王的大本營。守住彼此的約定，留在國王消失的後宮中等待他的歸來。

——好嗎？我想知道那是什麼。我想看見，你的國家會是什麼模樣。

劉輝閉上眼睛，點點頭。

「還有邵可大人和絳攸……只知道那夜過後，他們兩人就忽然從後宮消失了蹤影。邵可大人還不用擔心，只祈禱絳攸千萬要跟邵可大人在一起！否則在那場混亂之中，要是他一個人走散了，可就不是開玩笑的了……萬一那傢伙是一個人上路的話，那我們很有可能這輩子再也見不到他了啊。」

真的是這樣。劉輝和靜蘭都在心中默默同意。絳攸一個人上路的話，必定會展開一場大冒險吧，其精彩內容甚至可以在日後出一本書，就叫《絳攸珍奇漫遊記》。劉輝伸手搔了搔太陽穴。自己這個桃太郎的三個好夥伴中，已經找回猴子（楸瑛）和雉雞（靜蘭）了，但究竟還能不能見到那條迷途小狗（絳攸）呢？

「邵可大人似乎沒有回到貴陽宅邸……希望他平安無事。雖然他當上紅家宗主時曾引起一陣騷動，但他本人卻是手無縛雞之力吧。要是沒有秀麗大人和靜蘭跟著，那麼悠哉的邵可大人根本沒辦法一個人活下去，對世間險惡一定不知提防……」

「沒錯！就是這樣。真擔心他途中遇上詐騙集團或者是老子詐欺什麼的，被剝光一層皮不說，萬一等到他身無分文了，又被當作抵押品賣給黑道，最後輾轉流落到酒家，被低俗的女主人使喚，要他整天像隻驢子一樣拚命勞動怎麼辦！啊啊啊啊，我的老爺啊！」

另外三人心想：「老子詐欺」到底是什麼呀。而且總覺得靜蘭舉的這些例子，比起遇上強盜或殺人那一類的災厄，還真是微妙的不上不下啊。

雖然邵可已是紅家宗主，該表現時也都有所表現，瞇瞇眼也已經睜開了。可是長久以來，他留給大家的印象就是這麼強烈，而且或許再也不可能翻盤了吧。

「……孤想，邵可他一定在紅州。」

聽見劉輝低聲這麼說，靜蘭一邊攪拌著鍋裡的肉，一邊小心選擇遣詞用字反問：

「……紅州嗎？如果是這樣的話，剛好和回王都的我們擦身而過，應該會在哪裡碰上他，這半個月以來，至少能獲得一些關於老爺的消息才是啊……」

但令人不可思議的是，邵可與絳攸真的就這樣，一點線索都沒有留下，忽然從後宮中消失了。甚至沒有任何人目擊他們離開王都，然而他們卻也不在貴陽。十三姬的來信中也寫著兩人究竟是什麼時候消失的，連她都沒有看見……楸瑛和靜蘭甚至開始懷疑，兩人是否落入御史臺或兵部手裡。

然而劉輝卻否定了這個猜測。連自己都對這份確信感到不可思議。

『我選擇的君主是您，讓我們在紅州相見吧。』

邵可一定會遵守這個承諾。不管用什麼方法，他都會逃出王都，回到紅州等待。

「一定能在紅州見到他。邵可一定沒事的。絳攸也是。」

這份確信，就像楸瑛他們相信劉輝一定平安無事而持續搜尋時一樣。

聽見劉輝如此肯定，靜蘭和楸瑛突然覺得肩上的力量放鬆了，也打從內心認為劉輝說得對。曾在心底不斷翻騰的焦躁情緒也慢慢獲得平復。對於這樣的自己，更重要的是對於劉輝這樣的變化，靜蘭與楸瑛都感到意外而凝視著劉輝。

劉輝半帶躊躇的提出了一直不敢說出口的問題。

「……悠舜呢？有沒有他的消息？」

眾人一片沉默。

楸瑛尷尬地垂下眼神，靜蘭則登時蒼白了臉，眼神中流露出怒氣。

皋韓升察言觀色，接下了回答的任務。

「……鄭尚書令他……同一天晚上也從城裡消失了……到現在都還下落不明。所以現在，由回到都城裡的旺季將軍掌握朝廷大權。因為他是目前官位最高的人……」

「真是令人難以置信！就連後宮的女人都留下來沒逃跑了，身為國王的宰相竟然第一個逃走，未免太寡廉鮮恥了。」

「靜蘭，那是因為孤——」

「就算是你先逃走好了，當宰相的也不可以真的跟著逃。今天既不是發生了正式的叛亂或謀反，你也還沒死。本該一肩挑起全城重擔的宰相卻——總而言之，身為國王的尚書令卻從城裡逃跑，這種事前所未聞。而且！還是在現在這種時候！」

只要悠舜能留下來，就算國王不在，朝廷大權還是能由身為尚書令的他掌控。就算旺季回到貴陽，只要悠舜統整朝廷中的親王派，依然能形成兩派對抗的局面。然而悠舜一旦不在，朝廷大權將自動轉移到擁有次高官位的旺季手中，而這一點，他應該比誰都清楚才是。然而，他卻像是算準了旺季歸來的時間，一進一出的忽然消失了蹤影。

靜蘭氣得頭都暈了。要是自己在城裡的話，就算要掐著悠舜的脖子，將他綁在椅子上也不會讓他離開。

「簡直是太乾淨俐落了。這麼完美的背叛，還真是前所未見。」

悠舜在旺季回歸前一刻消失無蹤，不僅避免了旺季與親王派之間可能產生的一切衝突，還讓旺季能順利取得全權。不禁讓人認為悠舜的逃離就只是為了這個目的，實際上也應是如此。不，在那之前，他身為尚書令所做的一切，或許都是為了這個目的。

若真是如此，這個計謀未免太周全太完美了，不需要弄髒一根手指就能達到目的。

簡直就像伸手拿起最後一顆棋子。

劉輝閉上眼睛。若說內心毫不在意，那是騙人的。

然而將離別的決定說出口，先放開手的人卻是劉輝自己，並不是悠舜。

對劉輝而言，悠舜就像一根手杖，一直支撐著自己。如果沒有悠舜，劉輝根本沒有能力走向王位。對自己沒有自信，只能一味依賴他，倚靠他。加諸於他的重擔，甚至快要壓斷了這根手杖。

因此劉輝決定了，決定在壓斷手杖之前放開手，決定今後靠自己的力量獨自行走。

那是一根劉輝非常喜愛，非常仰賴的手杖。只有這一點是毋庸置疑的事實。像個孩子吵著要將他放在身邊。其實自己根本沒有資格使用這麼出色的手杖。

楸瑛終於為劉輝輕微凍傷的雙手雙腳重新上完了藥。

「……好了，本來還想多聽陛下說一些的，不過……」

「……不……孤已經面臨極限了……肚子好餓……可能快餓死了……」

靜蘭每攪拌一次鍋子，劉輝的肚子就發出像是大熊低吼般的聲音。每次都讓楸瑛又尷尬又想笑。有生以來，實在沒聽過餓得這麼慘的聲音。

「也是啦，聽見你肚子裡那隻蛔蟲，餓得叫個不停的聲音就知道你有多餓了。剛好早餐也差不多完成了，你就先吃飽，睡上一覺再繼續說吧。到底是去了哪裡，發生了什麼事。」

楸瑛話都還沒說完，劉輝已經捧著韓升遞給他的哪碗香氣四溢的肉湯大口大口喝了起來。朝陽昇空，今天是個萬里無雲的大晴天。

……飯後不久，劉輝卻嚴重的拉了肚子，根本不能好好交待這段日子發生的事。當然，並不是靜蘭他們做的早餐不新鮮。單純只是逃亡時，劉輝為了填滿空虛的肚子而吃了雪山裡的雪，把腸胃給弄壞了。知道真相之後的楸瑛與韓升，義正詞嚴的斥責了劉輝一頓，之後更是「現在連小孩子都不會做出這麼笨的事了」，「你這男人簡直沒有辦法一個人活下去啊」不停的對劉輝說教。只有靜蘭什麼話都沒說，只是默默的照顧吃壞肚子的劉輝。劉輝除了忍住劇烈的腹痛，也為了靜蘭的兄弟之情感到安慰不已。

殊不知，靜蘭只是因為自己過去受困於「殺刃賊」時，在夏天裡，吃了鍋內壞掉的粥，所以也有過一樣慘烈的下痢經驗，所以才什麼都沒說。不過這件事，身為兄長的他，就算撕裂了嘴也不可能告訴劉輝。

王都的雪幾乎都已融化。原本紫州的下雪時節，應該從現在才要開始。然而這陣子天空卻不時飄雪，旺季忽然望向窗外。

白色的雪片翩翩飄落，又馬上融化，幻影般的雪。

回到城中沒多久，旺季就撫平了朝廷裡的混亂，使一切步上正軌。半個月後，更下令減少搜尋劉輝的人數。現在沒有人力和金錢用在尋找失蹤的國王。地震頻傳的貴陽，各地紛紛傳出災情。還不只貴陽，碧州、紅州、藍州也是如此。

資金與人手都不足，該處理的國事與難題堆積如山。與國王留下待處理的工作相比，國王本人的下落對旺季而言根本沒那麼重要。

（為了協助各州早日復原，須儘早派遣官員前往——需要和戶部跟國庫商討如何籌措資金，以及施行減稅措施——指派工部技術官前往各地支援——請御史臺派出監察官，前往維持各州治安，此外還需追加軍隊……可是如此一來，又該如何籌措所需軍糧與資金以及各項材料……藍州因鹽害加上水災，田畝幾乎半毀，春天來臨前若無法復原，那麼明年的稻作與農收將會……不行，怎麼算資金都不夠。為了抑制高漲的物價，已經請求全商連協助復興投資與資金週轉了——）

思考一件事，隨之而來的難題便接二連三的出籠。即使是旺季，面對這些問題也不禁厭煩了。即使如此，這些事情只有旺季能去做了。旺季回到王都時，朝廷裡的眾人都安心、臣服地迎接他的歸來。甚至連過去為了從中央剷除掉旺季而聯手設計、批鬥過旺季的官員們都包括在內。因為眾人皆明白，已經沒有什麼能阻止得了旺季。

旺季不經意地瞥見隨意放在手邊的老舊小箱子。

回到朝廷之後，旺季做的第一件事就是取得這個小箱子。

箱子的大小大約能放在雙掌上，不過重量卻出奇的重。沒有附上鑰匙，也沒有鎖孔。應該這麼說，光看外表或許沒有人會說這是一個「箱子」吧。充其量只是個謎樣的四方體。

這是個設有特殊機關的箱子。朝廷中，只有極少數人知道這個箱子的存在，而旺季就是其中之一。

旺季手中把玩著箱子，與其說漫不經心的試圖破解機關打開箱子，不如說單純只是不習慣空手而養成的把玩習慣。反正就算不打開箱子，旺季也早已知道裡面裝的是什麼，並且也知道該如何打開它。

然而這時，旺季不經意地察覺了一件事。他先是仔細檢視機關箱，再倒轉箱子用手指觸摸後，忽然開始專注且慎重的拆解起箱子。

花了不少時間拆解，終於還是解開了——和旺季原本知道的機關不同——喀嚓一聲，旺季小心翼翼的拉出抽屜，上面放著一把銀色的鑰匙。

旺季抓起那把鑰匙——似曾相識的鑰匙。

仔細的搜尋腦海中的記憶，究竟是在哪裡見過的？那應該是不久之前發生的事。

（……對了，是在悠舜的——在尚書令室看見的。）

那是國王逃往九彩江時，旺季與悠舜商討分配工作及裁決時的事。為了減輕悠舜的負擔，旺季總是在夜裡前往尚書令室，協助處理那些工作。當時悠舜告訴自己這把鑰匙能打開的是什麼地方。並且笑著說，哪天當您找到這把鑰匙，記得去打開看看哪。

旺季專注地端詳著這把銀色的鑰匙。此時，感受到一股熟悉的氣息。

「……旺季……」

將鑰匙握入掌心時，孫陵王剛好同時走進房內，臉上掛著他很少露出的沮喪表情。之後，更低聲道了歉。

「抱歉。」

「不，是我的錯，回來的太晚了。對不起。」

一看到陵王，旺季緊繃的肩膀才終於放鬆。打從回到貴陽以來，這是第一次打從心底感到安心。

「國王逃走，並不是你的錯。只是羽羽大人那件事，實在令人遺憾。」

輔佐先王戩華的重臣們，有如梳子斷齒般紛紛凋零。不由得讓人感受到如今正面臨著時代的轉變。一想起被殺害的羽羽，同時劉輝的臉也浮上腦海。

當旺季在官邸見到最後一次時，他就已經對他宣告過了。如果覺得痛苦，想逃走也沒關係。不過和藍州那次不同，這一逃將會是最後。這話代表什麼，這次他應該明白才是。

旺季從書桌抽屜取出兩個酒杯和酒。為自己倒了一杯，仰頭一口喝乾。酒精濃度極高的酒液灼燒著喉嚨，流入胃中。

眼角餘光正好瞥見，孫陵王瞪圓了雙眼，驚訝地看著自己這粗魯的喝法。

其實連自己都感到驚訝。

沒想到，現在自己竟然還會對他感到失望。畢竟這不是早就該知道的事了嗎？

從即位前在後宮見到他的那時候起，就料到會有這麼一天了。他並不愚蠢，只是拋不開那顆脆弱的心，這就是他的弱點。總是像個鐘擺，被自己的感情和別人的心情左右。雖然這和他受人喜愛的特質可說是互為表裡，不能視為兩件事。無論好與壞，那都是紫劉輝這個男人的一部分，而他也就這樣成長了。

把別人看得太重，結果就是造成自己太依賴對方。正因如此「自己」始終無法變堅強，一旦身邊沒有了別人，就會完全喪失自信，開始迷惘。

逃到九彩江那時也一樣。一切說放棄就放棄，全部丟給悠舜而逃跑。既然是這樣的他，本來就沒想過他能夠撐過自己不在朝廷裡的這段期間，那有如惡夢般的日子……沒想過才對。

……但內心裡卻竟然暗自期待，希望他能夠忍耐著繼續坐在王位上，直到自己回來。

『不能捨棄，不能走……現在還不能。』

他已經不是當時那個小皇子了。這件事自己已反覆確認過無數次。無數次的失望，無數次的放棄。

應該早就沒有留下一絲一毫的期待才對。

（……不，毫無期待。）

那種東西，在他即位時就丟進垃圾桶了。事到如今，又何須期待他會有何改變。

然而在旺季心中，他的一部分已經刻劃在記憶之中。只是因為這樣而已。

旺季突然想起某事，假裝不經意的向陵王確認。

「……對了陵王，你知道『干將』和『莫邪』的下落嗎？」

「『干將』和『莫邪』？」

陵王一邊回想，一邊點頭。這麼說來，在後宮時曾見到國王帶著這兩把劍。

「那兩把劍，被國王帶著逃走了。」

「……帶走了？」

「聽他說什麼現在還不能把劍留下，所以就帶走了。」

「還不能，留下？」

旺季瞇細了眼睛，重複了一次——還不能，留下。

——還不能。

唐突地，旺季將杯子用力的往桌上一敲。

發出的聲響，把正陶醉於美酒的孫陵王嚇了一大跳。

「怎、怎、怎麼了嗎？啊，那把『莫邪』是不是你的劍？」

「……這也是原因之一。對了，你確定他說『還不能留下』嗎？」

旺季突然開始在屋內團團踱步。這是當他在腦中拚命思考時會出現的習慣動作。有時候甚至還會在頭上敲出滿頭包。只是，他現在到底在想什麼？

「所以他說劍還不能留下，就帶走了劍，開除了悠舜，連一場戰爭都沒發動就消失了？」

「嗯、嗯。」

「追兵的結果呢？」

「……呃。很慚愧，他逃離時，雖然只帶了數十騎兵，但裡面包括了楸瑛和皇子龍……我派出的追兵都被他們引開了。不過，追兵也逼得楸瑛和皇子龍不得不分頭各自行動，所以可以肯定現在國王身邊沒有半個隨從。他若不是一個人逃走……就是已經死了。」

陵王一邊啜著酒，一邊低聲為另一件道歉。

「……抱歉，真的很抱歉。其實那時候我本來可以捉住他的……」

「呵呵……哈哈哈哈。」

不知為何，旺季竟然大笑了起來。這下陵王真的不知所措了。這這這、這到底是怎麼一回事。

「喂，你到底是怎麼搞得啊，旺季！你很奇怪耶！難道在紅州吃了笑笑菇了嗎？」

「在那裡只有烤蝗蟲可以吃喔。奶油醬油口味的。」

「喔，真令人懷念的食物！哇喔喔喔，我想起來了。那可是戰場上的美味，入口即化，超好吃的啊！突然好想嚐嚐，有沒有帶點回來當土產啊？」

「海苔煮蝗蟲倒是還剩了一點。」

「混蛋！誰要吃那種老爺爺老奶奶才愛吃的食物啊！」

陵王暴跳如雷。明明自己也差不多是老爺爺的年紀了。不過，這句話旺季沒有說出口。畢竟如果陵王是老爺爺，那麼就表示自己也是。而旺季現在也還不大想承認這一點。

陵王朝酒杯裡倒入新的酒，想起了離開貴陽的國王。心情和剛才有一點不同。

在那一個雪夜。

他孤身一人，離開了貴陽。逃得遠遠的，能逃多遠就逃多遠。

……這令陵王想起很久以前的事。

「啊，對了。這麼說來，十年多以前的某個冬夜，你也曾下落不明嘛。」

「…………是啊。」

當年那一個雪夜，陵王人並不在貴陽。所以正確說來，他並不知道那件事。當時相關的官方紀錄，事後也全被霄太師銷毀了。所以那個晚上到底發生了什麼事，正確說來，陵王並不知情。

天亮前，孤身奔馳在下著雪的冰冷世界。

那天夜裡的刺骨寒風，幾乎令人為之落淚的孤寂，以及胸中的痛楚，到現在旺季全都還記得。

「當時我真的擔心死了。晏樹和皇毅召集了手下拚了命的搜尋，卻怎麼也找不到你。為了這件事我還哭了呢，不管是在那之前還是之後，我這輩子都不曾掉過眼淚啊……」

尤其是晏樹那張驚慌失色的臉，大概也不可能再出現第二次了吧。這麼說來，陵王仔細一想，那時似乎不是冬天，而是和現在一樣的深秋。明明是深秋，卻下起完全不符合季節的暴風雪。記憶中是這麼聽說的。

「我也急急忙忙趕去找你，最後在某一座奇怪的山裡，發現你像隻簑衣蟲似的跑出來。後來，那是怎麼來著？記得你好像說了騎上奇怪的黑馬之類的話。」

國王也騎上那匹馬了嗎？旺季心想。

有著朱金色的鬃毛以及烏鴉般黑毛的，那匹闇夜色的馬。

……或許國王還活著，乘著那匹馬逃到了某處。

在滅蝗軍回到貴陽前，莊靜蘭與皐韓升以及原隸屬於羽林軍的一批精銳武官突然脫隊離開了。或許像陵王找到旺季那般，他們也會找出國王的下落吧。

紅邵可和李絳攸到現在都還行蹤不明。還有，消失的「干將」與——「莫邪」。

帶著「莫邪」，選擇逃離的國王。

說不定，劇本和旺季最初以為的已經有些不同了。

這樣的展開，究竟是覺得麻煩還是覺得有趣，旺季自己也不明白。只知道比起剛才的失望，現在這樣好多了。不過反過來說，也僅止於這樣而已。

無論如何，旺季已經決定好自己要走的路，而那是絕對不會改變的。

旺季曾擁有過十年以上的時間，現在國王的時間卻所剩不多。旺季也不打算給他時間。

耳邊彷彿能聽見那十幾年前的雪夜裡傳來的聲音：

『……我們還能再見面嗎？』

當時的約定，於兩人在後宮重逢時就算結束了。所以這個問題，對旺季來說，有著不同的意義。為什麼，偏偏會是在這個時候。

（下次你會帶著什麼樣的表情出現在我面前呢，劉輝皇子。）

是依然迷惘，還是和旺季一樣的表情，抑或是另外一種表情呢。

約定了要再次面對面。這件事，他是否想起來了呢？還有那句話也是。

——總有一天，我會回來取走「莫邪」。在那之前，就請你收好它吧。

『到時候再讓我問你一次吧。』

那個「時候」，已經逼近了。

旺季最後問了一直掛在心上的事。

「……悠舜他人呢？回府邸了嗎？」

「啊，就是這件事，我也一直很掛心。因為他也算任務結束了，我還以為他一定回家了，去了宰相府邸卻不見他人，只有凜夫人一個人在家……」

旺季皺起眉頭——頓了一會，這次真的把酒杯給放下了。

「……陵王，晏樹在嗎？你最後是什麼時候見到他的？」

「晏樹？不……這麼說來，最近一直沒見到他啊。本以為你一回來，那傢伙一定是第一個跑來，像隻寵物狗一樣圍著你團團轉，甚至不惜把我們都趕走……等等，不對……難道那傢伙對悠舜……不，糟了。他完全就像是會這麼做的人啊！」

「現在馬上去找他。我也——」

這時，守在門口的迅正好敲門進來。

「旺季大人，可否耽誤您一點時間？」

「不，我現在——」

沒想到迅卻很難得的強硬打斷旺季的話頭，堅持要說完他想報告的事。

「仙洞令君縹璃櫻求見。您還是沒有時間嗎？」

瞥了一眼旺季後，陵王選擇沉默不語。旺季整個人呆站在原地，像一尊從一百年前就立在那裡的石雕像似的。

如果彼此都是官員的身分，明明可以毫無窒礙展開說教的，然而一旦面對的是家人，旺季就會開始出現迴避的傾向。據他的說法，是不知道該如何跟對方溝通。

陵王搔搔頭，打算先離開這裡的時候——雕像動了！還抓住陵王的衣袖，用力拉住他。

「喂，等等別走！我、我該怎麼辦才好？」

「普通的說話就好了嘛。就像在悠舜、皇毅或晏樹小的時候，跟他們說話一樣，那就好了啊？」

「笨蛋！那幾個哪裡普通了？我只懂得如何跟不普通的孩子說話啊。」

「那樣就好了啊。反正小璃櫻也夠不普通了吧？能有這麼優秀的長孫，你得好好感謝飛燕。世上不知道有多少爺爺奶奶哭著想要這種孫子喔，少人在福中不知福了。」

看來孫陵王已經擅自決定要喊他「小璃櫻」了。旺季更加焦慮起來。

「不是啊，我又跟不上時下流行的話題，最近能拿出來說說的，就只有蝗災了耶。」

「……這不正是最時興的話題了嗎？而且這件事小璃櫻也出力了吧？剛好可以趁機謝謝他，如何？」

「這樣跟對一般官員說話有什麼不一樣！」

這老頭真是夠囉唆。陵王開始覺得麻煩，一看到他這種地方，就覺得果然他和紫劉輝擁有一樣的血統。

陵王嘖了一聲，眼神越過旺季的肩膀，「啊」地開了口。

迅正擅自打開門，同時傳來一陣輕微的腳步聲。

先是一雙有如黑夜森林的雙眸。接著是生硬的聲音，突兀的落入房中。

「……不想見我的話，我回去了。」

旺季放開陵王的手，然後說了一聲：「不。」

從璃櫻的眼神，旺季理解了，他並不是以一個孫子拜見外公的立場而來。所以既不需要時下流行的話題，也不需要知道祖孫之間該有的是什麼樣的對話了。璃櫻來，是想問更重要的事。

為了今後能夠向前走下去。

旺季放棄的拉開椅子，示意璃櫻走近。

「進來吧。你有什麼想問的，我都會回答。」

●　◉　●　◉　●

劉輝抵達紅州州境東坡關塞時，季節已經完全進入冬季了。

打從離開貴陽之後，數數也已經過了個把月。

劉輝抬頭望向天空。藍天變得越來越白了，並且低得像伸手就能觸碰得到。風吹得冬天更冷，但卻不是貴陽那種像要滲進骨頭，無邊無際的寒風。除了為山頂戴了白帽般的高山積雪，這裡的平地也幾乎不見雪跡。

「那麼，現在還未接獲紅州府的聯絡，到底是怎麼回事呢……」

楸瑛緊皺著眉頭。已經讓皋韓升帶著中途會合的一批近衛先行打探狀況了，但卻是一去不回。不知道是韓升他們遇上朝廷派出的搜索隊了，還是被紅州府默默拒絕了。不管是哪一種，總之都不會是好消息。

「反正我們也還沒越過東坡郡，不如改去藍州吧？」

「喔，離家出走的少爺還有地方能回啊，真是令人意外。」

「嗚嗚……」

皋韓升一不在，靜蘭就開始毫不客氣的貶損楸瑛。

當楸瑛想要好好回嘴一番的時候。

楸瑛與靜蘭同時望向左右。馬蹄聲傳入耳朵的瞬間，兩人的視線前方已經揚起一片塵土。楸瑛凝神定睛細看。

「……是軍馬……秩序良好，應該是州軍吧。他們果然守在這裡啊……」

劉輝能去的地方不多。紅州這個選項更是理所當然的近乎愚昧可笑。而要攔住他的話，選擇位於州境的東坡關塞是最有效率的了。

能否在此順利擺脫，正是最後的難關。

「——我們走吧。」

劉輝笑著，重新握緊夕影的韁繩。朝側腹部輕輕一蹬，夕影便一口氣加快了速度。緊接著，跟在劉輝左右兩側的斜後方守護的楸瑛與靜蘭也策馬疾馳了起來。

楸瑛往左右後方回頭看了好幾次，終於沉默了下來……甩不掉。

「……等一等，不大對勁啊。那真的是州軍嗎？他們怎麼會跟得上我們？」

「不是羽林軍的水準滑落，就是州軍提昇了水準吧。」

「不可能！那是不可能的。由黑白兩大將軍訓練出的羽林軍，怎麼可能不如地方州軍？」

此時，如潰堤般，從前方關塞湧出一支軍隊，正欲度過溪谷上的吊橋。靜蘭瞇起眼睛心想——被包夾了。

「沒將吊橋拉起表示接受，但是這樣嗎……那麼，前方來的究竟是敵是友……陛下，若前後來的都是敵人，就得在被包抄圍攻前逃走了。」

劉輝這時才轉頭望向後方追兵。出乎眾人意料的，在看了良久之後，他竟笑了起來。接著，還放慢了速度。

「……等等，陛下？您該不會現在就想放棄而束手就縛吧？」

「你看清楚，楸瑛。還不明白嗎？」

楸瑛訝異地轉頭，一看之下，不由得大吃一驚。在那支隊伍最前方，有一匹馬特別飛快的追了上來。馬上之人漂亮地駕馭著馬匹，不斷迅速縮短距離。

「那匹馬是怎麼回事！實力決不輸羽林軍將軍……咦？不會吧？那個人是……」

馬上的人正是皇將軍，彷彿這一個月來的空白不存在似的扯著韁繩，瀟灑地將馬停下。臉上依然是那副蠻不在乎的沉靜表情，微笑著以眼神向眾人致意。

「花了一點時間，才把所有人找回來……更麻煩的是，陛下您來的實在太慢了，末將可是花了好一番唇舌，才說服大家別又分頭出發找您呢。」

皇將軍身後接二連三趕上前來的，全都是雪夜裡跟隨劉輝出城的近衛們。

劉輝拚命忍住大哭的衝動，慎重的反問：

「……所有人？」

皇將軍又露出若無其事的微笑。

「是的，所有人，大家都平安無事。除了藍將軍找到的一半人之外，另一半都在這裡了。陛下您不是吩咐過嗎？要我們所有人一定得平安逃離——因此身為近衛軍，無論任何命令都必須誓死遵守到底才行。」

不知道違抗過幾次上命的楸瑛與靜蘭，尷尬地移開目光。

劉輝朝近衛們走近幾步。緩緩看過他們每一個人的臉，然後破涕為笑了。

「……真是，太好了。謝謝你們……讓自己平安無事。」

皇將軍依然是一臉蠻不在乎的回答：「這沒什麼。」

「在這附近巡邏的州軍已經被我們趕跑了，接下來……」

劉輝再次回頭望向紅州關塞，手上握的韁繩卻動也不動。

「……再等一下。如果真的被拒絕了，再去其他地方。藍州，或是哪裡都可以。」

皇將軍唇邊浮現小小的微笑。

「遵旨。不管陛下要去哪裡，末將們必將跟隨到底。」

楸瑛與靜蘭突然感到自己站不住腳，打了個冷顫。現在看起來，完全是皇將軍和他率領的近衛們奮勇護主，分數遙遙領先。

「哎呀，我說靜蘭，我們能來到這裡，一路上也挺不容易的是吧？」

「沒錯沒錯！這一路可崎嶇了。」

兩人開始一搭一唱，演起毫無演技可言的小短劇，企圖強調自己也是很有表現的。

皇將軍露出「懶得理你們」的表情裝作沒看見。身後的近衛們也尷尬的東張西望。只是這段「前將軍」和「史上最桀傲不羈新兵」的荒腔走板小短劇，還是讓不少人忍不住噗哧一笑。

就這樣吵吵鬧鬧之間，紅州關塞方向掀起的那股沙塵也漸漸接近了。

……等到終於看得見騎在隊伍最前方那人的臉時，劉輝不禁用力揚起手中的韁繩。夕影往前奔了幾步，剩下的距離也在對方前進之間很快縮短。邵可，在馬上微笑著。

「你遲了好久，劉輝陛下……真是令人擔心。」

劉輝想說些什麼，最後卻像個孩子似的只能吐出一句：

「……對不起。」

「好了，現在就先不罵你，畢竟你終究是好好的來了。楸瑛大人，靜蘭，順利找到陛下並護送他前來，你們幹得好。謝謝。還有，靜蘭……你沒有什麼該說的嗎？」

被邵可一瞪，靜蘭立刻反射的一驚。直到現在才想起自己連一句話都沒跟邵可說，就擅自離開貴陽的事。上一次因為看到邵可生氣而心驚，已經是剛被他撿到時的事了。

「老、老爺……那個……對、對不起……」

板著一張臉等到靜蘭說完話，邵可才放開環抱在胸前的雙手。

「算了，越是疼愛的孩子，越該讓他出門遠行。你現在的表情很好，這件事就這樣算了吧。還有，不必擔心絳攸大人，我帶他一起來了。他正不耐煩的在東坡關塞等你們呢。」

邵可翻身下馬，雙手交疊在胸口，對劉輝深深低下頭。

「——恭候許久了，劉輝陛下。你能平安無事抵達真是太好了。今後就由我紅家來保護陛下。」

劉輝顯露些許的躊躇。

「……州府的反應呢？不會給你添麻煩嗎……」

此時，和邵可一同策馬前來的一位四十幾歲，文官模樣的男人向前挺身一站。

「……這也是沒辦法的事。畢竟，將雙手空空從王都逃來此地的國王趕回去，那未免也太不像話了吧？」

那是一位身材瘦長，一看就是個秀才模樣的文官。他那以眼神稍微致意，擺明只願遵守最低限度禮數的模樣，想必是個性使然。

「失禮了。在下是紅州州尹，荀彧。」

聽見「州尹」二字，靜蘭和楸瑛都很驚訝。沒想到州府會派出副官前來。

兩人快速的交換了一個眼神。州尹既然會來，那就表示——

「州牧吩咐在下前來恭迎陛下大駕。歡迎各位來到紅州。發生蝗災時，承蒙陛下派遣軍隊前來相助，若現在州府拒絕陛下入境，我們州官可就要被百姓們踢出城門了。」

「……可是那是……旺季他……」

「是這樣沒錯。然而，我聽說是陛下您，親自指派旺季大人前來紅州的吧。」

從劉志美那裡聽到燕青說的，旺季是由國王親自派遣來紅州救災的。在那之後，荀彧一直思考著這件事的意義。派旺季到紅州來，對紅州是最好的方式，但對國王本身卻是會帶來最壞結果的選擇。

這正好證明了為什麼如今國王會淪落至眼前淒涼的下場。

當然，他也可以派別的官員來。但國王仍選擇了旺季，甚至不是悠舜。

是不是可以認為，當他做出這個選擇時，內心想的只有怎麼做才是對紅州最好。

荀彧開始覺得將一切與政治鬥爭或權謀計算扯上關係的自己很可恥。於是，當邵可前來商談是否接受國王進入紅州時，志美和荀彧都決定要同意這件事。

荀彧和邵可一樣，在劉輝面前深深低下頭。那是對上位者所行的最高敬禮。

「身為紅州管理者，在下打從內心感謝您……陛下。」

這一句話，等於紅州州府正式發出接受國王進入紅州的宣言。

劉輝只回了一次頭。朝紫州——貴陽的方向望去。

打從出生以來，一直住在那座城裡。

貴陽很快就要入冬了，入冬之後，整個城都會被白雪染成一片銀色世界。

曾經不以為意地在那裡度過每一天，而現在，劉輝有生以來，終於第一次離開那樣的生活。

牽動嘴角，微微的笑了。像是有些惋惜。

劉輝仰頭望天，紅州的天空和貴陽有點不同。

天空的角落，那顆紅色妖星還掛在那裡。

聽說直到那顆星消失為止，要等上一個冬天。

對劉輝而言也是一樣。

漫長的冬天，即將展開。

這是最後一次，在這之後，劉輝再也不曾回頭朝貴陽的方向望去。

深深吸氣，朝自己決定的道路向前邁進。

「今後，請多多指教……要麻煩你們了。」

邵可身後的軍隊整齊地一分為二，一邊陸續答禮，一邊為劉輝讓出一條路。

劉輝慢慢走進他們之間。

——總有一天，能再次回到那座城裡。

在不遠的將來。

那必定會是一場，最後的戰役。

第五章 追憶之遺物

劈哩。火光閃動，發出燒灼的聲音。

悠舜脫下雪靴，解開髮髻。取一塊舊布擦拭水滴，彎身坐在一張很久以前，自己每天都會坐的藤椅上。那棵令人懷念的李樹，依舊披著雪佇立在窗外。

過去，這間雖然小卻舒適的居處，就是悠舜的整個世界。

「…………」

口中究竟低喃了些什麼，連悠舜自己也不明白。是夢囈嗎，還是惡夢中的夢囈呢。唯一能確定的，就是不管是哪一種，其實都沒什麼差別。

途中打發了護衛，在這大雪紛飛的夜裡，獨自一人撐了傘舉著燭台來到這間草庵。當那棵李樹以與舊時無異的姿態映入眼簾時，悠舜不由得一陣目眩。

內心湧現一陣錯覺，彷彿離開這間草庵之後的十數年歲月，不過是一場虛幻的夢境。

當年，在旺季的要求下，心不甘情不願地離開這間草庵前往參加國試。就從那天之後。

一股尖銳的刺痛突然襲擊胸口，令悠舜猛烈的咳了起來。每一次咳嗽，肺部深處都像被人用指尖搔抓似的又痛又癢，但這也都已經習慣了。咳嗽停了，肺部卻還持續發出難聽的哮喘。猛烈的咳嗽使身體發熱，全身浮出一層薄薄的汗。撥開黏在額頭上的長髮時，就算不想看見，自己那雙瘦骨嶙峋、有如枯枝般的手臂還是會映入眼簾。

這副模樣，也難怪任誰看了都會認為悠舜臉上呈現死相，不久人世。突然感到滑稽，悠舜自顧自的笑了起來。好不容易止住了笑，身體卻也筋疲力盡了。整個人癱軟在椅子裡，雙手垂落在扶手邊，要是能就這樣睡著，再也不要醒來，不知該有多麼輕鬆。

「……………」

望著拉窗外，覆蓋著白雪的李樹。藤椅發出咿咿啞啞的聲音。

這間草庵和李樹的事，就連對凜都沒有提過。不過悠舜偶爾，真的是偶爾，曾夢想過能與凜一起在這裡，過著只有兩個人的安靜生活。那是個怎麼也無法放棄的破碎夢想。

……只想牽著她的手來這裡，或許，真的只是這樣而已。

嘴角浮起一個自嘲的微笑，悠舜伸手抓起長髮，鬆鬆地綁起來，垂放在肩頭。

然而，已經結束了。就連這個夢想也無法再度擁有。因為悠舜選擇的不是沉靜的酣睡，而是壓迫的現實。選擇睜開眼、微笑、背叛。而每當眼前出現叉路時，他選擇的總是分離。那決不容許回頭的現實。被人們的感情與謀略淹沒，暗中一手操縱著繩索的悠舜，在精神上已經疲憊不堪。同時，原本沉睡的細胞也逐漸甦醒，並且開始鼓動了起來。就連舌尖嚐到的苦澀感傷，對悠舜而言都成了歡喜。跟平穩完全相反，彷彿橫渡空中繩索時，出現的那種驚心動魄快感——死命的活著。就是這種感覺。

那種感覺，又像是舌尖嚐到香醇美酒時出現的，深刻而愉悅的酩酊。

那絕對是和凜兩人平靜生活於這間草庵時，無法體會的感覺。

決定了，就這麼一次。就這麼一次，活下去吧。而這就是最後了。

悠舜懶洋洋的拉過手杖。那是一把打磨光滑的橡木杖。從外觀上看起來，整支手杖渾然天成，看不出有接縫處。但悠舜只是輕輕一摸，手把部分馬上應聲彈開，從裡面滾出一個紫絹小布包。悠舜有氣無力的拿著小布包把玩了一陣子，露出嘲諷的笑。

想起交給絳攸的紫色小包。絳攸究竟有沒有把那個小包交到國王手上呢？

每次想起國王，總不由得如此嗤笑。究竟自己為什麼會這麼笑，悠舜其實也不明白。只是每當一想到那個蠢笨的國王，就忍不住想這麼笑。

將布包塞回原處，手杖恢復原狀。打算關起拉窗而伸出手。

拉下拉窗前，再次望向覆雪的李樹。這次，看得稍微久了點。

離開這間草庵時，悠舜認為絕對會再回到這裡來，而回來時什麼都不會改變。以為不管自己離開這裡去了哪，都只不過是一場漫長的假期罷了……然而，他錯了。

原本靜止的人生，就從離開這裡的那一刻起，時間再次開始走動。悠舜打從心底愛著這間草庵和這棵李樹，以及從這扇窗望出去的四季，那有如水墨畫般的風景，還有鎮日讀書度日的平穩歲月。但同時他也清楚，這樣的生活裡並沒有他的人生。這間草庵裡什麼都沒有。結果根本就是自己無法滿足於這什麼都沒有的人生嘛。風吹起長髮，遮住了他的臉。

心裡有個願望。現在，哪怕只是瞬間也好，真想看看那願望實現後的模樣。即使必須賭上自己剩下的壽命。咳咳……又咳了起來……已經沒有時間了。

耳邊傳來腳步聲。悠舜掩住咳嗽的嘴，扶著手杖，重新在藤椅上直起身子坐好。然後，為了迎接即將來臨的訪客，在唇邊掛上一個嘲諷的微笑。

「……就知道你會找上門來。你果然還是不放心，想來收拾我是嗎？晏樹。」

「這才是我的作風，不是嗎？」

晏樹優雅的拍去髮上的積雪，牽動嘴角，露出一個微笑。

●　◉　●　◉　●

入夜後，飄起了小雪。絳攸不耐煩地在東坡關塞裡的一間房中踱步。總覺得收藏在胸口的那個小布包越來越沉重，突然停下腳步……不，不是突然。絳攸自嘲想著。從悠舜將這個布包交給自己的那一天起，那重量就一天一天的在增加。和絳攸心裡的重擔一樣。

要交給國王，還是你自己打開它，甚至要把它給毀了或丟了都可以。當時悠舜微笑著這麼說。

要是早點交給國王，是不是能改變什麼。離開貴陽之後，絳攸不知如此自問了多少次。迷惘、躊躇……結果還是未能將這小布包交給國王。從那時起，絳攸便陷入了無盡的焦慮與後悔之中。

這時，耳邊傳來一陣腳步聲。光是聽見這個聲音，就讓絳攸內心的負擔減輕不少。

「絳攸！」

那是國王的聲音。不知道有多久沒聽見這聲音了。本以為他一定很沮喪的，沒想到他的表情卻沒有一絲猶豫。光是看到他的臉，絳攸內心便激動不已。他下落不明了整整一個月，而這段期間的每一天，絳攸都像行屍走肉般的活著。沒想到現在見到了他，腦中卻是一片空白，連該說什麼都不知道。

「怎麼這麼久，你到底上哪去了。」

火缽裡的木炭燒得吱吱作響。絳攸邁開大步走向國王，他先是有些手足無措的笑了，然後口中輕聲這麼說。

在東坡關塞稍作休息之後，州尹荀彧一邊揉著眉間皺紋一邊說：

「那麼，現在最大的問題……就是該由誰繼任東坡郡太守。」

紅州與紫州的邊界，多是由山岳天險形成的天然障壁。而其中最重要的要衝就是東坡大溪谷。從外部穿越這處溪谷後，將能看見紅州最大的平原地，地勢也從那裡向四面八方展開。相反地，若從紅州往外穿越溪谷，則會遇到屏障紫州平原地「五丞原」的諸多高山要塞。在歷史上，紅州與紫州之間的戰爭多半始於東坡關塞，決戰則多數於紫州的五丞原或紅州的蒼梧原野上展開。楸瑛嘆了一口氣。

「……是啊，這裡可說是紅州的防衛前線。所以就算是開玩笑，也絕對不能讓旺季的人馬出任郡太守。」

在紅州目前所有的郡太守之中，已有半數屬於貴族派。如果選擇了不適當的人選出任東坡郡太守，將可能演變為「外有紫州內有貴族派」的腹背受敵狀態。邵可轉頭望向荀彧。

「荀彧大人，不知州牧和您有何看法？」

「我們想先聽聽各位的意見。」

邵可苦笑。荀彧也好劉志美也好，都是一副對邵可的答案心知肚明的語氣。

「我明白了。那麼就讓我毛遂自薦，由身為紅家宗主的我來出任東坡郡太守吧。」

聽了這番話，在場其他人莫不瞠目結舌。只有荀彧和絳攸毫不驚訝。絳攸一邊深思一邊點頭。

「沒錯，我也認為這麼做好。只要紅家宗主親上防衛線坐鎮，就等於紅家舉族宣示守護國王。紅州各地的貴族派官吏既然身在紅州，當然不至於笨得要與紅家為敵，所以不會輕舉妄動。再說邵可大人也持有文官資格……加上從前我聽說過，由紅家直系出任東坡關塞，具有某種特殊意義。」

「特殊意義？」

劉輝歪著頭望向邵可。荀彧的表情看起來是知道答案的。

「是的。若由紅家直系出任最前線的東坡關塞太守，就表示由宗主直接下令紅家九族必須齊心守護紅家人民與領地以及紅州防衛線，劉輝陛下。」

看著此時劉輝的表情，邵可欣慰的微笑了。

「這並不代表開戰。對於侵入與攻擊雖會全力排除，但還是以堅守防衛為原則。紅家的存在是為了保衛故鄉與百姓，這就是紅家一族的尊嚴。我們愛著這塊土地上的人們，守護應該守護的東西，因為對我們而言，那是很重要的一部分，就算這裡不再是紅家的領地了，這份心也不會改變。雖然這種想法有時會過了頭，形成紅家至上主義，引來中央與州府的不快。」

打從心底愛著，並去守護屬於自己的重要部分。這句話深深刺痛了劉輝的心。直到至今，自己可曾如此看待過國家與人民？恐怕連一次都沒有吧。劉輝緊緊閉上眼睛。

……這一定就是答案了。劉輝必須離開王位的真正理由。

始終板著一張臉的荀彧，這時無所謂地聳聳肩說：

「……是啊，必須承認，這一點也是紅州人民為何終究還是選擇依靠紅家的原因。不過，您真的願意這麼做嗎？太守的地位並不高。別的不說，甚至比州府的我們地位還低唷。要是任命紅州宗主出任太守，反而引發紅家一族抗議州府的話，我們可是會很困擾的。」

這番話讓劉輝、靜蘭和楸瑛都聽得心驚膽戰。的確，之前光是罷免一個黎深，就引來紅家官員全體拒絕上朝的結果。對紅家人而言，紅家和紅家宗主都是最重要的存在。一旦得知紅家宗主被任命為邊境太守，不等貴族派有所反應，紅州各地說不定會早先一步掀起暴動，揭竿起義群起反對吧。

「你說得沒錯。當然，如果現在是承平時期，紅州人民絕對不可能認同這種事。畢竟我們紅族人不但個性傲慢，又坐擁金錢與權力，所以性格可說比蝗蟲還糟糕。就想像成有一大堆黎深就行了。是不是啊？絳攸大人。」

「……是啊。恐怕會像不良少年軍團那樣，血氣方剛的成群衝進州府大肆破壞吧……」

……破壞州府。光用想像都令人不寒而慄。一旁年輕的三人不禁用力吞了口口水。

「可是，現在國王既然來到紅州，情形可就不一樣了。」

邵可看著劉輝，靜靜露出微笑接著說：

「為了守護紅家誓言效忠的國王，身為宗主的我駐守東坡是理所當然的事。若我只顧自己輕鬆的躲在紅本家，族人們反而會大發雷霆將我趕出紅家吧。頂多是玖琅看不下去，會因為不放心我而做出由他來代替的提議而已。」

不管是微笑或姿勢，都和在府庫時的邵可沒什麼兩樣。但眼前的他，卻貨真價實的是紅家的宗主。

「只是有件事想請求荀彧大人。能不能在我進駐東坡時，同時任命絳攸大人作為輔佐呢。我想將實質上防衛東坡郡及維持治安的任務交給他。」

「……你的目的是想藉此幫他累積經驗，是吧？不過我認為這麼做很危險喔。」

荀彧冷淡的望著年紀幾乎比自己小上兩輪的絳攸。

「他只有中央政壇的華麗經歷而已。即使曾經有赴任地方任官的經驗，但期間都很短暫。要管理東坡郡，他還不夠格。這個東坡郡的治理難度，連在紅州內都稱得上是數一數二，職責也相對的重。

再說這地方的麻煩差事很多，可不像在中央辦公，只須在文件上蓋蓋印章就了事。若是承平之時尚且不論，現在這種非常時期卻要將如此重要的地區交給他管理，只有笨蛋才會這麼做。無論李絳攸在中央擁有多麼顯赫的名聲，在這裡可都不管用的。」

「──我要做。」

在邵可還沒開口進一步說服荀彧前，絳攸已經咬牙切齒的丟出這句話。

「既然被你說成這樣，那我就更不能退縮了──陛下，請讓我去做吧。什麼樣的職位都無所謂，無論是什麼樣的工作內容，從頭開始，努力做好它。全部，就從這裡開始。」

不是對邵可，也不是對荀彧。這番話絳攸是直視著劉輝說的。這時的他，心中已經沒有半點對黎深的顧忌。他這番話，不僅是為劉輝，也是為自己。

「孤明白了，絳攸。也該是撤銷你的停職處分的時候了。荀彧大人，孤也拜託你好嗎，能不能讓他試試呢。」

「……看來你還有身為官員最低限度的矜持嘛。也罷，雖然我完全不期待你會有什麼作為。對了……就讓閭官員擔任指導官吧。交給他的話，州府這邊也能安心點。」

「你說什麼？荀彧大人，閭官員……該不會是那個倔強老頭吧？」

意外的，這麼大喊的人竟然是邵可。名副其實的一邊倒退一邊慘叫。

「欸，沒錯。應該就是你說的那個閭官員。如果是他的話，一定能夠好好指導絳攸大人。」

「這只是州府想逼退絳攸的手段吧？別開玩笑了！應該還有其他更好的人選——」

「怎麼會呢，州府絕對沒有這個企圖。是啊，只不過是對國試派出身，而且又年輕的絳攸大人有點不放心。總之，這就是州府的條件，隨後便請閣大人過去。」

「怎麼這樣！」

看見邵可認真煩惱的樣子，絳攸和其他人也茫然不安了起來。這到底是怎麼回事，那位閣官員竟能讓邵可如此抗拒，究竟是怎樣的一個「老頭」啊？

（難道我真的不夠格……？不！不管是怎樣的指導官，我都一定要堅持到底！）

最後，邵可雖不情願但還是接受了。

「那，也沒辦法……只能接受這個交換條件了。此外還要讓藍楸瑛擔任東坡軍的指揮官。」

突然從邵可口中聽見自己的名字，楸瑛「咦」地愣了一下。

「我嗎？」

「沒錯，就是你，楸瑛大人。在紅州，東坡軍稱得上是一支強悍的部隊，但反過來說，也特別的桀傲不遜。劉輝大人身邊有皇將軍和靜蘭護衛就夠了。再說，你差不多也該厭倦待在靜蘭手底下了吧？」

最後這句話，完全吸引了楸瑛。邵可大人，您真是個大好人！現在楸瑛終於理解自己的那三個哥哥為什麼都對邵可如此傾心了。現在楸瑛也認為即使要自己一輩子跟隨邵可都願意。

「當然願意！請務必、務必讓我去，邵可大人！只要能脫離現在的苦境，我什麼都願意！」

此時靜蘭毫不掩飾的「嘖」了一聲。不過，在場眾人都裝作沒聽見。

只有荀彧一臉難以置信，卻又一派輕鬆的看著邵可。

「……你哪裡是無用之人了？由紅家宗主出任郡太守，再讓原本是國王身邊的近臣做左右手擔任文武雙官，這種作法，不就等於發出宣言，表示國王決不退讓，將與貴族派抗戰到底嗎？直接將挑戰書丟到對方臉上，正可說是紅家男人典型的做法。」

劉輝登時醒悟，轉頭望向邵可。他臉上還是那副淡然的微笑。

「這就是我們紅家的做法。那麼，你的回答呢？」

荀彧深深嘆了一口氣。

「……知道了，我接受。不過前任指揮官不巧已經死了，工作內容無法交接喔。」

即使只是州軍，這支隊伍依然精銳輩出。因此，東坡郡太守必須兼備文官與武官的能耐，才能同時帶兵又能處理繁瑣的政務。處事謹慎、自視甚高，能力又強的子蘭身邊沒有副官，大小政務都靠自己一手打理。諷刺的是，這也證明了子蘭確實是個有能的太守。

「那麼，我要先回梧桐了。為了商討日後大計，等閨官員來到東坡之後，還請各位移駕梧桐江青寺一趟。到時候，劉州牧應該也會在場。」

就這樣，荀彧又在雪夜中離開東坡郡返回梧桐了。

荀彧離開後，邵可聳聳肩說：

「……好啦，現在算是正式成立大本營了。接下來輪到劉輝陛下發言囉。請告訴我們離開貴陽之後，來到這裡之前的那段時間，究竟發生了些什麼。」

劉輝將一路上告訴靜蘭與楸瑛的話，又重複說了一次。話雖如此，還是省略了乘上那匹闇色馬的事，關於山屋老人的事也只籠統帶過。與其說是不想讓眾人擔心，單純只是怕說出實情恐怕會被邵可罵一百次都不夠。明明已經說得夠婉轉了，邵可原本微笑的眼神還是一點一點嚴肅了起來，最後更睜大了那雙瞇瞇眼，直瞪著劉輝。劉輝不禁顫抖了起來，瞞得過靜蘭和楸瑛，還是瞞不過邵可啊……

（……八成……被看穿了吧……）

從邵可的微笑裡讀得出他的憤怒，好像在說「明明小時候那麼嚴格的教過你了，怎麼還是不會啊」。話雖如此，邵可只是瞪著劉輝，卻並不像是生氣了。

「……也罷，這次就算了。還有，這個還給陛下。這是白大將軍交給劉輝陛下你的吧？真是抱歉，當時我擅自拿來用了。多虧了它，我們才能順利逃出來。」

看見邵可拿出寶石般的青釭劍時，臉色大變衝過來的人不是劉輝，而是楸瑛。

「等一下，這是什麼！這不是青釭劍嗎？它在誰手上？該不會……這把劍一直都被收藏在紅家吧？要是讓司馬老頭知道，這把劍這麼不巧正好落在死對頭手裡，他一定馬上氣得血管斷裂身亡啦！」

這麼說來，劉輝才想起白雷炎將劍交給自己時楸瑛並不在場，離開貴陽時，因為身上還背了「干將」與「莫邪」，所以他沒發現還有這把劍吧。可是他又是為何如此激動呢。

邵可似乎想起什麼，「啊」了一聲，接著對劉輝說起悄悄話。

「……這麼說來這個，好像原本是屬於藍門司馬家的傳家寶劍……原本和另一把倚天劍是一對的。在某場戰役中，司馬輸給了對手，劍也從此下落不明……」

「咦？是這樣的嗎？可是我從來沒聽說過啊……？」

「欸……畢竟這都已經是發生在百年以前的事了……也該過了追溯期……」

「過了追溯期？沒這回事！才不過百年，武門的恥辱怎可就此一筆勾銷？」

楸瑛一臉凶神惡煞的對著劉輝與邵可咆哮，使兩人都快懷疑他是不是被司馬家的無緣佛還是無念佛給附身了。楸瑛一邊咬牙切齒，一邊緊盯著青釭劍不放。

「唔……歷代戰爭時，為了取回這把劍，藍家和司馬家可說是用盡全力追查，但每次只要沿著線索找上門去，劍卻又已易主……不然就是找到對象，單挑取勝後，卻發現是把假貨，真貨早已流落當舖……誰知道！竟、竟、竟然會突然就出現在這裡！」

聽起來，司馬家的規矩是就算發現了劍的下落，也只能用一對一單挑獲勝的方式贏回寶劍。

楸瑛雙眼發出可疑的光芒，直盯著邵可看。就像把一條魚放在貓的面前，一副垂涎三尺的表情。

（既然劍現在是在卲可大人手上，事情就太簡單了。一對一單挑，他未免太可憐了，不如就比個手指相撲好了。）

正當楸瑛為自己心中這既聰明又體貼的方法竊笑時，卻沒發現嘴裡早已不知不覺的把話說了出來。絳攸、靜蘭和劉輝都沉默了。這傢伙竟然說要比手指相撲。

而被說是「太簡單」的卲可，正瞇起眼睛按耐惡整楸瑛一頓，再放聲大笑的衝動。因為同時想起霄太師就是這樣惡整自己，使卲可內心感到五味雜陳。要是現在自己做了和霄太師一樣的事，不就變成那種臭老頭了嗎。這可不行。卲可勉強忍住內心的衝動。

「不不不，藍將軍你誤會了。持有這把劍的人不是我，乃是白大將軍。」

楸瑛的表情彷彿瞬間從天堂跌進了地獄。為什麼會有這種反應，說起來也很簡單，因為不管是白雷炎或黑燿世都比他強太多了。不知道有多少次，被他們打成一條爛抹布了吧。

「……不是卲可大人？是白家？而且持有人還是白大將軍！一……一對一單挑……單挑……不！還是再過五十年，等白大將軍老得走不動的時候再下手好了，到時一定能成功！」

太卑鄙了。一旁所有人莫不這麼想。但看楸瑛的表情……他是認真的。

看見楸瑛露出渴望的模樣，緊盯著自己手中的青釭劍不放，劉輝看看青釭劍，又看看「莫邪」，再瞥了一眼楸瑛，最後慢慢將劍遞給楸瑛。

「那個，反正……孤身上已經有『莫邪』了……這把劍就暫時，借給楸瑛好了……」

「欸？」

楸瑛驚訝得拉高了聲音。不過他並未立刻撲上寶劍，反而露出天人交戰的神情猶豫著。身為武者的矜持，使他無論如何都想靠自己的力量堂堂正正贏得寶劍。然而，面對數百年來流落在外的家傳名劍，他又沒有清高到能夠推辭拒絕。望著那把閃閃發光的寶劍，口水都快流出來了。簡直就像是一介庶民面對千金小姐時的心情。還是不顧一切先借了吧——

「……就、就、就只是借我一段時間而已，是借的，只是借的喔！」

楸瑛乾咳著，語無倫次的又說：

「如果只是借的話，那就沒關係的！不過，先說好只是用借的喔！」

明明誰都沒說什麼，也不知道這番話他是解釋給誰聽的。

終於接過青釭劍的楸瑛，露出少年般純真的表情，一動也不動的凝視著寶劍。

暫時決定青釭劍由誰保管之後，邵可再次轉身注視著劉輝。

「……其實，還有一件事我一直想問，劉輝陛下。」

「嗯？什麼？」

「『莫邪』在這裡，那麼『干將』在哪裡呢？記得沒錯的話，當初兩把劍都繫在你馬上了。」

靜蘭和楸瑛都發出驚愕的聲音，同時望向劉輝。

雖然兩人都曾注意到劉輝手邊只有「莫邪」，但也都單純的認為應該只是出城時，倉促之中只帶了一把出來而已。身為武官的兩人異口同聲問道：

「您把兩把劍都帶出城了嗎？陛下？」

「如果是這樣的話，現在『干將』呢？」

劉輝這才恍然大悟，隨性地豎起食指，笑咪咪的回答：

「孤將『干將』送給山屋裡的老人家做為謝禮了，所以已經不在手邊。」

愣了一拍，靜蘭和楸瑛驚訝得嘴巴開到不能再開。接著便是一陣近乎恐怖的沉默。

以為自己鐵定會被摸摸頭稱讚「好棒好棒」的劉輝，咦？這才察覺不妙。

怎麼，大家的表情都好奇怪喔。尤其是原本的劍主人靜蘭與曾經官拜將軍的楸瑛。兩人一副呲牙咧嘴的模樣，朝劉輝步步逼近。劉輝覺得心情好似背水一戰，被逼得毫無退路。

「……陛下，您剛才是說……將國寶送給了不知道哪座山裡的不知名老人……？」

「不會吧劉輝……那是怎麼回事，你開玩笑的吧？這很難笑啊。快，快說這只是個玩笑話，現在承認說謊，哥哥還可以笑著原諒你喔。」

說謊？劉輝求救的轉頭東張西望，卻因為被兩個武官團團包圍，根本看不見邵可和絳攸。而且看起來他們也沒有出手搭救的意思，只能靠自己孤軍奮戰了。

「欸？但人家可是孤的救命恩人，孤當時又身無分文，反正還有『莫邪』在，少了一把劍又有什麼關係？」

孤軍奮戰毫無效果，只能毫無招架之力地任由對手直接攻擊。楸瑛和靜蘭爆發的怒火分頭砲轟著劉輝。

「就算是這樣，也不會有人把『干將』白白送給別人啊！」

「身無分文？看是要把頭髮剃光賣了，還是賣內臟、賣身體換錢都可以啊！」

「對嘛對嘛！咦？不對……是這樣的嗎……嗯、唔……」

楸瑛差點同意靜蘭，不過最後還是緊急煞車了。畢竟他可不想侍奉光頭國王，也不希望國王賣掉自己的內臟或身體。只是「干將」……他竟然把「干將」……那可是把令人垂涎三尺的名劍哪！

（……現在是冬天，光頭容易著涼，要賣的話，還是賣身好了……反正他是男人，身體也挺強壯的嘛。）

差點忘了，反正他男女都可以啊。楸瑛以為自己只是在心裡自言自語，沒想到似乎不小心說出口，劉輝大受打擊。

「過分，靜蘭楸瑛你們太過分了！竟然有這種臣子，比起孤的貞操，那把劍對你們來說更重要嗎？」

「咦？啊，我不小心說出真心話啦？」

「你的貞操怎樣都無所謂啦，劉輝！『干將』可是父王賜下的劍哪？」

雖然楸瑛趕緊摀住自己的嘴巴，靜蘭卻還是毫不留情地繼續砲轟。

「『干將』是你身為國王的證據啊！怎麼可以這麼乾脆就給了山裡的老人呢！好，你說老人就住在那座山頭裡？現在就給我去把劍要回來！」

「靜蘭，夠了，那又有什麼關係呢？」

「老爺！」

「那把劍不屬於你，而是國王的劍。要怎麼做都是劉輝的自由。」

靜蘭被邵可這麼一說，也不禁為之語塞。雖說「莫邪」已經交給劉輝，但過去自己也曾被賜予過雙劍。當然，那已經是很久以前的事，清苑皇子這個人也已經不在人間了。

「反正那兩把劍在歷史上本來就常下落不明，該出現的時候，它們又會突然冒出來。再說……呵呵，哈哈哈，為了答謝人家的收留，而毫不心疼的將劍留給山裡的老人家，這種原因倒真是前所未聞啊。不過，的確很像是劉輝會做的事。」

邵可不但沒有發怒，反而讚賞的笑了好久。

楸瑛想起了某事，伸手拍響了額頭。

「……說到山裡的老人家我才想起來，陛下，那座山到底在哪裡？」

「咦？在哪裡？」

「不是啊，之前我們搜尋陛下時，明知有人在山崖縫隙間逃竄，但卻沒發現對方從山區下山崖的道路。前前後後找了好久，怎麼也找不到從山區通往山崖下方的道路，而且也沒發現腳印。」

「……沒有腳印？至少應該有孤走過的腳印吧？或是從崖上滑落時的痕跡。雖然那裡確實沒有一條道路，是一道險峻的山崖。」

劉輝也記得當時一直聽得見從頭頂傳來馬匹嘶啼的聲音，還以為是追兵從山屋那裡發現的足跡而一路追來的。然而楸瑛卻歪著頭說：

「嗯，的確曾聽見什麼崩落的聲音，從上方也看得見崖間縫隙，但從那山崖的高度落差看來，無論怎麼想，馬匹或徒步都不可能走得過去呀。從哪個角度看都看不到，所以如果你說的山屋真的在那裡，只能說那座山是位於陸地上的孤島了。處於外部的人進不去，馬匹也無法往來的地方。夕影到底是怎麼把陛下帶到那裡去的啊？山屋裡的老人家又是如何在那裡生活的呢？再說那座山……唔，總覺得好像在哪看過……」

楸瑛說的這些，劉輝之前都不知情，不由得睜圓了眼。離開山屋時天還沒亮，周遭一片黑暗。雖然雪當時已經停了，風卻還是相當強勁，根本沒有多餘的力氣張望四周，更別說發現那座山屋原來是位在如此神奇的地理位置。

（……呼，難道說，孤是遇上仙人了嗎？）

「對了，您說那位老人家身有殘疾嗎？」

「喔，對啊，他……他說在戰爭裡失去了一隻眼睛和一隻手。所以我想，如果有錢可以給他就好了，才會將『干將』留在那裡，結果……」

楸瑛露出如刺在喉的表情沉默著，另一方面靜蘭卻沒忽略劉輝不自然地將話吞回去的模樣，犀利地繼續質問：

「結果？結果怎樣？」

「…………他說，雖然不需要但姑且收下，然後……把劍插進稻草堆裡了……」

靜蘭的太陽穴明顯浮現青筋，要不是怕邵可斥責，可能早就發出怒吼了吧。

「怎樣都無所謂吧？不過是少了一把劍而已。那棟山屋，也可能有另外的山中小徑可通往，只是你們沒發現罷了。當時天色未明，周遭還很暗的不是嗎？更何況又是位於不熟悉的山裡。」

文官絳攸對這些完全沒興趣似的擺擺手。靜蘭瞪著絳攸的眼中幾乎帶著殺意，楸瑛也還是無法完全放下，歪著頭思索。雖然絳攸說的也有道理，但心中仍有一抹疑問揮之不去。

（……我和靜蘭、韓升明明已經搜尋的那麼徹底了……）

還有，山中小屋、獨眼獨臂、老人。這幾個關鍵字令楸瑛非常在意，卻又想不出那到底是什麼。

「或許，讓『干將』沉眠於那座山裡未嘗不是件好事。」

邵可輕笑著說。

「『干將』與『莫邪』被稱為王者之劍。尤其是陽劍『干將』，若落入旺季大人手中，就表示他的國王身分不容置疑。可是現在旺季大人回來了，同時『干將』卻消失了，這也可解讀成他還不具有身為王者的資格。相反地，若劍還在劉輝陛下手上，也有可能遭到彈劾，說你沒有持劍的資格。被迫交出劍的結果，你的命運也會就此決定。現在這把劍消失在雪中，雙方都無法持有。如果是這樣的話……」

邵可一邊說著，一邊湧現一種不可思議的感覺。或許這把劍的消失也是一種宿命。

「……到最後，或許將不去依賴『干將』或血統這種表面的象徵，而是由人們親手決定未來該走的道路。」

這句話同時也不可思議的令在場所有人為之心動。靠自己的雙手決定未來。

「我們有雙劍，對方則持有無法使用的王牌。到目前為止還是平分秋色。」

選擇自己走的路。不知為何，這句話在每個人心中迴盪不已，彷彿那是一件非常重要的事。

「無法使用的王牌？」

看劉輝一頭霧水的樣子，邵可搔搔頭說道：

「……不，雖然我完全不期待您會記得這件事，不過劉輝陛下……」

「到、你到底想說什麼，邵可！不要嚇孤啊！」

「唉，就是玉璽呀。劍就算了，您應該連傳國玉璽都忘了帶出來吧？」

一拍之後，劉輝只覺自己全身冷汗直流。

「……忘、忘記了……不，不是的，那個那麼小，平常又沒帶在身上……不，它本來就放在外廷執務室的機關箱裡……當時根本沒時間去取啊！」

看他這樣子，根本就是現在聽到邵可提及才想起這件事。對劉輝而言，玉璽是每天都在使用的東西，不知不覺中，那顆玉璽的價值就跟日常生活用品差不多了。

絳攸輕嘆了一聲。畢竟當時自己也在，卻還是忘了提醒劉輝，倒也不能太苛責他。

「……那、那麼現在玉璽……已經落入旺季大人手中了嗎……」

「哇！怎麼辦……比起任何東西，那是更能代表國王的重要證明吧？就像是攜帶型的龍椅？多少的浴血爭奪都是為了這顆小小的印章，聽說過去還曾有國王連內褲都忘了穿卻不會忘記帶走玉璽呢。而你竟然把它忘得一乾二淨……」

只有靜蘭什麼都沒說，死魚般的眼神望向遠方，真希望自己就這樣昏厥，當作沒聽到這件事，人生重新開始。

然而事實上，在邵可指出之前，根本沒人察覺這一點，這才是最可怕的。眾人向來自認以智力取勝，也因此現在更是備受打擊。自以為頭腦好，結果卻沒任何人察覺到忘了取走玉璽的事，說穿了，只是一群不成熟的烏合之眾。或許是離開王都這件事讓大家頭腦陷入一片混亂了吧。

「算了，還不要緊。就算持有玉璽，旺季大人也還沒有權力使用。只要仙洞省一天不承認他的即位，那顆玉璽的主人就依然是劉輝陛下。」

邵可看起來一點都不緊張，就是因為知道這一點。

「除非劉輝陛下禪讓王位，或是死。」

接下來這句話，又讓眾人紛紛陷入沉默。「咚」，邵可伸出手指拍打身旁的桌子。

「玉璽就像是人質。一天不取回，劉輝陛下就一天無法發動王權。朝廷方面暫時應該會採取臨時對策，由旺季大人權充宰相職掌政事吧。」

本來該肩負這件任務的人應是悠舜。然而他現在下落不明，因此才會由旺季遞補職位，接收掌管朝廷的大權。關於這點，誰都沒有開口說什麼。

「看來，是非去見他不可了。孤也好，旺季也好，我們彼此……」

劉輝的雙劍，旺季的玉璽。彼此都不能逃避。

然而那還只不過是最無足輕重的部分。劉輝和旺季——彼此手中都還有著其他無形的東西，迫使他們必須再次見面。

在遙遠的記憶之中，曾伴隨著琴聲聽見這樣的話。

『不過要是無法避免的話，也只能正面接受了。總有一天，讓我們再相見吧。』

好久好久之前，他放下一切離開了。為了實現那個約定。

「……應該，會是在春天吧。」

聽見劉輝輕聲這麼說，邵可有些意外。儘管丟了這個忘了那個，但最重要的事劉輝一直都放在心裡，而且內心很明白。

像現在這樣，等於是讓紫州與紅州處於對立，這種情形絕不能長久持續下去。

很快就要入冬了。這個冬天凍結了時光，將劉輝與旺季一分為二。

窗外天色已黑，雪花紛紛飄落。不過，這雪也終究是會停的。

自古以來兵法有云，冬天是休兵的季節。然而當漫長的冬天過去之後——

「是啊，會是春天。當冬天結束，積雪開始消融時。」

屆時，將面臨一個結束。不管那會以什麼樣的方式結束。一旦結束了，將不再繼續。

劉輝剩下的時間就到那個時候為止。櫻花綻放時。

那是過去劉輝曾告訴秀麗的期限。現在卻成了自己的期限。一切都是從那裡開始的。命運真是不可思議，連結束的方式都是那麼相稱。

「邵可，楸瑛……」

確認過大小事，知道再也沒有其他事情需要釐清了，劉輝才終於說出那個名字，一路上他都沒有提過的那個名字。

「請告訴孤，秀麗現在怎麼樣了。」

火爐燒得吱吱作響。

「我也好久沒來這裡了。真懷念啊，令人想起了從前呢，悠舜。」

晏樹環顧草庵，一副真的很懷念的模樣。悠舜坐在藤椅上，看著晏樹喜孜孜的像從前一樣上上下下的開闔著拉窗，突然想起一件事。

「……對了，晏樹。那個要來殺我，在臉頰到脖子的地方有著一道傷痕的男人，他怎麼了？」

「喔，他啊。在我來此之前就設法讓他逃獄了。畢竟萬一清雅或是誰掌握到什麼證據，那可就不妙了。」

晏樹回答得一副理所當然的樣子。他還是一樣，只要是自己想做的事，他就真的會絲毫不嫌麻煩的去做。晏樹的優點大概也只有這個了吧，雖然這個優點也幾乎只發揮在「消滅礙事者」這方面，對這世界其實沒太大的貢獻，算是有點可惜。

「那個男人比我更早待在旺季大人身邊，不能輕易殺了他。再說，連我都無法輕易見到他啊。」

悠舜有些驚訝。皇毅、晏樹和悠舜三人中，晏樹是最早跟隨旺季的人，而最後一個被旺季撿回來的則是悠舜。比晏樹還早跟在旺季身邊的話，幾乎可與陵王相提並論了。那個男人對旺季的忠誠心，或許要在晏樹之上。

「不過，沒想到他竟比我更早做出應該要殺了你的判斷，這點倒是出乎意料。」

「這表示他比我和你都要更明白，為了幫助旺季大人成為國王最該做的事是什麼。」

晏樹的視線最後回到這間草庵裡他最中意的地方——也就是悠舜身上。

「或許吧。」

晏樹微笑，以貓般優雅的姿態接近悠舜，近得連凝結在他長髮上的雪珠都看得一清二楚。晏樹輕輕伸出手，拉起悠舜的髮絲。

「笑一個嘛，悠舜。就像你在朝廷對黎深他們做的那樣啊。那種溫柔的笑。」

「我才不要。要擺出那種笑臉可是很累人的，我光是回到這裡就已經筋疲力盡，連動都不想動了……憑甚麼要為了你運動我臉上的肌肉啊？」

「還以為你的個性變得比較好了呢，沒想到還是一樣這麼任性哪，悠舜。」

「……太慘了，被你說這種話，遠比被黎深說還糟糕。」

順道一提，皇毅應該對悠舜和晏樹都抱持這樣的想法吧。

晏樹瞇起眼睛，臉上浮現謎樣的微笑。

「我說悠舜啊，不如我再說得更清楚一點吧。你一點都沒變喔，從以前到現在一點都沒變。累得精疲力盡？少騙人了。我沒說錯吧？大騙子悠舜。」

悠舜眼神一動，冷冷的望向晏樹。晏樹噗哧一笑。現在悠舜的這張毫無感情的美麗臉龐，黎深應該從沒見過吧。不過，這才是晏樹認識的悠舜。

「你還有一件事該做。不是嗎？」

悠舜沉默了。也沒有否認。世界上並不是沒有人能看穿悠舜的真偽，晏樹就是其中之一。成為壞蛋的條件，就是能看透同為壞蛋的謊言。悠舜能夠騙到的，不是平凡善良的人，就是單純的笨蛋，只有這兩種選擇。

「以前，我們已經決定了對吧。總有一天要實現自己的願望。」

啪吱。火爐裡迸出灼燒的聲音。

悠舜微微歪著頭，這才終於笑了。冷冷的，美麗的，令人不寒而慄的微笑。

「……是啊，我記得。」

「不過，有個大問題。當時，我們三人雖然都沒說出口，但彼此應該都隱約感覺到了。我們三人的願望雖然相似，但本質上卻是各不相同。」

一定要實現願望。無論使用什麼手段。悠舜、晏樹、皇毅，各自都這麼想。

「——是啊。」

儘管相似，但卻絕對不是相同。而他們三人也都隱約知道另外兩人的願望是什麼。

「我沒想到，你會拖延到最後的最後一刻才回來，悠舜。」

「不是都好好按照你和皇毅希望的去做了嗎？你有什麼不滿？我都已經工作到過勞的程度，累得像條狗了耶。」

「嗯。要是你真的有一點點變成好人的話，那就沒關係。我也可以不用到這裡來了……可是，你一點都沒變啊。」

在晏樹的世界只有喜歡和討厭兩種，沒有其他模糊地帶的存在。就算是對眼前的人也一樣。這麼說來，悠舜確實在晏樹心中佔有特別的一席之地。即使是在他被貶到茶州的十年間，晏樹也沒有一天忘記過悠舜的存在。像是撫摸心愛的玩偶一般，他摸摸悠舜的頭，用手指輕輕拉扯他的頭髮。雖然比不上旺季，但他確實很中意悠舜。因為晏樹最喜歡能讓自己的人生變得更有趣的東西了。悠舜試著對晏樹說：

「弄壞了，不覺得可惜嗎？」

「是這樣沒錯……」

晏樹的手指繼續把玩悠舜的頭髮，打從心底露出落寞的表情。

「可是啊，還是不行。到此為止還可以，繼續下去就不行了。」

「為何。這麼做未免太無趣了吧？你不想賭賭看嗎？真不像你的作風。明明現在好戲才正要開始呢。你不想看看會出現什麼樣的結果嗎？要讓一切就在這裡結束？」

悠舜托著下巴，嘲諷的笑了。要是平常，擺出這種姿勢，說出這種話的人應該是晏樹，而不是悠舜才對。不像自己的作風。晏樹最討厭被人這麼說了。

晏樹眼中罕見的閃過一抹不耐。晏樹雖然有一顆聰明的腦袋，但他也和悠舜一樣，不喜歡思考自己的事。若說有什麼謎是連晏樹和悠舜都解不開的，那個謎一定就是自己本身了。但最諷刺的是，他們又非常了解對方。

「……悠舜，我的角色就是監督你和皇毅。要是皇毅聽見我這麼說，一定會氣著說剛好相反吧，但我是這麼認為的，相信你也是。這話的意思，我想你一定懂。」

滿口謊言的晏樹竟然會把話說得這麼老實，這倒是稀奇。自己手中的真實底牌。就算對方早就知道了，但由自己掀開又是另外一回事。尤其對像是晏樹或悠舜這種人而言更是如此。悠舜沉默了一會兒，決定誠實將自己所知的據實以告。這裡不需要謊言。

「……是啊，在我們三個人裡面，某種層面來說，你才是最正常的。」

晏樹慢慢面向悠舜。臉上已沒有了平日那悠然謎樣的微笑，取而代之的是苦澀與自嘲。像是在說著他討厭這樣的自己。

「……沒錯。所以我既是劊子手，也扮演監督和阻止的角色。可是這樣一點都不像我。完全不像。我只想為自己而活，也不想受到別人的束縛。別人要怎麼過他們的人生我沒有意見，只要別妨礙到我，我就不會插手。畢竟我自己也活得隨心所欲，至少要做到這樣才算公平吧。這就是我的原則。」

「那麼，你應該明白吧？我的願望，並不會妨礙你。」

可怕的沉默佔領了室內。晏樹的手搭上悠舜纖細的脖子。悠舜並沒有逃開。身體疲憊使不上力也是事實。比起晏樹手中傳來的溫度，自己的脖子更冰冷，悠舜覺得，這或許代表了兩人內心冷酷的程度吧，不由得從喉嚨深處發出咯咯笑聲。

晏樹低頭看著那張比自己還壞的笑臉。

「……如果你接下來的路是要為那個笨蛋國王而走的話，我馬上就可以找出一百個當場殺了你的理由。」

「晏樹，我也不想當那種大好人啊。雖然努力試過了……」

悠舜停止了笑，慵懶的發出自暴自棄的嘆息。就是這樣才討厭啊，只要一和晏樹說話，就得被迫面對自己是個更惡劣，更冷酷壞人的事實。其實，就真的是這樣。

「不過既然都已經走到了這一步，還是想看接下去會變成什麼樣。就快了啊，晏樹。為什麼不行呢？平常的你不是該笑著說有趣，然後也興致勃勃的加入嗎？要是在這裡結束，這結局可就真的平凡無奇了。那樣不是太無聊了嗎？」

最後一句話，令晏樹的手產生了些微反應。太無聊。這是晏樹最討厭的一句話。然而，他還是沒有放開手。這就證明了他和平時不一樣。沙啞的聲音，在悠舜頭上響起。

「……你……是我們三人裡年紀最小，卻也是頭腦最好，最工心計又最會扯謊，最冷酷的一個。而只要是為了完成自己的願望，你不惜利用任何人，也不在乎背叛。」

「是啊。我一直都是這樣。很遺憾。不過這還是無法構成你殺我的理由。」

要是自己背叛旺季，晏樹早已毫不猶豫的下手了。然而，晏樹也知道不是那樣的。

按照自己定下的規則而活。那才是晏樹之所以是晏樹的證據。不被任何人牽著鼻子走，隨心所欲的活才是晏樹熱愛的人生。那既是晏樹的生存之道，也是他的魅力所在。就像一隻優美而危險的野獸。不管多麼靠近他都無法完全理解他，而且太靠近他還可能會被他撕裂。然而那一身優美的皮毛卻總是誘人伸手觸摸。許多女人受他吸引而最終毀滅的理由也正是如此。

然而現在卻是晏樹有生以來，首次破壞了自己的規則。這代表晏樹已經不再是晏樹了。明明他最忌諱的就是如此。晏樹低聲在悠舜耳邊輕輕的說：

「我知道皇毅的願望，也知道你的。皇毅和你都不會背叛旺季大人。可是，為什麼呢？雖然如此——我的願望竟是最微不足道，最正常的。」

心痛的聲音。悠舜深呼吸，仰頭朝上，然後承認。

「是啊。就是那樣。我和皇毅都是很過分的人。可是呢晏樹……最終結局還沒確定。說不定也有可能是能滿足你期待的有趣結果啊？」

「哼，是嗎？那如果不是呢？」

這句話才真的完全不像是晏樹會說的話。只要他打從心底享受了過程，結果明明完全不重要。只要歡歡喜喜的迎向下一場遊戲就好。晏樹最喜歡的，不就是完全不按牌理出牌的發展嗎？那才是晏樹和那些小壞蛋不同的地方啊。悠舜皺起眉頭。「如果不是呢？」這句話真出乎意料。

「……總之，我只能說放棄吧……痛痛痛痛！請不要扯別人頭髮好嗎！」

「你這個人喔！就只有這種程度而已嗎？就是因為這樣，我才非當劊子手不可啊！」

「不想當就不要當啊！又沒人拜託你！怎能因為這樣就把氣出在師弟身上——」

「夠了，囉唆！這麼不可愛的師弟，沒什麼好疼愛的吧。給我閉嘴！」

說著，晏樹像說相聲似的衝著悠舜額頭就是一記手刀。簡直就是小孩耍脾氣嘛。喉嚨還被緊緊勒住，悠舜忍不住迸出眼淚。突然，喉頭的壓迫感消失了。

「……無論如何都不行嗎？你一定要這樣走下去？」

悠舜向來討厭晏樹。晏樹應該也一樣。自從接過那不幸的桃子後，老實說不知道被他修理的有多慘，好幾次都想這討厭的傢伙怎麼不去死。可是卻總是無法真的恨他，或許是因為內心明白，自己對晏樹的討厭和喜歡一樣多吧。還有，真的只是偶爾中的偶爾，能像現在這樣不經意看見他流露真心的時刻。每當這種時候，總會有瞬間讓自己扭曲本性，變得誠實。那種特質不僅悠舜沒有，任何一個成人也都沒有。然而晏樹卻不可思議的只擁有那個。那種奇妙的純粹。雖然蒙著一層陰沉的夜色。

正因如此，悠舜知道現在只要一說謊就會被殺了。所以悠舜老實的抬起頭，很稀奇的說了真話。

「……我很明白你不願讓我活下去的心情。連我自己都這麼想過好幾次。」

所以才會一直逃走，逃到茶州，放了好長一段假期。人生的假期。

就算是虛偽的自己，虛偽的微笑，只要有人因此上當而開心了，那也不錯。只不過是不想傷害重要的人，這有什麼錯？不，那才應該是正確答案吧。

可是，不行了……不行了。離開這間草庵時，就已經做了錯誤的決定。

「……其實呢，晏樹。直到剛才我還是這麼想的喔。要是能在這裡被你殺死也不錯。這樣的話，我的另一個願望，雖然是個平凡的願望，就能夠真的實現了。」

能夠去珍惜重要的人的自己。能夠喜歡自己的自己。就算踏出的腳步已經無法收回，若是停在這裡也不錯，那對悠舜來說，便是至今仍具有相當魅力的「正確答案」。

「可是啊，還是不行，我不喜歡那樣，晏樹。當然這副身體放著不管也活不了多久，可是我還是想——走到最後的最後。靠我自己，這條命。」

想說的究竟是「走到最後」，還是「活到最後」，連悠舜自己也不知道。或許兩者皆是吧。

咳了一聲之後，突然發作似的持續咳了起來。肺部深處刺痛著，一邊哮喘一邊望著自己的掌心，上面沾滿了顏色難看的血。

低頭看了一會兒染成紅色的掌心，悠舜笑了。笑得燦爛，笑得悽豔。

有生以來第一次品嚐到這種打從心底活著的感覺。

「我想活出自己的人生。沒有什麼比這更有意思了——是不是，晏樹？」

晏樹上下撫摸著悠舜蒼白的喉嚨，低聲的說：「我知道啊。」

「我不會反悔，也不會停手。絕對不會。要殺的話就由你，只有趁現在在這裡動手了。所以我和你才會來到這裡……皇毅他是辦不到這個的。就算這才是正確答案。」

悠舜厭煩似的撥開後頸上的髮絲。自己都討厭起自己說的台詞。怎麼看這都是壞人的台詞嘛。可是沒辦法……為了由悠舜自己來保護旺季，就必須這麼做。

「我沒關係的。這死法挺不錯的嘛……我們之中只有你將旺季大人看得最重，所以下得了這種手……哈哈，就算你不承認也沒用。」

晏樹深色的雙眸浮起不耐的神色，雙手再次搭上悠舜纖細的頸項。

「你說什麼，不想死嗎？」

「……不是應該相反才對嗎？」

「悠舜，我沒想到竟然會有比我更聰明，性格更惡劣又更冷酷的壞蛋存在。能令我勃然大怒的人向來只有你喔。最喜歡你這麼不可愛的地方了……但也最討厭。」

悠舜最後一次望向圓窗。從拉起的窗子裡，看得見被雪覆蓋的那棵李樹。雪又開始猛烈的下了起來，想必這場雪會持續下到天亮吧。

（……這樣就好。）

悠舜輕笑了……這樣，就好。

最後腦中浮現的是誰的臉，已經不清楚了。如果可以是凜就好了。

……小得像玩具似的草庵中，傳出有什麼被毫不猶豫折斷了的聲音。

深夜裡，走上東坡關塞的守衛城樓外，劉輝覺得眼角好像瞥見了什麼，便抬頭仰望夜空。瞬間，從北方天空一顆星正劃著美麗的弧線墜落。

（……是流星……）

那顆流星閃著特別美麗的藍光，從劉輝面前墜落。突然從背後傳來說話的聲音。

「先是北方的老人星，接著落下手杖星了啊……」

回頭一看，邵可不知什麼時候也上了城樓。

「……手杖……星？」

劉輝心臟猛力跳了一拍，發出難聽的聲音。說到手杖，劉輝只會聯想到一個人。

——手杖之星，墜落了。

不可能的。令人厭惡的預感擠壓著喉頭。全身冒出冷汗——不會的。

邵可察覺到劉輝的表情，輕輕微笑著說：

「……這顆星，落下得有點遲呢。」

「……咦？」

「本以為該在一個月前就墜落的。」

在悠舜捨棄劉輝，從貴陽消失的那天。當時若這顆星墜落了，就一點也不奇怪。

邵可的意思是無關生死，而是宰相從朝廷消失的意思。可是……

──他在說謊。劉輝直覺著，剛才邵可一定是說了謊。劉輝用力皺著眉頭。

「……邵可，真的嗎？」

邵可內心一驚。劉輝從以前就很能看穿他人的真偽。明明毫無根據，但他就是能正確分辨。或許是因為他對人的感情很敏銳吧。這種時候就瞞不過他了。

邵可嘆了一口氣，雙手環抱在胸前。後悔自己不該說這些多餘的話。

「……我知道這在占星上的意義，但不會告訴你。」

「邵可。」

「我不會說的。光是出現紅色妖星，現在的星象就已經夠不尋常了。我這門外漢的占星又怎能說出來左右國王呢。除非你能確定自己不會受到影響，那就另當別論。」

劉輝說不出話來，低垂下頭。邵可又輕輕的微笑了起來。

「……就算遭到背叛，你還是能愛對方啊，劉輝陛下。」

「……孤並不認為遭到了背叛。悠舜為孤鞠躬盡瘁，是孤自己……不夠成熟。」

「是啊……你這樣想就好了。」

父親的背叛與黎深的漠不關心導致了紅門姬家的滅門。今天的紅家，有著對悠舜見死不救的過去。對於深知此事的邵可而言，劉輝真摯的這番話，無疑是僅存的安慰。

抬頭望向夜空，灰色的薄雲在漆黑的天空中快速移動，看似起風了。

「……說真的，劉輝陛下，我還以為你會在這裡哭呢。」

眼角瞥見劉輝的身體震動了一下。

——有關秀麗以及縹家的事，邵可和楸瑛竭盡所知的告訴了劉輝。

劉輝什麼都沒說，連一句話都沒有。只是默默的走出室外。

他們說，現在秀麗正沉睡於鹿鳴山的江青寺。

「……邵可，你也還沒……見到她吧？」

「……是的。」

邵可比自己早進入紅州，也有充分的時間往返一趟鹿鳴山，但他卻沒有這麼做。不管玖琅送來幾封快信他都不為所動。

「要是讓秀麗知道比起國王更以女兒為優先的話，她一定會把我臭罵一頓。」

邵可選擇了搜索下落不明的劉輝，直到他進入紅州。這雖然是事實，然而說不定……邵可突然發現，其實自己是不想一個人去見她。

「……劉輝陛下，讓我告訴你，我出生時的算命結果吧。」

「算命？」

「我此生的命運就是『與三個心愛女人的別離』。」

劉輝驚訝吸氣的聲音，落在靜謐的夜幕之間。

這個算命的結果，邵可至今從未告訴過任何人。甚至連黎深和玖琅都沒聽說過。

不記得是誰告訴自己的，過去也未曾相信過。因為當時的邵可，根本不認為自己能好好愛上哪個女人。

然而現在他已經隱約發現三人中的其中兩人是誰了。邵可命中注定的女人。

那是上一代黑狼與「薔薇公主」。她們兩人都像彗星一樣，從邵可手中隕落，離開人世。

……而或許，最後一人會是……

「邵可。」

「砰」，什麼東西撞上來的聲音。一拍之後，才發現是劉輝撞上來緊抱住自己。

「別再說下去了。」

邵可想起從前，妻子過世時，也曾發生過一樣的事。還是個孩子的劉輝抱住邵可要他別哭，自己卻哭了起來。現在的劉輝卻沒有哭泣。可是，邵可心想，竟長得這麼大了。不管是劉輝，還是秀麗。

怎麼都長得這麼大了。

此時突然，越過劉輝的肩膀，邵可看見了一道閃閃發亮的白光。

剎那間，那道淡淡的光線改變形狀，在邵可眼前幻化為秀麗的身影。

「——！」

秀麗微微一笑，似乎因為確認了邵可和劉輝平安無事，而打從內心感到喜悅。

接著，她伸手觸摸劉輝的背部。剛好是心臟的位置。某種銀光一閃，然後又消失了。然而劉輝完全沒有發現，邵可則是呆若木雞，發不出聲音。

秀麗看著邵可，露出一點點抱歉的表情，嘴唇動了起來。

『爹，抱歉。』

接著她便轉身，像被誰牽著手似的伸出手，身影也開始變淡。

邵可瞠目結舌，伸出手想抓住她，卻被劉輝的肩膀擋住了。

在邵可的指尖碰到秀麗之前，幻影就消失在星空中了。

「邵、邵可？怎麼了？」

劉輝訝異的回頭看時，那裡已經什麼都沒有，只看得見夜空。

「怎麼了？發生什麼事了嗎？」

「……那是鹿鳴山的方向……」

秀麗伸出手消失的方向，正直指著鹿鳴山的江青寺。

邵可並不知道剛才的是不是眼睛的錯覺，只不斷按壓著眼頭。

……或許她是察覺到邵可內心的絕望，才會像這樣飛過來的吧。

『爹，抱歉。』

爹，抱歉。可是──

我還想多努力一下。

「……女兒在等著。」

不斷不斷地奔跑。秀麗年幼時因為生病，無法像其他孩子一樣四處奔跑，所以總是垂頭喪氣。或許是為了彌補這份遺憾，她的人生總是不斷地在奔跑。

──好羨慕喔。爹，等我病好了，也要一直跑一直跑。跑到不能再跑為止。

跑到不能再跑為止。

邵可靠在劉輝肩上，低著頭流下眼淚。

「……非去不可了。」

「咦？去鹿鳴山嗎？對、對喔，我們走吧。等閤官員來了，就把東坡交給他吧。」

「嗚嗚……好。」

非去不可。

去秀麗在前方等著的那個未來。

閭官員在幾天後踩著不穩的腳步抵達了。

年近七十，枯木般的外表，手中還拄著拐杖，閭官員看起來簡直像個仙人，不過是會站在鍋子前唸咒語的那種。就算是仙人……卲可低喃著說，他也一定是個邪仙吧。

一雙精明幹練的眼睛盯著「新徒弟」絳攸瞧了半天後，他說了第一句話——

「跳一下。」

「……啥？」

「不用問這麼多，跳就對了！」

這是什麼猜謎解謎嗎？看絳攸僵在原地不動，閭官員便舉起拐杖朝他屁股用力一敲。絳攸發出哀號跳了起來，懷中小錢包裡的零錢便跟著叮咚作響。閭官員雙眼發光，伸手往絳攸懷中一掏，取走了錢包。確認內容物之後，很快的將錢包放進自己懷裡。

「嘖，不是紅家的養子嗎？怎麼只有這點錢啊，連買柴燒都不夠。真沒意思！」

「等一下，那是我的錢包——」

「什麼？要老夫舟車勞頓前來，卻連個車馬費都不給嗎？現在的年輕人真是不懂禮數！喂，那邊的年輕人也一樣，別愣在那！快跳，跳啊！」

拐杖毫不留情的又朝靜蘭和楸瑛的屁股敲下去，兩人一樣在跳起來之後錢包慘遭沒收。靜蘭和楸瑛都傻眼了，生平第一次被人這麼恐嚇勒索（而且對方還是個老人）。

「這也是一種人生經驗。唷，這不是紅家宗主邵可大人嗎？喂，快交出你養子的養育費來——」

邵可俐落的躲開了每一次閻官員揮舞過來的拐杖，睜大了瞇瞇眼怒吼：

「我才不要！以蝗害救災對策為藉口，你就已經上門來不知道榨取紅家多少現金了耶！那些報告我可都有好好讀過喔。你這臭老頭，裝作一副活不了多久的樣子，其實卻是用盡手段糾纏，連天花板都被你打開，把裡面藏的錢財也搜刮一空！結果害得現在天花板漏水漏個沒完。我們紅家那身經百戰的稅務壞蛋——不，是稅務官……總之我還是第一次看到他哭得那麼不甘心！本以為這下你應該會安分個一陣子了，沒想到你還來啊！」

「嘿嘿嘿，紅家是越來越嫩了啊。看到玖琅，老夫還萌生了一點罪惡感，稍微手下留情了呢。很久沒幹這麼大票了啊，嘿嘿嘿嘿。」

「你這老……您老就快點去隱居吧！」

「怎麼，本來想在你們前往鹿鳴山前給點小道消息的，既然如此，我就不說了喔。」

「哼，那種東西我們才不需要！憑紅家的情報網——」

「咦？請您告訴我！」

劉輝全身上下摸了半天，不過身為國王的他，身上當然是不可能帶著什麼錢包。

「……孤、孤身上沒錢……還是……孤剃頭髮去賣，或是賣身換錢來支付吧……」

「劉輝陛下！」

閻官員上下打量了劉輝一會兒，拄著拐杖，「呵」的一聲不懷好意的笑了。

「真沒想到，戩華那小鬼怎會生出你這小雞樣的兒子啊。你這麼年輕，搞得身無分文還光頭真的好嗎？嗯？老夫都想哭了。想搶都不知道要搶你什麼。更何況不從沒錢的人手上搶錢可是老夫的美學。算了，就用你臣下的錢包湊合湊合好了。」

臭老頭什麼美學啊！三個被扒光的臣子心中如此悲憤吶喊。這麼一來，主從一行人正好相親相愛的一起變成窮光蛋啦。回過神來的靜蘭閃動眼光想奪回財物，卻完全找不到能對閻官員下手的破綻。

「那麼，閻官員您口中的小道消息又是什麼？」

「聽說藍州州牧姜文仲遭官員軟禁了。」

閻官員掏掏耳朵，一邊把手指上的耳屎吹走一邊若無其事的說。邵可聞言不由得驚愕。

「你說什麼？紅家還沒接到這個消息啊。」

「算算也差不多該傳到紅家和紅州府了。對外是宣稱他病倒了，暫時由副官代替值勤，但事實上卻是被奪走職務。藍州的郡太守也有半數以上是旺季那個小少爺的人馬嘛。不過，這件事並非出自旺季的指示，而是郡太守和州官獨斷的作為。之前發生的藍州水災受害狀況甚鉅，姜文仲雖然已盡量將災情減至最低，卻還是給了旺季派人馬聲討的機會。藍家的人又不出來幫他說話。」

聽見最後這句話，楸瑛默默握緊了拳頭。

「不過，現在還不能殺了姜文仲。這麼做會引來監察御史的調查。所以便謊稱他生病，再將他關進牢中，實質上則由旺季派人控制州府。國王消失後的中央朝廷已是無主狀態，所以他們算準春天來臨前不會產生人事異動，打算將姜文仲軟禁到那個時候。如此一來，到時候藍州也能成為旺季派的地盤。」

「紅州這邊已經表態站在國王這邊，所以他們才必須盡快行動，拿下藍州啊……」

「就是這麼回事。旺季一門盡是備受栽培的年輕官員，和某些紛紛被解職的中央笨蛋官員可是大不相同。至於這個小道消息是否正確，就去鹿鳴山直接問州牧吧。」

邵可回頭望向劉輝。

「——劉輝陛下，請馬上準備前往江青寺。」

劉輝點頭，閭官員從他身後通過，手中拐杖「咚」地敲上絳攸的腳。

「李絳攸，你留在東坡郡，別像金魚大便一樣黏在人家屁股後面跟去了。」

「什麼？」

「你跟老夫一起做一趟修行之旅！老夫要徹底榨乾你的天真，還有錢。取而代之的是，老夫會把長年經驗累積而來的超實踐官員學全部教給你。等你學會個中訣竅和鑽漏洞的辦法，以後不管是遇到不景氣還是裁員或是壞蛋作亂，甚至是上司想炒你魷魚都沒辦法。你就等著成為全國最頂尖懂得打如意算盤的官員吧！」

最懂得打如意算盤的官員？這是怎樣的修行之旅啊？

「喂、喂，等一下啊！你們真打算拋棄我嗎——怎麼連邵可大人也這樣！救救我——啊、好痛！」

「聽好了，第一課，不可向他人求助！把自己的弱點暴露給別人看，這還有救嗎？就是這樣你才會跟黎深那個大白痴一起被開除的啦。被利用的人生到此結束！」

眼睜睜看著絳攸犧牲而走出房間的四人，對著還聽得見哀號的房門流下眼淚。

「……臭老頭傳授的根本不是官員之路，而是如何當個黑道的方法吧……萬一等我們回來，絳攸已經不再是個官員，而是成為第一流的地下黑心商人的話該怎麼辦……」

「絳、絳攸……抱歉……！我們一定不會白白浪費你高貴的犧牲！」

邵可心想，自己這個姪子可能天生具有容易招來不幸的靈媒體質也說不定。

「也罷，閻老頭他確實是個名官員。只是因為個性是那個樣子，所以他的種種功績也都隱藏在黑暗之中了……而且看起來，他似乎挺中意劉輝的嘛。」

「欸？」

「因為，閻官員對第一次見面的對象沒有出手恐嚇撈錢，這可是相當稀奇的事。」

這是哪門子的判斷標準。

楸瑛歪著頭想了好一會兒，突然擊掌大喊：

「……啊！我想起來了。難道這位閭官員——是大富豪黃門閭氏的人？」

聞言，靜蘭的臉一陣抽動。邵可深深嘆息。

「……你說的沒錯。除了紅藍兩家之外，一提到全國最有錢的家族，就非閭氏莫屬了。閭氏又被稱為黃家掌櫃。其中尤以閭老頭不但當過全商連前總帥、還曾是御史臺官員，官民雙方都有許多他佈下的線民，消息之精通堪稱全國第一……正如他所說的，因為手中握有許多令人想開除他也開除不了的情報，任何輕舉妄動都逃不過他的眼睛。我話可先說在前面，劉輝陛下，閭老頭的不動產價值大概是你的三倍吧。說到國家跟他借的錢，那更是天文數字……」

「咦咦咦咦咦？……那個衣角補釘的老頭嗎？」

「他的消息準確度是可以信賴的。至於是不是有透過黃家或旺季大人將消息流出去的可能，從我和荀彧大人答應讓他進入東坡關塞這一點，你應該就知道答案了吧。」

「孤明白了，邵可。孤相信他。」

「哇啊啊啊啊啊！」從房中傳出的絳攸哀號，他們決定狠下心裝作沒聽見。

「請皇將軍留下，鎮守東坡軍要塞。姜州牧遭到軟禁若真是事實，最好儘快前往江青寺問個仔細比較好……再說，我也差不多該跟女兒見面了。」

邵可一邊嘆氣一邊笑著說。

聽見這句話，劉輝和靜蘭的表情都有些微的改變。接著便是一陣長長的沉默。

「……好。」

好不容易，劉輝才終於沙啞著聲音吐出簡短的回應。

——數日後，一行人抵達了江青寺。

第六章 白棺之女

「——就是這裡。」

鹿鳴山江青寺深處，一副白棺靜靜地橫放著。

棺蓋沒有蓋上。劉輝和靜蘭只往前走了幾步，便像撞上一堵看不見的牆似的停下了腳步，只是站在原地。

只有身為父親的邵可，靜靜的朝棺木走去。

秀麗雙手交握在胸前，臉上掛著筋疲力盡的表情沉睡著。伸手觸碰，雖然發現她的體溫非常低，不過臉頰還是呈現些許紅暈，看來就像隨時會醒來似的。她的睡臉和平常做完煮飯洗衣等家事後，累得睡著了的模樣差不多。彷彿只是一時的休息。

休息是為了醒來，把尚未完成的工作做完。

邵可伸出雙臂抱起秀麗。她像個人偶毫無抵抗，小小的頭垂靠在邵可肩上。邵可撫摸女兒的臉頰，又為她梳理一頭瀑布般的黑髮。她身上穿的是質料高級的縹家公主服飾。邵可第一次見到「薔薇公主」時，她的身上也是穿著這樣的裝扮。還有，流星墜落的那天夜晚所看見的秀麗幻影，也和眼前的一模一樣。

（那天果然是因為她擔心我和劉輝，所以飛到我們身邊的啊……）

最後一次見到女兒，是和黎深一起回到紅州的那時候。現在回想起來，那簡直就像是一百年前發生的事。當時邵可預見秀麗將受到政治鬥爭拉扯利用，而曾留下這樣的話給她。

『……秀麗，爹到紅州之後，就不能再幫妳了。不管發生什麼事，最後妳都必須自己做出決定。不過只有這件事妳要記住，那就是不管妳做了什麼決定，爹都會支持妳。』

這句話到了今天，竟然在別的意義上變得如此沉重，打回邵可心上。

女兒照自己說的話去做了。就算父親不在身邊，就算孤單，就算得不到任何人的幫助。她依然勇敢的去面對瑠花和自己的命運，並且自己做出了最後的決定。無論是從縹家回來，還是為蝗災忙於奔走，以及借給瑠花身體……她也很明白自己剩下的時間不多，在清楚一切的情況下做出了決定。所以，現在她在這裡。像這樣，筋疲力盡的睡著。

邵可不斷為秀麗梳理著一頭黑髮。

——無論遭到誰否定，唯有我一定會肯定妳的全部。

就算這違背了邵可的心願，也和邵可想要的完全不同，他還是會遵守約定。即使必須對自己說謊。第三個人。生命中最重要的女兒。不管她選擇了哪一條路，只有邵可會無條件支持她。

「……妳很努力了，秀麗。真的很努力……好了，再多睡一下吧……」

到妳醒來那天為止。

秀麗沒有回應，而且像是安心似的微笑了。

「長老，請告訴我們秀麗現在的狀況如何。雖然接到楸瑛大人和燕青大人的來信，大略說明了情形，但還是想知道更詳細確實的狀況。包括瑠花說過的，她下次醒來就是最後了的這一件事。」

將秀麗再次放回棺木中，邵可來到長老面前。

「是的。我這邊也有幾件新的情報要告訴您。」

長老按照人數取來幾塊薄薄的座墊，不過坐下來的人只有邵可和長老而已。邵可勸了幾次，劉輝才慢慢坐下，不再窺看棺木。

「其實稍早，新的大巫女珠翠大人已經出發前來江青寺，算算時間應該快駕到了。在她抵達之前，就由老夫我先就所知的，盡可能為各位說明——對了，在那之前，劉輝陛下、邵可大人，這是珠翠大人交待我交給二位的。說是手信。」

從長老小小的手中遞給劉輝的是一塊白布。打開一看，裡面包著的像是手帕，上面還有著謎樣的刺繡。羽章長老得意洋洋的點著頭說：

「這一定是大巫女大人特製的除魔護身符！具有保佑神力，讓我們很想拿來銷售呢。」

劉輝和邵可及楸瑛紛紛低頭望著那謎樣的刺繡圖樣。楸瑛只隱約感到這不應該是什麼護身符，但邵可和劉輝的反應卻跟楸瑛截然不同。「不……」劉輝低喃，這並不是什麼護身符。

「這刺繡，刺的是『我很好，請不用擔心。』吧……」

「沒錯……這不是護身符而是珠翠寄來的信……錯字一堆這點，還是完全沒變哪。」

楸瑛大受打擊。自己看不懂的刺繡，國王和邵可竟然一眼就明白了。

「咦？這是漢字？不會吧？還是其實已經轉換成只有你們才懂的暗號了？」

「這是普通的常用字啊？雖然歪歪扭扭的……但的確是珠翠刺的繡。看來她真的沒事……」

「等等陛下！為什麼你會比我還了解珠翠小姐的事啊！」

「哼，楸瑛大人，這種程度的書信你都看不懂，看來還有待努力喔，各方面都是。」

邵可故意調侃楸瑛。楸瑛咬緊牙根，瞪了邵可一眼。畢竟珠翠長年的暗戀對象，不知為何，就是這眼前的邵可。只是他本人完全沒有察覺就是了。

「……你真是完全不受歡迎啊，楸瑛……」

靜蘭在旁低聲說了一句，楸瑛轉頭大吼：「你少來湊熱鬧！」

長老在一旁扯著鬍鬚一邊感嘆著「年輕真好啊」，一邊回到原本的話題上。

「首先，讓我來說明關於那副白棺的事吧。」

長老說著，回頭望向秀麗所躺的那副白棺。

「那是瑠花大人做的，就算在縹家都還未曾公開過……是啊，我知道時也很驚訝。據說是能讓裡面的人進入類似熊冬眠時的狀態。」

「熊？這麼說來，我女兒的體溫確實降低了不少……」

「是的。熊的冬眠有很多難以解釋的謎團，完全不需要攝食和排泄而持續睡上整個冬天，體溫也維持在三十度上下。可是體溫雖比平時低好幾度，新陳代謝減少到平常的八成以下，卻仍能維持生命機能。在這段期間，熊除了一天數次的翻身和順毛之外，幾乎沒有其他動作，只是昏昏沉沉的睡著。但是在春天覺醒之後，就又能恢復冬眠前的活力，四處走動……」

楸瑛和靜蘭不由得面面相覷。楸瑛更是驚訝的說：

「那真是厲害。我們武官要是受傷臥床，躺久了肌肉就會變得衰弱，甚至還有人就此骨折，反而無法恢復到平時的身體狀態。」

「你說的沒錯，人類若長期臥床只會讓身體機能越來越衰退，體溫長期偏低的人還有可能使智力受損。可是熊的冬眠卻不是如此。我想應該是瑠花大人解開了熊的冬眠之謎，再將相同的方法以法術加諸於棺木之上。真是……瑠花大人總是如此令人驚奇……不過這件事也只有瑠花大人的頭腦和法術才能辦得到。沒想到這樣的瑠花大人卻逝……」

邵可心頭一驚。

「……那麼，現在法術怎麼樣了呢？」

「是的，已經開始解除了。即使法術和藥物的調配相同，若是作法和技術不同，做出的結果就不同。珠翠大人雖然神力高超，但卻遠不及年輕時的瑠花大人。換句話說，她無法重新於白棺上施以相同的法術。也無法製作新的棺木……這是最後一副了。」

最後的棺木。瑠花為了延長壽命，需要使用許多其他巫女的身體與生命，為了這個目的而製作的不尋常白棺。諷刺的是，現在這白棺也延長著秀麗的壽命。

「這副棺木，是瑠花大人在生前重新打造的最後一個。為了秀麗大人，用盡最後力氣施以法術。只要條件齊全，光憑瑠花大人留下的剩餘神力，還是可以維持一段時間。話雖如此，頂多也就是十年吧……再說，這裡比不上清淨的神域，為此，珠翠大人在周遭佈下了最高級的守護結界。要是能將白棺放在縹家或貴陽就更好了。」

就算一直沉睡，頂多也只能維持十年。邵可把這個數字牢牢記在心中。

「換句話說，您也不建議將棺木搬回紅家保管了，是嗎？」

「是的。其實玖琅大人寫了好幾次的信來要求，但我都勸他別這麼做比較好。當然我也必須承認，在保護工作上，江青寺的確做不到紅家那麼周全。還有第二點……」

當長老正打算繼續往下說時，門靜靜的打開了。

「……羽章，不要緊了。接下來的事，由我來向陛下說明。」

鈴鈴，伴隨著鈴鐺清脆美妙的音色，眾人都感到飄進了一股清新舒暢的空氣。

劉輝回頭，凝視著一身巫女打扮的珠翠，咧開嘴微笑了。

「當時擅自離開，真的非常抱歉，陛下……」

「珠翠！」

劉輝從座墊上站起身，喊了珠翠的名字之後，卻不知道還該說些什麼。

向前走了幾步，縮短和珠翠之間的距離。比起女官時代，現在的珠翠看起來更柔和，也更美麗了。不知道是因為那一頭自然披在肩上而沒有紮起的長髮給人的印象，還是因為解開髮髻之後心也變得自由了，總覺得珠翠變得跟以前不一樣。劉輝綻放了笑容。

「……孤好擔心妳。」

「是……對不起。」

「說什麼要嫁人了，所以要離開後宮，然後就那麼消失了……」

對這句話最先有所反應的人是楸瑛。

「咦？您剛說了什麼，陛下？那是真的嗎？我怎麼沒聽說？珠翠小姐！妳要嫁給誰？」

珠翠回溯記憶，自己真的有說過那種話嗎？當時確實是認為，只要一回到縹家，此生恐怕再也無法見面，所以才會對劉輝說那些就當自己嫁人的話。

「珠翠小姐！我是知道妳從以前就有動不動就辭掉女官的毛病，但妳應該不是以結婚為目標才這麼做的吧？千萬別說些『總之我就是無福之人，天生就是該命苦』之類的話，然後隨便找個奇怪的男人妥協，嫁給那種又窮又靠不住，貌似邵可大人的男人啊！」

「你、你說什麼！邵可大人才不是什麼奇怪的男人呢！」

不過珠翠卻沒否認「又窮又靠不住」這一點，讓邵可內心默默的受傷了。

「對、對啊，楸瑛！不是那樣的啦！而且珠翠要走的時候，孤告訴珠翠，如果她隨便嫁了人，楸瑛會傷心的。你看，孤可是有很努力想幫你挽留她的唷！」

劉輝趕緊抓住楸瑛的袖子低聲咬耳朵。正當楸瑛心想劉輝有時也派得上用場嘛，的時候……

「……可是，珠翠卻像反彈的鐘擺一樣，立刻回我一句『誰管那種小事啊』……」

最後這句多餘的話，讓楸瑛覺得自己才是被反彈回來的鐘擺打得頭昏腦脹。

邵可雙手環抱胸前，看著珠翠。

「的確，那種小事就別管了，珠翠。我有件事要問妳。其實在前幾天的晚上，我曾瞬間看見秀麗的身影。這件事，和她現在的沉睡之間有何關聯？假設那其實是她的魂魄，像這樣飛離身體來到我身邊，是不是一件壞事？」

從珠翠露出的眼神，任誰都看得出邵可這話帶給她的震撼。面對邵可銳利的目光，珠翠實在無可奈何。這種地方，正是真正的親子表現。為人父母的，總是能掌握最關鍵的問題。

「…………那個，不要緊的。」

「理由是？」

「……因為已經拜託了某個人，以守護秀麗小姐的魂魄為最優先。」

某人。聽見這個字，不只邵可，所有人都有所反應。邵可小心翼翼的追問：

「可以請妳更仔細說明嗎？你們對秀麗做了什麼？」

珠翠無可奈何，只好將原本想盡可能隱瞞的事告訴邵可。

「縹家的姑娘要進入棺木沉睡的前提，就是沒有醒來的必要，但秀麗小姐卻不是如此。她是為了能再度覺醒而陷入沉睡的。」

為了覺醒的沉睡。這句話重重地落在邵可與劉輝的心上。

「為了防止覺醒之前，秀麗小姐的魂魄離開她的身體，必須有所對策。就算不這麼做，瑠花大人辭世後，施加於棺木上的法術也會漸漸解除。一方面是為了補足這個部分，才會拜託了某人。簡單來說，就是請對方抓住繫在秀麗小姐魂魄上的繩子，以免她擅自飛走。除此之外，也還拜託了一些其他的事……」

「……這個意思指的是，秀麗身體裡有誰在嗎？」

珠翠沒有否認，只是垂下目光望著棺中秀麗沉睡的臉。

「……是的。不過，那並不是如瑠花大人那樣佔據了姑娘們身體的作法。除非發生意料之外的不測，否則另一位女子是不會起來的。她並不具有這樣的力量。等到秀麗小姐醒來時，她也會真正消失。」

這次，就是永遠的消失了。」

此時邵可露出奇妙的表情……他原本還以為，秀麗體內的女子鐵定是妻子。但照珠翠的說法看來，卻又不是。不具有那樣的力量，秀麗醒來就會永遠消失，和妻子的狀況不同。

「珠翠，妳說的那位『女子』，到底是誰？……不會是瑠花吧？」

「不，不是的。我不能說出她的名字，這是和她約定好的。只是，把自己最後的時光用在秀麗小姐身上，這是她自己提議的。除了守護秀麗小姐的魂魄之外，也拜託了她其他的事。例如幫睡眠較淺時的秀麗小姐完成一些她想做的事。」

「幫秀麗做事？」

「秀麗小姐雖然進入睡眠狀態，但還是可以『夢見』一些外部發生的事。當然，不是全部都能看見。不過我想，邵可大人您見到她，就是在這種情況之下發生的。」

「什麼？意思是說秀麗她一邊睡著，一邊能夠得知這些外面發生的事嗎？」

「某種程度是可以的。從邵可大人您說的看來，大概是在她睡眠較淺時，無意識地運用了『眼睛』去『看』。不知道是她本來體質如此，還是瑠花大人在她身上施加了什麼法術，只能說有這樣的可能。而且以秀麗小姐的個性，外面發生什麼事，她一定想知道得不得了吧……」

珠翠微笑著，伸手入棺，像個姊姊疼愛妹妹似的撫摸秀麗的臉頰。

「只不過，秀麗小姐並不懂法術，因此雖說是『夢見』，也和一般人作夢時一樣，醒來後能記得的不多。但是就像邵可大人您說的，一般人使用了『離魂術』，魂魄離開會對身體造成危險。為了防止這個，那位公主當時應該牽著秀麗小姐的手才是。」

邵可想起那天晚上看見的秀麗。

回頭時，看起來的確像是有人牽著秀麗的手。

「……關於『她』，我不能再說更多了，就算是邵可大人您也不能告知。」

珠翠那如水晶般透明而堅硬的話語，令邵可苦笑了起來。真是意志堅強的聲音。

「我明白了……還有一件事。」

「是，您想問的是關於秀麗小姐的『覺醒條件』吧？」

此話一出，空氣瞬間緊繃了起來。

「我想您也已經聽說了，秀麗小姐下次『醒來』時，就會進入她人生中的最後一天。」

最後一天。聽見這句話時，在一旁沉默的劉輝額前的頭髮因震撼而晃動了。

「瑠花大人為秀麗小姐留下了特別的『鑰匙』。為了讓秀麗小姐醒來所必須的鑰匙。因為萬一要是誰都能叫醒秀麗小姐，那可就不得了了……鑰匙有兩把。一把秀麗小姐自己持有。換句話說，秀麗小姐可以在自己的意志之下，當她認為自己該醒來的時候到了，就可以自己轉動鑰匙，就此覺醒。」

沉默降臨。而且是一陣可怕的沉默。

無論是誰都有那個時刻將會到來的預感。就算多麼不希望她醒來，或是百般祈求也沒有用。

……她一定會為了度過那人生中的最後一天而選擇覺醒。

「……另外一把呢？」

忽然聽見劉輝的聲音，珠翠一面凝視著國王，一面慢慢的告訴他：

「另外一把……已經交給在場的其中一人了。」

這句話令眾人驚訝不已。珠翠一一和每個人四目相對，確認了什麼似的微笑說道：

「時候到了，那個人就會發現。無論是自己持有鑰匙這件事，或是鑰匙的使用方法。但要不要使用那把鑰匙，就得看那個人的意願了。能喚醒秀麗小姐的，這世上就只有那個人而已……請不要忘記。將鑰匙交給那個人的不是別人，正是秀麗小姐本人。到時候——」

只有這時，珠翠說話的聲音聽起來像是秀麗。

「將不再為別人，而是為自己而活。活在那僅存的時間之中。」

——為了自己。

珠翠似乎很疲憊，按著額頭大口吸氣。現在的她終於明白瑠花除了離魂之外，為何不出去「外面」的原因了。已經習慣縹家清淨空氣的身體，光是站在「外面」就覺得雙手雙腳有如綁上大石塊一樣笨重。在「外面」待久了，更感覺得出精力正不斷流出身體。

「……抱歉……我的身體狀況不好……羽章，剩下的事就交給你了……」

「請等一下，妳剛才說『也拜託了她一些其他的事』吧？關於這部分能不能也做個說明？」

珠翠對耳尖的靜蘭苦笑。

「我不能說。尤其是被嚴重警告了，絕對不能告知靜蘭大人。」

被點名的靜蘭露出一頭霧水的表情。雖然很想追問「為什麼？誰那麼說的？」，但他也明白以珠翠的頑固，就算問了，她也不會告訴自己。

珠翠最後望向劉輝。

中立的縹家。正因為知道縹家不能只選擇站在國王這邊，所以劉輝除了擔心珠翠之外，其他什麼話都沒說。總是如此溫柔的國王。珠翠真的很喜歡待在他身邊時的氣氛。

『有些事，正因為是中立的立場才能辦到。我們一定也會有需要妳協助的時候，所以，沒關係，珠翠只要選擇對自己來說最妥善的路就好了。』

珠翠走到劉輝身邊，懷著難以言喻的心情緊緊擁抱了他，然後，在他耳邊輕聲的說了一、兩句話。

接著她便深深一鞠躬，轉身離開。

珠翠離開之後，長老接著珠翠還沒說完的話，繼續說了下去。

「……那麼陛下，大巫女還有一件事要轉達給您。」

劉輝苦笑。

「是要孤亡命縹家的事嗎？」

「您已經知道了？」

「是啊……孤聽楸瑛說了。只要逃到縹家，就能保障孤的生命安全。但是相對的……」

「……就會失去王位。陛下將無法再次即位，就算您日後有了子嗣，他也無法享有繼承權。」

劉輝與靜蘭默然不語。一旦選擇亡命，等於系出戩華王家譜上的所有人都會失去王位繼承權。

「以繼承順序來看，擁有王位繼承權的下一順位便是旺季大人所屬的旺家──他們可以選擇恢復為原本的蒼姓，或是繼承紫姓，接著王系也將轉移至該家族之上。以血緣濃度來看，擁有第一順位的繼承者是旺季大人，其次便是他的外孫小璃櫻大人。按順序下一位具有王位繼承權的人，則是紅家的百合夫人。」

「百合夫人？您指的是黎深大人的夫人？咦？這是怎麼一回事？」

在場除了邵可之外，所有人都對這最後被提出的名字感到意外。邵可瞪了長老一眼。原以為這件事在大姑婆玉環的隱瞞下無人知曉，不料還是在縹家的掌握之中。雖不甘願，邵可也只好承認。

「……百合是戩華王同父異母的妹妹，也是上上代國王最後的子嗣。也就是說，其實她是劉輝你的姑姑。」

「咦咦咦咦？……這、這麼說來，我們的髮質的確是很相像……為什麼一直隱瞞這件事呢？」

不只劉輝，靜蘭也相當驚訝。因為對靜蘭來說，百合也是姑姑。那麼漂亮又溫柔的女子竟然是自己哥倆的姑姑！對於母運不佳，也沒什麼女人運的兩兄弟而言，這真是驚人的事實。

「……不，請等等。這麼算起來，百合的丈夫黎深大人就等於是孤的姑丈了嗎……」

「……是的……的確是如此……看吧，有些事是不是不要知道比較好？」

邵可表情僵硬的企圖打哈哈帶過。

「不過，黎深大人的養子李絳攸大人因為身上未流著蒼玄王的血，所以並沒有繼承權。到這邊，接下來的繼承者順位則落在縹家現任宗主璃櫻大人身上。儘管他已經年過八十了。」

「……不過那張臉倒是還很年輕……對了，這麼說起來，身為兒子的小璃櫻順位還排在父親璃櫻之前呢……」

「再怎麼說，縹家只是緊急時的代替王家嘛。順位排列至此，若還是無人能繼承王位，才會以例外方式思考亡命國王再即位的可能……不過，應該不至於演變成這種情形。」

除非小璃櫻和百合都在未留下子嗣的情況下早逝，否則不可能會有這種情形發生。即使如此——劉輝話未出口又吞了回去。終於知道為什麼過去仙洞省會如此催促自己早日成親生子。現在的王家真的幾乎沒有年輕人和小孩了。王室後代凋零的程度，甚至連八十歲的璃櫻都必須被列入繼承順位之中。最年輕的是小璃櫻，接下來就是劉輝自己。血脈不足的情形，簡直令人懷疑這當中是不是有什麼陰謀。

「只要您願意亡命縹家，一定能在不掀起戰爭的情形下禪讓轉移王位。最重要的是，陛下您自身的安危，縹家必將全力守護到底。珠翠大人她是真的很擔心陛下您的安危……」

劉輝閉上眼睛。過去的首席女官，現在也依然不變，溫柔貼心的為自己著想。

失去秀麗的空洞後宮中，不知道珠翠給了他多少的安慰。

「是啊……可是，不行。」

「陛下……」

「抱歉。請長老代為向珠翠轉達。孤不能逃到縹家去。」

劉輝看著身邊的「莫邪」。

「羽章，孤並不是一個好國王……對你，還有你的兄長，有太多需要道歉的地方。但孤希望至少在最後，能盡到自己身為國王的責任。」

邵可感覺得到，靜蘭和楸瑛在聽了劉輝最後這句話時都有了反應。

眼角瞥向兩人，各自露出深思的表情。只是邵可猜不透的是，他們的表情之下，想的究竟是直到最後都願意跟隨劉輝這個決定，還是不惜忤逆劉輝也要守護他的性命。

邵可對自己的猜不透感到驚訝——從兩人的表情，說明他們都已經是出色的臣子。

劉輝看了這樣的兩人一眼後，困惑地聳聳肩。

「總之……等時候到了再做決定吧。應該還有什麼是我們可以做的。」

「明白了。我也會這樣轉達給大巫女……陛下。」

羽章一邊順著自己的白鬍子，那雙神似羽羽的白眉下，堅定的眼神望向劉輝。

「……請容我說一句話。您是我兄長認定的國王，您即位時，兄長他真的打從心底感到高興。只有這一點，請您無論如何一定要相信。兄長的死，絕對不是您的錯。」

就算只是安慰也好，聽了這句話，劉輝咬著唇笑了。

懷著難以言表的謝意與歉意，他默默的低下頭，對羽章深深一鞠躬。

此時，傳來「咚咚」敲柱子的聲音。

「好啦，你們的話已經講完了，沒錯吧？」

劉輝回頭一看，門邊站著一個用繃帶吊著手臂的男人。劉輝當然認識他，他正是紅州州牧──劉志美。

志美身後探出一顆頭，靜蘭看到那人時，不由得悶哼了一聲。

燕青一邊摸著自己長長的鬍渣，一邊微笑著揮手。

「你們遲遲未抵達紅州，真叫人擔心哪，陛下。這下總算是所有人都到齊了。」

◆ ◆ ◆

靜蘭一看到燕青，瞬間勃然大怒了起來。

「你放著小姐不管，到底跑哪去了！我可是相信你，才把小姐交給你照顧的，可你不但把小姐照顧得進了棺材，竟然還敢不二十四小時都陪在她身邊，反而四處遊蕩！你這傢伙，真是一點用都沒有！你到底在幹什麼！」

看來靜蘭至今什麼都沒說，只是因為沒有發洩的對象。原本邵可還以為他終於長大了點而欣慰，這下又大失所望了。

「我在幹什麼？當然是工作啊。就算二十四小時都陪在小姐身邊又能怎樣？你來了正好，不然今天開始由你來陪她吧？」

「唔……」

說不出反駁的話，靜蘭沉默了。看到靜蘭這個樣子，燕青反倒感到訝異。

「唷，竟然沒有馬上衝口說出『我當然陪！』，看來你已經是個大人了啊，靜蘭。」

「我本來就是這樣，早就是大人了！」

不，根本就很幼稚。恐怕在場所有人現在都是這麼想的，包括劉輝。

「是嗎？也是啦，本來聽說你追著旺季大人來到紅州，還以為你鐵定會在旅途中下毒什麼的，找機會痛下殺手，沒想到你也都忍住了呢。」

劉輝生氣的瞪了燕青一眼，跳出來為兄長護航。

「靜蘭才不會做那麼衝動的蠢事呢！那麼做不但解決不了任何事，還會害孤當天就被旺季派的人馬殺掉吧！靜蘭他只是單純想為孤和紅州幫忙解決蝗災的問題而已！是不是？靜蘭？」

「……………那是當然了，陛下。我怎麼可能做出那種蠢事。」

除了劉輝之外的所有人，此時都肯定了「他絕對就是想去做這種蠢事」。尤其是志美，真的在心中捏了一把冷汗。要是靜蘭下手成功，旺季被暗殺在紅州這件事，足以令自己被旺季的跟隨者五馬分屍了。

（討厭，這孩子真恐怖！）

要真是那樣，別提說服荀彧了，當天旺季派馬上就會造反拿下紅州府，正式宣戰了吧。

燕青瞇著一隻眼望向靜蘭。其實在煩惱寺見到他時就推測到他想做什麼了。剛才稱讚靜蘭長大了並不是諷刺，而是真心這麼認為。

（要是以前的他，對於討厭的人哪次不是馬上殺掉對方……）

會養成這樣的個性，也是因為在「殺刃賊」的那段過去，以及更早以前燕青所不知道的過往造成的吧。對靜蘭而言，所謂的「保護」就等於「排除障礙」。過去就算靜蘭已經察覺自己這樣的做法和秀麗完全相反，他也堅持貫徹自己的主張，絲毫不打算糾正這種方式，就像個孩子一樣。

然而這次，卻是靜蘭第一次完整的保護了劉輝。不是以殺死旺季，排除障礙的方式，而是用守護的方式。

到底他的心境是在何時起了這樣的變化，燕青並不知道。邵可和秀麗都不在身邊，只有他一個人和旺季相處的那段日子裡，或許讓他感受到了什麼。見到旺季時，燕青心裡有種奇妙的感覺。比劍術，或許靜蘭比旺季更強，但他卻一定殺不了旺季。理由不清楚。若是這直覺準確，剩下的問題就是靜蘭究竟是怎麼輸的了。

燕青嘻嘻一笑。無論如何，他輸的很好看。這讓燕青打從心底感到欣慰。

「嗯嗯，我是真的覺得你是個大人了啊，靜蘭。」

「少瞧不起人了！比起被你稱讚，還不如讓紅山的猴子踢一腳！快收回你的話！」

「好了好了，別再打情罵俏了，這不是叫人羨慕死了嗎？」

羨慕？劉輝在內心對志美吐嘈著。話說回來，這個劉志美以前講話是這麼娘的嗎？

（……也罷……不過父王的嗜好真是一年比一年更叫人猜不透啊……）

這些性格奇特的朝廷大官，大部分是由戩華王與霄太師任命的。不想認為父王的嗜好就是這麼奇特，總想著或許他這麼做是開玩笑？或者是自暴自棄？不過偶爾也會覺得，這是不是父王故意整自己的啊……

「那麼陛下，您剛才說不亡命也還有什麼事是可以做的，是嗎？」

劉志美說話的方式前後判若兩人。劉輝也注意到他的眼神落在「莫邪」上，點了點頭回答：

「……沒錯，孤剛剛是這麼說了。」

「那麼我可以認為，您來紅州並不光是為了亡命而來此尋求庇護的吧？我就單刀直入的問好了——您打算向旺季將軍宣戰嗎？」

劉輝閉上眼睛，總覺得自己現在的回答，棺材裡的秀麗會聽得一清二楚。不只是對自己，也是對她，以及那些重要的人，劉輝說出了答案。

「——不。」

「孤沒有掀起戰爭的打算。」

「必須再和旺季見一次面，我確實是這麼想的。但，這不代表要開戰。」

劉輝想起瑠花問自己的話。你想成為怎樣的王。

當時無法回答這個問題，現在卻不一樣了。逃離王都的原因。浴血的後宮。沒完沒了的殺戮戰亂。在聽過那個老人說的話之前，劉輝內心已經知道自己希望的是什麼。

「只有戰爭，孤絕對不要。絕對。」

志美靜靜地看著國王。面對有辦法鎮壓的私人軍隊，他卻選擇了不戰，只帶著少數隨從逃離貴陽。當時如果國王下令鎮壓，只怕會觸怒早已不滿許久的旺季派人馬，帶領更多軍隊前往貴陽征伐吧。就像歷史上發生過無數次的那樣。

志美想不透的只是，到底劉輝只是個單純的膽小鬼，還是已經悟出這一點。

「……無論發生什麼事都不要戰爭嗎？甚至不考慮當作最後的手段？」

「絕不。孤只會全力避免戰爭的發生。要開始戰爭是很簡單的，但要停止卻很困難。孤知道這個……旺季，也一定知道。否則他不會採取如此迂迴曲折的方式。」

志美本以為這個國王根本不懂旺季的想法，也不打算弄懂。如今看來是自己錯了。志美在腦中稍稍修正了對這個國王的看法。

「……可是陛下，對方卻可能將戰爭當作最後手段，而且做好完全的準備了喔？再說，您或許認為自己孤立無援，但事實並非如此。光是您是戩華王所留下的最後一位子嗣的身分，就能吸引許多老臣站在你身後。朝廷裡也還有半數官員看不慣旺季及那些貴族派勢力。無論你是怎麼想的，他們都會站在你這邊，為了阻止旺季坐上王位而挺你，並且集結到紅州來——到時候國家勢必一分為二，陷入戰爭。」

劉輝用力吸了一口氣。無視於自己的意向，在各種念頭的交錯之下，事態將一發不可收拾。

志美和孫陵王說的是一樣的事。如果當時劉輝留下不走，將王位禪讓給旺季會是將傷害減至最低的辦法。可是——

「即使如此，您還是打算貫徹自己的想法嗎？」

志美的語氣中有著譏諷與冷淡。不知不覺中，劉輝發現自己正握緊拳頭。即使想放開，卻放不開。握緊的拳頭裡有著什麼，連他自己也不知道。

然而，他卻知道孫陵王說的未來並不是絕對會發生。事情尚未下定論。

「——孤是這麼打算。」

掌控是旺季和劉輝的任務。如果自己選擇的是不逃避的話。

隨著說出口的話而產生的重責大任，必須要負責到底。直到最後的最後一刻。

——未來，還沒有決定。

「……孤身為國王，如果必須要去貫徹一件事，唯一能做的就只有這個了。只是……」

劉輝沒說出口的話。只是自己或許會做得比旺季差。

「萬一有必要時，劉州牧、邵可——請你們將孤這顆項上人頭，送到旺季手上。」

志美凝望著劉輝，眨了無數次眼。確定了這句話虛偽不假。

他緩緩露出微笑，第一次屈膝跪在劉輝身前，低頭行禮。

「陛下的御令，臣確實收下了。我會執行的，如果邵可大人下不了手的話。」

邵可沒有回應志美這句話。突然從某處傳來大鴉振翅的聲音。抬頭一看，頭頂上是一片老舊的天花板。劉輝說的那些，自己並非沒有想過，但那只是邵可腦中的一個念頭，沒想到會這麼快出現在現實之中。

為了避免這件事發生，邵可才會將他帶到紅州來。邵可曾對孫陵王說，自己想守住的不是王位，而是劉輝的命，也認為自己可以做得到……沒想到錯了。

這才發現，自己竟從未考慮過劉輝本身的意志。

（曾幾何時……）

曾幾何時，他已經放開自己牽著的手，獨自邁步向前了。邵可真不想看見自己現在的表情。既無法答應劉輝，也無法說不的自己。以前那個能準確控制感情的邵可，隨著年齡的增長似乎開始故障了。

劉輝望向邵可，很為難似的笑了。

「不過那是最後，沒有辦法的辦法，邵可。現在一定還有我們能做的事，孤想說的是這個。」

「……劉輝陛下。」

「對啊，你是秀麗小妹的爹吧，這麼不中用，在女兒面前怎麼抬得起頭呢？」

志美看著安置在室內深處的白色棺木，輕輕笑了。好幾次好幾次，志美都獨自來到這裡，來探望沉睡中的秀麗。聽說州府與道寺裡也有很多人會偶爾像這樣來看她。

鎮壓蝗災的行動雖然由旺季統率指揮，但也不知消息是怎麼傳出去的，其實秀麗才是說服縹家和瑠花打開大門投入救災的人，這件事很快就傳遍了紅州。或許是縹家一族散播出去的吧。

雖然不知道前來探視秀麗的官員和道寺裡的人們，是懷著什麼樣的心情來了又回去，但志美自己是來做確認的。再次確認秀麗最後留下的那句話。

「我告訴你們，那孩子最後對我說了什麼才離開的吧。『所謂拚命守護什麼，指的不是真的賠上自己的性命。如果要賠上一條命的話，我寧可用在做其他事上——為此，我要出發了。』說完這個，她就走了。」

邵可緩緩轉身面對棺木。不，轉身的不是只有邵可。

如果要賠上一條命的話，我寧可用在做其他事上。

在茶州時、在縹家時、蝗災時、宣告退官，得知自己生命即將結束時，她都是如此。

無論何時，她所做的就只有一件事。

茶州那件事發生時，面對輕易就想出兵的劉輝，秀麗曾經大力反對。

『軍隊和武官都不需要。無論何種狀況，都不該用武力當作解決問題的手段。思考該怎麼做才能不動武而保護人民，這才是身為文官的驕傲，也是我們應該做的事。』

——不破壞，不割捨，只為了守護。她說，那才是治理國家的人應該做的事。

沒錯，比起賭上性命，還不如去賭更值得的東西。如果是秀麗的話，一定會笑著這麼反駁。

「……是啊，秀麗。這次，該輪到孤了。」

劉輝閉上雙眼。一直以來都依賴著秀麗，受她守護，動不動就想依靠她，就像小璃櫻說的，這些事都不知不覺的壓垮了秀麗。

妳繼續睡吧。直到醒來的那天為止。

秀麗曾經想做的事，現在自己該和大家一起去完成才行。

「——劉州牧，燕青，關於藍州那件事還有其他相關的事，都告訴孤吧。」

劉輝的心願，秀麗的心願，一定是相同的。

「也就是說，閭老頭已經告訴你們藍州州牧的事囉？」

燕青正代替受了傷，單手包紮吊掛在胸前的志美，將如小山一般高的文件與書卷搬進房中。

雖然是又小又不舒服的空間，卻沒有任何人提出想換到別間房間的提議。沒有人想離開秀麗所在的這間房間。

「是啊，拜託他，他就說了。」

「唷，這可真稀奇。那個臭老頭平常總愛炫耀自己又知道了什麼大情報，嘻皮笑臉的，拜託他說卻打死都不說呢。總是死沒正經地喊著『白痴、白痴、誰要告訴你啊』就往東坡跑掉了……咦，這麼說來，李絳攸怎麼不見人影？是被閭老頭給逮住了嗎……啊哈哈，沒想到荀彧還當真這麼做了。再怎麼討厭李絳攸，也不必做到這個地步嘛。」

「咦？原來是這麼回事嗎？為什麼？還以為他們能好好相處呢。」

「那是不可能的啦。對方是那個不知人間疾苦的少爺耶，而且雙方又分別是國試派與貴族派，光是這樣就夠他們毫無理由針鋒相對了。再說李絳攸是中央官，荀彧卻是地方官，不用說鐵定是水火不容。李絳攸早期如果被派來紅州或派往藍州擔任地方官，絕對會被整得滿頭包。地方官員裡多得是荀彧這種人，摩拳擦掌等著給他下馬威呢。雙方的關係，就像藍紅兩州人之間，不知怎地就是看對方不順眼。」

「原來如此！我明白了。」

楸瑛邊聽邊點頭，目光正好對上邵可，趕緊閉上嘴巴。

「也罷，這次遇上閻老頭，正好可以幫他補回過去沒機會鍛鍊的經驗。李絳攸一定能像不死鳥，浴火重生，完全變成另一個……不，一定能變成一個鐵人般的官員……話說回來真令人意外，向來只管荷包是否塞滿的閻老頭，這次竟難得的提起幹勁啦？」

劉大人，你剛才明明是想說絳攸會完全變成另一個人吧？

「聽說姜文仲被軟禁了？」

「是啊，一得知陛下進了紅州，對方就先下手為強打算制住藍州。畢竟對他們來說，最糟的狀況就是紅藍兩州聯手。人家我和文仲感情可是很好的呢。」

這件事劉輝實在想不透。劉志美並非出身惡夢國試組的官員，卻和那群人不僅相識，感情還很好。怎麼想也想不出他們之間的共通點，只能說可能過去發生過什麼事是自己不知道的吧。

「……這麼說來，藍州府並非完全反叛囉？」

「是啊。文仲是個善盡職守的州官，該做的都做了，下面的人應該沒有什麼不滿才是。他雖是國試組出身的官員，但和我不同，參加國試前就開始當官了，也做得有聲有色。只不過呢……以紅州府而言，我和荀彧無論是信賴度或權限都平分秋色，藍州府卻不是這樣。文仲和副官的比重約是八比二。

也就是說文仲個人肩負的責任太重了。所以當文仲一被軟禁，那八分權限馬上消失，而旺季派人馬則巧妙的頂替上去了。」

還不算是完全反叛。如此說來，現在藍州府的關鍵人物就是——靜蘭轉而詢問燕青：

「身為副官的州尹現在處於什麼樣的位置？燕青，你見過藍州州尹吧？他是旺季派嗎？」

「嗯？或者應該說是無黨派？只知道他是個很推崇州牧的人。甚至說要幫姜州牧出一本名言語錄呢。」

和精明能幹的紅州州尹荀彧相較之下，藍州州尹是個悠哉的四十歲大叔。雖然是個優秀的副官，但燕青不認為他能取代姜文仲職掌藍州府的政務。

「是啊，他既不屬於貴族派，也不屬於國試派，和藍家也沒有特殊關係。當初文仲提拔他為副官，就是因為他不靠任何關係。相反地，他的行動也因此不受黨派牽制。換句話說，他也會尋求過半數的旺季派建議，商量如何處理州政……光是這樣就夠了。」

只要能讓藍州府不傾向國王，他就有足夠的價值。

「旺季派的人不至於連副官都軟禁。畢竟州官州尹同時生病的說法太過牽強了，真的做到那個地步，御史臺也非出面調查不可。我們只能期待他察覺中央情勢，想辦法拖延時間。只要知道他的背後不受貴族派操縱……對我方來說，這也就足夠了。」

「……藍州和紅州的情勢，孤明白了。那麼其他各州的情況又是如何？」

燕青揮著手中一封書簡對劉輝說明：

「那麼就先從茶州開始說吧。影月現在到了碧州，如果陛下希望的話，也可以到紅州來。」

「碧州？影月？他不是在茶州擔任權州牧的副官嗎？」

傳染疫病一事過後，秀麗雖為了負起責任而成為冗官回到貴陽，影月卻應該作為權瑜的副官繼續留在茶州才是。他沒道理在碧州啊。

「權州牧在得知碧州災情之後，硬要影月加入茶州醫師團，派他們前往碧州。現在的茶州託『華真書』和葉老師的福，集結了全州的年輕大夫。權州牧認為在這非常時期，他們不該原地踏步，便將大家都派遣了出去。還說沒時間徵詢國王了，擅自決定要在事後再取得認可。所以就有了這個，請蓋章吧，這是影月送來的。」

燕青邊揮著那張書簡邊遞給劉輝。仔細一看，上面的筆跡並非出自權瑜而是出自影月。

『……我們幾個擅自行動，事後受到處分沒有關係，但萬萬不希望權瑜大人也因此遭受處分。因此，我擅自製作這份書簡擅自寄給陛下，請陛下蓋章。』

影月那穩重認真的個性，從這段文字中表露無遺，寫的內容也讓人無可挑剔。只不過在讀了這封書簡後，在場眾人都沉默了。本意是希望他師事名官權瑜獲得更多成長，不料倒反過來是權瑜少不了影月這個副官的輔佐了。

因為忘了將玉璽帶出來，劉輝只好以筆墨簽章。真沒想到，事到如今還有需要簽署公文。

「……不過這封書簡為什麼不是直接寄給孤，而是到了燕青手上呢？」

「誰知道？聽說是櫂州牧吩咐的，說是要寄的話就寄給我。因為我看起來最不容易死，又能直接見到國王，能盡快將書簡交給國王的最佳人選。」

劉志美從旁抄起劉輝簽完名的文件，嘻嘻一笑。

「這麼說也對。要是循一般途徑送出這封公文，恐怕不是被送往臨時朝廷，就是中途被旺季派給攔截下來。要是由旺季大人代替陛下簽署了這份文件，那麼這答應派出醫師團的功勞可就屬於旺季大人的了。」

一愣之後，劉輝等人這才寒毛直豎，捏了一把冷汗。燕青雙手一拍，進一步解釋：

「難怪櫂瑜老頭會說要將書簡直接寄給我啊！真厲害。雖然早就聽悠舜說過了，可是朝廷還真是骯髒啊。走錯任何一步棋都可能會導致全盤皆輸啊。茶州就不是這樣了，當我在茶州時，只要不比茶家先搞砸就好，簡單多了啊！剩下的就讓悠舜和州官們去收拾就好。」

「別拿你自己來比！」

彼此都在等對方搞砸，還真是消極的政治鬥爭啊。靜蘭不禁揍了燕青一拳。

「好痛！總而言之，結論就是茶州和茶家也算是陛下的陣營了。」

邵可望著全國地圖。縹家雖然有珠翠坐鎮大巫女之位，但無論如何還是要保持中立。

「八州之中，確定站在國王這邊的，目前只有紅州和茶州而已。最重要的紫州……還是先做好心理準備，紫州已經算是旺季的陣營了。紫州府的州牧雖然名義上由國王兼任，但既然國王離開了貴陽，必然將由旺季大人或璃櫻代理紫州州牧。就算不是這樣，紫州內不乏名門大戶和歷史悠久的貴族世家，貴族派的大莊園更是分佈各地，旺季大人本身的領地也就位於紫州啊。」

旺季的領地。劉輝瞠目結舌。從來沒想過除了貴陽之外，旺季還有其他的「家」或「領地」。或許那也是因為自己幾乎不曾踏出城外的緣故吧。

「……旺季的領地……」

「他當然是不常回去吧。不過沒記錯的話，應該位於這附近。」

邵可從燕青搬來的那堆書卷中抽出地圖，一邊以手指畫圓，圈出圖中紫州的某塊地區。劉輝突然覺得有種似曾相識的感覺……但到底是什麼呢？

楸瑛從同一堆書卷中抽出另一張地形圖，對照著看後，露出厭惡的表情。

「哇……看這地勢，簡直是山賊最愛佔據的那種天然地形嘛。到處都是隘路及險路，地形之複雜，要進入絕不是件簡單的事。若想攻陷的話，就得派少數精銳部隊潛……」

「楸瑛。」

「我亂講的啦，陛下，不會進攻的。別說進攻，這種地方我連去都不想去！」

邵可用手指敲了敲地圖上，剛才畫圓圈起的區域。

「這一帶不僅交通不便又不起眼，土地也不甚肥沃。所以霄太師和先王才會硬塞給旺季。聽說這是許多官員堅持之下的結果，就怕給了旺季太多領土，會讓反王派的軍事勢力集結過去。」

「…………」

劉輝用力抿著唇，沉默不語。然而，邵可卻猜不出他現在心裡想著什麼。

「住在這塊領地上的，一定是對旺季大人最忠誠的一群人。因為是旺季大人幫助他們增加收成，使生活變得更豐裕。」

劉志美點點頭，眼神落在地圖上的其餘四州上。北方的黑白黃三州，以及碧州。

「……碧州或許有點難說。不管是下令將援助紅州的物資全部轉向碧州，或是當初搭建南栴檀穀倉的先見之明，全都出自旺季大人的主意……」

劉輝想起歐陽玉，低下了頭。

對歐陽玉而言，都是因為劉輝的怠惰才會令故鄉碧州幾乎半毀，再加上那場朝議上劉輝幾乎完全沒有開口，全部交給悠舜與旺季去應對。雖然派出了左羽林軍前往支援，但那也是由孫陵王先提出的。

歐陽玉的冷嘲熱諷與不遜的眼神，劉輝至今都還記得一清二楚。就算今後他不與旺季結盟，但也不會從碧州回來了吧——當時，劉輝心中就有這樣的預感。那就是當歐陽玉數次正面表達憤怒時，劉輝卻連一句話都無法回應的代價。

「再說，春天之前恐怕還看不出碧州是否能夠復興。慧茄大人也不在了……當前歐陽玉光是要處理州政就會忙得不可開交了吧。對我們這邊的事，他剛好可以用受災地為藉口視而不見。反而是他若真參與這場政治鬥爭，一定會激怒州民。碧州州民本來就有那麼點文人氣息，喜歡對藝術、思想、哲學等議題展開辯論，要是一個不小心惹火他們，就不可能善罷甘休了。這一點歐陽玉一定也很清楚，所以不管發生什麼事，在局勢安定下來之前，他絕對會採取靜觀其變的態度，將重心放在碧州復興的內政上。也幸好接任慧茄大人位置的，是歐陽玉這樣的無黨派官員。下得出這著棋，真不愧是悠舜。」

靜蘭露出懊悔的表情。悠舜早在棋盤四個角落佈下棋子，棋局越走，越能看出這幾步棋的效果。

「問題就是剩下的北方三州了。」

靜蘭低聲這麼說。北方三州，分別由精於戰爭與精通商業的三家統治之地。

「若說誰能先取得這三州誰就能獲勝，恐怕也不為過吧。」

包括曾是楸瑛上司的黑燿世與白雷炎大將軍在內，許多戰功彪炳的名將都來自黑白兩州。黑白兩州不乏武門名家，而黑家與白家則統率了這許多驍勇善戰的武家。此外，領地與北方二州相連，位於經濟要衝的黃州則培育出許多軍火商人，一手掌握了戰時需要的資金、武器與情報。

志美本是士兵出身，對北方三州人民的性格也相當熟悉。

「若是惹火北方兩州絕對不會有好下場。尤其是他們對食糧的怨念之深，毫無商量餘地。這可不是開玩笑，在長期農作不足的北方，食糧問題就等於是死活問題。你說是嗎？紅州宗主大人。」

「是啊。大業年間不知道發生過多少次，黑白兩州南下侵略紅州，大肆搶奪食糧的事件。對地處嚴寒的北方二州而言，既然州內糧食不足，為了生存下去就只有從他州搶奪這個辦法。所以紅州商隊一直以來都定期提供北方二州食糧……然而，前陣子紅家的經濟封鎖，造成今年冬天對北方二州無論是食糧或燃料的供給完全中斷……蝗災前的經濟封鎖，是紅州的一大失策。」

「北方兩州人民一怒之下，必然怪罪於無法控制紅家的國王。崇尚武術的黑白兩州人民，對於戩華王這樣武功顯赫的國王向來樂於追隨，相反的……卻最瞧不起怠惰軟弱的國王。」

志美說著，伸出手指彈了彈地圖上的北方二州。

「蝗災後，紅州雖然恢復了與北方二州的交流，也重新提供食糧與燃料的輸送，前陣子才剛派出最後一支商隊……但是由於蝗災的緣故，只能提供往年的一半。而且這並不是陛下的功勞，必須歸功於旺季大人的努力。我和荀彧無論是對碧州提出的支援要求，或是對黑白兩州派出的使者，都視而不見且將食糧藏匿起來了。只要擅長掌握情報的黃州有所動作的話……這些事想必他們也都已經知情。」

對志美和荀彧而言，當時根本不知道有南柟檀的事，考量到就算下令提供輸送援助也只會被蝗蟲途中啃蝕。

但紅州的這些考量，北方二州根本無從得知。

「看來，陛下、紅州與紅家是一起激怒了黑白兩家啊……」

「而精明的黃家，一定會選擇投靠有勝算的一方吧。只要發現苗頭不對，他們跑得可快了。」

靜蘭皺緊了眉頭。在和蘇芳一起找來的議事錄中，黃奇人發言的次數也是越來越少。就算察覺了本家的動向，光憑奇人也無法阻止黃家宗主。

「現任黃家宗主……有謠言說他為了當上宗主，在大業年間毒殺了大幅減少家產的上任宗主，是個冷酷無情的人。」

劉輝曾在朝賀時見過黃家宗主。那個男人有著一雙銳利的眼神，神情之中也隱約看得出幾許歷經戰禍的風霜，然而一笑起來，卻又散發開朗雍容的氣息。不過，邵可馬上同意靜蘭的話。

「沒錯。大業年間的他雖還只是個少年，卻已經背著武器以『軍火販子』與『情報頭子』之姿行走各地。當今黃家的財產幾乎都是由他幾個兄弟在戰爭中賺來的暴利所累積。他們很懂如何發戰爭財，也很明白如何運用人員、情報、物資和武器，提供特殊需求以累積財富。我聽說他們曾活躍於當年的貴陽完全攻防戰中。」

貴陽完全攻防戰。一聽見這場戰役的名字，劉輝馬上反射性的望向邵可。那是一場父親與旺季的對峙之戰。

「哎呀，真令人懷念的名字啊。人家也參加了這場最後的戰役呢，隸屬於旺季將軍麾下唷。」

「……是這樣的嗎？」

邵可大吃一驚。就連邵可都只有耳聞而未曾親眼目睹的那場戰役，志美竟然親身參與過。而且還不是隸屬於勝者戩華麾下，而是屬於敗者旺季手下的軍隊，這樣的人是非常稀有的。因為在那場最後的戰役之中，大多數的貴族和官員都對人民見死不救，紛紛逃離貴陽城投降了，留在旺季身邊的只有僅存的一小撮人馬。

「也不是啦……本來只是去幫忙煮飯，卻不小心跑到招募士兵的地方，莫名其妙就加入了……一看到雙方相差十倍以上的軍力，我還心想這是霸凌吧？當時真的以為自己死定了呢……人家能活到現在，只能說是超級大奇蹟了呀。黑家的人看到站在旺季將軍身邊的孫將軍時都很驚訝，無法理解為什麼他會站在那一邊，而孫將軍卻只是大喊『你們搞錯人啦！我只是一般百姓啊！』。」

聽起來和現在的孫陵王沒什麼不同嘛。楸瑛摸著下巴心想。

「關於當時的事，司馬龍那個老頭也問了人家好幾次呢。那真的是一場死戰……上上一代國王賜給旺季大人紫戰袍，擺明就是賜死之意。換句話說，就是叫他代替自己赴戰場送死的意思……然而戩華就是不願在戰場上殺死那兩人，好幾次都派來招降的使者，但他們也是鐵了心的決不答應。所以，明明軍力相差了十倍以上，那場戰役竟然會僵持了那麼久，當時真是打從心底怕了啊。」

「不過啊，那支軍隊本來就是敢死隊。除了我這個例外份子，其他人都對旺季將軍誓言效忠，懷著必死決心上戰場的。而且，只要好好服從軍令，總是能殺出一條血路保住小命。就這樣不斷突破重圍浴血奮戰，腦袋都一片混亂了，回過神來才發現對方已經退兵……我也就這樣活了下來……明明相差了十倍以上的軍力，竟然還能僵持半天之久，同袍也有一半還活著。本來以為會全軍覆沒的呀……我雖然曾數度從軍，但只有在那場戰役之中，最初也是最後認為自己絕對不會死……」

司馬龍曾對楸瑛說過，能讓士兵有信心不會死在戰場上的大將，包括戩華王在內，真的為數不多。

就連他自己都必須在條件齊全的情況下才辦得到。

「你們或許都以為旺季是個文官，其實他和孫陵王兩人，可都是還活在當今世上的少數名將呢。」

劉輝平靜地問楸瑛：

「……那最後，那場戰役的結果呢？」

「慘敗。不過，對於貴陽攻防戰之前逃離貴陽的官員與貴族，戩華王全都加以處刑，不留一個活口，卻反而下令恩赦旺季大人、陵王大人以及他們當時率領的所有士兵。儘管朝廷裡的文官都主張留下他們必有後患……而現在……」

楸瑛只說到這裡便含糊其詞，不再繼續說下去。靜蘭也憤憤不平的瞪著雙眼。

沒錯——現在的情形正是當時所引來的後患。立場完全對調了。

「當戩華皇子最後攻進貴陽後，也將上上一代國王處刑了……是嗎？」

「咦，是這樣的嗎？謠傳不是當戩華殺進後宮時，上上代國王已經被勒死了嗎？據說是最後留在他身邊的寵妃下的手，用絹帕絞殺了丈夫之後，自己就行蹤不明了。真是個可怕的女人。」

楸瑛驚訝得目瞪口呆。這些事他完全沒聽說過。

「竟然還有這種謠傳嗎？不，可是劉州牧！你口中的最後寵妃，我沒記錯的話，應該是邵可大人的大姑婆吧！」

「是這樣的嗎？那個人稱絕世妖姬的百合妃……竟然是紅家的女人嗎？不過，我聽說的也只是毫無事實根據的謠傳就是了啦。」

邵可瞇起眼睛聽著他們的交談。大姑婆玉環在貴陽攻防戰中，確實是一個人逃回了紅州。然而關於這件事大姑婆日後絕口不提，邵可對詳細情形也就不得而知。當時究竟發生了什麼，知道事實真相的，或許只有戩華王與霄太師兩個人了吧。邵可回到原先的話題：

「換句話說，經歷過那場戰役的黃家宗主，很了解掌握情報的重要性。」

奇怪的是，直到現在，黃家都保持著近乎可怕的沉默，尚未採取任何行動。如果解釋為他們在事前就已取得情報，且早已「完成布局」，那麼就說得通了。

「下棋時，必須盡快將最重要的三大棋子拿下……至今總能預測局勢搶先行動的『對手』，不可能還沒與這三家接觸……」

靜蘭焦慮地皺著眉頭。

「老爺，關於這件事我也有些想法。根據我和絳攸大人的推測，春天時贗品、偽幣與鹽的事件中，那一筆消失的龐大黑錢，如今尚未流通於市面。而這筆金錢在與黃家的某種契約之下，應已由黃家安排轉出並安置於某處。目的是作為對方與黃家之間某種交易的擔保。」

那筆消失的黑錢金額之高，就算是身為藍家少爺的楸瑛都覺得很驚人。藍州的鹽與紅州的鐵炭，可說擁有與等量黃金，甚至是比黃金更高的價值。尤其是在戰時，鹽鐵的價值更是無可計量。只要拿消失的大量鹽鐵中的部分去換錢，轉眼就能獲得一筆莫大的資金。

「原來如此，算是事先支付的頭期款吧……戰爭需要花費大筆金錢，而這種黑錢最麻煩的就是找藏匿場所，最傷腦筋的就是事後如何洗錢。可是只要交給商都黃州的黃家人……就可能辦得到。」

燕青盯著靜蘭與楸瑛猛瞧。沒想到他們光憑手上那些情報就能推測到這個地步。就連秀麗都還沒想到北方三家那邊去呢。

「對了，這麼說來還有那件事。邵可大人，您已經調查過紅家失蹤技術人員的事了嗎？」

「是。鐵炭姑且不提，紅家那些失蹤的技術人員……似乎是自願跟對方走的。尤其是年輕一輩的技術人員，大概是對紅家私藏製鐵技術的事懷有很多不滿，因此一旦出現能開出更好條件、讓自己充分發揮知識與技術的人——他們就自願跟著對方離開了……」

邵可說著，臉色也沉了下來。或許這也是無可奈何的事，製鐵技術是不可能永遠私藏的。紅家特殊的製鐵技術，能在戰時大量而低廉地生產出更多武器。要是這種技術傳入他州，全國各州都獲得相同技術之後，將會更容易引起戰爭。更多武器流通，更多人死亡，戰況如同陷入泥沼。更糟的是，這樣就無法守護紅州。因此，歷代紅家都在軍師姬家的提醒下，嚴守製鐵技術不外傳的規定。沒想到太平日子過久了，這種危機意識也變得淡薄許多。

「一直到幾十年前，為了防止紅家的製鐵技術人員洩漏機密，在保證他們生活無虞的條件交換下，為了防止他們說出祕密而割去了他們的舌頭……但後來進入太平盛世，也就廢止這種做法了。」

後來培育的年輕一輩技術人員，想必是對無法大顯身手的生活感到忍無可忍了吧。邵可並沒說出

「早知道就不廢止那種做法了」的話，這件事讓劉輝鬆了一口氣。

「可是，紅家仍然尚未追查出鐵炭被運往何處。燕青，你那邊調查的結果如何？」

燕青微微一笑。楸瑛也終於想起這件事了。

「我是沒有看見，不過小璃櫻和小姐似乎看見了喔。」

「秀麗和……璃櫻？……難道他們是去了縹家嗎？」

「不，可以排除這個可能性。稍早前，當我們調查某『通路』的方陣時，只有小姐和小璃櫻被『通路』傳送了出去。他們說是在通路另一端看見的。我和藍將軍雖然也曾短暫進入那座山……但發生了各種事，救了小姐她們之後又立刻折返，結果連那裡到底是哪裡都不知道就回來了。是吧，藍將軍？」

「……感覺像是好久以前發生的事了，不過燕青這麼一說，我也想起來了，就是追查狐狸臉男那時候吧……」

就在這個時候，楸瑛突然覺得有什麼線索連接上了。和劉輝說話時感覺到的某種違和感，這些似乎都串連起來了，但是又還未完全釐清。

「只聽小姐說，那裡似乎是紫州某個不為人知的深山隱村。唉，要是當時我和藍將軍能多點時間在山裡繞繞，說不定就能掌握它的地理位置了……」

只是當時，燕青的第一要務是消滅蝗災，所以只來得及先聽秀麗說個大概，心想詳細情形之後再問就成了，怎想得到秀麗日後竟會沉睡棺中呢。

「前不久，我又再次前往勘查那個『通路』，不過想當然耳，『通路』已經阻塞，現在是打不開的。」

「唔，這麼說來還是不知道那裡是哪裡……」

楸瑛抓著頭苦惱著，邵可卻低喃道：

「……馬上就能知道了。」

「咦？邵可大人，此話怎講？」

「只要能夠確定是在紫州的某個深山中，就能過濾出確切的地點。只要找出今年冬天有哪座山是鎮日冒煙，又位於乾淨河川上游的話，就八九不離十了。因為光靠外流的鐵炭數量一定不夠，所以他們必然會找尋一處可存放鐵炭，又有河川流過的地方。也有可能是座鐵礦山。而且還會是眾多支流匯集，方便大量運輸的山。那裡，就是我們要找的地方了。」

空氣突然變得冷冽。劉輝喃喃說道：

「……趁這個冬天大量鑄造武器是嗎？為了在春天來臨前，能夠派上用場……」

正如大批軍馬、武官、朝臣正陸陸續續進入紅州投效劉輝一般，對方的情況必然相去不遠。無論劉輝當初是為了什麼目的離開貴陽，這件事對周遭的人而言，就只會是那個意思。孫陵王說的沒錯。圍繞著自己的世界已經開始轉動，並且是急速地。

「是的，劉輝陛下。那些消失的黑錢也好，鹽、鐵也罷，都是為了戰爭所做的準備。官位的奪取也是。旺季大人原本或許是想不動一兵一卒達成目的，但事到如今，他一定也會做好萬全的準備來應戰——他可沒那麼天真。」

「……劉州牧，旺季現在怎麼樣了？」

「由於陛下和悠舜都不在貴陽，旺季已正式接替兩位成為宰相。三省長官的位階本就等同於宰相，因此他這麼做並不算擅自提高自己的位階。同時，這也是通過朝臣多數表決贊成的結果。霄太師的推薦是決定性的關鍵。」

邵可、靜蘭和楸瑛心中同時咒罵著「那個死老頭……」。這個霄太師還真是毫不留情。

「總之，朝廷的確需要代理人。這樣的處置也很妥當。現在旺季似乎也職掌了全國受災地的復興總指揮。因為貴陽頻頻傳出地震災情，與其把力氣花在和朝廷裡擁王派的政治鬥爭上，他選擇了及早調度兵馬救災，也因此第一時間掌握了民心，真不愧是旺季哪……我剛才雖然說是一分為二，事實上，進入紅州的官員人數比預期的要少上許多啊。」

官員們都還在觀望，準備到最後一刻才選擇投靠有勝算的一方。尤其是那些如牆頭草搖擺不定的新興知識份子國試派，更是明顯表現出這種態度。對他們而言，誰是國王根本不重要。靜蘭不免咬緊了牙根。

「國王能回去的地方，正一點一滴地被削減……旺季大人做事果然毫無破綻……」

「……不對。」

劉輝輕輕吐出這句話。不對，旺季並不是為了政治鬥爭。

他有一個想要親眼目睹的理想世界。那天晚上，他最後是這麼說的。說他有著非去實現的目標。為了這個目標，只能默默去做該做的事。旺季眼中根本沒有劉輝。

他眼中看見的，只有未來而已。

劉輝靜靜閉上眼睛。孫陵王曾質問自己，是否有能耐超越旺季。

那一定就是全部的答案。

「該做的事，只能去做了。尤其是說服北方三州的任務，可以的話，孤想親自去……」

「我很明白您的心情，但這麼做是行不通的。如此一來，您如果不是被中途埋伏的旺季軍隊或暗殺部隊暗算，就是被強制帶回王都。現在四處都有不少的巡邏隊，你自己也看見了吧？」

被靜蘭和楸瑛這麼怒斥，劉輝也只能苦笑著垂下肩膀。

「孤明白了。不過，無論如何，至少得阻止北方三家的介入才行。」

志美和邵可露出為難的表情，面面相覷。之後，才由邵可開了口：

「……剛才劉州牧已經說了，前陣子出發的，已經是最後一支商隊……不是嗎？」

劉輝一驚。難道說──

「……道路已經……？」

「……是的。就連過去那些扛著行囊前往內陸行商的紅家與全商連商人，在半個月之前，就已經放棄前往了。沒有把握能活著抵達北方。距離那時已經又過了半個月，而且今年雪下得比往年都要多……頂多能抵達黃州，但要平安無事跋涉到黑白兩州，成功的可能性大約只有兩成……」

「對了，邵可大人，那縹家的『通路』呢？拜託珠翠小姐的話……」

「縹家不會答應的吧。沒有特殊重要的原因，通路是不可能用來運送一般人的。縹家必須遵守政治上的中立原則，只有援助救災、協助監察調查等原因才有可能開放，涉及政治鬥爭的話，他們是不能偏向任何一方。上次你和秀麗之所以能使用通路，是因為被視為以救災為目的。這次卻不同。就算當今大巫女是珠翠，就算是陛下的敕命，縹家都不會答應的……因為他們很清楚，瑠花就是這樣失敗的。」

過去瑠花不惜破壞中立原則，陷入與戩華王的政治鬥爭，成為令縹家失勢的主因。

「……這孤明白。也認為這樣無妨。所以才讓縹家和珠翠擔負起其他任務。」

劉輝笑了。那樣的微笑令邵可為之驚訝。不再是無奈的微笑，他的話聽起來也有著某種胸有成竹的自信。對靜蘭而言，中立就像是「逃避」的同義語，只會令他感到不耐，不知道還能對縹家有什麼期待。楸瑛和燕青也同樣這麼想。只有志美聳聳肩說：

「如果真想派人去的話，那麼就要趁現在，而且得盡量選擇危險難行的路徑，只派少數人出發。而且得先做好這趟任務的存活率極低的覺悟。更別說就常理判斷，距離這麼遠，根本會來不及吧。得長途跋涉國土的三分之一，周遊三州展開遊說交涉。那裡現在可是下著大雪的地帶唷。要在三個月內，接連前往黑、白、黃三州，就連軍隊的強行軍都未必辦得到……等等，難道那好吃懶做的閭老頭這次出山，就是為了這個……」

聽了最後這句話，令邵可整個人彈跳起來，轉而望著志美。

「不會吧？閭老頭確實是黃門一族，也當過巡行全國的監察官，沒有什麼旅途是他不熟悉的。還有……他的確對絳攸說了『修行之旅』吧？」

「……看來，他是認真的。仔細想想，若要從這群人中選出前往阻止三州的說客，身為文官的李絳攸確實是最恰當的人選。」

劉輝與靜蘭，楸瑛和燕青都不約而同的瞪大了眼睛。接著紛紛驚愕的喊叫了起來。

「咦咦咦咦？要讓絳攸去嗎？絕對不可能的吧？他可能永遠都回不來了耶？」

「對啊！應該說他一離開紅州就會遭難，然後永遠在紅州附近團團轉吧？」

「……唔，李侍郎……不管是在朝廷裡、睡夢中還是整個人生，他總是在迷路啊……」

燕青這不經意的一句話，倒是一針見血。

「要是這輩子再也見不到他的話，孤可是會哭的啊。閭官員應該不知道那傢伙是個路癡吧？」

「不，他應該是知道的唷。來東坡之前，想必閭老頭已經事先搜齊了所有人的情報……劉輝陛下，如果真要派誰去的話，絳攸是最適合的。他是一位優秀的文官，只要不在黎深身邊就沒什麼問題。相反的，如果派出靜蘭，那麼他可能會因為瞧不起人的態度而激怒對方；如果派出燕青大人或楸瑛大人的話，恐怕會在黃家被騙走所有財產，到了黑家和白家又忙著比武，直到冬天結束，恐怕正事都還沒開始辦吧？」

原來邵可才是一針見血的人啊。靜蘭、燕青和楸瑛三人狼狽的這麼想。真不愧是秀麗她爹。

「當然，絳攸大人一個人行動也會有困難。所以閭官員才打算助一臂之力隨同前往吧。現在閭官員可能已經對絳攸大人說明完畢，正準備整裝出發了。因為時間寶貴，他才會先留下絳攸大人。」

「的確，若是有閭老頭一起的話……成功率會上升……不過，弱不禁風的文官和退休在即的老頭，這樣的二人組萬一被敵軍發現可就完蛋了啊。不管是體力或生命力都很欠缺哪……再說這麼長的距離卻要在這麼短的期間往返，是不是能成功都還是未知數……」

看到邵可嚴肅的表情，劉輝仰頭望天。

「劉輝陛下，如果你真的認為有必要派人前往北方三州進行遊說，就得盡早徵詢絳攸大人和閭官員的意願才行。這是最可行的方法了。如果沒有那個必要，就該讓他們留下來，去做其他更重要的事。我們的時間有限，而且無論是順利抵達三州的可能性，或是遊說交涉成功的可能性都非常低。白跑一趟的可能性很高……更別說會讓他們兩位有生命的危險。」

如果真的認為有這個必要的話。在場所有人的目光都集中到劉輝身上。

劉輝閉上眼睛後，堅定地點點頭說：

「……孤決定正式徵詢他們兩位的意願。希望絳攸和閭官員能夠前往。即使危險，即使可能性很低，只要還有希望就該試試。否則等冬天一過，要是北方三家在雪融之後一起南下……中央的情勢將會惡化。就算不能完全勸阻他們南下，至少也要拖延南下的時間。」

這是第一次，聽見劉輝公開做出發自鄉愿之外的選擇。

看著這樣的劉輝，邵可不禁面露微笑。

「遵旨。那麼，就這麼辦……接下來的幾天，他們兩位或許會直接著旅裝到江青寺來拜會陛下。既然要出發，當然是越早越好。如果是我，會選擇穿過蒼梧原野，越過紅山邊界地帶山區，朝北方前進的路線。紅州的山應該還不至於無法越過吧。」

志美用難以置信的眼神望著邵可。靜蘭和楸瑛的表情也都差不多。什麼叫做「不至於無法越過」啊……

「確實，如果是武官的話，或許還勉強有辦法越過，但叫一個糟老頭和自己的路癡姪兒去爬這段大雪山行程，這是修行路線還是自殺路線啊？紅州現在還是冬天呢！你是惡魔啊？」

「欸？話不是這麼說，如果不選這種出人意表的路線，對手也會輕易發現的啊。」

邵可邊用咳嗽掩飾笑意，手指邊指著地圖上的北方三州。

「……這三州，只能交給他們兩人了……劉輝陛下，還有什麼要交待的？」

「希望能盡早救出藍州的姜文仲。如此一來，藍州有他職掌就能安心了。這個任務適合交給監察御史……但派燕青前往的話，未免浪費了燕青的機動力。孤希望燕青盡可能不要離開中央太遠，一有事能馬上回來支援才好。」

楸瑛看著藍州地圖點頭。

「是呀，以地理位置來看，紅藍雖是相鄰的兩州，但中間卻有龍頭山脈橫亙嘛……這種高度的山脈是不可能在短時間內橫越的，您說是不是呀？邵可大人。龍頭山脈對我們雙方都是別有意義的吧。」

「萬一龍頭山脈再低矮一些，紅藍兩州恐怕整年都會有起不完的衝突，雙方消耗戰力的結果，就是攜手邁向衰敗，更別說維持今天紅藍兩家望族的地位了。呵呵，楸瑛大人最近挺愛找我抬槓呢，怎麼了嗎？」

志美在一旁小聲叨念著：「你們紅藍兩州的關係還真是恐怖，好討厭呀。」

「不過的確，要從紅州前往藍州，不管是走哪條路線都是費時又麻煩的。就算以燕青的身手，萬一這邊出了什麼事，恐怕也無法即時趕回。如此一來，等於是浪費了重要的戰力。」

被邵可這麼一說，燕青馬上露出得意的表情，靜蘭則是一臉不滿。

「啊！不然讓呆呆去吧？他和我不一樣，是正式的監察御史。」

呆呆啊……這場「拯救藍州州牧大作戰」，就憑呆呆能發揮什麼作用嗎？這種失禮的話，靜蘭和楸瑛雖然沒有真正說出口，但也都寫在臉上了。

劉輝歪著頭想了想。

「還有呆呆呀！這主意不錯……不過，有誰和他取得聯繫了嗎？向葵皇毅提出報告之後，他都在做些什麼？」

「他似乎找了些事自行展開行動喔。我這邊是隨時能聯繫得到他，怎麼樣，要不要找他呢？再說，陛下您現在手中能做為棋子動用的監察御史，就只有小姐、呆呆和我，這三個不怎麼樣的選擇了呀。」

還真是很不怎麼樣。終於體會到手中握有陸清雅、葵皇毅等優秀棋子的旺季是多麼佔優勢，劉輝不由得深深羨慕了起來。不知道能不能借個陸清雅來用用呢……

「唔……那，就讓靜蘭和楸瑛擔任呆呆的護衛吧……」

話才說出口，被指名的兩人就異口同聲的憤慨起來：

「劉——陛下！為什麼派燕青這個肌肉男出去就是浪費戰力，派我就一點都不可惜啊！」

「等一下，靜蘭，你說錯了吧，幹嘛撇下我啊，是『我們』吧？就是啊，陛下！你太過分了啦！」

「嗯……嗯、沒錯！太可惜了喔！」

一旁的邵可和燕青幾乎都要聽見劉輝心裡嘀咕著「這兩個傢伙真是有夠麻煩」了。

「陛下，不如試著問問呆呆，是否願意一個人出發吧？或許會意外的有意思喔。」

「燕青，你說什麼？」

「呆呆他雖然總認為自己又笨又沒用，成不了什麼大事，但就我看來，那正是呆呆的過人之處。他擁有足以補足缺陷的其他能力。否則葵長官也不會讓他升官吧？那麼重視實力的葵長官，有可能會讓自己認為無用的人升上來擔任擁有獨立權限的監察御史嗎？不能用就會說不能用。我倒是認為可以試著問問呆呆的意願。再說，畢竟呆呆是一直從旁看著小姐做事的人。」

劉輝望向燕青。實際上就劉輝所知。葵皇毅的直屬部下也就只有陸清雅、紅秀麗和榛蘇芳。就連燕青都還只是個監察裏行，沒有往上升格。劉輝決定相信了，相信燕青也相信葵皇毅的眼光。

「……明白了，燕青。孤會擬妥書狀，之後由你送去，可以嗎？」

「了解！」

「最後就是關於鐵炭的下落了。希望能找出炭場和鑄造廠所在的那座山。照邵可這麼說，技術人員回來的可能性確實很小……但至少要將武器和技術外流防堵在最小範圍內。如果能搶回技術人員的話，就要拜託你們了。徹底調查紫州河山，分頭尋找找出可能的地點吧。」

靜蘭和楸瑛應答後，邵可依然凝視著劉輝。

「……應該還有什麼事吧？劉輝陛下。」

「……是。」

冬至就要到了。一看室外，天色已經完全變暗。看不到前方的世界。劉輝內心如此低語。

「這是孤的預測，不過或許年後馬上就會收到旺季給孤的親筆信吧。」

誰也沒開口，只等著劉輝往下說。發現這也是過去不曾有過的事，劉輝笑了。

「……他應該會提出會談的要求。」

琴音，從遙遠的記憶深處流洩而出，彷彿告知一場夢即將結束。

劉輝低頭望著手中的「莫邪」。耳邊響起那有如犀利的「莫邪」聲音。

——到時候，讓我們面對面再次相會吧。

在旺季前往紅州整治蝗災之前，最後一次見面的那個夜晚，劉輝已經察覺到下次再見時，彼此的一切都將改變。而不管那是什麼樣的改變，到那時候，勢必面臨某種結束——

見了旺季會說些什麼，老實說現在的劉輝還不知道。只覺得想說的話和非說不可的話都太多了。像是入冬後結冰的水，在今年的冬天，劉輝的心也漸漸變得冷硬，直到雪融時才會隨之融化。雖然不知道當融化之後最後會剩下什麼，但劉輝覺得，自己應該會帶著那個去和旺季相會。

一對一，面對面。劉輝緩緩環顧周遭的每個人，最後將目光落在棺木裡的秀麗身上。

劉輝微笑著。那是連一直看著劉輝的邵可都會為之動容，至今未曾見過的鮮明微笑。

「到那時候，希望你們能答應孤的請求。不管那是什麼樣的請求。」

劉輝沒有等待眾人的回答。

因為那只是以請求為名的，國王的命令。

●　●　●

——數日後。當天晚上，夜半時分，開始沙沙地下起了雨。

在江青寺裡，讀著書簡的劉輝聽見雨水打上屋簷的聲音，抬起了目光。

此時，正好房門靜靜的被打開了。接著是一陣熟悉的腳步聲。

「覺得怎麼樣？紅州的冬天。」

「……不是下雪而是下雨呢。如果是在貴陽，這個季節早就開始積雪了。」

「紅州偶爾也會下雪的。只是這裡地處原野，只要氣溫稍微高一點，雪就會變成雨了。」

腳步聲通過劉輝身邊，停在秀麗所躺的棺木前。雨水從那人身上的旅裝不斷滴落，這似乎令他有些在意，略帶猶豫地從與棺木隔一段距離的地方望著裡面的秀麗。

劉輝微笑著。眼前的光景這幾天來看得多了。許多人來到這裡看看秀麗，然後又離去。

將手上的書簡放在一旁，劉輝靜靜地低下頭。

「絳攸……拜託你了。」

「交給我吧。」

身著旅裝的絳攸回頭，安靜地微笑了。接著又馬上沮喪地垂下肩膀。

「……比起下雪和危險山路，最糟糕的是要跟那闇老頭一起上路啊。」

「……嗯……孤明白……這一點真的對你很抱歉……」

這幾天闇官員給劉輝回了信，表示不需護衛，只要和絳攸兩個人前往。理由是帶了護衛不但會增加被敵人發現的危險性，一旦發生正面衝突就完蛋了，對方根本不會相信此行的目的只是前往交涉。可是反過來說，如果只有絳攸和閭官員兩人，被發現的機率雖會減低，但無人護衛，旅途本身的危險度則會提高。

即使如此，絳攸也同意閭官員的說法。

絳攸並未換下身上的旅裝。明明才剛抵達江青寺，他卻沒有安排片刻歇息，隨即馬不停蹄的就要出發。現在已經沒有任何時間可以耽擱了。

劉輝想笑一下，卻失敗了。

「……你一定要活著回來。」

「笨蛋，說什麼廢話呢，太不吉利了……我也不能再說什麼自己是路癡了……前往各州遊說，這確實是令人嚮往的高階文官工作。這次就讓我好好接受閭官員的訓練吧。他雖然是個不好相處的人，和楊修大人又是不同類型……不過也是個非常有意思又厲害的人。」

劉輝感到驚訝。雖然裝作若無其事的聽著，但這或許是第一次從絳攸口中聽見他承認自己是個路癡。然而這樣的他，卻不可思議的比從前更令人感到可靠，也更讓人欣賞。包括那些缺點在內，絳攸就是絳攸。而劉輝更喜歡這樣的他了。

絳攸沉默了一會兒。那種沉默表示他正在猶豫著什麼。最後他抬起頭，看著劉輝，大嘆了一口氣。用力閉上眼睛，最後下定決心似的雙手抱胸說道：

「……聽我說，陛下。旺季大人出發整治蝗災之前，我曾去見了悠舜大人一面。」

悠舜。聽見這個名字，劉輝猛地抬頭望著絳攸。

在燭台光影昏黃，安靜得只聞雨聲的房內，絳攸走近劉輝身邊。

「老實說，我到現在還是無法判斷他到底是友是敵。和靜蘭不同，雖然我有些想法……但不會說出口。只有在這件事情上，我不希望自己的意見影響了你的判斷。」

絳攸伸手朝懷中摸索，不知道在找尋什麼。最後拿出一個巴掌大的紫色小布包。

「當時，悠舜大人給了我這個。他說——要我交給你。」

「……交給孤？」

「……他是這麼對我說的。『這個東西要不要交給國王，要不要打開，都由你和國王自行判斷。就算你的決定是不交給他，那也無妨』。」

悠舜這麼說，帶著那一如往常的溫柔微笑。當時絳攸第一次感受到悠舜那樣的微笑，對內心迷惘的人而言有多麼難以理解，有多麼高深莫測。明明就毫無根據，但他說的每一句話、每一個字卻都令人不得不起疑心。只不過是站在他面前，絳攸就覺得自己頭暈目眩，被耍得團團轉。

「……我沒打開看過。只是一直思考著到底要不要交給你。」

劉輝離開貴陽前，離開時，以及離開後。絳攸都一直將布包放在懷裡，不斷思索，不斷猶豫。

「前往北方之前若沒有交給你，就不給了。剛才我看到你的表情，做出了決定。決定交給你。最後該怎麼做應是由你決定，而不是我……抱歉，我說了不負責任的話。」

「……不，沒關係，你說得對。」

「……他還交待我，『交給國王之後告訴他，無法決定時再打開』。」

「嗯？是指無法決定什麼的時候啊？不是孤自豪，孤經常都處於無法決定的狀態啊？」

「你是笨蛋嗎？這種事不用說得那麼得意！雖然我也不知道他指什麼……」

絳攸猶豫了一下，終於將布包放進劉輝手中。

「……我不知道他寫了些什麼。事到如今，裡面並非沒有謊言或是設下陷阱的可能。可是就算看了，憑我也一定分辨不出那究竟是真實還是虛偽。因為不想陷入迷惘，所以我無法打開來看。」

簡直像是出現在童話故事中的布包嘛。

獲贈的箱子，到底該不該打開。打開了又該怎麼辦。

絳攸只知道要是自己打開了它，不管裡面裝著什麼，一定都會讓自己陷入迷惘。而且如此一來，當自己將布包交給國王時，必然也會表達自己的意見，對國王造成影響。那和到目前為止犯下的過錯就沒有兩樣了。因此，就算只要輕輕一拉就能打開布包上的結，絳攸卻怎麼也無法伸出手。

現在自己的能力和悠舜相差太遠，貿然介入也只會落得被他利用的下場而已。

「要不要打開，由你自己決定。」

絳攸最後再次望了布包一眼後，拍拍外套的衣角。

「……那麼，我差不多該走了。」

看一眼劉輝，絳攸苦笑了。他現在的表情，就像隻垂著尾巴的可憐小狗。

絳攸伸出手，摸摸劉輝的頭，搔亂他的頭髮。至今為止，絳攸對劉輝雖然經常放聲大罵，但這還是第一次，用這麼直接的動作跨越界線觸碰他。

「……我會找時間寄信的。還有，剛才那句話我原原本本還給你。」

「咦？」

「在我回來之前，你一定要好好活下去。不想聽你回答，不用說了。」

說完，絳攸就沒好氣的轉身離開了。

風變大了，颳得樹枝發出刷刷聲，和雨聲交織在一起，令劉輝回過神來。

燭台的蠟燭只比剛才短了一些，一切都像是一場夢。

然而掌心裡確實躺著一個柔軟的紫色布包。

就像提醒著這不是一場夢，絳攸也確實來過又走了。

劉輝低頭望著手中的布包。

（這是悠舜他……交給絳攸的……）

忽然吹過一陣奇異的風，吹動燭光搖曳，在紫色布包上投下一道陰影。

緊握布包，裡面似乎有著某種異物。布包口只打著簡單的蝴蝶結，想拿出裡面的東西輕而易舉。

然而就像絳攸無法動手打開，現在的劉輝也還辦不到。

對劉輝而言，悠舜這個總能洞察先機的宰相，簡直像神仙一樣萬能。當他和絳攸見面時，眼中究竟洞悉到怎樣的未來了呢？是和現在相同的，或是……

「……無法決定的時候啊……」

低喃著，劉輝和絳攸一樣，將布包收進懷中。

● ● ● ● ●

……然而在那之後，絳攸沒有捎來一封信。

絳攸和閭官員從離開江青寺後，就忽然消失了行蹤。

至於蘇芳這邊的最後一次聯絡，是提出要皐韓升前往護衛的要求。但也在進入藍州之後，蘇芳與韓升也突然失去了消息。

就這樣，新的一年來臨之後沒有多久。

劉輝收到一封來自朝廷旺季的親筆信。

第七章 擲出前的骰子點數是

回到東坡關塞的楸瑛，煩躁地不斷踱步。

「這下糟了。絳攸和呆呆都失去消息，旺季又一如預測的送來了親筆信。」

藍州州牧姜文仲依然被軟禁著。絳攸毫無聯絡。這一定是發生什麼事了。

「畢竟對方也養了一群類似『風之狼』的殺手，『牢中的鬼魂』……」

連靜蘭的眉頭也不由得因焦慮而擠出好幾道皺紋。他和楸瑛兩人已經將秀麗經手的案件都一一看過了。對方的做法向來是為防範未然而提早痛下毒手。楸瑛自己就曾親眼目睹秀麗及悠舜被狐狸臉男盯上。極有可能這次也是一樣，若說對方已經察覺絳攸與蘇芳的動向而有所行動，那也沒什麼好奇怪的。絳攸和蘇芳一定是遇上什麼意外，否則怎會如同斷了線的風箏一樣頓失消息。

靜蘭睥睨著東坡對面，貴陽的方向。

「還有，來到紅州的官員人數，實在太少了……」

到現在，別說預期人數的一半，連一半的一半都沒有。原本期待的朝廷六部尚書沒有一個人採取行動，表現得越來越像是要追隨旺季。只要半數的六部尚書能反抗旺季，朝廷裡支持國王的勢力便會增加，劉輝也才能順利歸返王都。

從中央朝廷裡的紅姓官員按時回報的書信可知，其實尚書們並非全都對旺季唯唯諾諾，唯命是從。旺季的某些決議也曾遭到他們反對。不過那和劉輝在位時的態度沒什麼兩樣。與其說是反對旺季這個人，不如說只是對政事內容提出反對意見而已。

「劉輝除了『好』之外什麼都不會說。真不知道『好』是什麼意思。要是我，早就把那些人都免職，重新換一批新的官員了！」

「……確實，與其說奇人大人和飛翔大人站在劉輝這邊，不如說他們只是看在悠舜大人的份上才……什麼國試派、貴族派的，這都只是別人口中的分類，他們根本不以為意……」

只是，原本以為應該會是劉輝後盾的六部尚書既然毫無動作，最初反對旺季的聲浪儘管不少，現在卻也成了雷聲大雨點小。機會主義的牆頭草們見風轉舵，開始抓著旺季的袖子不放。無論劉輝何時和旺季會談，為劉輝而前來紅州的官員人數都不可能突然暴增了。

「這樣下去，根本毫無勝算……」

令人焦慮的原因還不只這些。靜蘭想起前往紫州時的事，眉頭皺得更緊了。

「……楸瑛，紫州那座山……還是找不到入口嗎？」

「是啊，皇將軍也派人去找了，一樣無功而返。那座山到底有什麼古怪啊，究竟要從哪裡才進得去？明明每天都能看見從山頭飄起的煙，卻只能眼巴巴的看著，真是叫人不痛快。」

埋藏鐵炭，鑄造武器的山。眾多支流匯集之處，河邊又有可存放鐵炭的土地，一座整天冒煙的山。

為了找出這座山花了一個多月的時間。冬天多霧，天候又多變化，在唯一的一個晴天發現了冒煙的山，只能說是運氣好。

那座山距離貴陽並不遠，村落稀疏，地處偏遠，是一座無名的山。明明山凹深入，佔地又廣，卻不知為何地圖上就是找不到它。

而那座山——正好位於旺季領地的邊境處。

因為位置特殊之故，當接獲找到這座山的報告後，劉輝和靜蘭、楸瑛只挑了不到十名的精兵前往偵查。實際看見那座山時，楸瑛和靜蘭內心都吃了一驚。

劉輝只是靜靜抬頭望著山上裊裊升起的細煙。

……那時也不知道自己身在何處。

不過恐怕沒錯，這座山就是劉輝消失時進入的那座山。

之後眾人花了好幾天調查有關這座山的事。圍繞著山下團團轉了好幾天，無論如何，就是找不到入山的路。即使想溯流而上，也總是像走進死胡同，無法繼續前進。

其中最感到難以理解的，就是當初曾騎馬入山的楸瑛和靜蘭。

「不應該是這樣的啊，我們那時確實曾進入山區吧？因為是跟在夕影後面進去的，絕對有騎馬也進得去的路才對啊！怎麼會找不到呢？」

「當時天黑又下雪，為了追上夕影的確無暇注意周遭景色……但一定在哪裡有路可通啊。我想那一定是一條隱藏通道。」

然而不管怎麼找，就是找不到那條隱藏通道，連一點線索都沒有。楸瑛和靜蘭在那之後又帶人去找了好幾次，至今都毫無成果。只能每天每天眼睜睜看著山頭冒出的煙沒入雲霧之中。

同時，楸瑛腦中盤據已久的一個結也解開了。當初為了前往搭救秀麗與小璃櫻，曾在瞬間進入的那座山。昏暗的夕照之中，記得曾瞥見一個矮小的老人。雖然天色太暗，看不清他的長相，但印象中那個男人只有單眼與獨臂。

秀麗曾經進入的不可思議的山。幫助劉輝的那座山中小屋裡的單眼獨臂老人。兩件事串連起來了。但也僅止於此，沒能發展出進一步的線索。

——毫無進展。不管哪方面都一樣。這使得靜蘭與楸瑛更加焦慮。

「靜蘭，你問過陛下旺季的親筆信裡寫些什麼了嗎？」

「……就和劉輝預測的一樣。等雪停了，就會來見劉輝，進行會談。會談的時間地點，就交給劉輝決定——」

「這是什麼意思。難道說劉輝指定紅州，他也會來嗎？開什麼玩笑。」

「他當然會來啊，應該說求之不得吧。只要帶上多出紅州數倍的軍力，握有玉璽的旺季輕易就能取下紅州。旺季會這麼說，就代表他有信心自己居於完全優勢，否則怎麼可能讓劉輝決定時間地點。」

楸瑛抿著嘴唇沒有說話，只是更焦慮的在房內走來走去。平常總是會嫌他礙眼而出言制止的靜蘭，這時也就隨他去了。

「……那陛下有沒有說，決定什麼時候？」

「……沒有。什麼都沒說。如果是我也無法決定吧。眼前的狀況絲毫不見進展，萬一選錯了日期，只會讓處境變得更糟。或許會談的時間該拖得越晚越好。」

「可是越是拖延，只會讓對方越能摸透我們的實力。朝廷的中立派也會漸漸朝旺季靠攏吧——」

「這種事不用你說我也知道！」

靜蘭的怒吼在房中空虛的迴盪之後，大吼的靜蘭自己先道歉了：

「……抱歉……」

「不，我也有不是……」

要是絳攸在場的話，或許能想出什麼好辦法吧。說不定毫無勝算的讓他前往北方三州這個決定，一開始就是錯誤的。別的不說，光是閭官員這個人是不是真的值得信賴都是個問題了。他畢竟隸屬黃門一族，也從未親口說過要站在劉輝這邊。絳攸之所以音訊全無，該不會是閭官員接受黃家指示，暗中策劃了什麼事的結果吧——

（……不行，不能再想了。）

再想下去，只會越來越陷入負面思考，最後被扯進一個深不見底的泥沼。

然而，就算刻意阻斷思考迴路，回過神時，腦袋又會被各種思緒佔據。

不經意地，腦海突然浮現沉眠於白棺中的秀麗那張臉。

臉上帶著知悉一切的表情，昏昏沉睡的少女。

她還沒醒來，所以還沒關係。楸瑛發現自己不知從何時開始會這麼想。

她還沒醒來，就表示還不到一決勝負的時刻。

對於自己這樣的念頭，楸瑛不禁苦笑起來。不過也因此感覺心裡踏實了點。

前往江青寺，看看那張靜靜沉睡的臉。似乎這麼做就能讓那些黏糊糊、黑漆漆的混亂思考稍微遠離腦袋。現在楸瑛和靜蘭面臨的這些狀況，對她而言一點都不稀奇，因為她「總是」在面對類似的狀況嘛。而她也都能一一克服。

鎮定點，一定還有辦法。楸瑛深呼吸，眼角看見靜蘭正和自己做著一樣的動作。

兩人或許連心裡想的都是一樣的吧。

對旺季親筆信的回覆，絕對是越快越好。最好是這幾天就進行。這一點楸瑛也很清楚。

可是眼前的情勢還如此混沌不明，就像從玩具箱裡取出所有玩具卻散落滿地，這種狀況下，要劉輝怎麼決定出一個日期。如果是自己站在相同的立場，楸瑛除了胡亂決定之外也想不出別的辦法。劉輝手裡的棋子並沒有比楸瑛多，數量就是那麼少。

窗外細雪紛舞。東坡關塞離紫州很近，地勢又位於溪谷之中，雪量比其他地方都來得多。看來即使過完年，這雪也不會停吧。

（繼續下吧。）

楸瑛祈禱著。只要雪繼續下，劉輝就可以盡可能拖延回信的日子了。

……然而，就在這樣想著的楸瑛面前，雪花竟飄沒多久，然後就乾脆地停了。

簡直就像暗示著今後的命運。

劉輝很久不曾在江青寺逗留這麼久了。

雖說劉輝將江青寺當作自己在紅州的據點，但實際上，並非整天都能陪伴在秀麗身邊。甚至因為必須經常往來梧桐與東坡之間，反而很少回到這裡來。不過在這陣子，很難得的能待在這裡比較久。

火缽中，炭火發出劈啪的聲音燃燒著。棺木中的秀麗依然安安靜靜地躺在那裡。不知從什麼時候開始，人們稱這裡為「棺木之室」。邵可和其他人各自在棺木中放入自己最具有意義的物品，劉輝也將一樣親手做的東西放了進去。

劉輝和燕青等人談話的地點經常都是這裡，所以房中一角如今也堆滿了雜亂的文件資料，書桌上散放著書簡與文具，房裡甚至還準備了好幾人份的簡易寢具，以供小睡時使用。

劉輝現在正坐在書桌前，望著桌面上的那封信。從好幾天前，劉輝就一直和這封信大眼瞪小眼。

信上的文字簡潔，毫無贅述，也挑不出任何毛病。

這封信劉輝前前後後讀了四十幾遍了，每次都會讀得出了神。

龍飛鳳舞又充滿威嚴的書法，卻不失流麗與文雅。旺季的字一如他的人。

書桌上排列著邵可為劉輝準備的文房四寶。在朝廷時，只有如即位儀式等重大儀式才會使用的手製澄心堂宣紙，也早就靜靜的壓在紙鎮下許久，只等劉輝下筆。

拿起用慣了的禿筆，筆尖沾了點硯上的墨——今天的動作還是停在這裡。

不知過了多久，劉輝依然寫不出任何一個字。

庭院裡，樹梢的積雪落地發出聲響，驚動了劉輝的筆尖。耳邊傳來夜梟啼鳴的聲音。

——日期和場所。

靜蘭說一定要選一個最好的日子。可是到底怎樣才叫做最好的日子呢。假設能接獲絳攸的消息，確定哪一天能說服北方三家的話，劉輝就能相信絳攸而將日期訂為那一天。又或是如果能知道藍州姜文仲哪一天能從軟禁中獲得解放，就配合那個日子也是個辦法。然而現在——什麼都沒有。

老實說，就眼前的狀況看來，對劉輝而言，會談的日期訂在哪一天根本沒有差別。然而在這麼重要的時刻，總覺得絕對不能毫無根據的隨便決定會談日期。

江青寺的長老給了劉輝一份註明吉日凶日的黃曆，但從裡面也得不到任何靈感。

內心焦躁不安。總有個預感，這個日期將會是自己最重大的一個決定。可是……

「……不行，完全決定不了。」

放下筆，劉輝抱著頭煩惱不已。就在此時，手臂觸碰到懷中某樣堅硬的物品，本想假裝沒注意到，卻怎麼也無法徹底無視。結果只好嘆口氣，從懷中取出那個紫色的小布包。

一次也沒解開過的結，依然牢牢繫在布包上。

收下這個布包後，劉輝好幾次好幾次都托著下巴凝望著它。

悠舜的下落依舊不明，無論怎麼打聽都找不到他。朝廷裡甚至還流傳著他已經死亡，甚至在河裡發現遺體等種種謠言。每次聽見這類謠言，內心就好痛苦。明明是希望他好好活下去才放開他的手，他怎麼能夠死呢——於是劉輝也在心中無數次否定了那些謠言。

即使如此，和邵可一起望見手杖星墜落那天夜晚的景象，卻依然不斷盤旋在劉輝腦海之中。

雙手捧著那個小布包。無論悠舜在裡面裝了什麼，那都已經是好幾個月前的事了，所以不管內容為何，那也等於是過去。裡面裝的是謊言也好真實也罷，所有的建議與忠告也都已經太遲了吧。

事到如今，這只是悠舜留下的最後一樣東西，也是找尋他的唯一線索。

夜色中，傳來大鳥振翅的聲音。吹過一陣奇異的風，使燭火晃動。

背後傳來異樣的聲音，還以為是秀麗敲打棺木的聲音，劉輝急忙回頭一看，棺木卻沒有任何異狀。

劉輝忽然想起秀麗曾經給過自己的那封信。那封因為害怕自己動搖了心意而連看都沒看就燒掉的信。

雖然不曾後悔，可是——

劉輝再次回頭望向布包。和秀麗的信一樣，要是現在不打開來看，一定再也不會打開了。打開吧。劉輝突然這麼想。

一鼓作氣拉開金橙色的繫帶，布包的袋口像開花一樣綻開，倒提著搖一搖，一件小東西從裡面掉出來，落在劉輝掌心。就著燭光仔細一看，劉輝不禁愣住了。

「……骰子？……只有這個？」

那顆骰子比一般的要大上一點，是一顆有著雨後天空般美麗天青色的青瓷骰子。雖然以青瓷而言，這樣的顏色相當罕見，但除此之外，就沒有其他特殊之處了。

本來還以為布包裡會裝著悠舜給自己的建議，或是什麼謎樣文字，這下劉輝倒不知所措了起來。

「骰子……咦……」

將骰子放在雪白的澄心堂宣紙上，用手指撥弄著。悠舜是想藉這顆骰子對自己說什麼嗎？意思是一切都決定了，所以要自己趁早放棄？還是將命運交給上天？抑或是放棄當國王，孤注一擲的將人生賭向另一個方向？萬一沒有退路了又該怎麼辦哪？

（如果是要孤將命運交給上天的話，與旺季的會談日果然還是該憑直覺決定囉？還是乾脆擲出骰子，用點數組成日期……嗚哇，結果打開了布包反而更搞不清楚該怎麼辦了呀！）

正當劉輝無心的將骰子朝宣紙一擲時，一種不對勁的感覺油然而生。

「嗯？」

又試著擲了幾次骰子，果然每次都產生一樣的感覺。劉輝捻起骰子，沒有猶豫太久，便下定決心用力將青瓷骰子捏碎了。陶瓷碎片紛紛散落後——

劉輝指間留下了一張折得很小的紙片。

心臟怦怦、怦怦的加快了速度。

顫抖的指尖，正要將紙片打開時。

「劉輝陛下，這裡有一些宵夜，多少吃一點吧——咦？那是什麼？」

邵可從劉輝凍僵的指尖取下紙片，不加思索的打開。

「哇啊啊啊啊啊啊啊啊——！」

劉輝以為自己已經大喊出來了，其實只是在內心這麼吶喊而已。腦袋一片空白，嘴巴又乾又渴的發不出一點聲音。身體卻不斷冒汗。

劉輝用力閉上眼睛。悠舜到底寫了什麼——

「您在玩什麼數字遊戲嗎？劉輝陛下？這該不會是在計算什麼賭博機率吧？」

「…………咦？」

「轉換心情是沒有關係，熬夜做這種事就不好了喔。」

邵可乾脆地的將紙片還給劉輝後，便走到一旁開始泡茶。劉輝戰戰兢兢的望向紙片，上面確實羅列著幾個莫名其妙的數字和文字。

『五　三　二　馬　無　山　川　牛』

除了數字之外，還有五個漢字，卻完全看不懂這是什麼意思。

「…………？…………？？？」

記得以前，從霄太師那裡借來的書中讀過，「山」和「川」是同夥間常使用的一種暗語。

（……這意思是如果聽到悠舜對孤喊「山」，孤只要回答「川」就表示我們是同夥？）

「山！」什麼的，悠舜這麼喊過嗎？或許有吧。難道是因為孤不懂得回答「川」，所以他才放棄孤的嗎？可是其他漢字和數字又代表什麼意思呢？

原本的骰子搞不好還比較好懂啊。

（呼，該不會悠舜他是想用這些暗號告訴孤……在骰子賭博中的必勝法則……？）

要真是這樣，某種意義倒的確是稀世珍寶。茶香飄來，引得劉輝放下紙片朝邵可走去。

「……你果然很煩惱吧，劉輝陛下。」

「咦？你怎麼知……喔！啊！是指會談日期的事啊……」

滿腦子都是暗號謎團的劉輝，還以為邵可已經察覺了悠舜留下布包的事，嘴裡吃到一半的飯糰都慌張的掉滿地了。剛才還那麼煩惱的會談日期，竟完全拋到腦後。

「您難道忘了嗎？楸瑛大人明天也要到了。」

趁楸瑛來時，將回信交給他送去是最好的。不過，邵可並未催促劉輝。

「明天啊……那孤今天晚上一定得寫好回信了，是嗎……」

「劉輝陛下……」

「期限總是會接近的。別那副表情嘛，邵可。我們說點開心事吧。」

為了轉換氣氛，劉輝趕緊換了個話題。

「對了，我聽那些小和尚說，最近這附近有腐臭殭屍出沒耶！」

「……這件事又是哪裡開心了，劉輝陛下……不過，這個謠言我在梧桐也聽說了。說是走在夜路上時，先聞到一股臭味，回頭一看，就能看見殭屍一邊從身上掉落腐肉一邊四處遊蕩……」

「什麼？原來殭屍也去了梧桐嗎？」

「整個蒼梧原野都有啊。根據謠傳，那個殭屍似乎在找尋什麼。近來有不少人來江青寺要求驅邪呢。到底是怎麼一回事，這種謠言過去從來沒聽說過，為什麼最近突然流行起來了？」

「不過所有版本中，看見的都只有一個殭屍。他是不是跟同伴走散了啊？」

「希望是這樣就好。比起州都附近出現成群的腐臭殭屍軍團，目前還只有一個算是好消息了。不過這個殭屍，都已經當殭屍了還會跟同伴走散，未免太遜了吧。」

不屑地說完這句話，邵可才猛然警覺，由殭屍出現的場所和日期推斷——

「等等？難不成，他正朝著江青寺接近嗎……」

「別、別說這種嚇人的話啊，邵可！腐臭殭屍為什麼要來江青寺啊！總不會是來參拜吧！就算他想藉此復活，身上的肉都腐爛了也沒辦法呀。如果是孤就絕對不要，那種樣子絕對不想被人看見。」

「就算他真的來了也不要緊。江青寺可是紅州數一數二的古剎，更別說縹家大巫女已在此設下結界……今晚你就靜下心來，把該想的事好好想清楚吧。」

想清楚該如何回覆旺季。

起風了。黑夜裡，樹木被風吹得聒噪，抖落一地的雪。邵可望向庭院。

「今夜似乎要起風了，請陛下小心別染了風寒。」

邵可離開後，又剩下劉輝自己一個人了。好一會兒，他都只是無言的看著天花板。

突然一陣冷風從牆縫鑽了進來，吹起悠舜留下的那張小紙片。劉輝慌忙伸手抓住紙片，起身太急而踢翻了椅子。這個動作使劉輝產生了錯覺，彷彿抓住的是悠舜的袖子，自己還能像平時那樣尋求他的指點。心中不禁一陣酸楚。

劉輝臉上掛著像哭又像笑的表情，想著自己竟然連這麼簡單的事都無法決定。

悠舜，你一定會嘆口氣，然後露出無可奈何的苦笑。

儘管如此，還是會告訴孤該怎麼做吧。

可是現實卻是劉輝只能毫無意義的抓住那張紙片，任憑它被風吹得啪啪作響。

用力握緊紙片，劉輝只能茫然地呆站在原地。

夜深了——風吹動樹梢，發出更激烈的聲音，驚醒了劉輝。

原來自己不知不覺地趴在書桌上睡著了。

（糟了！現在是什麼時辰了——）

燭台上的蠟燭確實變短了，但時間也沒想像中過得那麼久。確定自己大概只不小心睡了一個時辰，這才安心了些。只不過是夜深了點，還有時間。

此時，忽然有一陣風吹過，將燈燭紛紛吹滅，房中頓時一片漆黑。

「嗚哇，發生什麼事了。真是屋漏偏逢連夜雨啊……唉……」

劉輝嘆了一口氣，安靜坐著等待雙眼習慣黑暗。眨了好幾次眼，也用力皺了好幾下眉頭。不經意的，發現自己變了。

僅至數年前為止，劉輝都還認為世界上最令人討厭的就是黑暗。晚上就寢時，至少要點一根蠟燭，否則就會因恐懼黑夜和預期的惡夢而不敢一個人睡覺。

曾幾何時，劉輝已經不再作惡夢，也不再害怕夜晚與黑暗了。

「……是從妳來到孤身邊之後吧，秀麗。」

回頭望向屋內的白棺。沒錯，正是秀麗來了之後。

無意間，好像瞥見棺木中閃過一道白光。劉輝瞪大疲憊的眼睛，緊盯著棺木瞧。

眨了好幾次眼睛後，眼前的景象令他瞠目結舌了。

那是秀麗，自行從棺材裡坐了起來，一手托著腮，正很感興趣似的望著劉輝。

「……秀麗？」

黑暗之中卻看得一清二楚。秀麗身上透著白亮的淡淡光芒。

她輕輕的微笑了。那是劉輝再熟悉不過的笑容。

『是啊，那時的你真是沒用。不拉二胡給你聽，你就不肯睡。』

秀麗的聲音聽起來不可思議。明明沒看見她的嘴唇有所動作，卻聽得清清楚楚。

劉輝動都不敢動一下。因為他已經無意識地察覺到自己並不是「醒來了」。眼前的秀麗虛無飄渺，連形體也是半透明的。這應該是作夢或是幻覺吧。劉輝擔心自己若有些許清醒，或是稍稍移開目光，秀麗就會消失不見，所以絲毫不敢動彈。

秀麗盤起腿，又笑了。總覺得她的目光帶著些許挑釁與嘲弄。

『劉輝啊，關於我什麼時候會醒來，你心裡應該多少有個底才對吧？』

劉輝深呼吸了好幾次，然後——笑了。

「……對啊。」

『呵呵。我就知道……劉輝，看到你沒事，我就放心了。還有……得向你道歉才行。明明接下你交給我的敕使任務，應該要前往解除經濟封鎖才行，我卻中途消失……抱歉。我很想努力到最後的……沒能抵達紅州，真的很對不起。』

劉輝想起燕青和蘇芳的話。他們說，儘管當時秀麗的身體已經快要支撐不住，甚至吃不下什麼食物了，還是要求他們絕對不能回頭，堅持要前往紅州。

明知自己所剩的時間不多，當一知道發生了蝗災，她還是拚命說服了瑠花與縹家，又快馬加鞭的趕回來。

她總是一個勁兒的奔跑。跑著、跑著，如此過著她的人生。

和她相比，劉輝每次都為了自己的無用而不知不覺落淚。

「孤……總是那麼沒用。」

『沒這回事。我還不是搞砸了好多事，哭得亂七八糟，總是在後悔，也總是那麼不中用。可是我、我喜歡這樣的自己。也喜歡現在的你喔。現在的你或許是認識你以來最棒的也說不定。即使不中用，卻一直在思考，將一切抱在懷裡，用自己的雙腳向前走。你的溫柔、你的堅強、你的不中用和你的天真，我都喜歡。聽我說，難道你不明白我這麼努力是為了誰嗎？』

劉輝內心一陣激動。然而他還是裝作若無其事，拚命忍住不發出嗚咽聲。

「妳、妳是為了自己不是嗎？」

『你在鬧什麼彆扭啊。好吧，其實你說的也沒錯啦。成為官員的確是我從小的夢想，所以必須努力才能避免因無能而被革職啊。』

「等一下，妳怎麼這樣啦。一般人這時不是應該說『不，我是為了你啊！』才對嗎？」

『你想套我的話，以為我看不出來嗎？……這句話我還不會說的。現在說還太早了吧？』

劉輝露出又哭又笑的表情。有一件事一直很想問，卻一直不敢問。此時這個疑問，卻不由自主的從劉輝口中靜靜吐出。

「……秀麗，如果孤不是國王，妳還想成為其他國王的官員嗎？」

秀麗收起臉上的微笑，凝視著劉輝。儘管她一定已經看出劉輝內心早有答案，但秀麗依然不迴避，肯定地點了點頭。

秀麗是誠實的。和事事都無法坦然面對的劉輝不同，她總是正面回答所有問題。這次也一樣。

『會啊。不管是旺季將軍還是誰來當國王，我都願意成為他的官員。雖然我曾經告訴你好多次，因為國王是你，所以我才能這麼努力。這句話並不虛假。但如果今天由別人來當國王，我想我還是不會放棄成為官員吧。無論活在怎樣的世代，無論誰來當國王，我想做的事都一樣，我想看見的世界也都相同。不過……』

「……這樣啊。」

聽完秀麗接下來說的話後，劉輝皺著一張臉，輕輕笑了。

『是啊，就是這樣。你也一樣，不是嗎？你也有想看見的世界吧？而且已經找到了。』

「我們一起去吧。」

秀麗頓了一拍，然後說了一個溫柔的謊言。

『……是啊。我們一起去吧。』

劉輝笑了，眼淚卻沿著臉頰滑落。本來內心深處總還有懷疑，說不定有關秀麗身體的事情是假的，說不定其實還有什麼辦法。總覺得她一定會好起來。

然而——然而現在，秀麗的謊言讓劉輝明白了。

沒有什麼謊言，一切都是真的。

「妳啊，真是不會說謊。」

眼淚模糊了視線，劉輝舉起袖子擦了又擦。

秀麗看見這樣的劉輝，也難過的低聲說了什麼。似乎是說著「對不起」，但劉輝卻不想聽。從掩面的衣袖間看見秀麗爬出了棺木，雙手插腰，像平常那樣站在劉輝面前。

『劉輝，無論何時，你手中總好好的握著一切。你真是全天下最不懂得放手的人了。可是呢，正因如此，沒問題的。一直以來，你在沒有捨棄任何東西的情形下，還是走到了今天，因此所有的答案一定也都在你手中。這一點你千萬別忘了。只要做你該做的事就對了，不管未來發生什麼。』

秀麗轉身，劉輝心頭一驚，不加思索地又踢翻椅子站起身來，朝秀麗伸出手。

『從我們相識至今，已經過了三年了呢。春天就要到了，劉輝……就快了。』

風吹了進來。吹散了秀麗身上淡淡的光芒，化作櫻花花瓣。

當那陣狂舞的櫻花花瓣落地時，秀麗的身影已經消失。只有白棺還在那裡，在青白月光的照耀下，安靜地擺放在那裡。

剛才的一切彷彿只是劉輝的夢或幻覺。不留下絲毫痕跡。

劉輝望著自己緊握的拳。

『無論何時，你手中總好好的握著一切。』

——這回答就像是一個天啟，落在劉輝心上。

擦乾最後一滴眼淚，劉輝重新點亮燭台，坐在書桌前。

空白的澄心堂宣紙也還在那裡。將打瞌睡時碰歪的宣紙擺正，重新壓上紙鎮。從七夕夜空色的硯台上沾一點墨，心裡很平靜。

握好用慣的禿筆，深深地做一個深呼吸。

接著，就像原本寫不出任何字的劉輝是騙人的，他開始專心的振筆疾書了起來。

● ● ● ● ●

「……陛下，陛下，睡在這裡會感冒的喔。」

一條毛毯蓋上了肩，身體也被搖晃了兩下，劉輝才睜開惺忪睡眼。

「……咦，楸瑛你已經到了啊？過午了嗎？怎麼還是這麼冷。」

耳邊傳來麻雀的啁啾，劉輝揉揉浮腫的雙眼，手肘不小心撞翻了堆成一座小山的資料，使其散落一地。楸瑛先將端在手上的盤子放在一旁，一邊趕忙上前來幫忙撿拾掉落的東西，一邊搔著臉頰滿臉抱歉的說：

「對不起，其實現在還沒過中午，我本來想盡量把速度放慢的……卻沒想到一緊張起來反而比平常還早到了……」

楸瑛手中正好撿起一張紫州全圖。也不知道劉輝是拿來對照了什麼，上面做了許多記號。

「啊，不用幫孤整理，放在一旁就行了……那個暫時不需要了。」

看到楸瑛端來還在冒著熱氣的早餐，劉輝馬上條件反射似的餓了起來。試著回溯記憶，自己應該在丑三之時還醒著推敲書信內容。而在那之前只吃了點宵夜，肚子餓也是理所當然的。不知為何，楸瑛急著搖頭說：

「不！沒關係啦！您慢慢來！不用急！」

「嗯？你是指什麼？」

「就、就是那個啊……」

「喔，對了，這是要回給旺季的親筆信。孤已經寫好了，雖然修改了很多次，但這樣就行了。」

劉輝打開放在角落的書箱，取出一封信交給楸瑛。

楸瑛瞪大了眼睛，不斷看看那封信，又看看劉輝——張著嘴，一時不知該做何反應。

「咦？這、您真的……寫好了？」

「是啊，就決定這麼寫了。你可以打開來看無妨。」

話才說完，邵可就破門而入了。

「您寫完了？劉輝陛下，那是真的嗎？」

這時機巧合的簡直令人懷疑邵可是否一直在門外偷聽。楸瑛和劉輝用懷疑的眼神直盯著邵可，邵可這才驚覺似的發出咳嗽聲來掩飾。劉輝和楸瑛心想，他的這些小地方和秀麗真的很像啊。

楸瑛低頭看著劉輝交給自己的那張折得整整齊齊，有著絲絹般紙質的澄心堂宣紙。只稍作猶豫，便靜靜地將書信打開來。邵可也從旁探頭過來。

信上是熟悉的劉輝筆跡。明明每一個字都寫得工工整整，卻不知為何，整體看來歪歪扭扭的。但那字裡行間透露出的溫暖，則完全反映出劉輝的為人，楸瑛很喜歡他這樣的字。

信裡看得出內容經過幾度的推敲，文筆雖然沒有多加修飾，但也並非隨便寫成。內容不但直率而用心，同時也完全沒有多餘的虛張聲勢或誇飾之處。就連邵可讀完都覺得無可挑剔。那是一封能令人感受到劉輝的成長，值得嘉獎的回信。

信中也訂了會談的日期、時間和地點。

對於信中那毫無迷惘的筆跡，兩人的反應都是半驚半疑。

「……劉輝陛下，可以問您為何選擇這日期、時間與地點嗎？」

信中所訂的日期，距離現在還有一個多月。

那個時期，紫州的雪差不多都會融了。而時間則不早不晚，選擇了正午時分。

兩人都很清楚劉輝根本沒有判斷會談日期的基準，也知道他一直無法做出決定。然而看他這莫名平靜的模樣，又不像是隨便決定的。對此，兩人都感到相當不可思議。

劉輝將小缽裡的醬菜夾進飯碗，做成一碗湯泡飯稀哩呼嚕的吃了起來。不知為何，他臉上還帶著爽朗的表情，反覆做著握拳與攤開掌心的動作。

「嗯……那是用孤掌心裡握有的東西所做出的決定。」

「什麼？掌心……是手相說的命運線嗎？這麼說來，果然還是隨便亂選的囉？」

「你要這樣說，孤也不能否認。」

在兩人瞠目結舌之間，劉輝已經將那碗湯泡飯吃個精光，嘴角咧開的笑了起來。

「也可以說，孤是用平時的判斷基準做出的決定。所以無論那一天，在那個場合會發生什麼事，孤都不會後悔。正因為能這麼想，所以才能做出決定。就這麼辦吧。」

邵可低頭再看一眼信上寫的日期，依然讀不出劉輝如此決定的理由。

不過，無論那是出自何種理由，看到劉輝毫不迷惘的做出決定，也讓邵可有如放下肩上的大石。

現在已經不再是邵可幫助劉輝，而是劉輝影響邵可了。無論誰怎麼說，現在的劉輝，毫無疑問已是邵可的君王。邵可靜靜的點頭說道：

「我明白了，劉輝陛下。那麼，就這麼進行吧。」

「謝謝你，邵可。楸瑛，就請你和皇將軍直接將這封信送到貴陽旺季那邊——」

這時，楸瑛才終於想起某件事，用手摸著後頸說：

「……陛下，其實在我前來此地的那天，旺季大人派出的使者也到了東坡。說想將陛下的親筆信帶回去。」

「咦？旺季還特地派人來嗎？在現今情勢之下趕來紅州，真是勇氣可嘉！是能夠信任的人選嗎？不會在回貴陽途中就把信給燒了或丟了吧？」

「其實那個人，就是小璃櫻。他還是獨自前來的……真是嚇了我一跳。」

劉輝也驚訝地睜圓了眼，但很快的就將剩下的飯菜吃完，笑著站起身。

「這樣啊，原來是璃櫻。既然如此，孤就自己跑一趟東坡關塞吧，這封信由孤親手交給他。」

「陛下……」

「璃櫻不是來取信，而是來見孤的。不是嗎？既然如此，孤就不能龜縮在這山裡不出面。更何況孤也好久沒見璃櫻了，很想見見他啊。」

楸瑛苦笑。

「璃櫻可是板著一張臉來的喔……」

「嗯，這也不奇怪……現在璃櫻在朝廷裡一定沒被當成仙洞令君，而是以旺季繼承人的身分，理所當然的被視為皇子了吧。」

「是啊，儼然就是王位繼承者的第二順位，實際上也擁有那樣的血統。」

劉輝想起和璃櫻初次見面時的事。當時的他在府庫最深處，一個人讀著一堆小山高的書，讓劉輝想起從前的自己。

「孤還記得，打從某一天起，就像跨出令周遭景色完全轉變的一步。四周的人變得陌生，說的話也聽不懂了。對現在的璃櫻而言，羽羽又不在了。就算只是一次也好，他一定很想逃出朝廷，遠遠逃到不知名的地方去吧，那種心情孤能理解……更何況比起當時的孤，現在的璃櫻年紀更小。」

「但是他實際上可比劉輝陛下您成熟多了耶。」

「邵可！這種老實話不必說！」

劉輝很快的將細軟收進包袱，邵可在旁一邊叨唸著「點心就不用帶了！」一邊挑出不需要的東西。

楸瑛看在眼裡不禁愕然。

（……秀麗大人一不在，邵可大人就變成這樣了……他們兩人果然是父女啊。）

不過只有一點是真的，楸瑛心想，那就是小璃櫻的確比劉輝成熟多了。

（……紅州雪下得少，卻反而冷啊……是因為這裡的空氣乾燥風又特別寒的關係吧？）

一拉開窗，強風就呼呼吹進室內。遠處可望見有如潑墨山水般的紅州山景。那美景真的就像書中所描述的壯闊。然而眼前的關塞卻是戒備森嚴，到處都可感受到士兵的視線，和美景一點都不相稱。

璃櫻自從抵達東坡關塞之後，就在茈靜蘭的吩咐下，一步都不被允許踏出戶外，時時刻刻都處於被人監視的狀況中。

（這也沒辦法啊……）

兩軍對峙時，一旦被對手看透了軍力或地勢，甚至佈陣的內容，那就意味著將在戰爭中吃敗仗。璃櫻的身分雖然是中立的仙洞令君，但在紫劉輝的陣營裡，他只會被當成是敵手旺季的外孫。這也是沒辦法的事。

在受到士兵監視，劍拔弩張的氣氛中，也無法安心欣賞美麗的景色了。璃櫻平靜地拉下窗戶，坐回椅子上，按壓額頭。

冷冽的風吹不散胸口的鬱悶。一直，一直都是這樣的。

——究竟為什麼會自己提出要來東坡郡的呢？

是璃櫻對旺季提出前往東坡的要求。當時，旺季一直凝視著璃櫻。璃櫻的父親性情冷漠虛無，不僅對世界如此，對兒子小璃櫻也是毫不關心。他的願望只有一個，就是「薔薇公主」。除此之外，他的世界是停滯不前的，有如一灘死水。然而外公旺季卻是完全不同的典型。他是如此的犀利敏銳，只要看這麼一眼，除了小璃櫻自己知道的「一」之外，剩下連小璃櫻自己都不知道的「九」，也全逃不過他的法眼。雖然外表看來淡然寧靜，但他內心卻有著足以駕馭這一切的堅強意志。貴陽地震頻傳，各地災情不可謂輕微，然而不管是國王離開王都，或時序進入使重建工作加倍艱難的冬季，這些都無法動搖他。旺季眼觀四面、耳聽八方，在各方面做出正確指示，將政事導向安定的正軌。不只貴陽，對各州的指揮也是如此。對照於父親璃櫻的一灘死水，旺季身旁的世界總是生機盎然，循環不歇。以他的堅強意志為中心，捲起的旋風往四面八方擴散，吹向前方的世界。

他有一個期待看到的願景。這份心願也在寧靜的空氣中如實地傳達給每個人，令人屏氣凝神，心跳加速。

璃櫻原本平靜的心也因此而受到了影響，變得想待在旺季身邊，一起見識未來，現在的璃櫻已經能理解他的心情了。

他嚮往擁有權力，也有意奪取王位。聽見別人稱璃櫻為皇子或後繼者，旺季也不會糾正。一開始璃櫻認為旺季是跟瑠花一樣的人，如果是那樣的話，要否定他就很簡單了。璃櫻甚至在內心希望旺季就是那樣的人。然而實際上，他和瑠花姑媽是不相同的。

很難說得明白，但跟從未將璃櫻當作一個人看待的瑠花不同，旺季雖然也將璃櫻當成手中的一顆棋子，但相反地，他還是把璃櫻視為一個人對待。璃櫻能感覺得到。相對於高傲孤獨的姑媽，旺季的身邊總是簇擁了很多人，或許原因就在這裡吧。璃櫻漸漸發現，自己越是待在旺季身邊，就越無法否定他這個人。

另一方面，自從自己被周遭當作皇子來對待之後，璃櫻不得不覺得自己慢慢被一團黑線纏繞，無法脫身。光是進入宮中參見旺季就令他呼吸困難，腦袋一片混亂，想逃得越遠越好。

待在貴陽，就算想安安靜靜地思考什麼，恐怕連這一點時間都沒有。有生以來，還是第一次遇到這種情況。

當提出想前往東坡的要求時，旺季先是凝視了璃櫻一番，之後便微笑答應了。

『無妨，你就去吧。』

璃櫻咬著嘴唇。當時的旺季彷彿察覺了璃櫻內心的混亂與鬱悶，所以才答應了他。和獨斷且想支配一切的瑠花不同，旺季並未出言干涉過璃櫻任何事。但正因如此——叫人更難以理解。

——若問自己較喜歡誰，璃櫻會毫不猶豫的回答紫劉輝。

然而……

若問自己希望由誰來當國王的話……

璃櫻停下腳步，緊握住雙拳，直到指節泛白。就在此時。

「——什麼？連一次都沒離開過屋子？為什麼要這樣對待他！」

隨著那激憤的、令人懷念的聲音傳來，房門也被大大的打開。

「璃櫻！」

這一刻，璃櫻事後回想起來還是感到非常不可思議。不知道為什麼，有一種整個房間都明亮起來的錯覺。那種感覺到底是從何而來的，直到許久以後，璃櫻還是不斷在思考著。

劉輝抓住璃櫻的手，彷彿兩人之間沒有這段空白的期間。

「抱歉，你一定很悶吧？我們到外頭去吧。讓我們獨處，下午就會回來了。」

「陛下！你開什麼玩笑。我說過了吧？萬一讓他到外面去——」

靜蘭怒吼著，劉輝卻視若無睹的牽著璃櫻，真的帶著他往外走。

一直走到馬廄邊了，璃櫻才猛地回過神來。

「等、等一下！這樣不行吧！」

「什麼不行？」

「所以說——我認為茈靜蘭是對的，我不應該到處亂跑。」

「不，那是不對的。要是被人知道孤將中立的仙洞令君軟禁起來，本來就已經跌到谷底的評價豈不是會更下滑嗎？孤還以為他們鐵定唱歌跳舞，美食好酒的正在招待你呢，怎知竟是這樣。」

璃櫻心想，要是被旺季知道劉輝這麼沒有警覺性，恐怕早就一口氣攻過來了。

「你一定覺得喘不過氣來吧？這段時間是不是一直都這麼覺得？」

訝異於自己的心思竟被看穿，璃櫻倒抽了一口氣。

劉輝牽出璃櫻騎來的馬，也為自己牽出夕影。微笑著望向璃櫻。

「──我們走吧。」

一起走吧。璃櫻彷彿聽見他這麼說。

騎了好一陣子之後，劉輝和璃櫻來到雪融得差不多的河邊，這才下了馬。

遠遠望去，美麗的紅山地帶峰峰相連。雲霧繚繞，連綿不絕直到天邊，眼前的絕景實在難以筆墨形容，美得令璃櫻嘆氣。風吹乾了身上的汗水，涼涼的很是舒服。

「璃櫻，你看，孤還帶了飯糰。我們分著吃吧。」

劉輝打開用細長竹葉打了十字結的包裹，露出裡面的四顆飯糰和醬菜。璃櫻這才發現自己早就餓扁了。

仔細一想，在朝廷的時候，不知何故就是不會感到飢餓。在縹家時也是。明明多得是高明的廚子，卻從不覺得端上來的食物美味。長久以來，進食變得只是一種習慣動作，幾乎不曾有過這種單純感到飢餓的記憶。

一人分了兩顆飯糰，各自隨喜好配著醬菜吃了起來，也用竹筒到河裡裝水喝。流汗之後，彷彿連食物都沾染了鹽分，璃櫻埋頭吃著。

湛藍的冬季天空，一隻白色的大鳥畫圓飛過，又不知飛向哪去了。

「璃櫻。」

轉頭朝身邊一看，國王從一個不算豪華的盒子裡，取出一封信。

璃櫻的心臟怦怦、怦怦地用力跳了起來。

——那是給旺季的回信。

一鼓作氣，被拉回到那快被遺忘的現實中。

「……你已經……決定了嗎？」

「是啊。孤願意接受會談。日期都寫在信裡，就拜託你交給旺季大人了。」

劉輝的笑容平靜祥和，璃櫻無法揣測出他內心的想法。

真希望時間能就此停止，使那一刻暫時不要來臨。如果是以前璃櫻所認識的那個國王，現在一定也和自己抱持著相同的想法吧。

然而，雖然劉輝很多地方都沒有變，但毫無疑問的，他已經不是以前那個國王了。

他心意已決，無論那是怎樣的決定。

自己一旦接下這封信，就代表即將回到旺季那一邊。

面對遲遲不肯將信收下的璃櫻，劉輝微微一笑，連信帶盒子的一起放在兩人中間的柔軟土地上。

「璃櫻，旺季大人是個什麼樣的人呢。孤後知後覺，但想必你早已察覺了吧。」

「……………」

「孤也聽說了貴陽正在重建的事。他真是一位堅忍不拔，冷靜且具備強韌意志，適合成為國王的男人。」

劉輝國王的這番話並非妄自菲薄，只是平靜地表達了對旺季的認同。

「你有一位值得自豪的外公啊，璃櫻。所以孤也會按照信裡所寫時間地點，堂堂正正的面對他，不會閃躲。」

璃櫻突然覺得難以呼吸。好不容易才從喉嚨裡擠出聲音似的問劉輝：

「……你……去見他，打算怎麼辦？」

國王笑了，卻沒有回答。璃櫻的表情越發扭曲了。

現在的璃櫻，已經猜不透劉輝內心的想法。他究竟在想什麼——不……

不只劉輝，旺季內心的想法璃櫻也是猜不透的。不知道他會像對待清苑皇子的方式來對待劉輝，會處以流放之刑或是將他軟禁？還是如戩華王那般將他斬首示眾。璃櫻無法斷言旺季絕對不會採取後者的方法。

畢竟正是因為戩華王未取旺季的性命，才讓他有機會坐上國王寶座。

更何況，就算旺季本人無意取劉輝性命，身邊的人也未必肯放過他。這一點，現在人在朝廷中的璃櫻最能感受得到。再說，旺季雖是個理想主義者，但同時也有他現實的一面。若是能將事態的惡化控制在最小限度，他一定會不惜犧牲劉輝的性命。他就是會做出這種判斷的人。

然而說了這麼多，旺季最後到底會選擇哪個做法，璃櫻還是無法下定論。同樣的，劉輝最後到底會怎麼做，璃櫻也完全摸不透。沒錯——璃櫻突然想起來了，自己之所以想來東坡，也是為了來了解劉輝的想法。

儘管只是一點也好，璃櫻想知道劉輝的想法，以及他接下來打算怎麼做。

可是國王只是笑笑的，不做任何回答。和旺季一樣，什麼都不肯告訴自己。

璃櫻將心裡一直想的事，衝動的說出口：

「陛下，您可以不必接受會談。在那之前，說不定我可以和旺季……大人交涉……」

所謂的會談不過是表面上的說法。璃櫻很清楚，到了那天，劉輝和旺季都會以護衛之名帶著軍隊赴約，最後必將形成兩軍對峙的情況。兩人的「會談」，會是在這種對峙之下進行的。

無論會談的結果如何，一旦雙方兵戎相見，就不可能什麼都不發生。

在事情演變成那樣之前，若是璃櫻能以中立的身分斡旋，或許能讓國王在比較有利的條件之下敗——

「不行。」

劉輝靜靜地宣告。

「不行，孤不能什麼都不說，什麼都不做就乖乖的投降。」

「——你已經輸了啊！一切都是。在全部毀滅之前投降並不可恥。那是身為國王的義務！如果那麼做能保護大多數的話，你就應該自己先放手。」

劉輝看著璃櫻，還是微笑著。果然一如以前悠舜對他的評價。

璃櫻是個君主之材。而這一定是因為繼承了外公旺季血統的緣故。

所以劉輝也誠實的回答他。

「你說的對。如果今天的對手不是旺季，孤也會採取你的做法。」

「……咦？」

如果對手不是旺季？他是不是說反了啊？

「然而，正因為對手是旺季，所以還不是該那麼做的時候。孤和旺季都還有可以做的事。所以孤必須要去見他……這也是為了實現和他的約定。不過你的心意，孤收下了。」

璃櫻感到混亂。不明白劉輝話中的意思。完全不明白。

不過有一點是明白的，那就是，最後的最後，劉輝已經有所覺悟了。但，那就竟是什麼樣的覺悟？

（——）

這時，璃櫻那一團亂的心裡，好像有誰轉動了某一把鑰匙。

在寒風中，璃櫻低下頭，幾乎要將頭埋進膝蓋裡了。

經過好長、好長一段時間，璃櫻才終於慢慢、靜靜地抬起頭。

「——好吧。」

璃櫻伸手拿起兩人中間的那個盒子。動作之中已不再有迷惘。

「這封信，就交給我。」

劉輝看著他，似乎有些訝異，但還是微笑了。

「嗯，拜託你了。」

璃櫻猶豫了一下，才將一直想問的事說出口：

「……紅秀麗她……現在怎麼樣了？」

因為接到來自珠翠的聯絡，所以秀麗的情形璃櫻是知道的。只是，他仍想從直接見過秀麗的劉輝口中得知現在的情況。或許，他想知道的是國王的反應。

「她睡著了，睡了好久。只有偶爾翻個身，不過應該還是挺有精神的喔。」

劉輝想起秀麗像個幽靈似出現的那晚，最後又這麼附加了一句。那時發生的事，直到現在，劉輝都還懷疑這可能只是一場夢。不過聽在不知情的璃櫻耳中，卻是一頭霧水。

「挺有精神？你怎麼會知道？」

「發生了一些事。對了，你這麼一說孤才想起來，想跟你要些東西。」

「跟我？要什麼東西？」

「頭髮，不行的話，指甲也可以。」

想要的東西，竟然是頭髮或指甲？

「那是什麼跟什麼啊？聽起來太恐怖了吧！——難道……你想利用身為旺季外孫的我偷偷詛咒他嗎？」

這麼說來，以前好像曾經聽說國王的興趣是深夜裡做稻草人。

劉輝步步逼近璃櫻，每前進一步，璃櫻就後退一步。

「詛咒？你這話太失禮了吧！不管是頭髮或指甲反正都還會長出來，給一點有什麼關係嘛，快交出來！」

「我、我才不要呢！又不知道會被拿去做什麼用，誰要給你啊！你這個變態！」

爭執了半天，因為璃櫻怎麼都不肯交出頭髮或指甲，劉輝便板著一張臉氣鼓鼓的說：

「又不是叫你給錢，沒想到你這麼小氣！」

「我還寧願給錢咧！」

「嘖……沒辦法，那東西就算了。不然，你在這張紙背後寫點什麼吧。」

劉輝從懷裡掏出一張看來像是書信的紙。那背面——不，應該是原本的正面已經密密麻麻寫了什麼。璃櫻不經意地翻過來一看，差點懷疑自己的眼睛，還多看了好幾遍。

「……喂。」

「怎麼？你等一下喔，孤現在找筆給你。記得筆筒裡還有一點殘墨才對——」

「……不是這個問題。這封信，不是我該叫外公的那人寫給你的親筆信嗎？」

「沒錯啊。而孤的回信就在剛才給你的那個盒子裡了。」

「這封信可說是現在全國最重要的一張紙了，你竟然叫我在背面塗鴉？這張紙可不是草紙耶！」

「就寫『你好，我是璃櫻』就行了。或是你想俏皮點寫『嗨，我璃櫻！』也可以啦。」

「越聽越搞不懂你想幹嘛！這到底是要做什麼用的？」

「哎，你別管那麼多，寫就對了！是要送給一個很關照孤的人。你要是不寫，就交出頭髮或指甲來！」

劉輝受到對方關照的人？是誰啊。這一切真是亂七八糟。

……結果璃櫻還是拗不過劉輝，心想至少比交出頭髮或指甲好吧，只好心不甘情不願的選擇在外公的親筆信背面寫下「你好，我是璃櫻」這一句話。

劉輝開心的將璃櫻那行小學生作文似的話，翻來覆去的看了好幾次，這才滿意的說：

「呵呵，很好很好。這說不定比實際上的東西來得好。」

「……我要回去了。」

「別這麼生氣嘛。不然，孤給你說說最近紅州出現的腐臭殭屍的傳──」

「我要回去了！」

璃櫻憤憤不平的抓起了信盒，飛快的朝自己騎來那匹馬奔去。

才跨上馬鞍，就被國王從河邊傳來的聲音叫住。

「璃櫻！」

璃櫻回頭，看見國王笑著，彷彿這是最後一次見面了。

璃櫻突然覺得好想哭。原因不清楚。只是無論如何，只有道別的話是不想聽的。所以在國王開口前，璃櫻搶先說了：

「再見，就別說了。」

一拉韁繩，耳邊似乎聽見國王回答了什麼，但已經聽不清了。

離開東坡關塞，將紅州連峰拋在身後，璃櫻的胸口漲得滿滿的。

其實——

其實，旺季應該早就知道了。

知道璃櫻很有可能到了東坡就不會再回去。

知道璃櫻內心其實不想回到朝廷。

璃櫻心裡不是沒有想過，只要身為外孫的自己待在國王身邊，旺季或許會手下留情，如此一來，或許自己多少能保護國王了。不，其實自己只是想離開那令人喘不過氣的朝廷，只是想逃到能放鬆身心的地方而已。

這些念頭，旺季一定早都看穿了。即使如此，他並未阻止璃櫻離開。

本以為他會阻止的，不料他竟是如此乾脆的答應了。這令璃櫻想不通，甚至為此莫名感到生氣。

（難道我，其實希望他阻止我嗎？）

隨著時間的經過，璃櫻越發不明白自己更希望待在哪一方的身邊了。

旺季絲毫不為所動的讓璃櫻前往東坡，劉輝也毫不猶豫的將回信交給璃櫻，讓他回到王都——回到旺季身邊。這兩人都不曾對璃櫻提出任何要求。

要是他們能像瑠花那樣施壓命令，或許反而輕鬆。那樣璃櫻就只要選擇反抗或放棄，不需要找出自己的想法和理由。然而無論是旺季或劉輝，他們都未曾對璃櫻說什麼，兩人的心意也都已決定，璃櫻知道的只有，自己無法動搖他們任何一方的決定。

不過，璃櫻也想起來了。即使如此，自己並非什麼都不能做。

（紅秀麗。）

在茶州以及在縹家時，面對瑠花那種比旺季或國王都更不可能動搖改變的人。

她到最後都不曾放棄手中的希望。

璃櫻一直看著這樣的她。沒錯——一直看著。

而這次，輪到自己去做了。

包得緊密的信盒，那重量沉沉的落在心上。

雖然不知道憑自己的能力可以做到什麼地步，但這並不能當作什麼都不做的藉口。

如果是紅秀麗，一定會這麼說吧。

馳騁在冬天撲面而來的激烈寒風中，璃櫻單槍匹馬，握緊韁繩加快了速度。

劉輝目送那小小的身影離開後，一個人回到東坡關塞。

靜蘭已經牽著馬在半路上等待了。

「陛下，璃櫻呢？」

「喔，孤把信交給他，他就回去了。」

靜蘭似乎想說什麼，但最後還是沒能開口，也沒生氣。

彷彿看穿劉輝內心想法似的，靜蘭只是瞪著劉輝。

「如果那是你想過才做的決定，那就這麼辦吧。不管是日期，還是璃櫻的事。」

雖然是兄長，但現在靜蘭也是劉輝的臣子。

「……話先說在前面，關於軟禁璃櫻一事，我可是不會認錯的。」

「好啦好啦，孤明白了。」

就這樣回到東坡關塞後的幾天，劉輝都沒有返回江青寺，待在郡府確認各州的重建狀況，或是處理蝗災的後續。就在這段期間的某個夜晚，事情發生了。

那是個難以入眠的夜晚。

不知道翻了幾次身，終於開始有點睏意時，突然有種頭髮遭到拉扯的感覺。當時發生的事究竟是夢還是真實，之後也還是不明白。

……忽然吹過一陣風。明明是寒冷的冬天，那陣風卻帶著一股溫熱，令人不是很舒服。

劉輝背脊一涼，朦朧之間眨動雙眼。

瞬間差點忘了自己身在何方。

睡前明明記得已經熄滅的燈火，卻在眼角閃著火光。

（……？）

四周的傢俱雖不陌生，但很明顯地，都是些不屬於東坡關塞的東西。最重要的是，屋內放著那口再熟悉不過，秀麗沉眠其中的白棺，在搖曳的燭火映照下浮動著白影。這裡是棺木之室。

（……江青寺？）

怎麼可能發生這種事。恍惚的腦袋角落裡，有個聲音告訴自己這一定是夢。

咻咻、咻咻。由遠而近，傳來一個奇異的聲音。

接著，一股屍體的腐臭味撲鼻而來。想伸手摀住鼻子，身體卻像是鬼壓床般的動彈不得。黏膩討厭的汗水，如瀑布般流了滿身。

咻咻。又聽見那討厭的聲音。咻咻、咻咻。聲音越來越近，腐臭味也越來越重。那臭味濃烈得鼻子幾乎都要變形了。

聲音與味道就這樣停在「棺木之室」門前。咿呀一聲，門被打開了。

或許被鬼壓只是錯覺。因為劉輝確實轉頭朝門的方向看去。如果真的被鬼壓而動彈不得，劉輝不該看得見那個。

在蒙上一層夜色的門外，有什麼拖著腳步走進來了，當映入眼簾時，一股惡寒沿著劉輝的背脊爬上來。那看起來——是個人，身高和劉輝差不多，身上纏著勉強看得出原本是衣服的破布，全身上下沒有一處不腐爛的，一邊走，那些腐肉便一邊掉落，露出裡面的白骨。走動時，從身上流下的腐水散發惡臭，難以分辨是血還是什麼。頭部也只有一半還剩下肉，另一半披散著一頭長髮，但就連長髮也只剩下半邊。

那腐臭的殭屍看都不看呆若木雞的劉輝，拖著殘缺的身體，逕自朝秀麗的棺木接近。

「——唔！」

劉輝睜大雙眼，想喊叫卻發不出聲音。

腐臭的手，抓住棺木邊緣。殭屍探頭朝裡面看。劉輝拚命想移動身體，同時想說服自己這是夢。這只是個夢罷了。然而內心湧現的恐慌令他著急，眼前非現實的光景又讓他的思考陷入混亂。搞不清楚為什麼夢竟會成了現實。為什麼沒有半個人過來。不，這一定是夢。就在動彈不得的劉輝眼前，殭屍開始咔啦咔啦地搖晃起秀麗的棺木。劉輝想大喊「住手」，卻還是發不出聲音。就在此時……

「……住手。」

棺中傳出以平靜口吻說話的聲音，那並不是秀麗。雖然是秀麗的臉，但不同於有些粗魯的秀麗，帶著優雅的動作從棺木起身的，是另一個姑娘。

「絕對不允許你加害江青寺中的任何一人，快點住手。」

劉輝凝視著那既是秀麗又不是秀麗的姑娘。忽然想起珠翠說過的話。

『除非發生意料之外的不測，否則另一位女子是不會起來的。』

那是守護秀麗魂魄的另一位女子。和秀麗不一樣，她有著成熟大人的穩重與高貴的威儀，每一個動作及表情都令人聯想到有氣質的公主。

黑夜森林般的雙眸。劉輝想起珠翠最後只在劉輝耳邊輕聲說出她的名字。

——果然，是她。

她說完後，殭屍便拖著腳步退下了。未察覺到劉輝的存在，她繼續用深痛惡絕的眼光看著殭屍說：

「沒想到你竟會追著秀麗大人到這裡……不過看來，你那副身體也已經撐到極限了……晏樹依然不擇手段的想奪走秀麗大人的棺木……」

她閉上眼睛，咬著嘴唇思索了一番後──

「……我明白了……你就把棺材……帶走吧。如果你真的那麼想保護秀麗大人的話……」

劉輝大為混亂。她到底在說什麼？

不知道是否順利移動了指尖，她終於發現了劉輝，反射性地望向他。跟在屋內一角的劉輝四目相對的瞬間，她驚訝地睜大雙眼。

「……您的魂魄也真是飛得夠遠了……對您而言，秀麗大人一定很重要吧，陛下。」

接著，她便微微一笑，深深對劉輝低下頭。

「保護秀麗大人是我的任務，現在我非走不可了……不用擔心，陛下。這次之後『我』不會再醒來，今後也不會再見面了。」

此時，劉輝才發現自己手中握著一封書信。

不知道鬼壓床的情況是什麼時候解除的，只是一心想著要交給她，回過神來的劉輝已經將那封書信扔給她了。

模糊的視野，看見揉成一團的那封信落在她手心後，就什麼都看不見了。接下來又是那種頭髮被拉扯的感覺。

眼前的景象開始搖晃，從邊緣開始變黑。只剩下耳中聽見她躺回棺木的聲音，和殭屍腐爛的手抓住棺木，令人嫌惡的聲音。

接著聽見的，便是棺木被殭屍拖行於地上時發出的聲響。

在這之後，劉輝的意識便中斷了。

●　●　●　●　●

──在那之後，劉輝好幾天都發著高燒，無法動身返回江青寺。

靜蘭和楸瑛擔心整天冒著汗，昏睡不起的劉輝，費盡千方百計求醫。正好附近的道寺有縹家的醫生路過，請他來看過之後，只說了「受到妖氣纏身，在屋裡放一碟鹽，讓他睡上一天就能袪除毒氣，等燒退了再來叫我吧」，連一帖藥也沒開就走了。

靜蘭雖然罵著「哪來的蒙古大夫」，卻按照大夫說的放了一碟鹽，然後到了隔天，劉輝就真的退燒，也恢復意識了。

只是才一恢復意識，劉輝就奮不顧身的吵著要下床。也不管身體還虛弱，堅持要在當天中午之前回到江青寺。

問他原因，他也只說作了惡夢，雖然不記得內容，但卻有不祥的預感。

……就在此時，來自江青寺的快馬也抵達了。

邵可派來的使者送來一封信，信上是邵可凌亂的筆跡。

上面寫著，幾天前的一個夜裡，秀麗的棺材從「棺木之室」憑空消失了。

現場留下給劉輝的一封信，邵可也將那內容抄寫在信末了。

『……沒有留下寄信人的名字，筆跡應該也是經過刻意改變的。

書信內容如下：

「紅秀麗的人，我帶走了。

要她回來有兩個條件。

第一，無論會談內容為何，紫劉輝必須答應絕對會將王位禪讓給旺季。

第二，要紫劉輝將禪讓內容親筆寫成聲明文，在會談開始前的半日以內，帶到貴陽來。

來的時候絕不能有任何人同行，要是看到出現任何一個近臣的身影，交換條件將立刻失效。

若上述兩項條件無法配合，就當紅秀麗這條小命要不回來了。」』

第八章 那位王的選擇

夕照中，戶外傳來重建工程的釘槌聲。今天也一如往常賴在旺季房裡不走的孫陵王，一聽見外面傳來的聲音便回頭對旺季說：

「話說回來，你還真有本事，想得出那麼周詳的全國重建計畫。」

從紅州回到貴陽沒多久，旺季便著手展開各州的重建工作。儘管人一直待在紅州，旺季在宰相會議上提出的重建計畫，還是令六部尚書驚訝得說不出話。姑且不論細節如何，光從這份計畫看來，旺季身在紅州的同時，仍能掌握全國各地的受災狀況，對中央朝廷的政事也都了解得鉅細靡遺。那是一份經過深思熟慮，無懈可擊的重建計畫。計畫之縝密，雖叫人無法相信那是旺季一人從零開始研擬的，同時卻也因此使得朝廷高官對他更加心悅臣服。

旺季微微一笑，手中握著一把銀色的小鑰匙。

「還好吧……嗯？」

一陣腳步聲，筆直地朝旺季房間走來。腳步聲雖輕，卻不輕浮，一步一步腳踏實地朝旺季邁進。聽見他的腳步聲，旺季不知道自己該高興還是意外。門打開了，旺季臉上掛著一如往常的表情迎接他。

「……你回來了啊。」

看見喘著氣趕回來的小璃櫻，和冷靜的旺季相反，孫陵王開心激動的撲上前抱起璃櫻，像逗弄小孩似的舉起他，又是「飛高高」又是轉圈圈。

「回來了！你回來了！太好了，要是你不回來，我或迅都打算殺過去大鬧一番，大哭也好，下跪也好，都要求你回來。才不像這個冷血老頭呢！」

不只是旺季，連隨侍一旁的迅都在心裡吐嘈「璃櫻又不是你離家出走的老婆」。旺季手上仍翻著書簡，一邊對陵王說：

「你才應該巡迴各地，向那些過去被你拋棄的女人一個一個下跪道歉吧。」

陵王聞言，迅速躲到屋角，裝模作樣的選起書來，似乎決定裝作沒聽見這句話。真是個爛男人。

被放開的璃櫻，頭暈目眩的踉蹌了兩下，這才朝旺季身邊走去。

一面凝視著旺季，一面將手中的信盒交給他。

「——這是，國王給你的回信。」

旺季沉靜的雙眼看著璃櫻許久，才終於將視線轉往信盒。口中低喃著「這樣啊」，以優雅的動作收下它。

「國王怎麼樣，和你說了什麼嗎？」

「……呼，他看起來挺有精神的。只是說了些奇怪的話，要我給他一些頭髮或指甲。」

頭髮或指甲？不是叫璃櫻洩漏情報或留下來合作，而是頭髮或指甲？真是連旺季都料想不到的意外發展。

一旁的迅和一聽見「回信」就上前三步的孫陵王都不由得毛骨悚然。

「那是什麼意思？詛咒嗎？他想詛咒誰嗎？太恐怖了這位少爺！」

「這麼說來，好像曾聽說過國王性好男色……難道他對美少年也有興趣嗎……不會吧？」

聽了這句話，璃櫻全身僵硬。不會吧！難道真是這麼一回事？不不不，絕對不可能。

就連身為外公的旺季都不由得擔心了起來，直盯著璃櫻瞧：

「……你該不會真的給他了吧？」

「當然沒給！」

旺季安心了，目光轉向在馬匹上碰撞得傷痕累累的信盒。拉開繫繩，打開盒子，那質地堅硬而溫潤如玉，又有著蠶繭絲光的澄心堂宣紙便出現在眼前。不過旺季絲毫不為宣紙之美所動，很快的讀起信的內容。

默默讀完後，將信放回璃櫻手中。璃櫻只猶豫了一會兒，也跟著讀完它。璃櫻讀信時，陵王和迅都在旁探頭一起看了。陵王確認了日期時間和場所，以手稱額。

「……嗯？不就是一個多月後嗎？時間是正午，場所是……喔，這可叫人意外了。他是豁出去了是吧？竟然選擇了離貴陽這麼近的五丞原，那裡離旺季的領地也不遠。」

「他打算深入我方陣地啊？本以為他會指定東坡關塞附近，如此一來，有什麼萬一也能迅速撤退回紅州，沒想到……」

迅和陵王都眯起眼思索著。

「……只帶少數兵力深入敵方陣營，馬上就會處於下風，這一點他不會不懂。這麼說來，他已經做出禪讓的決定了嗎？若是這樣，選擇接近貴陽的地點就說得通了。」

國王並非笨蛋，身邊也還有邵可。現在全國上下，除了紅家以外，他已經沒有退路了，在這種情況下，決定乾脆禪讓也沒什麼好奇怪的。旺季和陵王當然也期待最好如此。

雖然多花了點時間，但只要他禪讓，狀況只是回到劉輝離開貴陽的那一夜而已。如果是這樣那倒還好。

「……總之，那天就會知道了。」

旺季好整以暇的坐回椅子裡。他有時會像這樣，說些彷彿將命運交給上天的話。也像是以期待對手出招為樂。旺季突然轉頭望向璃櫻。

「對了璃櫻，國王是否曾告訴你，他為何選擇這個日期與地點？」

「不……他什麼都沒說。」

「唔……那就算了，反正對我而言，這日子也不壞。會談人數是三對三嗎，那我方就由——」

陵王高高舉起手，兩隻手一起，就像是在高喊萬歲似的。

「我要去！我我我！帶我去！不然當心我揍你喔！老子在貴陽實在待膩了！」

「最後那句才是真心話吧，大鬍子！此行的目的可不是遊山玩水啊。」

旺季大吼著將手中的空盒子朝陵王丟去，迅苦笑著低下頭說：

「我也要去。身為侍御史的我陪同前往，應該很合情合理吧。葵皇毅大人的位階太高不甚妥當，不好帶他去吧？還是請他留守朝廷較為適任。」

旺季轉動眼睛望著迅。過了一會兒才揉著太陽穴說：

「……迅，你和陵王不一樣，你太聰明了，個性也好，所以我不想帶你去。」

「可是，您更不能帶晏樹大人吧？」

「……這……帶他去的話，恐怕會引起很多麻煩事……」

「這就是了。就算是用消去法，也只能帶我和陵王大人去，加上旺季大人您，剛好三個人。」

關於人選，旺季仔細沉思一番後，也認為迅的提議是最好的。

「……也對，我明白了，那就這麼做吧。」

「——關於會談，我身為仙洞令君有事相求。」

旺季、陵王和迅同時轉身面對璃櫻。

「我判斷這次會談內容，與王位相關的可能性很大，因此身為仙洞令君，我決定和大巫女縹珠翠站在中立的立場分別出席見證。」

這不是提議，而是仙洞令君裁定之後的知會。

這是第一次，旺季望向璃櫻的目光閃現光芒。他眼中的璃櫻，已是一位獨立的政治家。旺季微微一笑。

「……這是你的想法？」

「是的。但因為我是……我似乎是你外孫，如果只有我一人出席可能有失公允，所以來此之前，我已要求大巫女列席，她也同意了。」

只要代表中立的仙洞令君和縹家大巫女共同出席，當天兵戎相見的可能性就會大幅降低。旺季不由得發出笑聲，璃櫻正以他自己的方式努力著。

「呵呵，原來如此。你想了很久吧，璃櫻──好，我明白了。」

「……還有一件事。」

「什麼？」

「他說，到了那一天他會堂堂正正的面對你，不會閃躲。」

短暫的沉默之後，旺季托著腮笑開了。

「──那很好。」

……璃櫻和陵王離開之後，旺季望著手中的銀色鑰匙。

──靜靜藏在機關箱中的那把銀色鑰匙。這是悠舜給的最後一份禮物。

用銀色鑰匙打開的小儲藏櫃裡，裝了滿滿的書簡，都是與全國受災狀況及重建計畫相關的文件。

簡直就像悠舜事先顧慮到旺季的辛勞而預先準備的，悠舜的筆跡。不過，文件裡也有另一人的筆跡。

在那小山般高的資料堆裡，到處能看見紫劉輝的筆跡。從這些文件裡可以想像得到，旺季不在貴陽的這段期間，由於朝廷所有人都無視國王的存在與發言，因此他只能每天晚上和悠舜交換意見，建構出一條通往重建的道路。然而，悠舜卻將他和紫劉輝討論出的結果獻給旺季，旺季只要稍加修飾，就能從旁奪取那嘔心瀝血的成果。

銀色的鑰匙閃閃發光。旺季心中並未感到一絲罪惡感。他想的是另外一件事。

誰都不曾正眼看他，在毫不被注意的地方，一個人獨自前進的國王身影。那已經不再是從前對蝗災視若無睹的國王。不過——太遲了。旺季牽動嘴角微笑起來。

將銀色的鑰匙，放進抽屜裡。

從旺季府邸回到仙洞省的路上，璃櫻不經意地抬頭仰望夜空。紅色妖星依然怵目驚心的掛在天邊。因為實在出現得太久，貴陽的人們甚至已經習慣了它的存在。此時，夜空中劃過一道流星。

（流星移動的方位座標，顯示從紅州朝貴陽——）

流星的弧度和尾巴的長度暗示的都不是人的死亡。只是，從紅州到貴陽，這方位令人放不下心。

加快速度回到仙洞省，一踏入羽羽房間，房內所有神器瞬間一齊發出共鳴。

自從解決了神器那件事後，這還是第一次發生這種事。

而和神器那件事時不同，這次的共鳴很快就停止了。瞬間共鳴。

簡直就像跨過了某種結界。璃櫻心頭一驚，想起剛才的流星。

璃櫻跨著大步走向屋內的水瓶，劃破手指滴下幾滴血。「無能」的璃櫻只有在使用血時才能施展法術。過沒多久，水瓶中浮現珠翠的身影，看得出她臉上寫滿了焦慮。

「珠翠，發生什麼事了？剛才有『什麼』跑進貴陽了嗎？」

「……我完全沒想到會發生這種事，但秀麗小姐的棺木，被人從江青寺偷走了。」

「什麼！妳不是設下結界了嗎？應該沒人破壞得了那個才對呀？」

「……其實為了保護秀麗小姐，我還另外設置了幾個辦法，沒想到似乎因此造成了反效果。」

聽了那「辦法」之後，璃櫻瞪大了雙眼。

「也就是說，那是用秀麗作為交換的嗎？」

「大概是這樣。不過，隨著瑠花大人的死，瑠花大人加諸於棺木及那個男人身上的法術也開始失效。他應該已經腐爛的不像樣了，沒想到竟然還能動……」

璃櫻突然想起國王口中腐敗殭屍的事而懊悔不已。早知道就該問詳細一點。不過，璃櫻心中還有其他許多疑問。

「……珠翠，那個即使腐爛卻還能走動的屍體，和殺害瑠花姑媽的是同一個人吧？我一直想不通，那傢伙只是個凡人不是嗎？為什麼有辦法差使死人呢？」

「雖然沒有經過證實，不過……他們之間應該有血緣關係。雖然其中一方確實和黑仙締結了契約，但要讓不具異能的普通人擁有操縱屍體的能力，靠的也只有血緣關係了。」

「血緣關係？難道他們兩個有血緣關係嗎？不──這麼說來，無論是長相或氣質……的確都有相似之處。」

「調查結果，茶家三兄弟中似乎只有次男朔洵並非同父所生。長男草洵和三男克洵的父親都是茶仲障的兒子，但朔洵的父親恐怕是祖父仲障本人……」

也就是說，仲障他睡了自己兒子的老婆吧。璃櫻不禁皺起眉頭。

「在那之前曾有一段時間，仲障離開茶家在外生活，應該就是在那段期間……」

「生了凌晏樹……」

凌晏樹和茶朔洵，原來是同父異母的親兄弟。

「凌晏樹和黑仙之間以契約進行了什麼交易並不清楚，但結果便是使他擁有自由操縱茶朔洵屍體的能力。只不過，雖說有血緣關係，但能操縱自如到這樣的地步，若不是凌晏樹特別優秀，就是他有此資質了……瑠花大人發現這件事後，便早一步出手禁錮了屍體。沒想到凌晏樹花言巧語說動了立香，將朔洵連屍體帶棺材的偷了出去……」

「連弟弟的屍體開始腐爛了，凌晏樹都還要繼續利用他嗎！」

「不過推算起來，朔洵的屍體至少有一半已經腐爛，就算想繼續操縱，他恐怕也已經無法離開棺木一步。」

璃櫻感到些許的安心。這麼一來，包括暗殺瑠花、破壞神器等一連串事件中，元凶可說是這個會走動的屍體，現在總算再也無法發揮功能了。

「他偷走紅秀麗棺木的目的……也很清楚了吧？」

「是。根據江青寺那邊聯絡，綁架秀麗小姐的目的，是要劉輝陛下答應禪讓，並且寫下正式的聲明文，至少在會談開始前的半日以內獨自送到貴陽——」

璃櫻在腦中暗忖那封回信所提及的會談日期與時間。

「會談的時間定在正午……推算回去半日之前就是子時，深夜啊……等等，記得沒錯的話，那場所——糟了，來不及。會談場所位於五丞原邊境，離貴陽雖然算近，但全速前進也要花上半天時間。若要帶上軍隊，幾天以前就必須從貴陽動身出發。旺季大人要去的話，要是我不跟著去就顯得太不自然了。」

「……等一下，這麼說來，若是陛下前往貴陽搭救秀麗小姐，他就來不及參加會談了吧？……這個要求，簡直像算準了會談時間似的。」

「那應該只是巧合吧？從紅州接過回信後，我可是沒有一刻離身，直到剛剛交給旺季大人前，也沒有打開看過。信上貼了封條，要是有誰擅自打開過，也馬上能知道。但我確認過了，封條無損。」

「是嗎……」珠翠低聲說著，內心總覺得哪裡不對勁，歪著頭卻又想不出來。

「幸好對方綁架了秀麗小姐後，是連同棺木將她運到貴陽，這一點真是不幸中的大幸。既然是在絕對神域貴陽，就和在縹家一樣……封印不會受到動搖。」

要不是這樣，秀麗的身體不知將承受多大的負擔。珠翠捏了一把冷汗。這一定是秀麗體內的那位女子做出的指示。

璃櫻想起秀麗的面相。病弱、短命、聰明。意志力和運氣都很強，但只要用來幫助男人，就會反過來吞噬秀麗的壽命。無論好壞，這都是女人的天性。

老實說，秀麗的男人運真是差的可以。接二連三遇到不成材的男人，為了幫助他們解決問題，連自己天生的好運都用光了。其中尤以遇到茶朔洵這件事最倒楣。

秀麗的生命就這樣縮短，到現在更是所剩不多了。

「那麼，就算找到紅秀麗也無法將她搬離貴陽囉？……等一下，關於紅秀麗的事，凌晏樹知道多少？連她什麼時候會醒來都知道了嗎……」

「不，要在什麼樣的條件之下才能醒來，凌晏樹絕對無從得知。知道的人只有秀麗小姐自己和另一個人而已。不過，我想他至少已經確定了不管做什麼都無法喚醒秀麗小姐……」

「……這只是個假設，如果國王在期限之前潛入王都救出紅秀麗呢？」

「……會談的時間是他自己決定的，如果他不遵守諾言，在那之前就潛入貴陽，而這件事要是被揭穿的話，就算沒有帶著聲明文一切也都會完蛋。他做人的信用將更會一敗塗地。再說，如果他提早來貴陽，旺季大人也還沒離開，國王肯定落得被旺季軍包圍的下場，也是一樣完蛋……」

「那麼，假設在旺季大人離開貴陽之後，國王再潛入救出紅秀麗呢？救出之後，可以先安置在仙洞省，由縹家來保護她。」

「你真是太天真了……」

曾在瑠花短暫洗腦下與司馬迅交手過的珠翠扶著額頭說：

「……哪有那麼容易救出來呢？對方手下的殺手集團和『風之狼』類似，我可以斷言，光憑你一個人是成不了什麼事的。更何況，如此老謀深算的對手，怎麼可能笨到輕易讓人奪走棺木？」

璃櫻低頭無語。的確，和秀麗進入那座隱山時，自己根本不是那些殺手的對手。

「就算運氣好能找出秀麗小姐被藏在哪，恐怕在前往救出她之前，對方就會通知御史臺，國王潛入貴州的事也就瞞不住了。就算國王和靜蘭大人、燕青大人等所有人都到了，殺手集團還是有本事拖延時間，哪怕只是拖延幾拍的時間，也都夠讓對方折斷秀麗小姐的脖子了。如此一來，包括國王在內的所有人，豈不白跑了一趟。」

「那妳的意思是，國王只能選擇以禪讓換取紅秀麗的命，或是不禪讓而對紅秀麗見死不救嗎！」

珠翠十分冷靜地──從璃櫻看來那已近乎冷酷──毫不留情的說：

「──沒錯。對方就是那麼厲害，一直以來，無論國王選擇哪邊都對他們有利。這次也一樣。」

而過去總在千鈞一髮之際為劉輝解除危機的秀麗，現在已經不在了。

「還有，璃櫻大人，關於秀麗小姐這件事，你絕對不能擅自介入。」

「為——」

「既然你今天選擇了出席會談，就必須貫徹非武裝與中立的立場。你還不懂嗎？對手等的就是你或我的介入。因為若真如此，我們將無法繼續保持中立，而被當作是國王那邊的人，不能再參與會談。這麼一來——」

「中立不等於什麼都不做吧！」

「你聽我說！如果我或你成為其中一方的同夥，或被認為站在任何一方，從那一瞬間起，另一方就絕對不可能認同我們說的話了。這樣下去也不可能發揮仲裁的機能。聽好了，所謂的中立不但要對國王公平，對旺季大人也必須公平，否則就不算是中立。即使對手再卑鄙，我們的立場也不能改變。」

再怎麼生氣也不能插手。一切忍耐，都是為了有需要時，才能以仲裁的身分介入。

擅自插手政事，暗中操縱國王的「奇蹟之子」和瑠花的下場，璃櫻比誰都清楚。

那使得縹家完全失去信用，被戩華王視為「敵人」，徹底肅清。

現在正是挽回縹家名譽的最好時機。這一點璃櫻當然很清楚。他也知道珠翠其實比自己更關心劉輝與秀麗。自己說的話也只是想發洩內心不滿而已。

「……對不起……」

「……我也有不對，對不起，不該那樣吼你……除非國王正式要求我們協助，否則我們是不能擅自展開調查或有所行動。能去救秀麗小姐的是國王他們，不是我們。」

璃櫻眼中閃過一絲希望之光。

「那，如果有正式要求呢？」

「那就能夠在我們能力範圍內給予協助。不過……我不認為陛下會提出要求。他一定會避免讓你的立場更加為難……聽好了，那不只是為了你，同時也是為了國王與秀麗小姐。現在國王已經察覺到這一點了。相信你也隱約明白了吧？所以才會選擇拉著我一起出席會談。」

璃櫻表情扭曲，卻沒有反駁。

「……珠翠，妳認為國王會怎麼做呢？他會來嗎？」

珠翠沉默了一會兒，才低聲的說：

「……以前，也曾發生過類似的情況。」

三年前的春天，對現在的珠翠而言，那好像已經是好久好久以前了。在那之後，好多事都改變了。

「當秀麗小姐還是貴妃時，在霄太師的示意下，我綁架了她。並且藉此誘騙國王前往有殺手埋伏的仙洞宮。」

璃櫻聽得瞠目結舌，顫抖著嘴唇問道：

「……國王他，選擇怎麼做？」

珠翠笑了。但那笑容之中卻有著泫然欲泣的無奈，一張臉扭曲著。

「……他來了啊。為了救秀麗小姐，一個人單槍匹馬。」

「——」

璃櫻用力握拳。

要是這次他也這麼做的話。

要是他只為了一個女人而拋棄夥伴，不守信用，無視與旺季之間的會談而來到貴陽的話……

國王手中所握有的，就會變成只為了秀麗就能全部拋棄的東西。

……到時候，他也不再是國王。

那些他對璃櫻說過的話，在那個瞬間也會變得完全失去意義。

然而同時，若國王選擇捨棄秀麗的話，那又有著不同的意義。

究竟希望國王選擇哪一邊，璃櫻自己也不明白了。

不明白。

回到江青寺的劉輝一直盤腿坐在「棺木之室」中。

記憶中似乎聽見靜蘭對長老逼問著「不知道人上哪兒去，也沒有任何線索是怎麼回事！」但不知從何時起，沉默籠罩了劉輝四周，屋裡也只剩下自己一個人。

劉輝讓「莫邪」靠在自己肩上，環顧著棺木消失後的「棺木之室」好久好久，都沒有改變姿勢。不吃也不睡，一整天甚至連動也沒動一下。

月落時分，忽然劉輝的髮梢在空氣中搖晃了起來。垂下眼，深呼吸。

輕輕站起身。

回頭一看，門口有個人正雙手抱胸，靠著門站在那。

那既不是邵可也不是靜蘭或楸瑛，而是燕青。不可思議的是，劉輝也覺得現在站在那裡的就該是他。沒錯，如果一定得有人站在那，最適合的就是燕青了。劉輝這麼想，不知何故，總覺得在面對與秀麗相關的事情時，燕青和自己最是相像。說得更正確一點，雖然角度出發點不同，但燕青和劉輝總會站在相等距離的位置上。劉輝沒說出口的話，燕青也最能深切體會。就像同一圈漣漪同時傳遞到兩人身上一樣，感受相同，表達出的想法也相同。不知不覺，劉輝笑了起來。

「……你什麼時候來的？」

「大概在陛下坐在那裡的半刻之後吧。」

幾乎和劉輝在同一時間，燕青也來到這裡，並一直陪著他。光影投射在燕青臉上，使他看起來像是在微笑著。同時他沉靜的表情裡卻也寫著些許疲憊。

「……已經決定了？」

「是啊，決定了。」

燕青瞇起眼，唇邊泛起一個很有男子氣概的笑。

「這樣啊。」

只說了這句話，其他都沒問。燕青應該很清楚，國王決定了什麼。

「陛下，雖然對你不好意思，但我的主子並不是你，而是小姐。今後也大概不會改變吧。我會在江青寺，也並非為了和你站在同一邊，只是為了要和小姐站在同一邊罷了。」

「榛蘇芳也對孤說過一樣的話。」

燕青輕笑了，摸摸長長了的鬍子。

「不過我認為你現在的表情挺不錯的喔。應該說你終於擁有這樣的表情了嗎……你只要做好自己的工作就對了。而我也會做好自己該做的。」

「……秀麗也對孤說過一樣的話。」

——千萬別忘了。只要做你該做的事就對了，不管未來發生什麼。

燕青挑眉，卻沒問劉輝秀麗是什麼時候這麼對他說的。只是嘻嘻一笑，說了聲「是嗎」。

「你現在終於知道那句話的意義與分量了吧。小姐真的是個好女人。」

劉輝此時突然不加思索的說出一句話：

「把『鑰匙』交給你，一定是最正確的決定吧，燕青。」

一拍之後，燕青才覺得很有意思似的笑了。那神情好像說著「大概吧」。

不過，他嘴上還是什麼都沒說，只留下充滿男子氣概的微笑。

如一隻優雅的野獸，瀟灑地轉身離開。

「——劉輝陛下。」

離開「棺木之室」的劉輝，立刻被邵可叫住。仔細一看，夜這麼深了，大家卻都還沒有就寢，站在那裡。原來不只燕青，所有人都陪伴著他。

先走出來的燕青不知消失到哪去了，面前只剩下邵可、靜蘭和楸瑛三人。

劉輝依序看了看三人，最後視線再度回到邵可身上。

邵可不知不覺地挺直了腰桿，嚴肅而有禮的站著。

看見劉輝安靜而從容的眼神，邵可就猜到劉輝要說什麼了。

在說出那句話前，劉輝連一個深呼吸都沒有，表情也不曾改變。

「邵可，那封信孤決定不予理會，將按照預定計畫前往赴旺季的會談之約。你們也隨孤一起去。」

有人倒抽了一口氣，但那是誰，他們也分不出來了。

短暫的沉默之後，楸瑛小心翼翼的先開了口：

「陛下，這表示……不去思考如何救出秀麗大人了嗎？」

「正是。」

清楚而不容置喙的回答。回答的同時，就表示決定捨棄秀麗。

「孤想了很久，但要在期限前救出她是不可能的。對手足智多謀，總是早我們一步棋。無論孤去不去，想要不被御史臺發現就完成救出秀麗的任務是不可能的。就算有百萬分之一成功的機率，也無法帶著棺木離開貴陽。但若藏匿於貴陽某處，對方一定會為了奪回而發動襲擊。他們擁有嬀美『風之狼』的殺手集團，想防禦他們的襲擊是很困難的。」

若是悠舜或絳攸在，或許還可能有什麼好辦法。但他們兩人也都不在身邊了。

「孤本人或是身為孤近臣的你們任何一個，若在會談日之前提早潛入貴陽而被發現，不只會讓會談喪失可信度，孤也會失去信用。但也不能因此就派一般士兵潛入，派實力不夠的人前往，只會害他們白白送死。」

楸瑛和靜蘭都沒說出「不會被發現」的話。現在的貴陽有司馬迅和孫陵王在，而對方的殺手集團則是司馬迅一手訓練的精兵。就算是靜蘭與楸瑛兩人，也沒把握能突破警戒網，在不直接交手的情況下救出秀麗，再將她帶到某處──某處？甚至連這某處是何處都不知道了──根本是不可能的任務。而除此之外的方法，想了一整天，不管怎麼想都想不出來。和劉輝一樣。

「想在期限前救出秀麗是不可能的。而孤也不打算寫下禪讓聲明文來交換秀麗，更不會在會談日前就進入貴陽──這就是孤的選擇。」

過去劉輝在行事上引人詬病之處，多半和秀麗有關。他總是只顧眼前情事，憑感情判斷自己該怎麼做。其結果就是不斷迷失正確的方向和正確的做法。可是這次不一樣。

劉輝靜靜地宣告自己無法成為一個只為秀麗存在的國王。

楸瑛發現，現在自己正親眼目睹了劉輝成為一個國王的瞬間。

只有短暫的剎那，劉輝看著邵可的眼神閃過一絲猶豫。

「……邵可，抱歉。」

邵可恭敬地執起劉輝的手，貼在自己的額頭上。

「……不，別這麼說。小女是國王的官員，是你的官員。這麼做才是正確的。」

要是秀麗知道自己成為國王最後的絆腳石，恐怕才會更生氣，更絕望吧。

那不是秀麗希望看見的，她也不需要這種愛的方式。這種程度的愛，對秀麗而言是不夠的。

劉輝現在，終於理解了這個。

再一次閉上眼睛，劉輝一手拿著「莫邪」悠然的走出去。

邵可深吸了一口氣。那步伐，一瞬間像極了他的父親戩華王。

「從東坡到會談地點，不趕路的話，大概得花上半個月。在出發前還有其他事該做，連一刻都不要浪費——天亮後就從江青寺出發，回東坡做最後準備。」

劉輝連一次都沒有回頭看「棺木之室」，也沒有提及消失的秀麗。背對「棺木之室」，向前邁步。

「——燕青，你要上哪去！」

靜蘭看見燕青時，他已經做好行旅的準備，正在為馬裝上馬鞍。

燕青靠著馬，回頭望向靜蘭。天亮前的世界是一片深藍，燕青雙手交叉在胸前，聳聳肩。

「我？我還有事得去辦，要和你們分頭行動。」

「你該不會要去把小姐——」

「……我先把話說清楚，我並不打算在期限前救出小姐。會談的期限，是國王向對方提出的宣告。小姐當然很重要，但是現在對他而言有更重要的事。為了明白表示這一點，國王才會要你們絕不可擅自出手，不是嗎？」

「…………唔。」

明明人並不在現場，燕青卻完全明白國王的心意。

「要是在這種情形下我真的出手，等著看吧，一定會搞砸一切的。要是被小姐知道，鐵定會被她罵慘吧。」

「……可是，唯一有可能辦到的人就是你了啊，燕青。」

現在黑白大將軍都不在劉輝身邊，能和孫陵王及司馬迅對戰的只有楸瑛和燕青了。而在靜蘭的感覺之中，燕青比楸瑛更高明些——

「你說得沒錯。可是啊，應付殺手並非我的專長。就算能和他們平分秋色，要想不被御史臺發現而救出小姐，那是不可能的。這點你應該也很清楚才對吧？」

「……」

「不過，既然沒聽見你對國王生氣發狂的大呼小叫，那麼告訴你也無妨——在那封怪信所講的期限之前，我絕對不會動手。這不僅是為了國王，也是為了小姐。可是，期限一過之後的事，我就不保證了。」

——不一會兒，靜蘭便聽懂了燕青話中之意，瞪大了眼睛。

信中要求國王於會談前的半日以內，帶著聲明文獨自赴約。

既然如此，在那之前讓秀麗活著的可能性就很高。

「——是啊……只要那時刻一過，劉輝的意圖就算達成了。」

只要過了那一刻劉輝沒有出現，就會證明他毫無禪讓的意圖。

在同一時間，或許對方也會判斷不再需要留住秀麗的命，但在這段時間還是有機可趁。

旺季也離開貴陽前往會談場所了，貴陽城裡的戒備將相對寬鬆。雖然不可能在期限前救出秀麗，但要潛入貴陽而在期限之前不被人發現，憑燕青的身手絕非難事。

會談的時間明定為正午。往回推算半日之前——正好是夜半時分。

在那瞬間行動，比的是燕青救出秀麗的動作快，還是對方解決秀麗的動作快。

當然，在那之前得先查出秀麗到底被藏在哪裡才行。

雖然很難，但想在不妨礙劉輝的情形下救出秀麗並非不可能——

燕青笑著正面望向靜蘭。這些計畫，告訴現在的靜蘭也沒有關係了。

「我的行動可不只打算去救出小姐，你打算怎麼做？即使如此還是想跟來嗎？」

想待在劉輝身邊，還是想一起去救秀麗。

靜蘭只沉默了一拍，就朝馬廄走去，牽出一匹馬。

「——我跟你去。劉輝身邊已經有老爺了，至少也還有楸瑛……」

不過內心真正的理由，或許是感覺到劉輝已經不再需要自己了。

燕青心想，如果站在相同立場，靜蘭一定無法做出和劉輝一樣的決定吧。無論必須使出什麼手段，他都會派人潛入貴陽，直到最後都想救出秀麗。即使那封信上寫著，如發現想企圖救出秀麗就會殺了她，靜蘭還是會這麼做。這絕對會是他的選擇。

然而結果無論是順利救出秀麗，還是秀麗因而被殺，當以其人之道還治其人之身時，就再也無法與旺季正面對話了。

劉輝選擇的，正是那可能只有一次的機會。

而這就是現在劉輝與靜蘭之間的差異。

現在的靜蘭已經正視並承認這一點了。並非劉輝不再需要靜蘭，而是就算靜蘭不在身邊，劉輝也不會迷失方向了。

不可思議的是，靜蘭一點也不覺得寂寞。反而感到自由——自己的自由。

「怎能放心交給你這肌肉男一個人去進行啊，一定會失敗的嘛。這種時候你就需要我這種有腦袋的人。」

「你說什麼啊。我可是從以前就很有腦袋的好嗎？」

「繼續說你的夢話吧。」

靜蘭將燕青裝在馬鞍上的囊袋和半數以上的裝備都搶過來，裝在自己的馬上。

「喂！你這傢伙，那是我的裝備！對了，你身上應該有帶錢吧？」

拍拍衣服口袋，靜蘭這才想起。

「……我忘了帶。上次被那個閻官吏勒索一空之後，身上就沒錢了……」

「竟然勒索得到你的錢？太厲害了。不過這麼說來，你現在豈不一文不值？快去跟邵可大人借一點來啦！」

「開什麼玩笑，怎能讓老爺看到這麼丟臉的一面！把你的錢包交出來！」

「是誰在開玩笑啊，你這混蛋！你還是留下來好了！來了也是礙事。別跟著我！」

燕青急急忙忙跳上馬就想跑，卻被靜蘭拉住了。

「明明是個肌肉男，還想一個人在小姐面前耍帥嗎？我才不會讓你稱心如意呢。要錢多得是辦法，你去賣內臟賺就有啦！」

「你以為你是誰啊！氣死我啦！你至少去借點旅費吧！」

天亮前的夜空下，迴盪著燕青的哀號。

站在道寺二樓眼看這一切的楸瑛，一邊打從內心同情燕青，一邊轉頭望向身旁的人。

「……他們走了呢，陛下。」

「嗯……不過燕青……這樣沒問題吧……萬一他中途被靜蘭賣掉怎麼辦？」

「喔──那個不用擔心啦。要是我還真的可能被他賣掉，不過不管怎麼說，靜蘭是贏不了燕青大人的喔。他們兩人的關係，真的有點不可思議。」

從兩年前的夏天相遇時就是這樣了。他們兩人是否曾經在哪裡見過，共度過怎樣的時光，沒有人知道。然而那時能讓靜蘭打開心房的，只有燕青。

視野一隅，閃過一顆短暫的流星。劉輝抬頭望向天亮前的白亮夜空。

那顆紅色妖星依然掛在天邊，燃燒著紅光，連周圍的星星都被染上一層詭異的氣氛。

紅星掛在天上的位置，正好是貴陽的方位。

初冬時，劉輝為了逃離那顆紅星而來到紅州，現在卻即將朝那顆紅星而去。

那顆星或許正代表了劉輝自身的命運。

「……我們也該走了。」

「是，陛下。我會跟隨您的。已經只剩下我和邵可大人了呢。」

「對孤而言，這就足夠了。」

劉輝微笑轉身，楸瑛始終跟在他身後三步之遙的地方。

……日子如飛箭般快速流逝。

這段時間，劉輝主要以東坡關塞為據點，但眼前的狀況始終未見好轉。

絳攸與閭官員就那樣斷了音訊，前往藍州的榛蘇芳也仍然下落不明。甚至開始謠傳他已經被旺季派的人馬給抓走了。

靜蘭和燕青偶爾會捎來書信，其中最吸引劉輝注意的，是提及從貴陽以北的三州流向貴陽的合金數量超過往常兩倍以上的情報。

「……邵可，你看這是……」

「……是啊，一定沒錯，這證明了在那座整日飄煙的山裡，我們紅家的技術人員已經成功地在短期間內大量生產了鋼鐵。只要將鐵重鑄為合金，再交給優秀的北方鍛造坊，無論多少武器和盔甲都能大量生產。」

明明知道地點，卻還是無法順利進入那座山。也曾幾度襲擊，成功搶奪了從山裡運出的合金和鐵炭，但也只是其中的少數而已，反而讓他們加強警戒，更不容易得手。要是此時發展成激烈的戰爭，又會讓會談泡湯，這也不是劉輝所樂見的。

整個冬天，都無法找到進入那座山的方法。

就在平靜的近乎詭異的氣氛中，冬天就要過去了。

有好幾次，紅玖琅和劉州牧都建議劉輝將會談延期，但他都不肯答應。

超過半個月的時間，劉輝絕口不提秀麗的名字，彷彿他已經忘了這個人的存在。

就在於東坡的準備工作即將結束時。

劉輝手持「莫邪」，靜靜地站起身來，決定啟程前往五丞原。

在這個時間點。

駐留於東坡關塞的軍力——五萬。

駐留於王都貴陽的軍力——五十萬。

……光看數字，幾乎是十倍的差距。

第九章 覺醒時刻

久違地踏上紫州的大地，地面雪跟泥土都混在一起。

寒風呼嘯的聲音，像極了女人發出的哀鳴，狂亂的吹過五丞原。

那天夜裡，夜空中星光閃爍，彷彿哪位仙女一時興起的將星星碎片撒了滿天。

這不是冬季過後的紅州星空，而是自己從小看到大，熟悉的紫州夜空。

劉輝走出帳篷，看著野營的營火燒得紅光閃動，和天上的星光相呼應。

「……會染風寒的，陛下。」

劉輝沒有回答，取而代之的是嘆了一口氣，染白了周遭的空氣。凝神朝貴陽的方位尋找，但也只能看到一片荒漠深淵般的黑暗。

「好暗哪……」

別說貴陽城裡或村落的稀疏燈火，就連野營的火光都沒看見。

「旺季將軍似乎為了以防萬一，將附近居民驅離避難吧。」

這樣啊。劉輝低喃。一股對村民們的歉意湧上心頭，更哽在喉嚨。

「……因為我們的緣故被迫驅離……村民們一定受寒了吧……」

對他們真是抱歉了。

劉輝的感想並不是「這樣也好」，也不是「這麼一來就不必顧慮他們了」。而是擔心村民會不會受凍。

楸瑛表情扭曲了起來，胸中一陣激動。

不是因出自好意，而是為了另一半原因而回到國王身邊的。沒錯，為了現在那對人民滿懷歉意的

國王，楸瑛願意陪在一旁。因為他的國王，就在這裡。

「……結束之後，我們去向他們道歉吧。我也會陪你去的。」

劉輝嘴角似乎浮現一絲笑容。楸瑛說的話，有如虛無飄渺的游絲。雖然曾有瞬間彷彿可以看得到真實，但卻永遠抓不住。

明天這個日子，和楸瑛那如夢般虛渺的話語一樣，對現在的兩人而言，就像是抓不住的游絲。

刺骨寒風從只看得見黑影的山間呼嘯吹過。劉輝低聲說：

「……沒看見旺季的軍隊呢。」

「已經接獲他們從貴陽出發的消息。畢竟會談就是明天正午了……既然我們會選擇五丞原邊界處紮營，想必對方也一樣吧。」

當天光發白，世界開始呈現一片淡藍色時，雙方人馬一定會開始緩緩策馬前進了吧。

剛好在正午時，雙方即將相會於約定的場所。

「……楸瑛，天亮之後，照孤所說的行動。」

楸瑛抿著唇，本想說些什麼，卻又吞了回去，點點頭後輕聲的說：

「……是。」

劉輝懷念地聽著河川濁流發出的轟轟巨響，抬頭望向前方的山。

「……煙已經不再飄起了呢。」

「是啊……這代表一切準備就緒了吧。」

根據探子回報，從數日前開始，那座整日飄煙的隱山就不再飄出煙來了。劉輝也親眼確認過，整座山都像是睡著了似的安安靜靜。

這麼一來，劉輝也無法再見到那位山屋裡的老人。

「對了陛下，關於那座山……有一組小隊自願明天守住那座山以防萬一。畢竟無法保證會談時，山裡的人會不會採取什麼行動。只要能在發現不對勁時馬上通知您就行了，所以我就派那組小隊去吧，您覺得如何？」

「無妨，就分頭行動吧。」

「遵命。」

營火漸漸熄滅，周遭也越來越安靜了。

然而劉輝卻未返回帳篷，持續站在刺骨寒風中望著某個方向。楸瑛也不勉強他，只跟著凝望劉輝視線的方向。是貴陽。

在那之後，國王口中就不曾再提起秀麗的名字。

不過楸瑛還是察覺到了。每當他一人獨處時，總會望著貴陽的方向。

好幾次，好幾次都像這樣。楸瑛望著他的側臉。

「……現在什麼時辰了？楸瑛。」

但今晚，那已是他最後一次這麼做。

「子初之刻。再過兩刻……貴陽就要敲響夜半鐘聲了。」

按照那封怪信提出的期限，正好是夜半時分。再過兩刻，期限就要到了。

「……已經，來不及了吧。」

再怎麼說，劉輝現在也無法從這裡單騎飛奔到貴陽，已經來不及了。更何況現在朝貴陽前進，只會跟旺季的人馬撞個正著。

劉輝抿著唇，佇立於平原的蒼茫風中。

楸瑛像影子般隨侍在他身側，一起等待期限的到來。

茫然之間，只有時間像烏龜一樣慢慢流逝。

終於，宣告夜半時分的太鼓聲，悲悽地響徹平原之上。

——倒數。

在消失於風聲中的太鼓聲壓迫之下，劉輝文風不動。抬起頭，祈願般地望向滿天星斗，臉上的表情分不出是在哭，還是在笑。

夜空中，一顆短短的流星劃出一道弧線滑落。

「……時間到了。」

不打算禪讓的意志。

劉輝以沉默度過期限，向那不知名的對手證明了這一點。

看見腰間的「莫邪」似乎正閃閃發光，劉輝凍僵的臉露出微笑。

「……你也知道快和他見面了，是嗎？」

「咦？」

「沒什麼……好了，我們也稍微歇一歇吧。」

踩著無聲的腳步，劉輝轉身走回帳篷。

還未實現的約定，該去的地方，都只剩下一個了。

——明日正午。

直到最後，劉輝口中依然沒有提起秀麗的名字。

劉輝的身影消失在帳篷裡，看起來就像是被夜晚給吞沒了。

……將時間回溯到稍早之前。

貴陽城內響起悲涼的子時鳴鐘，燕青和靜蘭也都在城裡聽見了。

他們知道旺季已經率軍出城。表面上的名義雖然是巡視州內，但百姓有時是很敏感的。不知是否察覺到即將發生大事，整座貴陽城安靜得連風聲都快要聽不見。甚至連本該夜夜笙歌的花街柳巷都是如此。

（……當年我受流放之刑時，也曾聽見這鐘聲哪……）

和母親被關進囚車，趁夜被押送至茶州的那天。關於貴陽，最後抓在手裡的就只有這蕭條的子時鳴鐘。對靜蘭而言，這是象徵分離的鐘聲。

腦海中浮現昏昏沉睡的秀麗。好久以前，一到秋天靜蘭便常在庭院裡敲下柿子樹上的果實，讓秀麗撿起來。爬到高高的柿子樹上時，總能望見過去生活過的那座城，這時靜蘭經常停下手邊的動作，站在樹上發呆。有一天，秀麗對這樣的靜蘭說：

「靜蘭，從那邊眺望風景一定很舒服吧？」

靜蘭慌慌張張的回問：「妳要爬上來嗎？」秀麗卻搖搖頭說：

「不用了，總有一天我會自己爬上去。從上面看見的景色，我要留到那時候再享受。聽我說，靜蘭。總有一天，不只是讓別人敲下柿子分給我，我也要做一個分柿子給別人的人。等我長大以後。」
等我長大以後，就換我到你那邊去囉。秀麗是這麼說的。
過了幾年之後，秀麗真的如她所說的辦到了。爬上柿子樹的秀麗和靜蘭一樣，環顧整個王都之後，將眼光落在那座城上。好久好久，只是靜靜地凝望那座城。
彷彿決定了下一個要爬上去的就是那座城似的。
宣告子時的鐘聲漸漸迴盪開來，終至無聲。靜蘭扭曲著表情笑了。
所以這次秀麗也一定會跳起來的。跳起來，用力的跑完人生。
朝自己的目標，用自己的力量。
「……靜蘭，離期限還有兩刻鐘，再忍耐一下。」
身邊的燕青隨性地放鬆著，保持平常心的功夫之徹底，簡直令人為之火大。
「鳳叔牙寄來的最後一封信，剛好錯過沒接到。也只好算了……」
燕青為了打探貴陽和朝廷內部的消息，主要拜託的人，除了仍留在朝廷奮鬥的一群紅姓官員外，就是秀麗那群冗官夥伴了。靜蘭突然想起某事，瞪著燕青說：
「你為什麼要告訴那群冗官有關小姐的事？萬一他們擅自行動該怎麼辦？」
「不，是叔牙自己先察覺的，我也很訝異。怎麼說呢……呆呆也是這樣，他們那群人總是能嗅出事情的端倪，而且問他們理由，都說是『直覺』。」

不是抽絲剝繭發現事情真相，而是突然有一天毫無理由就察覺了。燕青自己也因為住過山裡，所以常被人說有這種「野性的直覺」，或許呆呆他們也在不知不覺中，擁有屬於下級貴族特有的直覺了吧。畢竟他們身處的階級和情勢，使他們需要對檯面下的波濤洶湧特別敏感才行。

「他跟我說『秀麗該不會被誰幽禁在貴陽了吧』……」

「……這的確很像呆呆會說的話……」

像靜蘭這種凡事都愛講大道理的人簡直難以理解，但蘇芳他確實有能耐從毫無線索的情形中掌握事實。而且就算想羅織大道理瞞過他，他也不會上當。

「就算是這樣，你也不必承認啊！要是他們在期限前鬧出什麼事來，對國王造成不利的話——」

「要是敢對叔牙他們那樣的人說謊，他們就不會再相信我第二次了。你或許覺得，有時為了方便撒謊是有必要的，但說穿了，那只是榨取別人的自私理由罷了。聽好了，你以為小姐為什麼能博得那群人的信任，就是因為她從沒對他們說過謊啊。」

「…………」

「那幾個人哪，在期限前是不會輕舉妄動的。他們已經答應我了，而我也相信他們。」

靜蘭噤口不語，把頭轉向一邊。燕青苦笑想著，他還是一樣，只願意把重要的事託付給階級與自己同等級以上的人。所有事物如不在他的支配掌握之下，他就無法感到安心。基本上，要靜蘭相信別人，或要他把什麼交給別人，對他而言是非常困難的事。他無法輕易相信他人。

不過，已經漸漸在進步了。只要把道理說給他聽，他也願意接受。光是這一點就和以前大不相同。

「叔牙說，他們也在貴陽城中暗自尋找小姐的下落……」

燕青和靜蘭不同，他不認為叔牙等人會闖出禍來。靜蘭看人總以頭腦好不好來衡量，燕青心中卻有另外一把尺，認為叔牙他們的專長在於如何保護自己、待人處世的智慧。他們的信條有二：「君子不立危牆下」和「三十六計走為上策」。

現在這樣的狀況，表現出站在國王那方將會使自己陷入不利，這一點他們比靜蘭還清楚。正因如此，他們才會充分發揮那獨特的直覺，慎重的在不超出招來危險的範圍內行動。一旦認為有危險，為了保護自己他們也會馬上逃遁。這對燕青和秀麗來說也是最能安心，卻值得信賴的做法。或許是蘇芳要他們這麼做的吧。

「最後的信裡寫著，發現了疑似幽禁秀麗的場所，但只說了再聯絡就斷了音訊……」

之後就再也沒收過叔牙寄來的信，看來是剛好錯身而過了。

「……你也將今天的期限告訴他們了嗎？」

「說了啊。告訴他們很危險，所以絕對別來。話說回來，他們『發現』的場所到底是哪裡啊？」

燕青歪著頭思索。燕青最終還是沒說出旺季或孫陵王、凌晏樹的名字，叔牙也沒問。他們憑本能知道，有些事不知道比較好。心裡有祕密的人，弱點也會變得越來越多，因此，裝傻與不多問也是他們的處世方式之一。

「說不定只是什麼荒郊野外的空屋吧?」

「嗯……或許吧……如果真是那樣,也可確保他們幾個平安,也算是好事。」

畢竟叔牙他們只憑著「秀麗被幽禁在貴陽」這一條線索進行搜尋,的確很有可能去一些毫不相干的空屋廢墟或破廟裡找人,然後誤會自己「發現」了。這可能性相當高。正因他們做事總憑直覺而不分析道理,所以如果產生誤會,通常都會是四十五度角的完全搞錯方向,這也算是他們的特徵。

相反的,靜蘭和燕青則是打從一開始就知道面對的敵人是誰,所以當然也就縮小了搜尋方向。

想將睡在棺材裡的姑娘避人耳目的藏起來,可以藏的地方很有限。

「不在仙洞省。也不在後宮或花街。我們和小姐的情報,似乎從姮娥樓裡的胡蝶大姐那邊洩漏了不少,所以本來還以為鐵定是藏在那裡的呢。」

凌晏樹是胡蝶長年的恩客,這件事燕青也是經過此次調查才得知。胡蝶雖不至於出賣秀麗,但很可能在枕邊人凌晏樹的花言巧語誘導下,無意間將自己一直疼愛的鄰家女孩秀麗的近況,閒話家常的說了出來吧。

自古以來,妓院這種地方就經常被如此利用。最高級的妓女通常擁有身分地位高貴的恩客。只要善加利用妓女和妓院這個管道,往往能套出不少有利情報。話雖如此,胡蝶可是貴陽花街的一流名妓,在一般情況下,口風應該很緊才是。靜蘭一邊想,一邊揉著太陽穴。

……女人會不經意說溜嘴的情況就那麼幾種。其中之一,就是迷上對方那個男人的時候。

「這也沒辦法，男人還不是一樣，在心愛的女人面前總是比較多嘴嘛。」燕青說。

「……我知道。也沒怪她的意思。」

靜蘭這句話的口吻真的毫無批判，也不像在逞強。使得燕青倒是有些驚訝，看來他真的打從心底沒有責怪胡蝶的意思。燕青覺得有些欣慰。

「這麼說來，剩下的可能藏匿場所，就只有這裡了。」

「……換作是我，絕對會一直隱瞞旺季。也不會告訴孫陵王、司馬迅和葵皇毅。如此一來，就算任務失敗，只要將小姐滅口就神不知鬼不覺了……所以，能藏的地方就只有這裡了。」

燕青伸手輕敲了敲身後的圍牆。

「一定藏在自己家裡了吧。」

兩人從白天起便一直監視著的，正是凌晏樹位於貴陽的宅邸。

「……話說回來，這裡幾乎看不到有傭人耶？雖說凌晏樹是出了名的不愛回家啦……」

圍牆另一端，像是沉澱於黑暗之中，有種詭異的安靜。那種靜不是因為現在是三更半夜，而是從大白天開始就這樣了。宅院本身看起來並非荒廢，應該有定期整理，但卻感覺不出有人在裡面生活的氣息。

「倒是隱約感覺得到殺手的氣息啊。」

「嗯。不禁叫人覺得這屋子是不是專門給殺手拿來睡覺用的……看吧，就算是我，要在期限前不被任何人發現就救出小姐也是絕對不可能的……」

老實說，燕青和靜蘭光是想不被發現就已經很困難了。本來燕青還真的考慮過在引起騷動前先把全部殺手打昏，靠蠻力救出秀麗。不過一來到這裡，就馬上放棄了。

吹過一陣詭異的風，吹得樹梢葉子嘩嘩作響。一隻黑色的大鴉發出拍動翅膀的聲音。

側耳傾聽，彷彿聽見滴答、滴答，時間一刻一刻流逝的聲音。靜蘭閉上雙眼。

「……時候，就快到了。」

滴答、滴答。時間一刻一刻的逼近，彷彿也聽得見以相同節奏跳動的心跳聲。

「是啊。很快就是夜半時分了……」

——只要等到深夜零時。

期限就過了。

靜蘭心想，劉輝現在一定也在遙遠的五丞原等待這個時刻的到來吧。

劉輝不會來。

過去選擇一個人前往幫助秀麗的劉輝，已經不會來了。

然而這樣也好。靜蘭第一次能夠這麼認為。你只要做到這個程度就好。

代替劉輝，這裡有燕青也有靜蘭。就像秀麗不斷幫助劉輝一樣。這次輪到我們了。

——滴答。

不知道停在附近哪棵樹上的黑色大鴉，拍著翅膀飛走了。

那個瞬間，燕青和靜蘭倏地睜開閉上的眼。

電光石火般的蹬上圍牆，跳躍。

夜幕之下，兩人的身影彷彿被黑暗吸收，消失在圍牆後方。

黑暗中，晏樹用手撈起閃閃發光的寶石。晏樹將手伸進那個寶石箱，簡直就像是個孩子的玩具箱，又像晏樹本人一樣充滿了各種矛盾。在一片腐屍氣味之中，只有寶石的光輝格格不入。搖曳的火光將影子詭異地拉長，不但沒有照亮室內，反而令黑暗更濃重。

「嗯，這樣就行了吧。」

最後手中捻著一對淚滴狀，做工細緻的小巧紅玉耳環。晏樹很喜歡這對耳環。仔細的將耳環扣在沉睡於白棺中的秀麗耳上，讓晏樹心情大好。

「被囚禁的公主，不打扮漂亮一點怎麼行。」

晏樹愛憐地撫摸棺中秀麗的臉頰。不只為她戴上耳環，還為她略施了脂粉，豐滿的嘴唇上也點上朱紅。更在纖細的脖子上掛了華麗而優雅的寶石項鍊，手腕與腳踝也戴上同樣的寶石鍊。只有雙手交握的手指上什麼飾品都沒有。

晏樹滿足地微笑望向那些同款式的寶石鍊。鍊子們就像是美麗的枷鎖，是他最喜歡的東西。

「那個全身腐爛的殭屍帶妳前來時，一路上掉落的腐肉都沾到妳身上，弄髒了妳那身漂亮的衣服和臉蛋，真是抱歉哪。不過妳放心，那個壞殭屍再也不能對妳怎麼樣。我已經把他丟進角落的那副棺材中了。」

雖曾一度換下秀麗被腐肉弄髒的衣服，但當那套縹家公主服飾被洗乾淨送回來後，晏樹還是決定幫她換回這套服飾。不過，以晏樹的品味來說，除了公主服飾外，那些豪華數倍的寶石首飾當然不可或缺，全都穿戴上後的秀麗顯得一身雍容華貴。

「我聽說妳母親是縹家的人，或許因為如此吧，這身打扮真適合妳，真適合。」

晏樹隨性地從寶石箱中又撈出一把黃楊木的梳子。

拿梳子仔細刷梳秀麗一頭黑髮，反覆梳過幾次後，一頭秀髮更顯光澤，晏樹心滿意足地摸摸秀麗的頭髮和下巴，就好像摸著自己心愛的玩偶一樣。

「……睡著時的妳，真像個娃娃般的可愛啊。不過我更喜歡醒著時的妳。」

褐色的雙瞳閃過捉狹的笑意。晏樹望向秀麗的眼神，彷彿是看著一隻汪汪吠叫的可愛小狗。

不久前的晏樹對秀麗就像是餵食流浪狗般的溫柔。隨心所欲、愛理不理，有點瞧不起她，也不是那麼真心，對晏樹而言，只是個隨時可以從人生中抹去的存在。然而現在，他開始對這隻即使不餵她食物也會自己追過來的小狗感興趣了，甚至開始懷抱起扭曲的喜愛之情。

「聰明可愛，嗅覺靈敏，即使短手短腿卻能追趕我到這個地步的孩子，除了清雅之外就只有妳了。女孩子就是要元氣十足的追在後面跑才可愛。」

秀麗伸手不耐煩的揮開正在摸她鼻尖的晏樹指尖，然後翻了一個身繼續睡。晏樹幫她把手放回原位，一點都沒有不高興。在秀麗所擁有的東西當中，晏樹最喜歡的就是她這雙手。那是勞動者的手。偶而晏樹也會幫秀麗修剪指甲，所以秀麗的雙手指甲短而清潔，還散發一股肥皂的香味。秀麗不適合香水。

「嗯，殺了妳果然可惜。不像胡蝶一個晚上就膩了，妳從今年春天開始，或許是受過皇毅和清雅的鍛鍊吧，越來越符合我的喜好了啊……」

事實上，能和晏樹長時間相處的人是非常稀有的。

「畢竟，每次我一有喜歡的人，就會開心的用盡全力設下陷阱殺掉對方啊……這是我的壞習慣……所以對我而言，重要的人總是為數不多，而且還有逐年減少的趨勢。長大之後，人與人之間的邂逅也少了，能遇到喜歡的人真的不簡單呢，一定要好好珍惜才行。」

晏樹嘴上說著乍聽之下好像很有道理的話，骨子裡卻有一百八十度相反的意思。

趴在棺材邊，晏樹向下望著秀麗緊閉雙眼的睫毛。從旁邊看，像極了一隻全心全意等待主人起床的大型犬。

「妳知道嗎，旺季大人帶著迅和陵王出發了……丟下我一個人。」

竟然連這種事都向她抱怨了。

遠遠傳來了鐘聲。鏗、鏗……

鏗、鏗……晏樹討厭這個聲音。聽起來實在太令人寂寞哀傷了，每次聽到都會感到一陣揪心。其中尤以這深夜裡的子時鳴鐘持續最久，也最令人討厭。晏樹握緊秀麗的手，閉上眼睛，簡直就像一個祈禱鬼魂快點離開的孩子。

告知時刻的鐘聲共有九響。九響鐘聲迴盪在蕭條的夜裡。

當那彷彿會一直持續下去的餘音消失時，晏樹長嘆了一口氣，苦笑起來。

「……明明我們是這麼努力……不只我被丟下，妳也被放棄了呢。這下我們可是同病相憐啦。」

按照當時留下的書信，距離約定的夜半期限還有兩刻鐘。原本蠟燭的燭心發出夏蛾般的「滋滋」聲燃燒著，也將配合著期限的來臨燒完。

手邊並未接獲國王已單槍匹馬朝貴陽前來的任何情報。

晏樹用眼角確認了蠟燭的剩餘量，一邊溫柔撫摸秀麗雪白的面頰。

「我和妳一樣，不管怎麼努力，最愛的人還是不會幫我們……我呢，本來都已經下定決心了呢，要是國王真的一個人前來，絕對不設陷阱也不刁難，會好好把妳交還給他的呢。這是真的喔。不過聲明文還是得給我就是了。」

這一個月來，晏樹對秀麗產生了前所未有的奇異情感。或許是因為秀麗一直昏昏沉睡吧，對晏樹而言，秀麗就像個令人喜愛的玩偶，什麼都能直率的對她說。當然，所謂的「什麼都能直率」，對凡事小心謹慎的晏樹來說，還是有一套他自己的標準。

晏樹把秀麗看得很重要，也親自照料、疼愛著她。一開始只把她當作最後的一點附贈品，但當隱約察覺到國王不會來了之後，對秀麗的愛憐與同情大增，變得比以前更喜愛她了。就像疼惜著被主人丟掉的寵物一樣。

「國王要是真的不來，我該拿妳怎麼辦呢……像這樣每天幫妳戴上漂亮的首飾等著妳醒來，好像也不錯？……妳會繼續成長嗎？要是悠舜還活著，就可以問他該怎麼飼養妳了。像是這副沒情調的棺材……不如在上面畫點桃子圖案吧。」

晏樹和一般人不同的，也就在這種地方。和清雅不同，晏樹判斷人的基準不在於是否具有利用價值。只要能打動晏樹的心，他就願意展開行動，也會對對方抱持感情。就算已經沒有利用價值，只要是難得看上眼的，或是已經認定是同伴的，就不會丟下對方不管。

「不過，通常在被我丟下之前，對方不是已經死了就是逃了……在這一點，妳不會從我身邊逃走算是挺不錯的。所以我才會這麼喜歡妳。」

滋滋。蠟燭燃燒的聲音。蠟淚緩緩滴下，燭身也越來越低矮了。

晏樹握緊最喜歡的秀麗的手，像個打盹的孩子閉上眼睛。

握著那雙比自己體溫還低的手，清楚感到自己的體溫流向秀麗的身體。知道自己身上還能流出溫暖的血，令晏樹從喉嚨裡發出低沉的笑聲。

滋滋、滋滋，聽著越來越短的蠟燭發出燃燒的聲音，晏樹什麼都不做，只是滿足的享受著這酣然時刻，彷彿一隻剛吃飽的優雅的貓。

終於，將於兩刻後準確燒完的蠟燭，也只剩下一小殘段了。

當這一小段蠟燭燒完時，就是夜半時分了。

也是約定的期限結束的時刻。

晏樹慵懶地抬起睫毛，眼角瞥見最後一小段蠟燭被火吞沒，無聲消失。晏樹站起身來，雙手抓住秀麗兩邊腋下。一頭又長又捲的頭髮就落在秀麗身上。晏樹偏過頭，像要親吻秀麗似的靠近她。

用指尖愛撫般地緩緩觸摸纖細而優雅的寶石鍊。

雙唇相碰，晏樹臉上帶著微笑，用貓低鳴時的甘美聲音，彷彿正在對命中注定的戀人說話：

「……我說小公主，妳就別理那個拋棄妳的國王了，跟我在一起吧？」

眼看最後一段蠟燭就要被火焰吞沒，搖曳不定的火焰突然在消失前，奮力冒出一大團火花。

就在此時。

撫摸著秀麗的晏樹，發現有什麼牽動了他的指尖而猛然睜大雙眼。

指尖感受到跳動，脖子上的脈搏急速加劇，同時一陣顫慄的快感沿著晏樹的背脊攀升——那是來自活人的心跳。

只有活人才會發出的聲音，晏樹比什麼都還永遠愛著這個。

充滿生氣的感覺傳到指尖，如虹的氣勢彷彿能吹散黑暗與火焰。

醒來了。

此時晏樹耳邊傳來的聲音，叫人無法分辨是幻覺還是真實。

兩道星光似的圓形光芒，似乎在一瞬間快速的從秀麗胸口迸發。

接著，便是那深沉而鮮明的聲音，如清脆鈴聲般響徹周遭。

『秀麗——早啊。該是起床的時間囉。』

國王的聲音。

彷彿聽見一把世上獨一無二的鑰匙轉動的聲音，一如那告知時刻來臨的鐘響。

秀麗牽動著嘴唇，無聲地做出回答。

——是啊，劉輝早。時間到了呢。

晏樹眼睜睜的看著這一切發生。

秀麗緊閉的雙眼，開始慢慢打開。

那雙幾可媲美七夕夜空的雙眸之中，潛藏著強烈的意志，全身熱血沸騰。

眼前的她，一切都正漸漸恢復為紅秀麗。

比起睡著時的她更充滿魅力，毫不掩飾的堅強意志，雖然柔韌卻又帶著一股不知名的蠱惑力量，深深打動晏樹的心。

接著，那有如滿天星斗般的眼神，更堅定地望向晏樹。

「……晏樹大人。」

雖然還留有一絲疲憊，但那依然無損於她的燦爛。就這樣，秀麗微笑了。

「難得您邀我，但很遺憾我還有工作要做，不能和你一起走。」

晏樹淺褐色的雙眸加深了顏色，撇撇嘴角也笑了起來。

好像再也沒有比這更開心的事，晏樹用那帶著殺人微笑的妖豔雙唇，執起還握住的秀麗一隻手愛憐地親吻。彷彿那是一個對戀人宣告別離的吻。

滋滋。蠟燭發出最後的燃燒聲。殘餘的一小段蠟也燃燒殆盡，火焰消失了。

「是嗎。」

晏樹纖細而優雅的手指撫觸著秀麗的喉頭，接著手指便像蜘蛛絲般纏繞上去。

「早啊，我的公主。果然妳還是活著醒著的時候最危險又最可愛了。正因如此，雖然有點可惜，但還是非殺了妳不可。好嗎？」

沒有一絲躊躇，晏樹加重了指尖的力道。正當秀麗顰起眉頭時。

——後方那扇門被打開了。

●●●●●

「——不准動！把小姐還來！」

砰！地帥氣踢開最後那扇門的燕青與靜蘭，看到眼前的景象不禁一呆。

「……咦？怎麼沒人？」

空無一人的室內，別說殺手了，連棺材和凌晏樹都沒看見。

「不會吧！不可能不在這裡啊？這是最後有可能的地點了。一定在哪裡有暗門通往隱密的地下室，或是得穿過什麼謎樣通道。等我們進去了，凌晏樹那傢伙絕對會說『呵呵呵，來得可真晚哪』，一定是這樣沒錯！」

兩人到處找了半天，並沒找出任何暗門或機關。而且不管等了多久，也沒看見任何壞角色呵呵笑著登場。終於，燕青沮喪的說：

「……難道……我們找錯地方了？」

「別、別傻了！那怎麼可能！你就算了，我怎麼可能判斷錯誤！」

此時，突然傳來不知是誰「哇！」、「倒了好多黑衣人耶？」簡直像是鬼屋探險隊員發出的那種哀號。

兩人一回頭，正好和兩個探頭探腦望著室內的男人四目交接。在對方拔腿逃跑前，燕青動作更迅速的逮住了他們。看到其中一人的長相時，燕青不禁敲了敲手。

「你不是秀麗的那些冗官夥伴之一嗎？」

「哇呀呀呀饒我一命……咦？這不是燕青嗎？你果然在這！因為一直不見你來，還以為料錯了呢。這是第一次遇見比我還笨的人耶！」

聽到這番話，靜蘭和燕青都湧現不好的預感。難、難道——

「……你們來信說找到小姐被藏的場所，是在別的地方嗎？」

「嗯，應該是。畢竟沒辦法進入其中確認。曾有一次我們打算借酒裝瘋闖進去一探究竟，卻被看起來很可怕的男人給趕跑了。後來我們便輪流組隊裝作路人甲在那屋子附近監視，在今天傍晚看見凌晏樹走進去了。」

——一聽見晏樹的名字，燕青和靜蘭都驚訝地彈跳起來。不會吧？

「等一下！這是怎麼回事？那是哪裡？是說你們為什麼會找得到那裡？」

「……不是啊，想也知道誰會選自己家當藏匿地點啊？這也太容易被猜中了吧。只有小混混才會有那種腦袋。厲害的狠角色才不會做出這種日後可能害自己被逮到的選擇呢。對方可是個大壞蛋耶，一定會動更多腦筋才對吧？所以我們大家聚在一起拚命想了好久，對吧？」

「對啊對啊，秀麗以前就兇巴巴的說過好幾次，要我們遇到困擾時就大家聚集在一起腦力激盪！

蘇芳也說，想不出來的話，就從秀麗過去經手的案件裡找線索。」

「等一下、等一下。你說秀麗過去經手的案件……啊啊啊啊啊啊不會吧！」

燕青和靜蘭也終於發現了。

御史臺經手過，加上若原本宅邸的主人死得離奇的話，宅邸多半會被朝廷查封。既然已成為空屋，一般人為了趨吉避凶絕對不會靠近。燕青大喊著跑了出去。

「——是被殺死的兵部侍郎那間空屋啊！我這大笨蛋！」

●　●　●　●　●

門被靜悄悄的推了開來。秀麗耳邊傳來窸窸窣窣的耳語，倒像是沒安裝好的門發出咿咿呀呀的聲音。晏樹當然不可能沒察覺，回頭一看，從門縫裡看見有誰手中提著燈，眼睛朝屋內窺看。

「打、打擾了！我們是公所派來的青年鬼屋探險協力隊……今天來此，是想調查這棟房屋是否已經合乎判定為鬼屋的標準了……」

「咦？只是調查？不是直接判定了嗎。話說回來，就算被指定為新鬼屋觀光地點，會有什麼改變啊？」

「你有沒有聞到一股腐臭味？」

「你剛說的，是不是跟村里自治會的青年協力隊內容搞在一起啦？」

這些亂七八糟又漫無目的的對話，使晏樹瞬間覺得被打敗了。秀麗也被打敗了，不過她並沒錯過這個好時機。

很快地伸手朝鋪在棺材底部的棉布下方摸——果然找到了。

「晏樹大人～～～！惡作劇就到此結束吧！呀嘿！」

將那東西抓在手裡，用力朝晏樹額頭砸下。

「咦？」

啪地一聲，紙摺扇發出滑稽的聲音，打在晏樹頭上。即便是過去做過許多壞事的凌晏樹，也沒遇過這麼滑稽的反擊。雖然毫無生命威脅，但被紙摺扇這麼用力一打，還是痛死了。

「妳這丫頭！那是什麼？這東西不是給妳這樣用的吧？當作廟裡的符咒嗎！」

趁著晏樹雙眼泛淚按住額頭的當下，秀麗抓住棺材邊緣縱身一跳，朝外飛奔而出。

「喔，是紙摺扇！剛才那個吐嘈真是絕妙啊！」

「膽敢用紙摺扇打那個恐怖傳聞一堆的門下省大官，絕對沒錯……」

「是秀麗！」

「找到了！真的在這裡！喔，太好了！猜中了！」

「欸，她穿得還真華麗。」

秀麗一邊用手心將紙摺扇拍的啪啪作響，一邊上下打量著晏樹。

「大家，謝謝你們了！幫了我大忙……那麼現在，準備好了嗎？」

下個瞬間，秀麗放聲大喊：

「任務結束，大家辛苦了！做得很完美——現在為了各位自身的安全，請全力逃跑吧！」

「喔，收到——！」

咚咚咚咚，從窗口傳來「協力隊」動如脫兔，整齊劃一的逃跑聲。就連精銳部隊恐怕都無法這麼整齊劃一的逃跑吧。

啞口無言的望著這一幕，晏樹不加思索地大笑了起來。

「晏樹大人～～你這個人啊，實在是沒救了。」

「啊哈哈。常常有人對我這麼說啊。尤其是女人。不過大部分的人後來都會改口說愛上我唷。她們總說，你這男人真是無可救藥了，但我就是愛你。所以妳也別客氣了，就說吧。」

秀麗額頭爆出青筋。

「哼哼哼，開什麼玩笑。我再重新說一次，你真是個無可救藥的男人，凌晏樹！真是的，那顆桃子果然是不幸的桃子，葵長官說得沒錯。」

「對我來說，那可是愛的桃子呢。不是那麼容易得到的喔。」

「那當然！那種危險的桃子你要是拿去到處發，那才傷腦筋吧！」

就連厄運信都比那桃子好。

「……然後呢？接下來妳打算怎麼辦？」

晏樹抬頭望著秀麗。深茶色的雙眸中閃著危險的妖豔，盯得秀麗全身寒毛直豎。晏樹是一隻美麗的野獸，而自己就像一隻無處可逃的兔子，就要被吃掉了。儘管他看起來只是慵懶的坐在那裡，自己卻逃不了。

手中的武器只有劉輝放進棺材裡的一把紙摺扇，雖然不是毫無用處，但也派不上太大用場。就跟劉輝這個人一樣。

秀麗豁出去，深吸一口氣後直視著晏樹說：

「你問我打算怎麼辦？——我現在當然要去工作了。」

「又是工作？晚上把男人丟著去工作，妳太過分了吧。不願意陪我玩嗎？」

「等下次吧！」

「下次？」

「只要還有一口氣，不管天涯海角我都會追上你，將你繩之以法！」

呵呵。晏樹笑了。用那雙治豔得令人目眩的深褐色雙眸打量著秀麗。

「明知我是什麼樣的人，仍不畏懼追來啊，真令人感激。我果然還是喜歡醒著時的妳。真是個了不起的女人，妳那些話，就連清雅都還不敢對我說呢。」

「謝謝你喔！那就這樣啦，我要走了。」

「那可不行。」

原本像個孩子般坐在空棺旁的晏樹，突然無聲地移動身形。秀麗感到全身都出了冷汗。明知不逃不行，自己卻像被蛇盯上的青蛙動彈不得。

「就算只有一天，我也不能讓妳活著。我的直覺一向很準。」

「你太抬舉了吧，我只是個監察御史，而且還是最下級的。」

「不，妳不但聰明有勇氣，而且絕不放棄，是個幸運的護身符。本來我想將妳放在身邊的。妳看，就算手中只有一把紙摺扇，妳仍能想出用它逃之夭夭的辦法。」

「……」

「妳是不是想，只要再撐一下，浪燕青和茈靜蘭就會趕來救援了？」

「！」

「啊哈哈。那兩個人最愚蠢的地方，就在於太相信自己的聰明與實力了。結果就是經常忽略思考，反而自掘墳墓。年輕人都很容易犯這種錯。相比之下，的確得好好稱讚剛才那群冗官。他們雖然不強，手中什麼都沒有，卻能拚命思考到最後直到得到正確答案。這也是妳一向的做法。就算妳不在，他們也已經從妳身上學到如何努力了。」

晏樹以毫無破綻的姿勢站起身，舉手投足都帶著貴族的優雅。

明明沒有特別受到威脅，秀麗的膝蓋卻不由自主的發軟。想起很久以前葵長官曾說過「那傢伙比我厲害多了」。

「那兩人還得花上一點時間才能從我府邸趕來，這段時間足夠我殺妳了。說實話，平時的我一定會放妳走吧……就連現在都還覺得殺了妳有些可惜。」

晏樹慵懶地將一頭波浪長髮撥到肩膀後方。深深嘆氣。

「可是……就因為妳或許能令旺季大人實現願望，所以不能放過妳。」

實現？不是阻礙？

這時，秀麗感到有什麼聯繫上了。在思考前她已經先開了口：

「——請放我走吧，晏樹大人。」

「我不是說了……」

「就像旺季大人需要你一樣，劉輝也需要我。直到最後。」

晏樹的長髮搖曳，從他臉上失去了所有笑容。

當他不為人所知的地方被暴露出來時，這就是他真正的表情。

秀麗毫不畏懼，用力站穩膝蓋發抖的雙腳，從丹田擠出聲音：

「所以我一定要走。到劉輝身邊去。無論如何——即使對手是你。」

就在秀麗轉身和晏樹追上的同時，事情發生了。

晏樹本該毫無困難抓住秀麗，一切就此結束才對。

但此時，放置在房內角落，被人遺忘的另一副棺材卻突然打開了。

強烈的屍臭撲鼻而來。秀麗小時候每天都會聞到那樣的味道。

人類的屍肉腐爛掉落時的味道。

晏樹大吃一驚，朝腐臭的來源投以一瞥。

秀麗卻沒有回頭，連看都不看那個殭屍一眼，迅速擺脫了晏樹，從剛才冗官夥伴們逃離時打開的門飛奔出去。

不知隱藏在何處的殺手紛紛現身，擋住她的去路。

此時，一根棍棒劈下，將殺手與秀麗隔開。接著燕青與靜蘭更一口氣趕上前，瞬間打倒迴廊上的數名殺手。

「小姐！」

秀麗一確認了來人是燕青和靜蘭後，不由分說的便縱身一跳，舉起紙摺扇就往兩人頭上敲。

開口第一句話既不是「讓你們擔心了，對不起」也不是「謝謝你們救了我」。

反而是氣得七竅生煙，破口大罵：

「你們來得太遲了吧！要不是大夥先趕來，不知道會變成怎樣呢！」

兩人無話可說，一時之間只能摸著被打的頭，乖乖說著「對不起……」，「對不起啦……」向秀麗道歉。

秀麗也沒打算把時間花在重逢的感動上。

「——你們兩個都聽好了。現在我要借匹馬離開貴陽，但燕青和靜蘭你們得去另外的地方。現在，馬上，用最快速度。」

「咦？現在就要馬上和妳分開嗎，小姐？」

「沒錯！不然跟在我屁股後面又能幹嘛？」

秀麗毫不留情的回答，語氣中毫無感傷。燕青彷彿聽見靜蘭內心不平的吶喊，但秀麗說得確實沒錯，自己和靜蘭跟著她也派不上用場。

「你們倆都帶了手下嗎？」

「不，只有我和靜蘭兩人，沒有其他人了。」

「嗯，這樣啊……對了，影月說不定已經從碧州前往紫州了吧？」

燕青大驚。確實聽說秀麗睡著時也能從夢中得知現實中所發生的事，可是——

「妳怎麼會知道的？就連我都是昨天才得知此事，是妳夢見的嗎？」

「啥？什麼夢啊？我只是猜測如果是影月的話，此刻一定會率領醫療團隊從碧州趕往受災地而已。那麼，既然燕青這邊已經接到聯絡，差不多也該帶著醫療團隊從碧州來這些地方待命了吧……為了預防萬一。」

戰爭帶來的多數死傷，影月一定先預料到了。

「我想影月他們一定會在那邊有所行動，你們就去和他會合。」

「可是，那邊到底是哪邊啊？」

「麻煩最晚要在中午前會合。我只說一次，所以仔細聽好。這是件重要的事，非常的重要。」

接下來秀麗便將場所以及「希望你們做的事」簡短的講解了一下。

交待完之後，燕青和靜蘭都露出嚴肅的表情。

「……這只是我的推測。還不知道是否真會如此。不過我還是希望你們去。」

燕青揉揉秀麗的頭髮。果然秀麗是最棒的。這就是燕青選擇的命運。

「——明白了，交給我們吧。」

「那，小姐妳——」

靜蘭的話只說了一半。

因為就算不問，也早已知道答案。秀麗笑了。

「靜蘭，我要去的地方，不說你也應該知道吧？」

「……是。」

「那，我走了。再不走就來不及了。你們倆如果可以的話，盡可能絆住晏樹大人的腳步，拜託了。不過不必太勉強。還有，謝謝你們趕來。」

之後，秀麗便穿著那身縹家公主的服飾，在深夜中飛奔而出。

聽著從迴廊傳來的騷動，晏樹嘆了一口氣。

那兩個人一趕到，光憑晏樹一個人就不可能抓住紅秀麗了。

眼前的棺材中，那幾乎不成人形，勉強只能說是一大塊腐肉的屍體正向外爬出，擋在晏樹面前。整個身體有一半都見骨了。

「……沒想到你竟然能靠自己的意志行動。是不是內在的魂魄回到身體裡啦？明明不知道飄到哪裡去的魂魄，為了心愛的公主，一定會用盡最後的力氣，努力撐到這一刻吧？朔洵。」

每動一下，身上的肉塊就紛紛掉落。對那刺鼻的腐臭味，晏樹像是早已習慣似的無動於衷，只冷冷的望著眼前的「弟弟」。

「……我啊，真的非常討厭你。也根本不需要那將我和皇毅、悠舜推入地獄的彩八家血緣。更不希望旺季大人知道我跟你的關係。想要的東西，我會靠自己的力量得到，不需要的東西我就捨棄。可是令人厭煩的是，血緣這種東西又沒辦法從身上除去，所以我本來打算總有一天要解決掉所有跟我有血緣關係的人。不過悠舜已經先幫我做了這件事。」

臉上的肉也有一半都掉光了，凹陷的眼窩中卻閃動著過去不曾見過的光芒。那是這副肉體原來主人的精神與意志。他張開嘴巴，似乎想說什麼，舌頭卻滑溜溜的掉到地上。看來，是沒辦法再說話了。

「從前和黑仙見面時，他說想看我的人生會怎麼走。我說你這個人的嗜好也真怪，不過隨你高興怎麼做吧。他說要定下契約的話就得給他一件東西。我才不要呢，我的就是我的，既然如此，那就乾脆不定契約了。之後他還是會不時跑來找我，大概在十年前吧……發生了各種事，我突然想訂契約了，就說，那把我弟弟給你吧。我調查過你的性格，知道你本來就覺得活著沒意思，所以你說，我是不是個很為弟弟著想的好哥哥啊？有需要就有供給嘛。」

一步一步，腐臭的屍體朝晏樹逼近。晏樹也不閃避。

「你死時黑仙會出現在你身邊就是因為這個原因。沒想到將死之際，你又嚷著想活下去，黑仙問我那契約該怎麼辦，雖然你是我弟弟但這也太任性了吧，但沒辦法啊，我就說那姑且讓你再多活一陣子吧，剩下的我會再做清算。當時真沒想到，會是將小姑娘的生命轉移到你體內的辦法。不過聽說是因為沒辦法從一般人身上取命的關係。想想，你可是靠著心愛女人的生命活下去的呢！這還真叫人有點嫉妒。不過，你本該是為了小姑娘自殺的，卻又獲得她的生命變成殭屍，我都搞不清楚這是什麼狀況了。」

晏樹撿起放在秀麗原本睡的那副棺材另一端的東西。

「話說，訂了契約之後能做什麼，頂多就是能自由使用你的身體而已。剛好那時我正愁不知該如何殺了縹瑠花。應該要給你一點額外贈品才行喔？畢竟你也算是派上了用場，真是多謝你啦。還幫我綁架了小姑娘，你真是個大壞蛋呢！」

晏樹的眼光不經意的停留在空棺上，然後高興的笑了起來。

「……對了，小姑娘或許就是給你的額外贈品吧。真是個不錯的禮物。雖然被她給跑了。」

秀麗過去曾說晏樹的笑容和朔洵有點像，不過內在卻是完全相反。此時的晏樹正露出了那惡魔的微笑。

「……真正無聊的不是世界，而是因為你自己是個無聊的男人。只要到中央朝廷來，我們都會陪你玩的啊，你卻寧可在鄉下像個水鬼似的扯別人後腿。雖然你是我弟弟，還是不免為你掬一把同情淚。身為兄長，能為你做點什麼真是太好了。至少你獲得不少人生經驗了。人生是很有樂趣的吧？人死了就成為過去。應該學學小姑娘，她連看都不看你一眼，全力奔馳的活在當下。我絕對不想像你一樣，成為回憶之中的人，死都不願意。我要充分的愛，充分的活，感受各種雀躍，如果覺得無趣了，就靠自己把人生變得有趣。比起耍帥的死掉，我寧可選擇難看的活下去。這就是我和你的不同。」

晏樹從撿起的劍鞘中拔出劍。

「照這麼說來，現在的你可真是活得最難看了。不惜讓小姑娘看見你這麼難看的樣子也要幫她逃走……現在的你，我終於願意承認是我弟弟了。你的確好好愛過了不是嗎？真是個無可救藥的弟弟啊……跟我一模一樣，真討厭。」

深褐色的雙眸，這時不知浮現出怎樣的表情？

「我這個哥哥很帥氣吧？比起強上一倍兩倍的我，你怎麼可能敵得過？誰叫我才是哥哥呢？好了，現在你魂魄也回來了，我也得實現諾言才行。清算的時間到囉，而且也該是讓你好好安息的時候了。下次，你要試著更努力的活喔，直到你能明白人生雖然很麻煩，但也有很多樂趣為止……最後能幫上小姑娘的忙，恭喜你呢。」

最後這番話裡似乎夾雜了一絲發自內心的慈愛與體貼，不過也可能是朔洵的錯覺而已。從未能分辨出他說的哪句是謊言，哪句又是真實。這個大騙子兄長。

直到最後，朔洵都沒能分辨出晏樹話中的真偽。

靜蘭和燕青衝進屋內，看見腐臭的殭屍都驚訝的呆住了。

就在兩人面前，晏樹像拿著玩具似的舉起那把劍，劍光一閃。

除了輕微的一聲「咚」之外，還伴隨著腐肉落地的黏膩水聲。

朔洵的頭掉落地面，腐肉紛紛脫離，變得越來越小。

當燕青和靜蘭終於回過神來時，晏樹已經從壞了一半的拉窗跳出去，消失在黑夜之中。

看見晏樹只留下瞬間殘像就消失後，靜蘭嘖了嘖舌，卻沒有追上去。

強烈的腐臭令燕青只好一邊捏著鼻子，一邊檢視那臭味的來源。

「這是怎麼回事……剛才這東西還會動，還站在那裡？難道真的是殭屍不成？」

「……就是這傢伙阻止了凌晏樹的嗎？」

突然，燕青靠近那具半是白骨的破爛胴體，蹲下來察看屍體的手部。

「……總覺得這枚戒指，和朔洵手上的那個好像……」

「朔……你是說這傢伙是茶朔洵？不會吧！」

然後靜蘭也馬上想起朔洵的遺體從茶家消失的事。消失的屍體。

還有，在茶家發生傳染病時，靜蘭和燕青也都曾一瞬目睹了幫助秀麗的朔洵身影。雖然秀麗本人當時失去意識並沒看見。

「要是這真的是朔洵，我真的要對他另眼相看了。默默幫助心愛的女人，實在太帥了。自己變成這個樣子，本來應該死都不想讓她看見的吧？」

靜蘭放開摀住口鼻的手，嘆了一口氣，點點頭。

「……應該還有時間將他埋起來吧？」

頓了一拍後，燕青欣慰的笑了。

「是啊……不過，這些屍塊該怎麼收齊啊？掉得到處都是，困難度相當高啊……」

「而且，埋在毫無關係的前兵部侍郎宅邸角落，好像也不大像話喔？」

「唔……朔洵這傢伙，到最後還是這麼會找麻煩啊……」

靜蘭和燕青開始莫名的煩惱起來。

離開府邸後的秀麗，正好遇見裝成醉漢在附近伺探的鳳叔牙。

「叔牙！我不是叫你們快逃了嗎？」

「我可是蘇芳的代理人耶，而且男人在有些時候是不能逃的！」

「你在說什麼啊。」

「在這裡等到最後一個夥伴平安離開，是我的職責啊。」

「大家都出來了？」

叔牙看看秀麗，嘻嘻一笑。

「妳是最後一個。」

「……不，燕青和靜蘭還在裡面。」

「蘇芳說，不用管他們兩個啦。還說跟他們兩個在一起會倒大楣。」

蘇芳到底灌輸了他們什麼偏見啊。

「秀麗，妳還需要什麼嗎？」

「嗯，有沒有馬……？」

「好，我騎來的那匹馬就給妳吧。繫在那邊的草叢後面，飲食跟水也都還有一些，本來我是打算當早餐吃的。還有一個提燈，統統給妳。」

在秀麗開口道謝前，叔牙略顯害臊的繼續搶著說：

「……那個，我們啊，是不是很努力？是不是派上用場了？」

那靦腆又帶著一絲自豪的笑容，不知為何讓秀麗胸中一陣激動。

『就算活著也頂多只有一天。無法活得更久。』

秀麗的表情又像哭又像笑的扭曲起來。

——這一定就是最後了。

秀麗摟住叔牙的脖子，點頭說：

「對啊，你們好棒，讓我刮目相看了。謝謝你們來救我，要幫我跟大家多說幾次謝謝喔。」

一個緊緊擁抱後，很快的放開手，秀麗轉身離開，只留下道別的話語。

一邊解開將馬匹繫在樹上的韁繩，秀麗一邊抬頭仰望星空，確認方位。天空的一角，鮮紅的妖星依然高掛天際。但秀麗卻皺眉了。

（……妖星的樣子……好像和之前有點不同……）

比起秋天結束時看見的，似乎如燃燒般的更加鮮紅了。

「……拜託你了，要加緊腳步跑喔。我剩下的時間有一半都得靠你了！」

輕柔地摸摸馬頸，秀麗抿住雙唇。

用力一拉韁繩，馳騁於深夜中的貴陽。

孤身一人。

第十章 紫闇王座

美麗的橙色朝陽染上了山際，開始散發令人炫目的金黃光輝。劉輝一邊照料著夕影，一邊瞇起眼睛望著那朝陽。聽見腳步聲，劉輝轉頭一看。

「睡飽了嗎？楸瑛。」

「……完全不行……明明在羽林軍中，不管周圍有人打呼得多大聲都能睡著的啊。」

楸瑛穿著一身英挺的戰袍，臉上卻是明顯的睡眠不足。

「擔心的事情太多，只稍稍打了個盹……唉，我真的還太嫩了。」

「……能在孤面前大打呵欠，孤倒是覺得你氣定神閒啊。」

「唔，抱歉。陛下呢？有沒有睡好。」

「完全沒闔眼。」

楸瑛一驚，閉嘴不敢再說什麼。劉輝倒是笑了，為夕影裝上馬鞍。

「看來孤也還太嫩呢。」

劉輝還是一樣，絕口不提那封怪信的期限，更不提起秀麗。

「差不多該出發了，否則將趕不上正午時分。都準備好了嗎？」

「是。隨時可出發。」

劉輝點點頭，唇邊綻放一個如夕陽般柔和的微笑。和光耀奪目的朝陽不同，夕陽般的微笑令看到的人不由自主心慌意亂，淒然欲泣。

——最後的一天。

楸瑛也想報以笑容，但卻笑得有點失敗。

即使如此，他仍將雙手交握，對劉輝深深一鞠躬。

「我藍楸瑛，誓言追隨我君直到最後一刻。」

那並非自負之詞，而是自然而然，最適合在這時刻說出的一句話。

然而劉輝卻沒有馬上回答。直到最後一刻。楸瑛平靜的話中，真正乞求的並非只有這次的五丞原之行。而是想表達直到生命的最後一刻，都願意追隨劉輝的意思。

這時自己做出的回答，直到許久之後，劉輝依然反覆思量。

是否因為當時楸瑛若無其事的態度中暗藏的決心，不知不覺中，牽動劉輝做出了那樣的回答。

停頓了一拍後，劉輝才嘆口氣，在腦袋思考前先吐出了那句話。

「孤答應你。」

不只是忠誠，更表明願意獻出生命且獲得國王紫劉輝同意的，歷史上就只有這麼一次。而能讓國王做出這樣回答的，在紫劉輝一生之中，也只有藍楸瑛一人。

「好美的朝陽啊，旺季。」

正遙望朝陽的旺季身邊，孫陵王並肩站著。呼出的氣息染白了空氣，是個冷颼颼的寒冷早晨。

「……看見這種晨光，不禁使人想起和戳華王對峙的那場貴陽攻防戰。」

旺季一身紫藤色的戰袍，孫陵王也換上了好久沒穿的戰袍。夜色般漆黑的戰袍上繡著金銀色的鑲邊。這是只有從黑家奪走「劍聖」稱號者才有資格穿的黑暗戰袍。

像這樣穿起戰袍與鎧甲，越發回想起數十年前的那場戰役。

「立場和當時正好相反呢。」

「沒錯。」

璃櫻身為中立的仙洞令君，為了先行準備會談相關事宜已經先出發了，所以不在身邊。

「迅說今天的氣溫應該不會太高，或許會下雪。」

「春雪嗎。」

「不錯啊，我挺喜歡的。要死最好死在花下，其次就是雪中了。因為很像紛飛的櫻花嘛。」

「別說那種不吉利的話了。朝廷的動向如何？」

「六部尚書毫無動靜。他們是打算默默等候今天會談的結果吧。就連那個管飛翔也一樣。你和璃櫻離開朝廷後，統理朝廷的工作就暫時落到葵皇毅身上。相信霄老頭和皇毅應該能控制得住朝廷的。」

這麼說來，陵王這才想起，將地位較低的御史大夫升到比尚書還高官位的，正是年輕時的旺季。

他就像堆著一顆一顆的石頭似的，度過了這些年。

一切都是為了這一天。

「是啊，交給皇毅就沒問題了。晏樹倒是較令人擔心……剩下的只能將命運交給上天了吧。」

贏了最好，輸了就只有一死。就這麼簡單。春之櫻花，夏之明月，秋之銀杏，冬之瑞雪。在季節更迭中度過歲月。現在的對手是自己未能勝過的戩華王留下的最後一位皇子。沒什麼好遺憾了。

不，應該說好不容易才走到沒有遺憾的今天。

很快就能知道，耐心等待到這最後一刻是否真的值得。

「我方有我和你和迅三個人。對方就是小少爺和藍楸瑛？可是李絳攸不在啊……」

「第三人應該是紅邵可或劉志美吧……如果是我會選擇誰呢。」

「咦？我想應該是邵可吧。」

「去了就知道了。還有啊，陵王。」

天空漸亮，雲層也變薄了，太陽光從雲後透出耀眼光芒。美麗的早晨，美麗的彩雲。

最適合迎接破曉的景象。一日的破曉時分，總有什麼結束，又有什麼開始了。旺季有這樣的預感。

究竟是哪一方，等一切結束就知曉了。不過——旺季像個年輕人似的咧嘴一笑。

「我會贏的，陪我到最後吧。」

陵王發出磊落的笑聲。

「那是當然的吧，因為有我跟著你啊。」

陵王朝旺季丟來什麼東西，接住時發現是個小土杯。仔細一看，他手上還握著一個瓶子。

旺季並沒責怪陵王「這個時候還喝什麼酒」。在那場最後的貴陽攻防戰時，兩人也曾像這樣互敬了對方一杯。

咕嘟咕嘟的朝杯裡注入了酒，兩人互舉齊眉。

來吧，朋友。珍惜與你共度的這最後時刻。

——為離別的你，獻上這永遠的一杯酒。

過去陵王也曾吟過這句離別之詩。本以為兩人將面臨死別，卻都在最後活了下來。

——花之季節，風雪之夜。戰亂不休之庭，鳥聲已止，只願隨你千里遠征。

有限的生命，漫長的旅程。在許多別離與哀傷之中，只有你一直陪伴身旁。

陵王欣喜的瞇著眼，像個熱愛生存與所有生命的男人。

「不錯耶。我曾夢想著這一天再次來臨。一直，一直都這麼想。」

——花之季節，風雪之夜。離別的你，將有何言。

尾聲將至，共同經歷的旅途也將結束。最後的夜晚，花與風雪都將散盡。尾聲將至。

無可奈何。無可奈何……無可奈何。

旺季口中低吟著那最後的一節詩句。走吧，朋友，朝向道路前方，直到再也無路可走。

「——在尾聲之後等你，再次交杯，共同作夢。」

因為不想開口道別，所以無論如何，都要敬你這杯酒。

將酒一飲而盡後，兩人彼此相望，笑得像兩個年輕人，將酒杯往身後拋去。

就像許久以前，兩人即將攜手共赴死戰時的那天一樣。

土杯掉在地上發出碎裂的聲音，再次回歸為塵土。兩人都沒有再回頭。

跳上各自的馬背，抓緊轡繩，馬兒朝著破曉的天空昂首發出嘶啼。

「劉輝皇子，時間到了。過去請你暫時保管的劍，是該取回的時候——走吧。」

璃櫻和珠翠選擇了一處乾燥且散發出泥土氣息的地方，作為會談場所。

兩人默默的攤開紅地毯，擺上事先準備的簡單而堅固的長形桌子。

放上水壺和少許食物。也準備了一套文具，當然還有公文書信專用的紙與墨，以及朱泥。無論何種形式的書簡或用印，都能使用。

最後，再從雙方陣營都能清楚看見的對角處，插上兩支大旗。

那是繪有縹家直系家徽的「月下彩雲」旗。月紋是象徵大巫女的月蝕金環。

月下彩雲究竟代表什麼意義，一直有兩派說法爭論不休。一派主張這代表連太陽所象徵的王家都能遮蔽之意，另一派則主張這是以月環守護太陽的意義。另外還有一種說法，主張這是當年蒼遙姬的選擇，希望當人們抬頭看見月蝕時，戰爭就能平息。

——中立與非武裝，濟世救人與緩衝地帶的證明，這就是縹家的家徽。

當這兩支旗幟被推倒時，就表示要開戰了。

遠遠地可以望見貴陽城牆拉出一條粗線。都城的城牆高大綿長，從這裡望見的城牆只剩下一條線的寬度，可見距離貴陽有多遠。一如孫陵王和司馬迅所言。相反的，對從紅州出發的劉輝來說，這就是一趟遠征了，就算想返回紅州也不是一件容易的事。

（再加上附近就是旺季大人的領地了……怎麼看都對劉輝非常不利……）

璃櫻來到這裡之後，開始抱持著這樣的疑問。為什麼國王會選擇這裡作為會談之地呢？

「珠翠，這附近有我們縹家的社寺嗎？」

「附近村裡和山上加起來約有十處……只要能逃到那裡，我也事先做好保護國王的準備了。」

隨著時間一分一秒的經過，太陽也從東方天空漸漸升起，即將攀升到天頂。

……不久，宣告午時的戰鼓聲，也隱約從貴陽的方位傳來。

不是廟寺裡的鐘聲，而是戰鼓。「碰！碰！」的擊鼓聲漸漸逼近。

璃櫻聽見自己胸口傳來緊張的心跳聲。

伴隨著一陣揚起的煙塵與馬蹄聲。從貴陽方向傳來的振動沿著地面傳遞到腳底。

飛揚的旗幟，是朝廷的紫雲旗。也是現在統領朝廷的旺季才可使用的禁軍旗。

隊伍中央的兩人，和後方精銳部隊保持一定距離，疾馳在最前方。即使只是遠遠看依然醒目，美麗的紫藤色戰袍與白馬，以及黑炭般的黑暗戰袍與黑馬。

旺季與孫陵王。

如影隨形的跟在他們兩人後方的，則是騎著栗色馬，獨眼戴著眼罩的司馬迅。

視力最好的孫陵王，已經發現璃櫻的「月下彩雲」旗，伸手朝身後一揮。

接收了陵王的暗號，旗手一齊揮動旗幟，全軍整齊劃一的呈扇形排開，陸陸續續擺好陣式，停下馬蹄。懾人的氣勢震得地動山搖，璃櫻不禁倒抽一口冷氣。這樣的大陣仗，只在畫卷裡見過。在井然有序的統率之下，軍容威武奪目。

全軍人數，約是五萬。

目測人數後，璃櫻不禁驚訝地睜大雙眼。這人數是……

貴陽約有五十萬大軍。旺季也已經從國王手中取得兵馬權，具有足以動員全軍的統帥資格。而他刻意只帶了五萬精兵前來的意思是──

（……難道，是為了配合東坡郡駐守的五萬兵數嗎？）

與其說是為了公平，不如說是為了彰顯「這樣就充分足夠」的自傲。最後一匹馬也站定位了。

隊伍中央的旺季往前一步，身後兩側分別是孫陵王與司馬迅。

距離正午時分還差兩刻。

──首先抵達的是旺季軍。

「那少爺連個影兒都還沒看見呢。」

連一批馬都沒見著，陵王望見前方璃櫻擺設的會談席以及珠翠的身影，喜孜孜的說：

「喔，那就是新任的大巫女嗎？果然比超過八十歲的阿婆要好多了！你說是不是啊，迅。」

「瑠花好歹也是個絕世美少女啊，離魂的時候。」

「笨蛋。那種壞心眼的老阿婆，光是外表裝年輕是沒用的！女人啊，不但人美心也要美才行！」

陵王釐不在乎的發表可能會讓自己成為全世界女性公敵的言論。

「……你就是這樣，才會一天到晚被女人拿著刀追殺啊，陵王……」

旺季低語。迅在一旁心想，和陵王比起來，楸瑛算是好多了。那傢伙至少不分美醜個性，對女性都是一視同仁。旺季雙手環抱胸前說：

「等著看，他們究竟會帶多少人來吧……」

然而即使距時限只剩不到一刻，卻還未看見前方有任何塵土飛揚的跡象，也聽不見軍馬聲。

陵王和迅已經感到不對勁。遠遠看見會談席上的璃櫻也不安的朝紅州方向眺望了好幾次。陵王瞇著一隻眼，撫摸鬍鬚說：

「……那少爺該不會在這種時候還睡過頭了吧？或是受不了而逃跑啦？喂，迅，你已經派人戒備周遭了吧？有沒有什麼奇怪的動向？」

「不，只有今天早晨分出一支隊伍前往山麓地帶，除此之外，沒有任何的異狀……」

唯有旺季依然騎在馬上，維持雙手抱胸的姿勢，默默望著前方。

時間只剩下半刻不到了。

一直安靜不動的旺季，突然扯動手中的轠繩。白馬踩著馬蹄開始往前走。

已經半打起瞌睡的陵王，這才突然回神，望向前方——凝神細看。

「……嗯？嗯嗯嗯？喂，迅！那是怎麼回事？難道是我看錯了嗎？」

「……不……我也沒看到其他軍隊，只看到兩匹馬的身影……」

確實也揚起了一點塵土，不過很快就被強風吹散了。定睛一看，朝這邊前進的只有兩匹馬。

旺季抓著手中的韁繩，凝望著馬上的兩人，嘴角浮起一抹微笑。

「哼，沒想到那年輕人……」

璃櫻瞠目結舌，就連珠翠也睜圓了雙眼。

從紅州方向疾馳而來的，就只有兩匹馬。

陽光照射之下，佩著閃閃發光的「莫邪」，和旺季一樣穿著簡式戰袍，騎在一匹漂亮青毛馬上的是紫劉輝；而佩著寶石般的青釭劍，穿著一身羽林軍將軍戰袍的，則是騎著赤兔馬的藍楸瑛。

楸瑛望著前方的會談席，確認過太陽的位置後，鬆了一口氣。

「太好了，太好了，總算是趕上了，陛下。」

「是啊……楸瑛你果然很適合穿羽林軍的將軍鎧甲耶，多虧皇將軍願意借給你。」

「其實要是能穿藍戰袍更好！藍染的顏色和珍珠佩飾最搭了，穿起來超帥氣的。」

「……楸瑛第一優先考慮的總是穿起來帥不帥喔……既然如此，何不穿邵可提供的紅戰袍呢？孤覺得那套也很適合你啊。」

「那是邵可大人在惡整我啊！唉，早知道被踢出家門前，就該先留一套藍戰袍才對……」

楸瑛嘀咕著，一眼望見前方的旺季，不禁發出絕望的低喃。

「那不是讓人作夢都想得到的紫戰袍和『劍聖』的黑暗戰袍嗎！完蛋了啦，一開始就被比下去了嘛……」

「喪氣話說得太快了吧！楸瑛，人不可貌相呀！再說，至少我們的馬贏過對方吧？這可是夕影和赤兔馬唷。」

「……可是話說回來，夕影原本是迅那臭傢伙的馬呀……啊，迅那傢伙看起來真是厚臉皮！」

「再抱怨下去，你不如回去算了啦！」

劉輝再也忍不住，終於發了脾氣。

聽覺靈敏的璃櫻和珠翠多少聽見了兩人之間的對話，不由得垂頭喪氣。

尤其是珠翠，瞪著楸瑛看的樣子，像是恨不得想殺了他。本以為可以對他另眼相看了，沒想到真是大錯特錯。

「不如現在讓我殺了他吧，那男人是白痴嗎……」

璃櫻也有點了解珠翠的心情，所以什麼都沒說。

劉輝望著設好的會談席與珠翠、璃櫻，再望向後方正策馬前進的旺季，便輕輕拉住夕影的轡繩。

和旺季一樣，將前進的速度放慢。

此起彼落的馬蹄聲，漸漸向雙方靠近，很快的重疊了。

從記憶的水面下，傳來優美的琴音與對話的聲音。

——……我們還能再見面嗎？

——會的。只要你別再逃避做自己……

——雖然那對你我來說，未必會是件好事。

——不過要是無法避免的話，也只能正面接受了。總有一天，讓我們再相見吧。

總有一天，和你再次相見。

下雪的夜晚。琴音。蟲蝕的記憶。

『——劉輝皇子，總有一天我會回來取走莫邪。』

有如擦亮的莫邪劍般的男人，曾對劉輝留下這句話。

『到時候再讓我問你一次吧。是否真的願意將它交給我。』

最後的馬蹄聲也靜止了。與馬停下的同時。

劉輝從正面直視著那與璃櫻非常相像，有如黑夜般的雙眸。

——蒼之君。

旺季笑了。和當年同樣的雙眼，冷硬而堅強，與「莫邪」相似的微笑。

旺季的視線掃過劉輝與楸瑛後，先開了口。

「……我記得回信之中，寫明的是各帶三人吧？」

聽見旺季省略了敬語的口吻，劉輝感覺得到背後的楸瑛有所反應。

「距離正午，還有一點時間。請再等一下，最後一人馬上就要到了。」

陵王歪著頭，凝神細看，但前方卻連個人影都沒看見。

距離正午，只剩下不到四分之一刻了。就算正在路上，恐怕也來不及了吧。

此時，從後方——也就是旺季帶來的軍隊中，傳來困惑的交頭接耳聲。

陵王和迅驚訝地回頭一看，只見原本井然有序的陣式正從某個角落開始崩散。就像為來人打開一條路似的，軍馬一分為二。

一匹馬衝出這條道路，正朝此處奔馳而來。迅見狀不禁愣住了。

「……喂喂，那難道是……」

別說身著鎧甲了，馬上的人一身公主服飾，漆黑的長髮在風中飛舞。

無視於身旁的軍馬，不斷加快速度向前奔馳，就像她的人生。

璃櫻和珠翠都不知該說什麼，只是緊盯著馬上的人。不會吧——

迅也無話可說的扶著額頭，只能苦笑了。

「……不會吧，小丫頭何時學會這一身馬術？」

陵王瞇著眼，望著疾馳的騎影。陵王一生不知看過多少帶著那種表情的武將。那是赴死之人的表情，誰也攔不住他們。陵王想起從前曾對想進入兵部尚書室的紅秀麗說過「不該死在這種地方」的事。

「小丫頭，妳的那一刻也到了，是嗎？」

戰鬥者的眼神。守護者的眼神。憑藉著無法動搖的意志奔馳，她來到國王身邊。

楸瑛好像在身後說了什麼，但劉輝根本聽不見。

他只是不斷凝望著馬上的少女。

秀麗連看都不看陵王和迅，只有經過旺季身邊時，瞥了他一眼。

旺季應該也直視了秀麗吧。那眼中未見絲毫驚訝的神色。

和旺季瞬間交換了眼神，秀麗身手矯健地飛越設好的會談席。

來到劉輝身邊。

當秀麗著地的那一刻，宣告正午時分的戰鼓聲也正好轟然響起。

秀麗抬頭望向太陽，擦乾額頭上的汗水，看著劉輝，露出燦爛的笑容。

「——對不起，來遲了，我的國王。紅秀麗參見陛下。」

劉輝笑了，輕聲的說「好」。

秀麗生命剩下的最後一天。如果要喚醒她，如果要用掉這一天。

除了這一天外，沒有其他更好的選擇了。

從凌晏樹手中逃脫，花上半天連夜趕路，只為了在正午時分來到五丞原。一如劉輝的期待。在劉輝還能是她的國王時。

沒錯，無論何時，秀麗都不會辜負劉輝的期待。連一次都未曾有過。

劉輝成為國王之後，只有一個人是從最初到最後都只為他存在的「王之官員」。

為她留下的這第三人名額。除了她之外，不作第二人想。

「等妳好久了。」

——紅秀麗。

刺骨強風吹過五丞原，連天上的雲都被吹得快速飛過。

劉輝與旺季各自從馬背上躍下，面對面。

旺季將劍拔出劍鞘，豎立於大地上，雙手握著劍柄。

悠然而近乎面無表情，冷靜沉著，有如透明的湖面。一如平時的他。

「好久不見了，劉輝陛下。」

劉輝也學著旺季將莫邪從劍鞘中拔出，用雙手握著。

旺季並沒特別詢問劉輝只佩著「莫邪」而不帶「干將」的理由。

這讓劉輝稍微安心。他並不想被人懷疑是因為不想讓出王位而藏起「干將」。尤其不希望旺季如此認為。

劉輝凝視著旺季。氣溫並未因正午而提昇，反而越來越低了。上方風起雲湧，遮蔽了天空，不久後更飄起了小雪。

那是在尚未落地前就已融化，難以捉摸的春雪。

和好久以前，那個雪夜裡的一場大雪並不相同。

『今天過後，我就會離開這座城了。想必暫時無法再相見。』

記憶之中，琴音伴隨著飛舞的雪花響起。

『暫時？要數一百多天嗎？』

『不。會比那更久。要數更多、更多天。』

分開了整整十年。再次見面時，劉輝已經因為時間太長、太長而遺忘了。

「是啊，讓你久等了，旺季。」

兩人之間的對話看似稀鬆平常，但對他們而言卻包含著許多意義。

旺季一挑眉，似乎感到驚訝，又像留著些許疑問。

一拍之後，他才低聲說道：

「我早就放棄等待了。從好多年前起。」

──讓我們面對面再相見吧。總有一天。我和你。

過去的約定，深深刺進劉輝的心。難以排遣的痛楚，淒苦的在胸中擴散。

「……抱歉。」

這句話，讓旺季明白劉輝是真的想起來了。

「不，我無所謂。」

不知道這表示事到如今已不需要道歉，還是表示瞧不起這樣的劉輝，抑或是發怒，還是有其他的情感參雜其中？從那不動聲色的平靜口吻中，什麼都讀不出來。也或許他早已不抱任何感情，與過去切割的一乾二淨也說不定。對於向來只活在現在與未來中的旺季而言，過去只不過是一個曾經擁有的箱子，雖然不是毫無意義，但也不需回頭再次打開。

「怎麼不見東坡軍呢？還以為能見到他們穿上不祥的紅家戰袍前來呢。」

「孤拒絕了。並請邵可和皇將軍率領全軍退到紅州邊境。」

劉輝告訴他們，當自己和旺季見面時，不管發生任何事都必須遵守劉輝的命令。

而昨天，劉輝率軍退至紅州邊境，命令他們絕不可出手。

旺季瞇起眼睛，並沒詢問為什麼。因為理由早已心知肚明。

為了保障收留自己的紅家與紅州安然無恙，劉輝才會決定只與楸瑛雙騎赴會。若帶紅家宗主邵可或州牧劉志美前來，就等於是紅州對旺季提出戰書的證明。

旺季也曾想過這個可能性，卻沒想到劉輝真的會這麼做。

這場早就能預見勝負的戰爭，旺季一樣不希望造成多餘的犧牲，可是……

「……至少你該帶著跟隨你從貴陽到紅州的皇將軍和羽林軍吧。他們的國王只有你，不是我，也不是其他任何人。他們一定也很想跟隨你到最後一刻。」

劉輝垂下眼，靜靜地微笑了。這表情使旺季有些驚訝，那是只有成熟大人才會顯露的微笑。

「是啊，他們是這麼說了。說到最後都要當孤的盾、孤的劍。可是對孤而言，他們都很重要，孤不願意失去任何一人。為了守護他們，孤願意放下重要的盾和劍，將他們留下。就像孤過去對唯一的尚書令．鄭悠舜所做的一樣。」

鄭悠舜其實是旺季的人，這件事在場所有人都心知肚明，也知道悠舜背叛了國王。就連國王自己也明白。然而他現在宣告的是，明知如此，先放開悠舜的其實是自己。

璃櫻反射地望向外公的臉。總覺得國王剛才說的話，指的不只是鄭悠舜，而是比這更重要的什麼。而那什麼，正深深打動璃櫻的心。想必外公一定知道那是什麼吧，想知道答案的璃櫻望著旺季。

旺季謹慎地瞇起眼睛，看著國王。和所有人都不同，旺季臉上毫無驚訝之色。不對。

璃櫻看看秀麗，秀麗的神情也一樣毫不意外，只是靜靜地側耳傾聽國王說的話。她也已經明白了。璃櫻懂了，國王話中那自己還解讀不出的什麼，秀麗和外公都已經明白的。

「你把所有想守護你的人都放開，選擇來到這裡。」

劉輝將手邊僅存的劍與盾都放開。從自己的手中。

這不是為了守護自己，而是為了守護他們。

「沒錯，這就是孤的做法。」

旺季瞇起眼睛，臉上浮現貴族的微笑。那是一種充滿自信與挑戰，同時卻又饒富興味的笑容。人只有毫不猶豫走在自己決定的道路上時，才能擁有這種霸者的風範。

「然後呢。你難道認為這樣就能勝過我嗎？劉輝皇子。」

「……」

「姑且認同你不帶一兵一卒，單身前來的氣魄吧。看來你是沒有開戰的打算。那也很好，那麼這次輪到我問你了。這應該表示你認輸，願意將王位禪讓給我的意思吧？沒錯，就像過去我們在雪中約定的那樣。」

小雪的另一端。傳來彷彿來自過去的聲音。

『——劉輝皇子，總有一天，我會回來取走「莫邪」』

他的側臉，有如閃閃發光的「莫邪」。蒼之君。不管是劉輝或清苑，都不是他的王，只有他自己才是。一定會回來，總有一天，回來取走被奪去的劍，和王位——還有這個國家。

因為還愛著，還無法捨棄，所以總有一天絕對會回來的。直到那一天來臨。

『在那之前，就請你收好它吧。』

劉輝皇子。旺季正面迎向這位比當時更高大，更凜然的皇子。

那天，在下了一場激烈大雪的夜晚，朝廷裡唯一不捨旺季性命的小皇子。

牽絆住旺季，使他回頭並選擇了逃離王都的這位皇子。

『就算有一天我要你「毀滅」也一樣嗎？』

當時的他，想必不懂什麼是毀滅吧。然而旺季卻選擇了活在他當時回答的「是的」之下。他的回答聽在旺季耳中，就像是「即使如此，依然希望你好好活下去」。

活下去，持續向前走，總有一天必定再度回來。不管即將踏上的是一條多麼艱險的路。

無法捨棄自己的部分，到別的地方去。還無法，無法捨棄，那些重要的事物。

有個夢想。如徙蝶一般，想前往那未知的世界。

於是旺季才會在那天，那個夜晚，獨自離開王都。

然而那位小皇子，卻在旺季回到王都後，表現出厭惡、恐懼，還不停逃避。

還以為不會有這天的到來，也曾想過即使這樣也無所謂。

旺季臉上掛著冷硬、美麗，有如「莫邪」般閃閃發光的微笑。就在這時。

——時候到了。

「當時，你主動要將『莫邪』交給我，那麼這次又如何呢？」

劉輝輕笑了，如此回答：

「當時，你不是曾斥責過孤，還告訴孤不能輕易將重要的東西放手，否則就是辜負了其中的心意，不是嗎？你說那不是一件好事。」

「從前我好像太多嘴了，連不該教你的事都告訴你了啊。早就該二話不說的將『莫邪』收下。」

「已經太遲了。孤現在就告訴你這次的答案——孤拒絕。孤才是國王，莫邪不能給你。」

璃櫻和珠翠瞠目結舌的看著劉輝，璃櫻心跳快得心臟都要掉出來了。

陵王和迅也瞇著眼睛望向劉輝。

只有秀麗和楸瑛像雕像似的，一動也不動的站著，靜靜地聽劉輝說話。

「旺季，孤今天到這裡來，不是來將王位讓給你，而是來取回王位的。不過，不要戰爭。絕對不要。旺季，你願意再次做孤的臣下嗎？」

「說什麼蠢話，我憑甚麼這麼做？我方有五萬大軍，你卻無一兵一卒，這局棋我是贏定了。有哪個白痴會在這裡退讓？我也沒有理由區居於你之下。」

「那麼，你打算用蠻力從我手中奪回『莫邪』？將這個國家變成你想看見的模樣？」

旺季臉頰一陣抽搐。這是旺季第一次因劉輝所說的話而內心有所動搖。

在旺季府邸道別的那最後一夜，他親口對劉輝說過。

為了減少討厭的東西而走到今天這一步。那些討厭的東西，也包括戰爭與戩華王。眼前的年輕人知道這一點，所以對自己提出質問。質問自己難道在最後的最後，也要選擇和討厭的戩華一樣的做法，走上相同的道路嗎？理想與世界是可以為了眼前的現實而輕易扭曲的嗎？

旺季現在想做的，和父親戩華在大業年間所做的沒什麼不同。劉輝想告訴他的，就是這個。

旺季掀動嘴唇，口中低語的那句「你這個年輕人真是……」也在風中被吹散聽不見了。

「正因如此，才想出這種手段逼你主動禪讓啊……」

「不會讓給你的。就算只剩下孤一個人。好了，你打算怎麼做，旺季。使用蠻力很簡單，只有我和楸瑛、秀麗三人，絕對敵不過你的五萬大軍。只要一下子就結束了。只要孤的人頭落地。」

不帶一兵一卒，將盾與劍都放下，除了自己以外，手中什麼都沒有。旺季只需哼的一聲便能踢開他。不管嘴上怎麼說，在如此不利的狀況下，紫劉輝絕對沒有反敗為勝的可能。率領大軍的旺季，在各方面都擁有壓倒性的勝利。然而……

（別說冠冕堂皇的話，是嗎？）

旺季不自覺地嗤之以鼻。年輕時的旺季，不知道被這麼說過幾次。愚蠢。愚蠢。你得用更卑劣的手段。你的理想在現實裡是行不通的，要在亂世裡出人頭地就得動腦筋。要像戩華皇子那樣狡猾而運用壓倒性的力量支配，才能證明足以稱王。弱者只能註定死在別人腳底下。你那愚蠢的理想永遠不可能成為現實——

戰爭。戰爭。戰爭。旺季和陵王不知征戰過多少地方，不知看過多少堆成小山的屍體。

當自己受命成為貴陽完全攻防戰的統帥時，曾想過就那麼死了也不壞。

如此一來，可以不用再眼睜睜看著這個世界。這叫人無數次絕望、絕望、再絕望的世界。不用勉強自己活下去，也不需要再哭著向前走了。在這裡結束，趁自己還能做自己時。

然而紫戩華卻讓旺季活下去了。那個不惜蹂躪一切，以絕對威權與力量接連支配全國各州，攻進貴陽，將包括女人小孩在內的所有王位繼承者殺光的噬血霸王，竟然讓旺季活下去了。

那如雕刻般俊美的臉，危險而吸引人心的冰冷微笑，笑著放過了旺季。

『我想看看你跟我哪裡不一樣，是不是真的不一樣。所以你得活著，表現給我看。』

同樣的話，只是換了一種說法，再次對旺季正面提出質疑。

改變了外在形狀，依然擋住旺季前方的去路。旺季在這一生，從最初到最後都擺脫不了那個國王。

——繼承了霸王戩華血統的最後一位皇子。旺季舉起雙手握住的劍。

「……那個雪夜裡，我也說過了吧。等時候到了，再讓我問你一次，是否真的願意將它交給我。」

劉輝也舉起手中的「莫邪」。

「……孤也想起來了。就在剛才，終於想起來了。當我問你，如果我不願意的話該怎麼辦，你的回答是……到時候——」

「到時候，讓我們一對一決鬥，分出勝負。」

聞言，在場所有人是一陣騷動。

——一對一決鬥。

「秀麗大人，請妳站到『月下彩雲』旗的後方。璃櫻和珠翠，請將『月蝕金環』旗降下一半。如此便表示一對一決鬥即將開始。所有人都不可以進入旗內範圍。」

「……藍將軍……一對一決鬥會……」

「很難說。陛下年輕有體力，雖然很強，但實戰經驗卻不足。加上他幾乎不曾使用『莫邪』進行模擬戰。相對的，旺季大人那邊——」

楸瑛一直很介意旺季手中的那把無名劍。

看起來是一把經年累月使用，幾乎和旺季的手合而為一的劍，就像是他的第三隻手。雖然不是顯赫的名劍，卻連收在劍鞘之中，都能令人想見劍身青色的紋路，具有壓倒性的存在感。

（那把劍雖然無名，來頭肯定不小……）

另一邊，迅也正詢問著陵王相同的事。

「陵王大人，那把劍真的是無名劍嗎？雖然劍鞘看來確實毫無特殊之處……」

陵王咧嘴一笑。

「你說那把劍？那可是天下無雙的絕品。恐怕窮你一生都無法獲得的最高級無名劍。」

「……什麼？不，最高級無名劍——該不會是那位『無名的大鑄造師』打造的吧？」

「正是。他最討厭被當成名人行家，所以要找到他鑄的劍可不簡單。但他也是當代最出色的鑄造師。在現存的鑄造師中，唯一能打造出名劍的鑄造匠。他本人是個沒正經的老頭，開個刀具舖，若無其事的打造菜刀，一旁箱籠裡卻蠻不在乎的插著名劍。曾有一個時期，刀具舖連菜刀都消失了。」

「……記得沒錯的話，幾十年前的某一天，他突然宣告不再鑄造任何兵器……」

「沒錯。旺季是唯一的例外。為了旺季而打破規矩，替他重新鑄造了一把劍。條件是當一切結束後，得把劍折斷，再也不能讓第二個人使用。就某種意義而言，那把劍就是鑄造師最後的作品了。我不知道拜託過他幾次，他每次都把我趕出去……」

「可是陵王大人，我曾聽說大鑄造師早已死去的傳言……」

陵王沉默一會兒之後，伸出小指掏掏耳朵，一副若無其事的樣子說：

「是啊，是死了。已經不在了。」

迅沒有再繼續追問，因為他感覺到陵王並不希望再被問下去。

「旺季有我經常陪他過招訓練，功力並不差。雖然年紀較長……但兩人可說不相上下。」

「咦？是這樣的嗎？我還以為國王佔優勢。」

「嗯……如果只看年齡與體力，確實是如此。但你別忘了，茈靜蘭也殺不了旺季吧。偶爾會有這種『明明我比較強，但怎麼會勝不了對方？』的事。尤其是器量的大小，在對決時影響很大。年輕有時能補足技巧的不足，但也有相反的情形。就像我也放過紫劉輝一樣。」

迅驚訝的望向陵王。

「所謂的不相上下，就是這個意思。比的是誰先認可對方的存在。只要心中一出現『我殺不了這傢伙』的念頭，那就輸了……不過迅，在這個定義上，旺季可說是世上最強的男人。畢竟就連戩華王都沒能殺了他。這也是我打從心底佩服他的原因。我雖不知道那少爺在這段時間有什麼成長——但他絕對無法超越旺季。」

還有……陵王轉頭望向身後的五萬大軍。

「……萬一旺季真的輸了，他們也不會沉默以對。」

「……是啊。」

迅也低聲回應。正因為這樣所以才帶他們來的。

「——只要今天不禪讓王位，國王就輸了。」

可是，到底為什麼呢。明明一切都在預期之中。

看著不帶一兵一卒前來赴約的紫劉輝，陵王不由得有種挫敗感，舌根底部一陣苦澀，像在提醒著自己有多麼卑劣。

秀麗在意地瞥了一眼左邊的群山。不只一眼，而是許多次。

很快就知道秀麗在意的是什麼了。那座始終無法找到入口進入，整天飄出煙的不可思議山中，從幾天前就不再飄煙了。今天一樣毫無動靜。

「沒問題的，秀麗大人。已經派出一小隊監視那座山了，有什麼動靜一定會接獲報告。」

秀麗一聽見這個，猛然抬頭望向楸瑛。

「……藍將軍……那是誰的指示？是劉輝還是藍將軍呢？」

「是啊。應該說，是那組小隊自願的，我們只是答應而已。」

「……是……這樣啊……」

秀麗低喃，之後就不再說什麼了。

小雪下下停停。過了正午，氣溫好像總算有些許上升，這雪應該也快停了。

或許是看見象徵緩衝地帶的旗幟後退，旺季的軍隊裡傳來交頭接耳的聲音。不知誰的一聲

「一對一決鬥」，隨風傳進秀麗耳中。

旺季與劉輝，各自計算著彼此之間的距離，拉開架式。

就在璃櫻與珠翠將旗幟降下一半時。

——兩人同時從劍鞘中拔出了劍。

從決鬥過了第四十回合起，周遭的聲音、景色，一切都消失了。眼前只看得見旺季一人。其他人變得一點也不重要。汗水化作蒸氣從體內蒸發。

旺季非常強悍。其中的一個原因是劉輝使著用不慣的「莫邪」，但就算排除這點，兩人還是不相上下。旺季以劉輝缺乏的經驗和技巧不斷出招。有時劉輝雖然可憑體力與蠻力進攻，但旺季卻也能快速移動腳步接招，有時甚至還擊。

（……可沒有手下留情的……餘地！）

察覺即將一對一決鬥時，劉輝本來還暗自竊喜。老實說，當時他小看了對手。旺季年過五十，又是個文官，相對於自己手中的「莫邪」，他持有的只是一把無名劍。

然而——雙劍交鋒的瞬間，一切都變得不同。旺季就像想起過去的無數征戰，一鼓作氣爆發出堅強的實力。若純粹以劍士的力量來看，恐怕——

（怎、怎麼可能。他竟然比兄長還強……）

和旺季的決鬥令劉輝想起宋太傅訓練自己使劍時的感覺。只有經歷過真正戰爭的人才有的那種直覺與經驗，現在正表露無遺。劉輝必須繃緊全身神經才能強迫自己將注意力集中在旺季身上。而這令他十分懊悔。

——想起過去曾在旺季府邸哭喪著臉，希望他認同自己。難道孤就不行嗎？

然而現在，卻在憤怒與懊悔中咬緊牙根。不願意輸，自己辦得到，承認吧，臣服於孤吧！劉輝想這樣大聲吶喊。要他正視紫劉輝的存在。

在劉輝對旺季視若無睹的數年之間，旺季一定也懷抱著同樣的心情吧。

第四十回合上，雙劍交錯，旺季咧嘴一笑。

「你似乎瞧不起五十來歲的老頭是吧？所以我說你太天真了！我怎麼可能提出讓自己落敗的決鬥建議！」

「囉囉囉囉囉唆！你還是趁早放棄吧！重新臣服於孤！拜託了！」

「開什麼玩笑！你才該、早點認輸、臣服……乖乖的把王位讓給我，小鬼！」

「不可能！」

雙劍相抵，迸出火花，兩人雖同時飛身向後，馬上又同時上前。

越來越不清楚，上前是為了比劍過招，還是為了對話。

「你這臭老頭，真這麼想要王位，在孤說不想當王的時候，你就將王位搶了去不是很好嗎？事到如今，竟然抱怨孤不願意讓給你？你看清楚了，不是每個年輕人都甘於受你擺佈！不說別的，光是跟霄太師那奸詐老頭聯手的這件事，就令人非常不滿了！算我看走眼！你人格是不是有什麼問題啊！」

「囉唆！也不想想完全落入霄太師陷阱的不成熟小鬼是誰喔！為政者就該懂得適時和那種奸詐傢伙聯手，這有什麼好被批評的！再說，如果不是我先採取行動，你還不是個廢物國王而已！事到如今才慌慌張張說要當個好國王，真令人火大！每次哭哭啼啼的說著討厭當王而逃跑的人到底是誰啊！早就跟你說過，沒有下次了——事到如今，怎麼可能讓給你！」

電光石火般的過招令人目眩，似乎看得見兩人之間迸出的火花。

陵王愣愣地看著這出乎意料的發展。

「……有你的……」

這句話是對旺季還是對劉輝說的，陵王自己也不知道。或許是對雙方說的吧。

「……怎麼辦，陵王大人？是否該敲擊戰鼓，暫且鳴金休兵？」

一對一決鬥時，當雙方都陷入危險，可由其中一方或兩方同時敲擊戰鼓表示暫時停戰，稍事歇息後重新再戰。國王那邊沒有戰鼓，要敲的話，就得由旺季這邊來敲。

「是啊……不，還是不要。」

最初兩人還在互相試探對方實力，但現在彼此都已開始掌握、理解對方，當雙方劍戟交錯時，與其說是決鬥，更像是一場激烈的雙人劍舞。

「……繼續下去。只有這次機會了。像這樣交手的機會，不會再有第二次。」

一拍之後，迅也默默點頭認同。沒錯，像這樣對等而專心的交手，不會再有第二次機會了。

過了五十回合後，旺季終於察覺。想必紫劉輝也已經發現。

——察覺彼此都毫無退讓之意。

當看見劉輝身後沒有軍隊，只帶了藍楸瑛一人前來時，旺季本以為無論表面上說得多麼冠冕堂皇，結果劉輝都還是打算投降的。無論在言語上如何質問旺季，劉輝一定充分瞭解雙方軍力的優劣，只是為了守護紅家與紅州，為了避免戰爭，為了不讓更多人犧牲，但是今天在這裡，他必將選擇禪讓，旺季一直這麼認定的。沒想到。

（——他是當真不願讓位？）

對方用盡全力奮戰了五十回合，再笨的人也該明白了。

紫劉輝要是有絲毫願意禪讓的意思，早該在決鬥中趁隙退居下風。

但他卻是窮追猛打，毫不退縮。年輕與經驗不足，讓他好幾次露出破綻，但都在旺季還來不及下手前重新站穩腳步——真心的，全力以赴。

（是真心的嗎？）

既然如此，就表示他完全沒有禪讓的意思。

那又是為什麼不帶一兵一卒來到這裡？

（開什麼玩笑。）

怎麼會有這種蠢事。紫劉輝那種年輕小伙子不可能有這種度量。

『孤不願意失去任何一人。為了守護他們，孤願意放下重要的盾和劍，將他們留下。』

他是真心的——無論言語還是行動——一切都是認真的，就像他自己說的那樣？

眼前的國王，正在拚命。從沒見過他這副下了必死決心的模樣，連一步也不退讓，絕不放棄。過去國王從未露出這種神情。一次都未曾為國為民賭上全身心靈，賭上生命。過去的他即使有想要守護的東西，也都是為了他個人，而這樣的態度也影響了他的為政之道。

然而，今天的國王所說的話，採取的行動，無一不是發自真心。若真如此……

逃離王都時，他也不曾提出鎮壓命令，只選擇了自己逃離。當時國王和羽林軍全體都未對任何人出手，帶著乾淨不見血的劍逃離貴陽。

和今天率領五萬大軍前來的旺季不同，劉輝不帶一兵一卒，選擇獨自面對旺季。主動放開守護自身的劍與盾，為的是守護除了自己之外的一切。同時，顯示決不向旺季屈服的決心。

有生以來，這是紫劉輝第一次賭上自己的意志、決心和生命去守護。

守護這國家，人民，不讓任何人受到傷害——來自旺季軍隊的傷害。

（——不對！）

有這份胸襟的人不該是紫劉輝，是自己才對。

沒有戰爭的世界。不讓任何人無謂犧牲的世界。那本該是自己的——

此時，楸瑛瞇起眼睛低聲說道：

「……旺季大人，開始處於下風了……」

劉輝不斷找尋破綻朝旺季劈斬，毫不留情，也決不手軟。汗水滴進眼裡也不擦拭，全身蒸氣騰騰。即使如此，他還是將注意力集中的如一根針，即使以一對五萬軍力，仍是一步都不退縮。

旺季採取防守架式，炯炯有神的目光，睥睨著紫劉輝——戩華王的兒子。

『那麼，你打算用蠻力從我手中奪回「莫邪」？將這個國家變成你想看見的模樣？』

蠻橫的動用五萬軍力，像過去戩華王做的那樣？

旺季只能一味的防守，找不出空隙進攻——被劉輝逼得落入下風。

不是輸在力量，而是紫劉輝的意志。這令旺季憤怒得紅了雙眼。

（開什麼玩笑。）

自己花了多久時間才走到這一步。一路上撿起一顆一顆石頭，逐漸堆高。這樣的意志力，怎麼可能會輸給他。

只要一聲令下，就能號令大軍行動。一切也能就此解決。旺季的心願將會實現，也能繼續向前走。

不能在這裡結束，輸給這樣的小鬼。

旺季不是為了輸給紫劉輝才來到這裡的——

正當旺季打算開口時。

『我想看看你跟我有哪裡不一樣，是不是真的不一樣。』

戳華王冷冷的聲音和微笑，如雷灌頂地落下。

旺季的劍折成了兩半，飛了出去。

被對方絆住腳而摔倒在地，眼前的世界慢慢倒轉。

一個翻滾，抬起頭時，只見「莫邪」的白刃已抵在自己喉頭。

——那把過去曾屬於旺季的劍。有著閃閃發光的堅強和柔韌的意志。

風中，只覺得世上所有聲音都靜止了。

背對著燦爛的太陽，看見紫劉輝輕輕笑了。

就在此時。

——從左邊那座山裡，傳來猛烈的爆炸聲。山上爆發出火苗。

「這、這是怎麼回事？」

陵王看著火勢開始蔓延的山頭，大驚失色。接著望向那座山，更是臉色大變。

「……等等。那火燃燒的方向，是那座隱村啊！怎麼會燒起來了！難道村人發生了什麼事嗎？怎麼辦，從那個盆地不可能逃出來的！」

「陵王大人，後方軍隊突然殺氣騰騰，到底發生了什麼事？」

此時，一匹快馬來到陵王身邊。一見到馬上的人，陵王驚訝得合不攏嘴。

「嘖，晏樹！你怎麼會在這裡！」

「嘖什麼嘖啊。我早料到事情有可能變成這樣，才趕來幫你們的啊。真是的，只懂打仗的蠢材，都是一群沒用的傢伙！」

總是如貓般優雅，帶著謎樣氛圍與胸有成竹笑容的晏樹，現在臉上卻沒了笑容，只剩下焦躁。仔細一看，他更是披頭散髮，汗水淋漓，騎來的馬也近乎筋疲力竭——看來是只花了半天時間從貴陽全力奔馳而來。

一眼望見劉輝劍下的旺季，晏樹深褐色的眼瞳蒙上一層怒意。

（這應該是第二次看見晏樹這傢伙如此拚命的樣子吧。）

陵王想起十年前，當雪夜之後，發現旺季下落不明時，晏樹也曾如此慌亂。

迅一方面感覺到後方軍隊傳來騰騰殺氣，一方面趕緊追問晏樹：

「……晏樹大人，為何前來？」

「我來告訴大家，國王的一隊人馬用詭計欺騙山裡的隱村村民，還放火燒了全村啊。」

晏樹說的話令劉輝猛然抬起頭。另一邊的楸瑛則是勃然大怒。

「那是不可能的！」

無視楸瑛的吶喊，晏樹只是聳聳肩。

「是真的啊。迅，你今早是否接獲報告，指出國王麾下有一隊人馬接近了那座山？」

「……的、的確是有這回事，可是……」

「就是他們幹的唷。竟然燒掉整個村子，真是心狠手辣啊。」

楸瑛看看那座山，又望向秀麗。

「秀麗大人，不是那樣的……我們連入山的方法都還沒找到啊——」

「嗯，我知道。」

秀麗入神地望著山上熊熊燃燒的火焰，語氣平靜。

「……藍將軍，我的棺材消失，以及劉輝回信所提到的期限，你不覺得其中有什麼奇怪之處嗎？」

楸瑛用混亂的腦袋拚命思考秀麗話中的含意。奇怪之處？國王的回信與秀麗消失的棺材，留下的那封怪信裡的期限，這裡頭有什麼奇怪之處？

「奇怪之處應該是沒有——除了造成國王只能在兩個期限之間選擇一方這件事之外。」

「你的意思是那封信所指定的期限太過巧合了對吧？在那樣的指定之下，國王只能從會談和救我之間選擇一邊。可是，國王的回信和我的棺材消失，中間只差了幾天時間，回信的內容按理說不可能洩漏出去。能在那個時間點推敲出回信中的時間並留下指定期限的那封怪信，辦得到的只有身在紅州且位於國王身邊的人……藍將軍，你剛才說，那組小隊是自願提出前往監視那座山的，是嗎？」

楸瑛臉色登時刷白。總算明白秀麗想說的是什麼了。

「——沒錯，那組自願前往監視的小隊，恐怕是——」

陵王瞇起眼睛瞪著晏樹。

「……等一下，晏樹。你怎麼會知道發生了那種事情？你人明明在貴陽啊。」

「那當然是因為，我早就在冬天裡安排了一組奸細潛入紅州，並指示他們一旦有個什麼萬一，就要立刻組成小隊偽裝成國王的人馬，去把那個隱村燒掉。」

和平常晏樹臉上的嘻皮笑臉不同，現在的他是面無表情的說出這句話。

「所以，這筆帳還是算在國王頭上囉。為了預防萬一，不事先安排這種對策怎麼行呢？」

後方五萬大軍的騰騰殺氣，已經擴散到難以控制的地步。

迅用力嚥下一口唾沫。不擇手段的晏樹，惡魔般的頭腦令人畏懼。

陵王無奈的搔搔頭。記得以前霄瑤璇也曾用過類似的手段。這不能說是什麼卑鄙行為，畢竟在戰爭中，偶爾採用伏兵奸計打智能戰也是致勝的要因。可是……

「……晏樹，那裡是旺季的領地，隱村裡的村民都是被旺季撿回來的人，他們協助旺季，對旺季誓言忠誠，是受到旺季守護的人民，不是我們的敵人──而是夥伴啊！」

「那又如何？反正合金的鑄造作業已經全部結束了吧？既然如此，留著他們也沒用了。那個村莊本來就是旺季大人以不合法的手段偷偷藏匿起來的，萬一日後被國王或御史發現，只會對旺季大人造成不利。就當作湮滅證據，也是為了幫助現在的旺季大人，只好請他們犧牲囉。沒有人能保護旺季大人，就連旺季大人自己也不能。說什麼會用盡各種方法幫助他，所有的人都只是嘴上說說而已。可是，我就不一樣。」

晏樹的雙眼清澈透亮，冷得像冰。

「不管要用什麼骯髒的手段，只要能幫助旺季大人獲勝，我都願意去做。這就是我的做法。也是我實現諾言的方式。既然明知我是這種人還將我留在身邊，旺季大人就必須為此付出代價。」

當陵王揪住晏樹衣領的同時，背後的大軍也開始沸沸湯湯的騷動起來。

「──竟敢趁著會談時放火燒了旺季將軍領地內的村落……」

「真是太卑鄙了。不帶一兵一卒前來，果然是為了讓我軍掉以輕心的陷阱。」

「糟了，得快點救出旺季大人。不能讓他們殺害旺季大人！我們快去救出大人！殺了國王！」

「──殺了他！」

低沉的怒吼從四面八方湧來。馬蹄聲交織著怒罵聲，武器鳴動的聲響撼動大地。

五萬大軍正如即將潰堤的洪水，蓄勢待發。

「──糟了！迅！快阻止他們！」

「怎麼阻止──可能辦不到了啊，陵王大人！」

「無論如何都要阻止！就算是殺了他們也得阻止！國王只有一個人，要是在五萬大軍圍攻之下被殺死，旺季大人將無可卸責。我最不願意看見的，就是旺季大人被當成卑劣的人！」

陵王丟下晏樹，飛身躍上自己那匹夜色馬。

「我去阻止，要是他們不願停下，就算要我大開殺戒也得阻止！」

率領自己的軍馬掉轉方向，陵王發出一聲大喝。迅也拉緊轡繩跟在他身旁。

「璃櫻！快舉旗！快舉！」

珠翠的叫聲，使幾乎被大軍震懾而失神的璃櫻回過神來。用盡全力快速拉起手中的「月下彩雲」旗。代表中立與非戰地帶的縹家旗幟。

──然而。

一度決堤的大軍洪水，已經無法就此停住。

湧向自己的殺意與噪動如狂奔的急流，劉輝也都感受到了。

那是為了旺季而發的怒氣與焦躁。為了拯救旺季而採取行動的五萬大軍。還有凌晏樹。

無論用什麼手段，都要旺季活，要旺季勝。這樣的意志，如狂風暴雨席捲大地。

絕對不讓任何人殺了他。

……劉輝背後並沒有這樣的一群人。至少沒有這麼多。為了旺季，他們正奔上前來。這就是劉輝與旺季的差異。一如瑠花過去所說的，只有培育、幫助了許多人的旺季才能擁有這樣的力量。

收回手中劍刃，劉輝仰望天空。天上厚重的雲層正以驚人的氣勢翻湧。

「──旺季。」

對著陰暗的天色，劉輝露出放棄的微笑，笑容中夾雜著領悟與些許遺憾。

「那就是你真正的實力。」

軍馬奔騰撼動大地，就在迫近的大軍正中央。

孫陵王和迅，璃櫻和珠翠，各自為了守護劉輝而擱在大軍前方。

只有旺季一人呆然凝望著眼前的光景。剎那之間，曾在腦中描繪的一切將成為現實。不能輸。只要旺季一聲令下，五萬大軍將會應聲而起。

如此一來一切就結束了。來自地獄底層的轟然巨響，像是呼應著旺季的心願般漸漸靠近。

就差那麼一點了。只要再靜心等待一會，勝利就將到來。無論那是以何種方式獲得的勝利。

無論何種方式。

忽然之間，感覺到劉輝的視線正默默停留在旺季側臉上。這是旺季有生以來第一次，無法正視他人的目光。一陣暈眩，全身冷汗直流。現在國王是以什麼樣的想法看著自己，旺季不想知道。

馬蹄的聲音，即將越過再也無人能阻擋的一線。

國王的聲音伴隨著沉靜的嘆息，從頭頂落下。

「……結束了，旺季。孤的項上人頭，你拿去吧。」

旺季失措的抬頭望向國王，像一個被他的聲音所操縱的傀儡人偶。

「……你說什麼？」

「你應該明白。憑孤的力量，絕對無法阻止那五萬大軍——不過，孤的人頭或許可以。」

越來越近了。那令人懷念的，不祥的，一旦開始就只會導致終結的，死神的腳步聲。

——戰爭即將展開的聲音。

不是由紫劉輝，而是由旺季率領的軍隊所發出的聲音。

「老實說，旺季。如果你剛才出手阻止軍隊前進的話，孤認為將王位禪讓給你也無妨。」

旺季瞠目結舌，近乎憤怒的羞恥令雙眼發紅。沒錯，在場所有人之中，只有旺季能阻止大軍前進。只要旺季立刻飛奔上馬，朝五萬大軍急馳而去，就能在他們越過一線之前阻止他們。不，那不是辦得到或辦不到的問題，就連孫陵王和迅都不加思索地立刻轉身與逼近的大軍對峙。旺季卻做不到。

「……王位，果然還是不能讓給你。」

劉輝本已決定，只要旺季一採取行動，就將王位禪讓給他。並承認自己的失敗。然而……

「孤再說一次。王位不能讓給你。但孤也不願讓他們送死。孤來到這裡不是為了開戰，而是為了結束一切，為了保護更多人的生命，就算他們是你帶來的軍隊也一樣。孤是這個國家的王，他們也是孤必須守護的臣民，這一點毋庸置疑。王位不能讓給你。這條命也不能給你。但若是為了保護他們，那麼又另當別論。現在，孤願意讓你取走這條命，你動手吧。」

「——」

就算他們是你帶來的軍隊也一樣。

一樣是自己必須守護的臣民。

紫劉輝宣告著決不禪讓。但若是為了守護他們，願意放棄自己的性命。

劉輝深呼吸，微微苦笑。其實還有另一個理由。

——自己果然殺不了旺季。

怎麼可能殺得死。那雙眼中閃爍著如「莫邪」般耀眼光芒的男人。還有他溫柔的琴聲。

和劉輝不同，他一路上撿起大大小小的石頭，點點滴滴累積，不逃不躲的走到今天這一步。

在他手中握著太多東西。他也是毫不客氣打醒劉輝的人。

背負著美麗王者之星的男人。

「孤的項上人頭，拿去吧……是你贏了，旺季。」

「莫邪」落在旺季手中。

旺季看著「莫邪」，就像勝利也同時落在自己手中。到手的勝利。

但那卻不是旺季靠自己的力量得到的，完全不是。按下旺季自己最忌諱的開關，偏偏就是旺季自己，現在之所以會獲得勝利，完全是因為劉輝想阻止那惡果發生所做出的決定。正因為旺季破壞了其他的路，劉輝才只好做出這個決定。

落在手中的，其實是旺季的失敗。

大軍正如浪潮席捲而來。沒有多少時間了。一旦開始，就再也停不下來。這是彼此都再明白不過的事。想要在戰爭開始前結束它，只能用最小的犧牲來阻止。劉輝所做出的決定並不是因為他失敗，而是身為一國之王，為了守護更多臣民所能採取的最後一個辦法。

旺季平靜地拾起落在眼前的「莫邪」，那因失敗而贏得的勝利。

正當旺季站起身時，一把如寶石般絢麗的劍，劃破兩人之間的空氣飛來，深深插在地上。

「──要殺他，就先殺我吧。」

動如疾風的身形一閃，藍楸瑛已擋在劉輝面前與旺季對峙。旺季望著他的臉。

眼前的藍楸瑛，已不再是過去那天真愚昧，不知忠誠為何物的輕浮青年了。

孫陵王年輕時也有著這樣的眼神。展露同樣的堅強，同樣的意志。追隨到最後一刻的決心。

「臣不能死於君後。要殺就先殺我吧。」

突然，另一人也走上前來。一頭烏黑長髮在風中飄動。

那姑娘的側臉，竟使旺季在一瞬間想起已逝的女兒，心中一驚。

站在藍楸瑛身邊，用身體護住紫劉輝，一身風塵僕僕的公主服飾，紅秀麗也正面與旺季對峙。

無論多少次，她都背對著國王庇護他。這次也一樣。

「──等一下。」

秀麗開口。漆黑的雙眸之中沒有放棄。

「請等一下。只要再一下就行了。」

旺季挑了挑眉。那既不是乞求也不是不捨，而是真的在等待著什麼的，官員的語氣。

秀麗篤定地看著旺季的眼睛，跨開步子站得直挺挺，斬釘截鐵的說：

「──就快來了！」

從秀麗的聲音裡，劉輝和楸瑛都感覺出了什麼，就在此時。

「喂！你們等一下啊啊啊啊啊──」

從大軍與劉輝等人側面──也就是從燃燒的那座山的方向猛衝下來。

另外一支人馬，浩浩蕩蕩的衝進雙方陣營之中。

帶著大量縹家的中立旗幟「月下彩雲」以及數不清的白旗。

這麼大量又具有攻擊性的白旗，在場所有人都是前所未見，前所未聞。就連那五萬大軍，都在震撼之餘停止前進。眼前的光景，令人想起當時在紅州的紅秀麗。不──

旺季看著眼前的景象，又望向秀麗。

「浪燕青和縹家的人，是學了妳上次的做法呢。」

就算秀麗不在他們身邊，他們也懂得該怎麼做了。

這姑娘開創的路，確實鋪在眼前，而且是誰都能走上的路。

秀麗大喘了一口氣，有點不好意思的笑了。

●　●　●　●　●

「雖然被放火燒山了，但全體村民都安然無恙。看！我們連證據都帶來了！」

「至於是不是真有必要大揮白旗和兜檔布就另當別論了啦，真丟臉……」

「靜蘭因為連自己的兜檔布都被拿來用，正在鬧彆扭呢。我是茶州的代理州牧杜影月。在這裡的，只有茶州來的醫療團及縹家人和村民而已！現場還有數名御史。你們若再繼續前進，也會對旺季將軍造成影響──快冷靜下來！」

秀麗聽著影月令人懷念的一喝，終於放心的笑了。

旺季凝神細看，隱村裡的所有村民確實一人騎著一匹馬，全體都在。

燕青環顧四周，一發現秀麗便露出安心的表情策馬靠近。

「……小姐，完全被妳說中了。他們果然想假借國王之命放火燒村，被我一個個揍暈了。也幸好在那之前先和影月他們會合了，否則光憑我和靜蘭兩人一定不夠。」

不知道從哪裡入山也沒關係，秀麗是這麼交待燕青和靜蘭的：一定會有一小隊人馬準備入山放火，只要跟在他們後面並阻止他們就對了。果然如秀麗所說，當燕青和靜蘭抵達時，正好發現一組小隊毫不費力的穿過密道、迴避機關順利入山。只不過當看見他們身穿東坡軍服時還真是嚇了一大跳。

「燕青，受災情況如何？」

「全體村民都救出來了。沒有帶到這裡來的其他人，都安置在附近的縹家社寺裡。那時順手摸了縹家旗幟……結果和尚跟巫女們就嚷著要來幫大巫女和璃櫻少爺度過危機！也都跟過來了。」

「為什麼連村民都帶過來呢？還有村子又是為何燒起來的？」

秀麗嚴峻的表情，讓燕青搔著頭，一時不知如何應答。此時，一個身材矮小的老人從燕青身後躍下馬背。

「別生氣，小姑娘。這兩件事都是我們村民自己提出的要求，妳就別怪這位小哥了。」

劉輝望著老人，驚訝得不可自抑。秀麗也不由得倒吸了一口氣。

「您是──那位不可思議的山家仙人！」

「仙人？別說傻話了。俺只是一個普通的村民罷了。呵呵，不過倒真是別來無恙啊，小伙子，小姑娘。」

殘缺的單眼，半截斷臂，即使如此，仍以雙腳站穩得如一株古木。

明明個子矮小的像是可以放在手掌上，但那嘴邊的一抹微笑，卻令楸瑛為之震懾——充滿壓倒性的威嚴。

「……若因我們的村子被燒而引起戰爭，這將會是所有村民最不樂見的事。所以只要能派上用場，能騎馬的人都騎上馬一起趕來了。畢竟我們應該是放眼全國最痛恨戰爭的一群人了吧。死也不能讓戰爭發生。」

老人瞥了晏樹一眼，再看看秀麗。村裡所有的倉庫都堆滿油壺，裡面裝滿了油，加上一旦起火就難以逃脫的地勢。也不乏容易起火的柴薪與火硝。只消幾個人散播火種，火勢瞬間就擴散開了。那正是晏樹為了最後的滅口而佈下的計謀，老人早就察覺了，卻也不說破……和紅秀麗不同。

『如果是劉輝，鐵定不會那麼做。也不會讓他們那麼做的。絕對。』

「……其實啊，我原本覺得就那麼乖乖被燒死也沒關係唷。我們這群人本來就不容於世間。對人們而言，我們只是礙手礙腳的存在。一旦出了什麼差錯，馬上就會背黑鍋，進牢獄。而不惜違法也要幫助我們的是旺季大人，所以若因此能讓他當上國王，死也沒有關係。」

「——別說那種傻話！」

旺季因憤怒而顫抖，老人卻淡定地繼續說下去。

「呵呵，旺季，你姑且先聽完嘛。不過後來呢，我先是遇見了這小姑娘，後來又遇到像從前迷途的你一樣，前來山屋的那個小伙子，這讓我改變了主意。」

老人溫柔地瞇上那隻獨眼，抬頭看著站在前面的劉輝。

『老爺爺！請過來吧——跟我一起。』

那個時候，紅秀麗朝老人伸出手，希望他做出選擇。但老人沒有握住她的手。在那個時候。

「旺季，遇見你時，我確實認為你是個好男兒，值得期待。然而我現在更中意這個小伙子。因為他比你還笨哪，竟然乾乾脆脆的把這個留在我這裡，說是作為收留他的謝禮，啊哈哈。」

老人抽出一直擺在身後的那隻手，展示手中的劍。

——「干將」。

旺季睜大了雙眼。

「旺季，當年你離開時，也曾將身上所有東西留下作為謝禮，除了那把劍和那身紫戰袍。你穿戴上它們回去了。因為你說還需要它們，所以不能留下。」

「…………！」

「但這小伙子卻與你相反。他說因為不需要它所以留下。對自己來說不需要。」

——把劍、盾和衛兵都留下，隻身前來。一如老人所言。

老人只剩下一隻的獨眼，很高興似的瞇起來望著劉輝。

「你帶了五萬大軍前來，小伙子卻只帶了一個人。過了一個冬天，他依然沒有改變。如果今天他也帶著大軍前來的話，旺季，我們就會站在你這邊。然而，他卻僅僅帶著一個人來……所以我決定選擇他。不再為你而死，而是為了自己和你，以及這小伙子還有所有人而生。再多活久一點。」

不要戰爭。不要殺人而選擇守護。用智慧，用頭腦，即使眼前無路可走也要披荊斬棘。

就算國王一個人無法守護全部，也還有紅秀麗和其他人的輔佐，在國王的意志之下。

紅秀麗說，一定會得救。她說得沒錯。所有人都獲救了。

「即使如此，我還是最喜歡你喔，旺季。因為除了你，沒有別人需要我們。就連這小伙子也辦不到。所以為了幫你湮滅證據，我們決定把整座村子燒了。火勢很快就要平息了。抱歉哪，小姑娘，因此讓大軍動了起來……」

老人單手輕輕鬆鬆的將重量級的「干將」突刺在大地上。

「我呢，一直相信會出現一個國王，能將劍哪、盾哪，所有的力量都從手中放開。那才是具有勇氣的真正國王。我想用這隻剩下的眼睛見識見識那樣的王。真不錯，沒想到真能親眼目睹這幅景象。旺季──我為你打的那把劍，折斷了呢。」

那把被國王從中劈斷，有著青色刃紋的劍。迅跳起來，回頭望向陵王。難道……

「……沒錯，那位老人家，就是古往今來、天下第一的刀匠，『無名的大鑄造師』本人。」

老人瞇著眼睛，看著過去自己特地為旺季鑄造，現已斷成兩截的那把劍。

當一切結束之後，必須折斷不能再用。在這個條件之下所鑄造的劍。

「……你的劍也在告訴你，該是收手的時候了。呵呵，我打造的劍哪，是把好劍。只要劍折斷，戰爭就將結束。你也可以不用死了。真是把為主人著想的好劍。因為你總是悉心照料它，將它帶在身邊，所以劍也懂得回報你，為你生也為你死啊。」

吹過一陣強風。老人憐愛地望著旺季，想起那遙遠過去的某個雪夜。

「……旺季，你是個好男人，氣宇恢宏。可是最後你還是認為如果避免不了也只好開戰，並為戰爭做了萬全的準備。無法放開手中的力量——你該明白了吧？你的做法，確實『至少比大業年間好』，但也不過如此。」

旺季沒有回答。

「可是這小伙子不同。他雖然還不夠成熟，卻能走在你前面，前往比大業年間更遠的未來。我呢，我想見識那樣的未來，這小伙子創造的未來。所以，小伙子，這個還你。」

老人拔起插在大地上的「干將」，朝劉輝拋去——王者之劍。

「這是屬於你的劍。一直吵著要回你身邊，囉唆得要命，連我家那女人都要我快點還你了。」

隨著老人這句話，「干將」在半空中劃出一道美麗的拋物線，落在劉輝手中。

「旺季大人！」

晏樹用力抓住旺季的肩膀。

「您該不會被這老得不中用的鑄造師所說的話給迷惑了吧？我們人多勢眾，這一點毫無改變。只要拿下國王的人頭，王位馬上就是您的了。目標就要達成了，很快——」

「老得不中用還真是抱歉喔。晏樹，你這男人真是無可救藥！」

老人邊掏著耳朵邊朝晏樹怒吼。

「你怎麼還不明白？不，你根本就明白吧？時候到了。十年前，旺季一個人什麼都辦不到，什麼都改變不了。若不是因為對手是旺季，這位年輕的國王也不會單槍匹馬的與他決鬥，早就棄甲投降了。可是若自己和對手已經改變得差不多時，那就又另當別論。一切都改變時，就是這種時候。」

「囉唆！」

「時候到了——你以為悠舜那小子會放過這個機會嗎？」

悠舜。這個名字令在場所有人瞠目結舌。

正當劉輝開口想再次確認這個名字時。

完全來自另一批人馬的馬蹄聲踏動地面，轟然巨響正由遠方漸漸靠近。

「……這聲音……這數量……」

楸瑛睜大雙眼。迅和陵王也一樣，張大眼睛環顧四面八方。

先是從通往紅州的方位出現了旗幟——那是紅家直系的「桐竹鳳麟」。

疾馳在陣頭最前方的有三人。穿著一身鮮豔紅戰袍，騎著赤兔馬的紅邵可與紅家三男紅玖琅，以及紅州州牧劉志美。

接著，楸瑛轉頭望向通往藍州的方位。

從藍州快馬加鞭趕來的是，全體騎著美麗白馬的一支軍隊。風中飄搖的旗幟上是藍家的直系家徽「雙龍蓮泉」。

疾馳於最前方的，是本該遭到軟禁的藍州州牧姜文仲。而與他並騎的則是——

「看，小姐。是呆呆和皋韓升。太好了，他們都平安無事。」

「……平安無事是很好……可是燕青……你看呆呆怎麼一臉鐵青，還帶著一群超像流氓的人啊——不，我就直說了，那是黑道集團吧？」

明顯與其他人格格不入的一群人，混在藍家的隊伍之中暴走前進。

「啊，我想起來了。姜文仲以前救了不少次，曾在白州逞兇鬥狠過一陣子的工部尚書管飛翔，所以呆呆說這次要去商請管尚書協助。」

「這、這樣啊……往日的恩情……不過被救出來的姜大人一定也很驚訝吧……」

秀麗想起管飛翔的家世。他確實是系出縱橫黑白兩州，稱霸天下的黑道家族……看得出來，帶著這批黑道軍團的呆呆臉色發白，顯然是在內心吶喊「怎麼會變成這樣？我人生也太不走運了吧？」

司馬迅和楸瑛看見前來的其他人，更是驚訝地跳了起來。

「唔！是龍爺！糟了，要是被他逮住一定會海扁我一頓——不，這不是真的吧？」

「還有龍蓮也在！原來那傢伙會動了啊？是他帶動藍門司馬家的嗎？」

從茶州方位，則看得見繪有茶家直系家徽的「孔雀繚亂」旗幟，隨著馬蹄聲飄揚於風中。

策馬奔馳在隊伍最前方的是茶家宗主茶克洵，身邊跟著已過八十高齡卻依然保持平時那一臉兇樣的茶州州牧櫂瑜。影月一看見他就仰天大嘆：

「啊啊啊啊，都警告過他血壓一定會上昇，絕對不可以來的，怎麼還是不守約定呢！真是的！」

——接著。

從貴陽方位，旺季帶來的五萬大軍身後，正揚起一陣軍馬奔馳而掀起的塵土。

那是從北方三州三個方位齊聚而來的轟然蹄響。

劉輝用力抿緊了雙唇，心裡涼了半截。果然還是失敗了嗎——

如果絳攸和閭官員遊說成功了就不該出現的旗幟，正紛紛在眼前林立。

「——來、了。」

漫天塵埃中，隨風飄盪的旗幟，繪著分屬黑家、白家與黃家的直系家徽。

軍事力最強的北方三家，終究來襲。

突然，劉輝定睛一看，其他軍馬都在五萬大軍後方停步待命，只有兩匹馬未曾停下，反而以飛一般的速度從後方衝進五萬大軍之中，朝這邊奔馳而來。側耳傾聽，馬上好像正大喊著什麼。

「走開啊，別擋路！笨蛋國王！你要是沒有好好活著，到你死我都不理你了啦！」

劉輝愣得雙眼圓睜。楸瑛聽見那聲音則是反射性地向後一仰。

穿過大軍讓出的一條細窄通道，手中不由分說地揮舞著長槍破陣而出的人。

「白大將軍！還有黑大將軍也來了！」

身旁的黑大將軍似乎不時低聲嘀咕著什麼，雖然只聽得見白大將軍不斷「少囉唆啦，白痴！」、「不是那種問題好不好，你這冷血動物！」、「早就離開的人別不懂裝懂啦！」……似乎不難推斷兩人之間到底說了些什麼。

「嗯嗯？這麼說來，白家和黑家的那批大軍是……不會吧——」

此時，那雙騎終於毫髮無傷地從五萬大軍之間通過。

穿過五萬大軍，白雷炎差點一頭撞進縹家與茶州醫療團及隱村村民之中，驚訝之餘，疑惑地望著這群人，終於看到人群之後的劉輝，發出打從心底的吶喊。

「陛下！太好了！」

「您平安無事，真是太好了……」

黑燿世也輕聲這麼說著，露出微笑——接著，還有另一人的聲音。

「……哎呀哎呀，看來是剛好趕上了呢。」

從白雷炎身後，傳來那人的聲音。

輕輕柔柔，有如春雨般的聲音，同時又帶著一股掩不住的促狹，微笑著。

在白雷炎的攙扶下從馬上落地，手杖無聲地敲在地面。

手中還握著一把白羽扇，手柄處繫著象徵宰相的八色彩繩。

拄著手杖緩步向前。令人感覺周遭的聲音和風，在此刻一切彷彿都已靜止。

「抱歉，臣來遲了——鄭悠舜參見陛下。我的國王。」

正面直視劉輝的臉，悠舜臉上浮起和平時一樣的溫柔笑容，優雅地屈膝跪下。

「臣已經取得並帶來北方三家宣誓效忠我王紫劉輝的聲明文了。」

● ● ● ● ●

「——悠舜！」

聽見晏樹憤怒的聲音，悠舜撐著手杖站起身。

「很可惜，是我贏了，晏樹。是不是很後悔那時沒殺了我？那時，白雷炎和不知為何得知消息的黎深突然莫名其妙的出現，我心想在生命的尾聲見到的竟是這兩人也未免太慘了吧，所以我就決定不死了，讓他們救了我。」

「怎麼這樣形容自己的救命恩人啊，宰相！」

白雷炎憤憤不平的說。他受命於國王，為了確保悠舜平安逃離而一路跟在他後面，沒想到卻發生了不得了的事。結果還被迫整個冬天都得陪著他周遊北方三州。

「話說回來，紅家那個前吏部尚書為什麼突然也出現在那裡還真是個謎，跟來就算了，他又囉唆得要命，一下說飯太硬、味道不對，一下又嫌冷，嫌看山看雪都看膩了——」

「咦？可是黎深大人現在不在這裡呀？」

楸瑛看來看去，也沒看到黑大將軍的馬鞍上有人。黑大將軍點點頭。

「……因為他實在太煩人了……我就把他丟在北方……宰相說，帶他來也是礙事……」

——好過分。

悠舜對黎深簡直比雪山還冷酷嘛，劉輝和楸瑛嚇得魂都要從嘴裡飛出來了。

晏樹瞪著悠舜。

「悠舜，你是怎麼辦到的？光憑李絳攸和閣官員是不可能的。」

「是啊，不過有宰相之職，有我，和我的頭腦，以及這個。」

悠舜將手杖的手柄部分鬆開，露出裡面一顆包在紫色絹布裡的金色硬物。

頓時，眾人陷入一片沉默。秀麗的眼珠更是差點飛出眼眶。那、那不是——

「——玉璽！！」

那正是如假包換的玉璽。劉輝和旺季難掩心中震撼，只覺天地錯亂顛倒。

「孤忘在城裡的玉璽，怎麼會在你那裡——」

「玉璽不在機關箱裡，竟然是被你帶走了，悠舜！」

「咦？孤還以為玉璽在你手中啊，旺季。」

「我才以為是你和劍一起帶走的呢，這種東西竟然會忘了帶，你是白痴嗎？」

「對不起……」

「我早料到國王會忘了這件事，所以就先幫他保管起來了。這顆玉璽，我一直思考著該為了誰來用它。」

晏樹深褐色的眼中充滿憤怒。悠舜玩弄著掌中的玉璽，像撥弄一顆骰子。

「……我的國王啊，若是那最後一夜，你選擇了留在城裡，當場將王位禪讓並以武力鎮壓的話，我選擇的便將不會是你，而是旺季大人。因為，如果你和其他國王的做法沒有太大差別，還不如讓旺季大人來當國王比較好。對誰而言都一樣。可是……」

悠舜笑了。抬頭看著國王，著迷似的說：

「……你還真是個笨蛋哪。直到最後都相信我。就算有所懷疑，還是選擇相信。叫我逃不是為了遠離我，而是為了保護我……我這個人因為天生這種性格，所以很少有人能堅持相信我到最後。所以，當我遇見了這麼一個笨蛋，便決心要發揮『我』的力量幫他完成很棒的事。一如我當初答應你的，我的國王。我會完成你所有的願望。」

周圍林立的旗幟，彩八家的直系家徽。全都是為劉輝而來。

「我會遵守約定。因為你一直到最後都那麼相信我……真沒辦法。那麼，身為一國宰相的我又帶著玉璽，要取得北方三家的合作根本是輕而易舉。」

悠舜搖著雪白的羽扇微笑。身旁的白雷炎和黑燿世卻鐵青著一張臉移開目光。

「……這傢伙真的很過分啦，陛下。這個宰相喔……他不是叫我把青釭劍交給陛下嗎？」

「喔，喔喔。那不是證明忠誠的意思嗎……」

「──我根本就不知道！將青釭劍交給國王就代表誓言忠誠的這件事！」

「……啥？──咦？那，當時是怎麼回事？」

當時，白雷炎就已經在悠舜的花言巧語之下，將白家整個賣給他了。

「為了身為武門的名譽，就算是我老爸出面也沒臉開口討回來吧？做那種事也未免太丟臉了！

嗚……只好邊哭邊寫聲明書啊……完全中了他的計。」

「……我也是……第一次看見……你家老爸哭成那樣啊……」

黑燿世也在一旁如此低喃。

「還有喔……他對黑家也超過分的啦……騙我和燿世跟黎深說有一種吃了一定會變強的藥，其實裡面摻了大量的瀉藥！還威脅我們說，如果要他調配解藥就得交出聲明書，還要加蓋血手印喔……這傢伙真是太卑鄙了！我可……我可一點都不想看見黑家的老爹整天關在廁所裡瀉肚子啊……嗚！」

「……我覺得……那太過分了……我都提議要……好好去說服他了……」

黑燿世按壓著眼頭這麼說。悠舜卻冷冷推翻他。

「沒時間了。只能不擇手段。一旦拿到黑白家的聲明文，他們為了武門的名譽一定不會反悔背叛。話說回來，隨便相信來路不明的藥是你們自己笨吧，這次也算是讓你們學到一個教訓。」

「——你至少要先試著用口才說服人家吧！你這個惡鬼！惡鬼宰相！」

紅門姬家性格之惡劣本來就是史上罕見，不管什麼骯髒手段都能毫不在乎的使用。迅和楸瑛不禁發著抖。手段實在太骯髒了，竟然在軍糧裡下瀉藥！

「……『老實就是笨』，他真是將姬家的這句格言應用得淋漓盡致啊……好可怕！」

「紅門姬家真是太卑鄙了！迅……我真慶幸藍門首席是你們司馬家……」

楸瑛偷偷將背在身後的青釭劍抽起來，戳戳劉輝交給他。劉輝也趕緊面不改色的收下。要是讓白雷炎知道劉輝輕易就將象徵白家忠誠的青釭劍借給楸瑛，要不是羞憤致死，就是當場反叛吧——

「我只是讓你們知道，與宰相我為敵有多麼不智而已。畢竟我們的國王這麼脫線，在對北方三州方面又犯下諸多失策。光是提起陛下的名字，根本影響不了他們。而身為宰相的任務，本來就是幫國王收拾殘局。」

燕青抓抓下巴，眼神游移。在茶州和悠舜在一起十年之久的燕青，根本一點也不驚訝。說實話，就他看來，今天這樣還算蠻正當的手段呢。

「而當我取得黑州與白州的合作後，前往黃州時，正好遇到絳攸大人和閭官員在努力應付黃家。

就順手幫了點小忙。呵呵……決定最先去斡旋最難收服的黃家，不得不承認絳攸大人這次幹得漂亮。他還是不要待在黎深身邊比較好。」

絳攸他們由東前進，打算以黃州、白州、黒州的順序周遊北方三州，悠舜的方向和順序則正好相反，是由西往東。聽到絳攸的名字，劉輝最先有反應。

「那，絳攸人呢……」

「他成功的說服黃家宗主了喔。不是我，而是他辦到的。我和閤官員只從旁幫了點小忙而已……完全是絳攸大人的功勞。他為了國王，堂堂正正的收服了對方。從北方下來時，他本來有好好跟在隊伍裡的，但途中就不見人影，不知上哪去了？」

一定是迷路了啦……秀麗冒出冷汗。不，在場所有人莫不這麼想。

黎深也好，絳攸也好，這對父子總是無法貫徹帥氣到底呀。

「……說真的，我的國王。直到今天我都還在考慮。如果今天你帶了大軍前來，那就表示你和其他國王沒有兩樣。那麼我將會把引來的北方三軍和這顆玉璽以及聲明文，全都交給旺季大人，然後回到山中隱居。可是……」

悠舜看見劉輝只帶著秀麗和楸瑛兩個「夥伴」前來，不禁苦笑。

僅有的一個完美答案。最細最難找到的一條路，劉輝即使一路迷惘，仍確實走上來了。

「……我曾經告訴過你吧？我想看看只靠我一個人是無法看到的那個世界。我所不知道的世界，在未知前方的夢想。我很喜歡做得到這個的笨蛋。比起旺季大人，你實在要笨上太多了，所以我還是決定選擇你。」

悠舜這時才終於朝旺季直視，深深低下頭。

「旺季大人，你對我而言是很重要的人。現在也是如此。可是，我必須背叛你。皇毅留在朝廷，是因為你希望他那麼做。而我，選擇以自己的意志……背叛你。」

只有這一刻，悠舜的表情才出現那麼一絲不平靜，雙眼之中有著激動。充滿了人類該有的情感。

旺季只說了一句「是嗎」。打從撿到他，他就一直將自己關在草庵裡，把自己的人生當成別人似的冷眼看待。他一直都畏懼著自己的存在，畏懼活在這世上。

「要你活出屬於自己人生的人是我……所以沒關係。」

悠舜的表情更扭曲了。心中有某種情感蠢動著。內心被如此攪亂，此生恐怕再也不會有第二次。飛翔說了，至少哭著背叛吧。一行清淚沿著臉頰滑下，覺得自己也終於像個人了。是啊，旺季一直對悠舜做的，就是要他活得更像個人。

在旺季的愛心之下培育出的三條路。皇毅與悠舜和晏樹。

為了讓每條路都能開花結果，旺季——不，是他們三人都察覺了這一點，並分道揚鑣。

無論發生什麼事都會留在朝廷的皇毅。為了旺季能做出任何事的晏樹。

第三條路。如果在這條路上能發現旺季以外的，甚至能比旺季描繪出更美好未來的可能性。

就會背叛旺季，轉而守護、實現那份可能的，第三個後繼者。
更美好的未來。旺季總是為了這個目標奔走。無論輸贏，旺季的願望都實現了。
不是皇毅也不是晏樹，只有最後這第三個人，只有悠舜能辦到。
比誰都敬愛旺季，比誰都頭腦清晰，比誰都冷靜，一旦下定決心就不再回頭的鋼鐵意志。
也曾無數次嘗試教唆國王，企圖證明他只是個平庸的王。只因這樣就可以不用背叛旺季。
可是，事實卻非如此。從最初到最後，劉輝始終不變地走在那條細窄卻正確的道路上。
不，悠舜望向秀麗。是因為所有人都盡了全力，所以才能走到今天這一步。
就連悠舜那冰凍的心，都被溫暖的雨聲感動。

「旺季大人，這盤棋，是您輸了。」

彩七家的旗幟隨風飛舞。
悠舜靜靜的如此宣告。

第十一章 風吹回的地方

「——還不到最後！我們還沒輸！」

旺季看著晏樹，那唇邊總是浮現謎樣笑容的他，正認真的生著氣。

在場所有人之中，唯一一個為旺季這麼做的人。

「旺季大人，現在逃回領地，援軍還在等您。分佈於全國各地的貴族派擁護者也會立刻派出軍隊夾擊。只要一天的時間，就能完成開戰準備。」

悠舜瞇起眼睛。直到最後一刻，晏樹都還是晏樹。不願放棄。

「……你打算怎麼逃？要捨棄這五萬大軍嗎？」

「那麼做太可惜了，當然不是。他們也還派得上用場。」

一直保持沉默的陵王搔搔頭，環顧四方。

從四面八方被包圍了。唯一空著的，只有通往碧州的路——但總不能領著大軍前往災區吧。再說陵王有一種預感……

（……只有一個方向空著……難道慧茄還活著？）

這實在太可疑了。而且那被認定已經死去的碧州州牧慧茄，過去的確很常用這招。

誘魚入洞，一網打盡。說不定，慧茄真的生還了。他可是人稱厄運慧茄啊，不是沒這可能。陵王想著想著，嘴角竟微笑起來，這想像挺不賴啊。

像個打不死的蟑螂，這是好事。陵王和旺季都是這樣生存下來的。

（不過，軍力相差了十倍以上啊……）

陵王唇邊浮起了苦笑。出征時不該喝那杯酒的。

看這情形，簡直就像是那場死戰，貴陽攻防戰的再現。當時的對手是戩華與霄瑤璇。這次則是戩華的兒子和他的宰相。相似的令人不得不說是命運。

（還以為這次一定會贏的啊……）

即使如此，陵王的內心仍一如往常平靜。勝敗決定於運氣。

該做的都做了，所以沒什麼好遺憾的。剩下的……

——只有該如何讓旺季活著逃離，就算得付出自己的生命。

從很久以前起，這早已是陵王的任務。

「你打算像貴陽攻防戰時那樣，退回貴陽城中死守嗎？晏樹。」

「怎麼可能。貴陽攻防戰失敗的原因，就是笨蛋國王在毫無援軍的狀況下，選擇了死守王城，直到最後都無法拋下貴陽而導致戰敗。這次雖然有援軍，但很遺憾的，不能完全相信身在貴陽內部的皇毅。六部尚書都還在城中。本想設計調開他們……但他們和黎深不一樣，都是些不好對付的傢伙。要是能再給我多一點時間設計，一定會有辦法的啊。」

「那當然，我早就叮囑過飛翔和奇人，絕對不能動。」

「……真是的，真該早點殺了你才對，悠舜，你真不是個好東西！」

「這種話我聽多了。」

「雖然我們不退回貴陽死守，但貴陽還是有利用價值。我們一定能毫髮無傷的離開這裡。」

一聽晏樹這麼說，悠舜瞇起眼睛。

秀麗也詫異地皺起眉頭。晏樹到底想說什麼。

既不退回貴陽死守，又說還有利用價值。可是不拋棄貴陽是導致失敗的原因。

比起秀麗，晚到了許多的晏樹。

在延遲的那段時間裡，他做了什麼——不，他在貴陽留下了什麼指示？剎那間靈光一閃。

「……晏樹大人……你該不會——」

「領悟的太慢啦，小姑娘。妳比悠舜可愛多了，我就告訴妳吧——沒錯。貴陽不是不能用，如果只是用它當作盾牌的話。國王啊，你不是說不要任何人死嗎？不是什麼都不想捨棄嗎？現在這裡有玉璽，有雙劍，還有紙筆，仙洞令君也在場，就請你當場將王位禪讓給旺季大人吧。否則，貴陽馬上就要被大火吞沒囉。整個王城全部燒光光。所有的門都被我關上了。」

劉輝和秀麗都驚訝得說不出話來。討厭的風聲像女子淒厲的哭聲，呼嘯著吹過五丞原。

「我說了，無論什麼手段都會使用。你打算怎麼做？國王。已經沒有時間囉。沒有時間求救，也沒有時間聯絡了。午時申刻——大火即將點燃。」

秀麗心頭一緊，掌中不斷冒汗。距離申刻，幾乎已經沒有時間了。

晏樹臉上浮現陰鬱的微笑。

「只有我燃起烽煙，放火行動才會中止。烽煙必須是我獨家調配的特殊顏色才有效。如何？只要你答應禪讓，我就停止行動。否則，等貴陽大火一起，我就會趁機帶著旺季大人逃回領地，等各地援軍抵達，馬上就可做好戰鬥準備。無論是鐵炭、資金還是鹽水食糧，我們都準備的很充分，毫無問題。」

劉輝正想踏出一步，卻被悠舜的羽扇阻止。

「……悠舜，別擋住孤。」

「別這麼衝動。如果晏樹現在說的都是謊言怎麼辦？」

秀麗一驚，心頭發涼，冷汗直流。

確實，按照以往晏樹的行事手段，這是很有可能的。自己竟然在悠舜提醒下才發現，這更讓秀麗捏了一把冷汗。晏樹的花言巧語，總能把人搞得暈頭轉向。

（可、可是，萬一他說的是真的呢——）

在這件事上，晏樹的計畫向來都是如天羅地網般的周詳。

真有可能在最後一刻，只是個空口說白話的伎倆嗎？這可是事關旺季的性命啊！

秀麗知道自己腦袋正一片空白，雙腳膝蓋發抖。

無法做任何思考。貴陽。秀麗長久以來生活的地方，有許多重要的人都在那裡。街道與人，胡蝶姊和十三姬，還有百合大人也還在那裡。六部尚書，叔牙他們大家都在。

這樣一個地方。

眼角餘光，正看見劉輝伸手企圖撥開悠舜的羽扇。

「貴陽是孤出生成長的地方！不能拿來做賭注！凌晏樹！你的條件，孤——」

凌晏樹朝劉輝一瞥。

「……很遺憾，好像已經太遲了。」

一拍之後，可以看見貴陽城飄起了裊裊白煙。

「——唔！」

秀麗朝貴陽方向跑了幾步。

劉輝張嘴正想大喊願意禪讓了，悠舜倒轉手腕還是用羽扇打掉那句話。

「不是叫你等一下了，怎麼聽不懂呢。」

「悠舜！你——」

「我的國王，你做得全部都是正確的。今天這一天，這個時刻，你都選對了……聽好了，我是你的宰相。是比晏樹還要壞的壞蛋，當然也比秀麗大人更聰明。」

風吹了起來。

晏樹的表情像是察覺到某種氣息而倏然大變。炯炯有神的雙眼抬頭瞪著天空。

從上午就開始吹起的強風，開始在上空激烈的打著漩渦。遠處傳來悶雷的聲音。

劉輝總算聽見這些聲音，仰頭望向滿天烏雲，又看看悠舜，難道——

「……悠舜……那顆骰子……指出的真是會談的日期和時間嗎？」

落下的視線，正好看見悠舜唇邊浮現的微笑。

「我的國王，直到最後你都做得很好。這一天，這個時間，這個場所。你好好的相信了我。所以接下來會發生好事喔……非常好的事。每年這個時候，在這一帶只要過了未刻就會開始下起傾盆大雨。貴陽也會。今年雖然遲了一些，但恰好山裡的火災造成上升氣流帶動著雨雲。燕青有時候也派得上用場嘛。」

「上升氣流是什麼？和雨有什麼關係？悠舜，你是仙人嗎？你是在山裡修道的仙人嗎？」

「我只是普通的宰相而已。只不過我很清楚晏樹是個怎樣的壞蛋，早就料想到他會設下這條火計。不過我比晏樹準備的更為周到，因為我是更壞的壞蛋啊……總而言之，要開始囉。終結一切的暴風雨。」

風開始吹過平原，朝天空捲動。

秀麗未曾察覺已經降落的幾滴雨滴。

也沒發現天上的烏雲開始快速流動。

望著冒出蛇般細煙的貴陽，秀麗內心不斷吶喊。不要，不要，不要。

「不要啊！」

隨著秀麗這一聲吶喊，傾盆大雨嘩啦嘩啦的下了起來。

「……咦？」

全身溼透的秀麗張著嘴發愣——下雨了？

「雨！下雨了！下雨了，燕青！」

在傾盆大雨中，必須使勁喊叫才聽得見彼此說的話。整齊的大軍慌忙四散，馬蹄聲和鎧甲撞擊的聲音都被雨聲蓋過。燕青抹著臉上的雨水。

「難道這場雨，也下在貴陽城裡了嗎？」

「看這雲的流向，想必是如此。烏雲不斷朝貴陽飄去，說不定那邊的雨勢更大。」

「太好了！這麼一來，火種一定全被澆熄了嘛！太好了，危機解除！下雨萬歲！」

「話說回來……該不會是小姐妳那聲『不要』，導致下了這場雨吧？恐怕不久後，妳就會被稱為呼風喚雨的妖女喔。噗噗噗噗。畢竟都被傳過妳在縹家神隱了。」

燕青很快又收起嘻笑，正色說道：

「真的不是妳使了什麼奇怪法術吧？」

秀麗看著自己身上不斷滴落的雨滴。當時只是不加思索的大喊而已。

「嗯，我什麼都沒做。腦袋一片空白。」

「不過天氣的確很差，我也感到了一股寒氣……看來是普通的暴風雨，那就好。」

即使燕青最後一句話被雨聲掩蓋，秀麗仍得看出他臉上的安心。

秀麗這時才總算能放心的環顧四周。

「……晏樹大人呢？」

「……逃了。有看見他拉著旺季大人上馬離開。迅和陵王也隨大雨消失了。這場暴風雨再過幾刻就會平息，到時候再去追他們吧。」

秀麗抬頭望著雨。遠處傳來閃電的光芒和轟然雷鳴。

「小姐，妳不是最討厭打雷了嗎？」

「……嗯，不過今天卻不覺得可怕。為什麼呢……我好像聽見母親的聲音。」

黑暗的森林中，古代櫻花樹。搖曳的篝火照亮一扇門，一雙柔美的手給推開了門，裡面的人微微回過頭。從門縫之間可以看見薔薇般的紅唇微微一笑，對秀麗說：

『——再一下就好，秀麗。只要再一下，再努力一下就行了。』

聽見和那時相同的話，秀麗仰起頭，閉起眼睛，承受雨水。

「可是這個，絳攸說你秋天就交給他了耶？為什麼在秋天你就知道會發生這些事了？」

淋成落湯雞的劉輝背著悠舜，一邊衝進距離最近的縹家社寺，一邊大喊著發出疑問。

「嚴格來說這骰子，春天結束時就做好了……跟交給璃櫻的智慧環一起請凜和歌梨大人做的……單純只是覺得這樣就算遇到火攻也能輕鬆應付而已啊。」

「什麼啊！」

因為眾人紛紛朝社寺避雨，回過神來，才發現人都走散了。楸瑛和靜蘭一起跟上來了，秀麗和燕青卻沒有。也沒看見璃櫻和珠翠。

劉輝取出那紫色小布包倒一倒，一張薄薄的紙片便飄了下來。

「而且你寫這什麼！根本毫無意義！為了看懂這個花了孤整個晚上耶！」

「……欸？不就是上面寫的那個意思嗎？」

靜蘭和楸瑛興致勃勃的湊上前來，讀著劉輝取出的那張薄紙片——然後沉默了。

『五　三　二　馬　無　山　川　牛』

……雙眼瞪得大大的。這是什麼玩意？

靜蘭不想被發現自己根本看不懂，所以什麼都沒說。楸瑛則是迫不及待的提出詢問。

「不對，完全看不懂啊。陛下，這是什麼意思啊？」

「要說是那個意思……倒也真的就是那個意思啦……上治五年，三月，二日，午刻（註：午刻的午在日語中音同馬）——正午！」

「……欸？那麼無、山、川指的是……場地嗎？」

「對，『無』和『山』指的是無名山，『牛』指的是方位丑（註：方位丑的丑在日語中音同牛），只有川，孤不知道指的到底是哪條河川，查了一堆地圖……才找出悠舜可能會指定的場所，也就是五丞原的那個地方……」

而這都多虧了鬼魂般現身的秀麗告訴劉輝的「你手中總好好的握著一切」。當時，劉輝望著自己的手，正好握著那張紙片。半信半疑再加上又半意氣用事的花了一個晚上研究得出的結論，其實到現在，劉輝都不確定是不是正確答案。

「陛下無法決定的事，頂多就是會談的日期時間與場所了嘛，所以我才留下了這個。」

「你說什麼啊，悠舜！怎麼可能只有這個！孤無法決定的事還有很多耶。萬一在無法決定其他事情的時候，不小心打碎它了怎麼辦？」

「……咦？其他很多？例如什麼？」

悠舜好像真的不明白似的轉動著眼珠——天才就是這樣麻煩！

「孤有很多煩惱啊！而且你把答案藏在骰子裡，更是叫人搞不懂為什麼！」

「可是，會蠻不在乎弄壞那顆骰子的人，就只有陛下你啊。就算落入晏樹或旺季大人手裡，我想他們也絕對不會打破它。所以藏在那裡，才能確保只有陛下你會看得見。」

「不就是顆青色骰子而已嗎？就是個青瓷骰子啊！」

「是啊。不過是顆通稱『天青』的青瓷做的骰子。」

「那種東西，任誰都能輕易捏碎吧——你們說是不是？楸瑛，靜蘭……咦？你們怎麼了？」

聽見「天青」兩字的瞬間，楸瑛和靜蘭的表情馬上轉變。

「……等一下，你那個小布包借我看看，劉輝。」

靜蘭搶過布包，將裡面的骰子碎片倒出來。

如雨過天青般的美麗藍色，不可思議色澤的青瓷骰子碎片。

靜蘭和楸瑛凝視著碎片——不約而同差點昏倒。

「陛下……這是『天青』的青瓷耶……是人稱夢幻逸品的瓷器啊！數百年前被指定為『碧寶』的名匠，在留下製法傳世之前就死了，之後就再也沒人做得出相同色澤的青瓷啊。你知不知道，光是這一片碎片就買得起十個貴陽城啊，就算把你賣掉一萬次都湊不夠錢買。而你竟然將碧幽谷做的完整青瓷骰子捏成碎片……啊啊啊。」

悠舜一邊擦著頭髮一邊聳肩說道：

「我怕萬一被凌晏樹搶走也很麻煩，才想出這個辦法。晏樹那傢伙雖然對國寶什麼的沒有興趣，但只要是他喜歡的美好事物都會好好保存。而如果是落入旺季大人手中，他多半會供在神龕上，頂多是在手頭緊時賣到當舖去……畢竟他可是連紫戰袍都能拿去換錢供我參加國試的人啊。」

靜蘭和楸瑛錯亂的想著，劉輝和旺季在性格上果然有相似的地方啊。

「因此，我分析了『天青』的調色配方，交給凜和歌梨，請她們打造了骰子將紙片放進去。只要拿『天青』的配方做交換，還能輕易收服碧家，可謂一石二鳥啊。」

幾百年來，無人能再現的夢幻配方，他竟只花了一個春天的幾個月時間就重現了？

這人真是太可怕了！靜蘭不由得的顫抖了。想起孩提時代，無論找他下幾次棋都贏不了的事，隨著年齡的增長，這個鄭悠舜真是越來越可恨了——

「……那麼，悠舜……你……」

劉輝輕輕握起悠舜的手。接著開始東摸西摸。好不容易才確認了他不是透明人或鬼魂，而是活生生的人。忍不住開口問了。

「你的身體……還好嗎？」

悠舜先是一愣，接著又笑了。

「我健康得很。」

「騙人！你當時筋疲力盡，憔悴的像是要死了，怎麼可能有體力在大冬天裡周遊北方各州？」

「因為我騙人啊。」

「什麼！嗯……什麼？那是騙人的？」

「也就是說，我裝病。剛好在茶州的那段時間讓我變瘦了，不好意思喔，我就是這麼個大騙子。」

「…………咦？」

「只要運用食材調理，就能塑造出面容憔悴、骨瘦如柴的假象。說謊和演戲都是我最擅長的，可不輸給女性喔。」

「…………啥？」

「至於血漿更是隨時帶在身上的道具。裝病和假死都是我姬家的得意絕活。因為間諜囂張，裝病時，就算在別人看不見的地方也會演個徹底。再加上我們族人生來就有『死相』，根據祖先的說法，連死神都會上當呢。」

「欸？」

「確實我曾有一段時間筋疲力盡的差點累死，不過離開貴陽後，經過充分休息，攝食養生，早就恢復活動力了。別看我這樣，今年也才三十幾歲，年輕力壯，身體恢復得也快。」

「……也就是說？」

「也就是說，我健康得很。少說還能再活個三十年沒有問題吧。人家不是說嗎？笨蛋也有派得上用場的時候……不對，是說要騙就從騙笨蛋開始……喔不，是先從騙同夥開始。」

這傢伙剛說了什麼！靜蘭和楸瑛實在很想頂回去。而且他「笨蛋」還說了兩次！

「對不起……我說謊了。」

「沒關係。」

劉輝又哭又笑，一張臉都皺在一起了。

「要是你身體不好還瞞著孤，這才令人難過，只要你健康平安，那就好了。孤高興一百倍都還來不及呢。」

悠舜略顯驚訝，但很快地便垂下眼睛。

……其實，不管悠舜看見什麼，如果對方不相信自己那就毫無意義。那張紙片，悠舜說的話，相不相信就要看國王心裡怎麼想。在那種狀況下還能相信，真不是普通的笨蛋。

（……難道除了凜和旺季大人之外，真的還有……）

對悠舜來說，會受騙上當的如果不是平凡的好人，那就是單純的笨蛋了。只有這兩種選擇。但還有一種絕對不會被騙的人。完全出乎悠舜預期，並且對他付出這樣的感情。

給自己真正的微笑。還有那足以融化冰凍內心的溫暖。

此時悠舜臉上的微笑，不知為何擊中劉輝的心，讓他心跳加速。

「不過即使如此，晏樹還是懷疑我……甚至懷疑我是不是真的得靠拐杖才能走路。」

劉輝和靜蘭楸瑛都沉默了。看看悠舜的手杖，又看看他的腳。

「你們覺得呢？是真實還是謊言？對了，這件事我會永遠保密。」

悠舜咧嘴一笑。三個人真的是一點也看不出來。

閉上眼睛，悠舜彷彿在聽雨何時能停。激烈的雷雨，很快就要停了。到時候。

像是聽見了悠舜的心聲，劉輝執起悠舜的手，用力握緊。

「好好說出來吧。」

「……………陛下，旺季大人他是最後大貴族。做到這種地步，他身負的責任和接下來對自己的處置，他也比誰都清楚。所以，所以……等這場雨停了——」

雨水沿著悠舜冰冷而無生氣的雙頰滑落。彷彿人偶落下了眼淚。

這就是背叛的代價。雖然早就知道了，卻沒想到如此痛苦。悠舜扭曲著表情，笑了。

「他一定已經……不在了……」

●　●　●　●　●

傾盆大雨之中，晏樹駕著馬漫無目的的狂奔。在這雷電交加的傾盆大雨之中。

甚至無法去思考現在該往哪裡走，只想走得越遠越好。
一道凌厲的閃電打下，馬兒畏懼地嘶啼，抬起後腿。
「——唔！」
晏樹因此從馬鞍上摔下，體力不支的他，連翻滾的力氣都沒有，重重撞擊地面。即使如此，他仍勉力爬起，在雨中找尋另一個人。
找到之後，用力地抓住旺季的手臂。
「——旺季大人，快站起來。」
旺季不說話，抬頭以寶劍般閃閃發光的眼神望著晏樹。那是內心已經有所覺悟的沉靜眼神，也是晏樹最討厭的。最討厭，最討厭他這樣了。晏樹瞪著旺季。
「請你站起來。我們逃走，無論往哪裡逃，可以走到哪裡，就走到哪裡。」
可以走到哪裡，就走到哪裡。
然而，那到底是哪裡？為了什麼而去？……那種事，晏樹一點也不在意。
就算失去了馬，像這樣滿身泥濘，只要還能走，就要活下去，活下去，活下去。
有如徙蝶，朝著未知的世界前進。跟隨自己的內心。
曾經無數次離開旺季身邊向遠方飛，每次卻總還是回到他身邊。
「……晏樹。」

「我什麼都不想聽。我告訴你，其實我一點也不想做這種事。我向來只想為自己活。我才不想為別人活呢，那一點都不像我。可是旺季大人，誰都無法守護你。不管是皇毅還是悠舜，說什麼是你所希望的，就那麼背叛了你。連你自己也一樣，完全不去守護自己。開什麼玩笑。既然如此，只有靠我一個人努力守護你了啊！不管得用什麼方法，我都只能贏，只能那麼做。」

春天的櫻，夏天的藤，每當看見金黃的銀杏葉時，總喃喃的說那好像是小人國的扇子啊。冬雪之中，手中握著血染的劍，看著雪白花瓣的那個人。

每當他呼喚自己的名字，晏樹的內心總像風吹動了竹葉，發出沙沙聲擺動著。

露出和當時一模一樣的靜謐眼神，旺季在雨中笑了起來。

「……是啊，我通通都知道。從以前開始，甚至為了不讓我傷害自己，一直守護我的人就只有你，晏樹。」

晏樹的表情漸漸扭曲。像藏得好好的寶貝被人找出來的孩子。

看起來像是憤怒，又像是牢騷，像是哭泣似的嗚咽，又像是再也忍受不住的憎恨。

「——為什麼你不生氣。為什麼你什麼都不說。我做的那些事，你可以責怪我礙事啊。恨我，大聲罵我，把我一腳踢開也行。我做了那些事就該受到這樣的懲罰。但我先說清楚，不管是將隱村連人帶村整個燒掉的事，還是放火燒貴陽的事，我可都不後悔。」

飄雪般狂舞的櫻花瓣中，旺季曾告訴過他，有一種只能活一代的櫻花。為了讓更優良的花種誕生，無法留下後代的櫻花。為了獲得那令人瘋狂的美，代價就是飄渺短暫的毀滅性宿命。

如果沒有人好好守護，就無法生存下去。

就像你一樣。像你一樣的櫻花。

為了看那重要的櫻花而出走，但無論有多少次，結果都還是回來了。而旺季每次也都知道晏樹去了哪裡，做了什麼事，都還是默默將他留在身邊。無論多少次。

「──為什麼，你為什麼不拒絕我呢！」

旺季沉默以對，聽著晏樹的抗議。晏樹覺得自己彷彿變回一個愚昧的孩子。

「旺季大人，你應該明白的。你的弱點就是我。就像紫劉輝的弱點是紅秀麗一樣。只要我不在就好了。你做什麼都會更順利，更如你所願。殺了我或拋棄我都可以，把絆住你手腳的弱者，隱村，所有阻礙你前進的東西都丟了，這不是很好嗎？你就是辦不到這個才會輸──這就是你的弱點！」

「不。」

不能捨棄。不能丟下不管。如果將自己的一部分捨棄拋下，人是無法前進的。

「那不是弱點。而是因為那對我很重要，所以才不能丟下不管，只顧著自己前進。否則，一切就沒有意義了。」

不能丟下不管。否則人生就沒有意義了。這句話，讓晏樹驚訝地睜大眼睛。

不管出走多少次，都還是回到旺季身邊。連自己也不知道理由何在，卻仍無數次的反覆著。可是。

——因為那對我很重要。

旺季沒有察覺到晏樹表情的變化，聳聳肩。

「……我並不是因為你為我做了什麼才這麼說。其實你的想法一直都和我很接近。你一定也發現了吧？我明知你想做什麼卻沒有阻止你，連一次都沒有。就是因為我內心也認為，如果用那種做法能奪取王位也不壞，我當真這麼認為。」

無論何時，旺季內心都無法揮去戩華王的陰影。他的做法，贏得勝利的方式。以力量制服他人，用盡各種手段，只要是想得到的東西絕對會不顧一切取得。儘管反抗過他，旺季卻無法否定他。這令旺季感到既可恨，又懊悔。

晏樹就像是旺季的影子。兩人像是天平兩端一黑一白的秤盤，雖然黑的部分都由晏樹承擔，但旺季其實和他有著相同的思考模式。奸險的小聰明，天衣無縫的策略。

黑與白的天平兩端。旺季和紫劉輝不同之處，就在於他很清楚自己擁有什麼樣的天平。就像他最終帶著五萬大軍前來，正因終究不願取下黑色天平上的砝碼。那正是旺季與戩華和晏樹相同的特質。只不過旺季心中的願望，由晏樹化為行動去實現而已。

「你聽好，晏樹。我是利用了你。但不會因為失敗了，就把責任怪到你頭上。你未免太小看我了。我不會因為身邊多了或少了一個你，就有什麼不同。」

「即使我好幾次覺得殺了你也沒關係？你是笨蛋嗎？」

「老虎只會將自己喜歡的動物殺來吃。討厭的東西，牠連碰都懶得碰。既然是你自願跟上來的，那也沒辦法。只要我還活著，都不會拒絕你。」

——只要我還活著，都不會拒絕你。

晏樹知道自己就跟那紛飛的櫻花花瓣一樣，對這個人而言，並不是什麼特別的存在。

「……可是，結束了。你也玩夠了吧？晏樹。時間差不多了，我必須負起責任。」

晏樹的眼神倏地變得尖銳。

「……玩夠了？這是什麼意思？我從頭到尾都是認真的。才不會因為沒玩夠這種爛理由而逃跑呢。我告訴你，我一點都不想死，就算要逃到天涯海角——」

旺季嘆了一口氣。雖然他並不討厭這樣。

像安撫鬧著脾氣的孩子似的對晏樹說：

「晏樹，我可不打算將你獨自留下。我要帶你一起走。」

一時之間，晏樹搞不清楚旺季這話的意思……什麼？

口乾舌燥，吞了好幾次口水後，好不容易發出嘶啞的聲音。反正……

「……你一定是擔心留下我會有後患吧？」

「說什麼傻話。」

旺季依然是一副滿不在乎的神情，乾脆的說著那彷彿是百年前的事實。

「我是擔心你。」

晏樹眨了好幾下眼睛。腦袋裡所有東西好像都流光了，變得一片空白。

「擔……」

接著，便是一段好長好長的沉默。

心裡又傳來竹葉沙沙擺動的聲音。一直想離開旺季獲得自由。永遠的自由。想為了自己而活，這一直是晏樹心中決定好的原則。但這個原則只要遇到旺季就會逐漸崩潰，不知不覺中，把旺季的事看得比自己的還重要。這樣一點都不像自己，令晏樹焦躁不已。

難耐的焦躁迫使他不斷出走，卻又一次一次的回來。明明那麼想獲得自由，卻連束縛著自己的究竟是什麼都搞不清楚。也曾想過，既然這麼麻煩就殺了他丟掉算了，結果還是辦不到。

直到最後的最後，晏樹都受到旺季牽絆，像這樣滿身泥濘的拚命逃離。

這太蠢了。這根本就不是為自己而活。可是，又全都為了自己。

為了自己，要讓旺季活下去。不願讓他死。王位什麼的，晏樹根本一點也不在意，表面的榮耀和責任算什麼。即使旺季不再是旺季，晏樹也無所謂。都無所謂了。

不會貪心的說全部都想擁有，至少請別捨棄你的命。

「……旺季大人，如果沒有你，我一定能更自由，更能活得隨心所欲。可是如果沒有你，我哪裡都去不了。正因為有地方讓我回來，我才能往前走。」

心在震動，竹葉擺動的沙沙聲。在內心深處，晏樹一直都在尋找著。一個不是這裡的地方。

可是，那個地方就算一個人去了也沒意思。或許內心早就明白這一點。

旺季鑾不在乎的聲音，隔著變弱的雨幕傳來。

「我知道。」

晏樹不希望旺季死的願望，旺季一直為他實現，至今。

一直都在意著別人。卻在這最後的最後。

只為了晏樹一個人，把現在擁有的全部都給了他。連一個都不留。

旺季把時間、言語、甚至是心，全都用來安慰晏樹這鬧著脾氣的孩子。然後……

「可是，我不能和你一起去——所以，你和我一起來吧。」

這就是旺季的回答。晏樹笑了。像個手足無措的孩子，這才是他真正笑出來的樣子。

旺季手中「莫邪」的劍鍔，突然發出鳴響。

劉輝將靜蘭留下來護衛悠舜之後，便帶著楸瑛離開道寺，四面八方奔走找尋。

雷鳴漸遠，雨勢也越來越小了。

「陛下，這裡有馬蹄足跡！足跡很深，不像是只載了一個人。或許是這個。」

「我們追！」

突破雨幕，馳騁於五丞原上。

「——陛下！前方有兩匹馬的影子，是孫陵王大人和迅！」

「那麼，旺季一定就在更前方了！」

孫陵王聽見馬蹄聲而回頭，一見是國王與楸瑛，更俐落地驅動手中的韁繩。

「迅！把你的方天戟給我！這個跟你交換。那兩人由我來攔住，你快到旺季大人身邊去！——保護他！」

迅握住陵王用來交換方天戟的黑夜色寶劍「黑鬼切」。用力朝馬側腹一踢，猛然加速離去。以眼角確認迅離開後，陵王才調轉馬頭，正面等待國王與楸瑛追上。

陵王輕輕揮動手中的方天戟，想起了往事。

這麼說來，總是這樣的。不走運的旺季老是抽到下下籤而面臨失敗逃離，陵王很喜歡在這種時候必須幫助、守護旺季的自己。就像暴風雨中的花，風中的月。自己彷彿身在美麗繽紛的花瓣下，只要待在旺季身邊，總能看見極為美好的世界。這是最棒的人生了。直到最後都是如此。

（不過，這還是我第一次從比自己年輕的小鬼手中保護旺季啊。）

看著那明知對手是陵王仍不減速，全力奔馳而來的兩個笨蛋。

陵王笑了。年紀大了啊。不過這不構成輸的藉口。絕不認輸退讓。

「——來吧。今天我可不會手下留情了。抱著必死的決心上吧，小鬼們！」

陵王的氣勢有如狂風暴雨席捲而來。楸瑛抓緊手中的韁繩。

「……陛下，我可以說實話嗎？」

「你想說，就算我倆一起上也贏不了他吧？這種事孤也明白。那麼該怎麼辦呢？」

楸瑛心跳大聲的連自己耳朵都聽得見。明知難以獲勝——卻覺得熱血沸騰。回過神來，發現自己竟然笑了。想試著超越，用盡自己的全力。

——不試試看，怎麼知道。

此時，從另一個方向又如雷光閃電般的出現了一黑一白兩匹馬。

「蠢蛋楸瑛！憑你，連擋陵王的路都不夠格！快退下，小鬼！」

「……說得沒錯……真難得……這裡……就讓給前上司來吧……楸瑛。」

劉輝睜大了雙眼。

「白雷炎！黑燿世！你們來了！謝——」

「喔喔！這不是俺連作夢都夢見的劍聖和黑暗戰袍嗎！終於能和你一決勝負啦！」

「……我先上……還有……陵王大人，請您務必……回到我黑門孫家……」

看來這兩人都不是為了劉輝，而是各自懷有自己的目的才前來突擊陵王。

「對不起，陛下……我前上司他就是那個樣……」

「……不，這倒是……無妨……」

陵王看見半路殺出的兩名程咬金，不禁挑了挑眉。

「原來是你們兩個傢伙，還得跟你們打，真夠麻煩！快滾快滾！哪有近衛大將軍朝自己的上司，而且又是一般庶民的人拔劍的道理！還有，我絕不可能回孫家！」

「哪個庶民會穿著劍聖戰袍啊，這個笨蛋上司！看我不剝下你那身鎧甲！覺悟吧！」

「……就是這樣——接招。」

兩人策馬向前，對陵王出招。

——輕巧地使著重量級的方天戟，陵王毫不費力的避開兩名大將軍的進擊。

那股霸氣令劉輝和楸瑛甚至感到只要他手中武器一閃，就能將人攔腰砍成兩半。

將力量灌入丹田，劉輝重新握緊韁繩。夕影雙腿一屈，向前一躍。

陵王正想一刀揮來攔阻，卻被白雷炎和黑燿世給擋下。

趁著這一瞬間的空隙。

劉輝和楸瑛從陵王與兩大將軍身旁如風穿過。

將過去留在身後。同時朝向未來奔馳。

劉輝和陵王一度四目交接——孤，要向前去了。前往未來。

僅用眼神向陵王傳達了這樣的訊息，劉輝便又向前疾馳。

楸瑛好不容易才想起似的大口呼吸，全身充滿了因緊張而冒出的冷汗。

要不是大將軍們趕來，剛才可能瞬間就要沒命了。

身後傳來干戈交錯的聲音。二對一。而且還是——平分秋色。

「……真是難以置信！同時對上兩大將軍竟還能打成平手！」

大將軍們要是沒來的話，自己和劉輝在孫陵王的阻擋之下，只怕到天黑也脫不了身。

（可惡，還遠遠不是他的對手啊。）

楸瑛擦乾汗水，望著前方——深深嘆氣。

「……那麼陛下，接下來那個人，就由我來應付。」

察覺追兵逼近，前方馬匹上的人也掉轉回頭了。獨眼，黑色的眼罩。

已拔出有著夜色刀刃的「黑鬼切」，迅正望著楸瑛，看起來似乎咧嘴笑了。

「陛下您還不是他的對手，這裡交給我——請您繼續前進吧。」

就像迅是為了守護旺季。楸瑛也是為了讓劉輝繼續前進。劉輝只有一個回答。

「——孤明白了，交給你了，楸瑛。」

說這句話的同時，劉輝也將青釭劍朝楸瑛一拋。並看見楸瑛自然地接住劍後，從劍鞘中拔出劍。

司馬迅的身影越來越靠近了。他們彼此可說勢均力敵，無論哪一方面。

「楸瑛！祭出司馬家日思夜念的青釭劍在我面前晃來晃去，你挺機靈的嘛。」

「當然不可能給你囉，這可是我陛下的劍，絕不會讓你在一對一決鬥中獲勝，但你若是想要，就使出全力上吧——別以為靠你手中的劍就能贏得了我。」

「真會說大話。那你就別後悔！」

隨著一陣沉重迴盪的聲響，夜色的寶劍與美麗的寶石之劍相擊，激盪出火花。

就在兩人力搏之時，劉輝在馬上壓低身子，一口氣向前奔去。

眼前視野展開，只是細雨之中，就算凝神細看也不知該朝哪個方向去，四下張望並沒看見任何人。

此時，腰間的「干將」發出鳴響。

如鈴聲般美麗的音色發出共鳴聲，國王的雙劍，當他們分別被不同人持有時，會以共鳴呼喚彼此。

另一把「莫邪」，還在旺季手中。

雙劍共鳴，波紋般的回音繚繞擴散。就在那裡，聲音的前方——找到了。

用力一拉轡繩，往發出聲音共鳴的方向直線前進，馳騁於雨中的五丞原。

……不久後，就看見了微小的人影。有兩人。

雨水像是仙女哭完了最後的眼淚後豁然散去，視野也驀然開闊。雲散，雨止。

遠遠地看見「莫邪」正從劍鞘中被拔了出來。

（來得及嗎？）

正想再用力一扯轠繩，夕影的速度卻突然慢了下來。

劉輝一驚。夕影一直拚命狂奔，是太勉強牠了。已經無法再——

看看夕影，又望向遠方旺季的身影。來不及了。

琴音響起。劉輝兒時的搖籃曲。那空白的一年，依賴著這首曲子度過黑夜。

——那我們做什麼好呢？要再玩手球，或是擲骰子嗎？還是畫畫圖？對了，不如我教你怎麼數超過一百的數字吧……

劉輝一直很怕他。甚至是討厭他。就像那句話說的，明明他教導著自己各種事，自己卻始終背對他，不斷逃開他。這樣的劉輝所說的話，現在他又怎會聽得進去。

無論是誰的請託，誰的心願，都不聽也不退讓。只以自己的意志活著、活著、活著，然後死去。

等一下。劉輝混亂了。等一下啊。其他什麼都想不起來。眼前的景象顫動著。

「莫邪」的劍刃正朝誰的脖子砍下。

誰能來幫幫忙。

此時，從劉輝身後，真的有誰如神風般追過。騎著紅色的赤兔馬。

「交給我吧——燕青，拜託囉。」

少女的聲音，漆黑的長髮與縹家的公主服飾，從身邊奔馳而過。

燕青揮舞著手中的棍。

「莫邪」發出噹的一聲飛了開去。

● ● ● ● ●

旺季眼睛睜得不能再大。仔細一看，手中的「莫邪」不見了。

「怎……」

只記得和晏樹纏鬥了一陣，用身體與地面反彈的力道奪下「莫邪」。

當「莫邪」就要砍在脖子上時，突然從劍身傳出銀鈴般的響聲。

正當驚訝的瞬間，不知是誰衝進旺季懷中，劈手就將「莫邪」從掌中打落，同時有人以棍挑起「莫邪」遠遠拋開。這些都發生在一瞬間。

身邊有個人大聲喘息著。一個有一雙黑夜般雙眸的人。

那個撞進旺季懷中，將「莫邪」打落在地的，小個子少年。

──眼睛感覺和父親大人您有點像，不過還沒決定他的名字。

女兒飛燕最後一封信裡，這麼寫著。此時，旺季卻像個笨蛋似的想起這件事。

小璃櫻的黑瞳中充滿激烈的情感。

突然，他舉起小小的拳頭用力敲打旺季的紫戰袍。不斷地打，不斷地打。

「我……我來這裡不只是為了幫助國王，也是為了幫助你！兩邊我都要幫！否則我一定會後悔。有人會死。但為了不要讓任何人死，國王也好，紅秀麗也好，鄭悠舜、珠翠和我——還有你也是一樣，大家都拚命在努力不是嗎？最後的最後，你卻打算讓自己的任性破壞這一切嗎？」

「——閉嘴。」

「我才不閉！如果說不出自認為正確的話，就別礙事，滾回去。這是你對我說的不是嗎！你聽清楚！不准你不聽別人意見就自己決定一切。不准你在外孫面前自殺！也不准你自私的拋下那些跟隨你的人！你得負起責任直到最後。怎麼樣，我這些話有說錯嗎？你是我外公吧！我卻什麼都還沒對你說過，甚至沒叫過你一聲外公。什麼都還沒做，你……你怎麼能自私的去死！」

這是璃櫻有生以來，第一次如此激昂而語無倫次的說話。

就在這時候，紅秀麗跨下赤兔馬。用熟習馬術的優雅姿勢。

「……璃櫻說的沒錯，父親大人。」

從秀麗口中，發出的不是秀麗的聲音。

旺季驚愕地看著她。凌晏樹也在一旁瞠目結舌。那聲音，難道是？

「……飛燕……」

聽見這個名字，輪到璃櫻驚訝了。那個有著秀麗外表的姑娘緩緩轉身。

黑髮披在肩上，有著秀麗面容的——旺飛燕，露出困擾的表情望著父親旺季。

「我兒子說的每一句話我都同意，父親大人。您還是一樣那麼頑固，完全聽不進別人的意見啊。就是這樣，晏樹才會鬧彆扭亂來啊。是個男人，就該乾脆認輸，用死來逃避太卑鄙了，真叫人看不下去。你不是最討厭逃避的嗎？」

——兒子。璃櫻死盯著那張明明是秀麗的面容，卻比秀麗更穩重成熟的側臉。

「要活下去。這是我嫁到縹家時，父親大人您對我說的話。所以我現在要將這句話還給您。父親大人，您也要答應我喔。那時我遵守了和您的約定，在縹家死命的活下去了。每天和瑠花大吵，還得對年過七十的丈夫說教，天天熬夜只為了記錄下有關蝗災的情報好寄給您。肚裡的孩子，我也完整的守住他十個月又十天。我遵守了約定，父親大人您卻要說話不算話嗎？」

旺季混亂不已。她真的是飛燕。

「外孫在看著唷。您不振作點怎麼行呢？我最喜歡像隻打不死的蟑螂，活得堅忍不拔，從不逃避的父親大人了……您要加油喔。好好的負起責任，將眼光放在長遠的未來，親眼看看未來會不會成為父親大人您喜歡的那種世界，和國王陛下一起。」

飛燕的視線前方，紫劉輝正站在那裡。

飛燕吸了一口氣，然後鼓起勇氣似的望向璃櫻。表情先是驚訝，接著又微笑了。

「……看，我果然說對了。他的眼睛和父親您一模一樣。」

然後她略顯猶豫地伸出手，撫摸璃櫻的臉頰。輕輕微笑。

就算自己不在了，也要為這孩子留下明天，即使必須每天熬夜書寫蝗災相關情報也不以為苦。那是痛苦又悲傷，但也是死命活下去的，幸福的十個月又十天。

「我的幸運護身符。我從沒想過有朝一日能親眼見到你。對不起，對不起，不能抱抱你。好想在你身旁看著你長大，想給你好多好多的愛。我是個什麼都沒能給你的母親，對不起。你要健健康康的喔……我會一直愛你。」

璃櫻什麼都說不出口。直到最後，都無法發出聲音。

那美麗的蒼藍色魂魄，就這麼從秀麗胸口散逸，如彗星般劃過天際。

眨眨眼，秀麗望著天空，呼出一口氣。雨停了，雲層之間透出太陽的光芒。

耳邊傳來腳步聲。

旺季緩緩抬起頭，只見國王拾起「莫邪」，站在自己面前。

劉輝將那把劍遞給旺季。沙啞的聲音這麼告訴他：

「……旺季，孤現在正式將『莫邪』讓給你。拿去吧。『莫邪』是你的了。」

旺季望著眼前那冷硬而閃閃發光的「莫邪」，也看著在那後方的劉輝。

——放下如劍和盾般守護自己的近衛軍，不帶一兵一卒隻身前來。為了守護悠舜而放開他，與其選擇戰爭寧願選擇自己逃離。因為不需要，而將「干將」留給了山裡的大鑄造師。

不以戰爭的方式來守護什麼，不使用手中的力量，而是接二連三的放手。

然而現在，放開的一切都再度回到紫劉輝手裡。明明已經放開的，卻紛紛回到他身邊。一切都未曾受到傷害，而且變得比以前更有力量。

給旺季的「莫邪」，國王的雙劍之一——劉輝已經不需要它了。

從前他也曾像這樣將「莫邪」送給旺季，當時旺季對這位想用贈與來獻媚的皇子發了怒。

然而，現在已經不一樣了。遞出的劍，並不是為了討旺季歡心。

這次，他是為了守護旺季。「莫邪」就在那裡，孤不需要「莫邪」，你更適合擁有它。

閃閃發光的「莫邪」寶劍。過去屬於蒼家的雙劍之一。旺季本以為只要奪回它，就能得到王位，也能取得天下——真是諷刺。

現在收下這把劍，就等於旺季甘願臣服於紫劉輝，自己接受這個事實。

旺季不動。有如一尊雕像。劉輝也不動。

劉輝什麼都沒有說。沒有「別死」也沒有「屈服吧」。無論國王如何說服，現在的旺季都聽不進去，這一點他很清楚。所以讓旺季以自己的意志做出選擇。選擇走上這條路。

『一個人的努力成不了什麼事，也改變不了什麼。』

當時的自己回答了什麼？——就算現在是這樣，十年後也一定不同。

時候會到的。只要埋下種子，努力耕耘，就會栽培出什麼。就算是在像朝廷那樣的爛泥溝裡。

旺季說的並不是紫劉輝。或許腦中有某個角落這麼想過也說不定，不過最終他只是一個，在充分儲備了力量之後，能以不開戰的方式，漂亮的逼其禪讓王位的對象罷了。

（培育過頭了啊。）

聽見馬的嘶啼聲，也傳來悠舜呼喚旺季的聲音。求您了，旺季大人。

同時，老戰友熟悉的聲音也傳進耳朵，氣喘吁吁的，拚了老命的樣子。

「有什麼關係呢，旺季，我們最擅長的就是吃敗仗不是嗎？比起輸給戩華的那個時候，這次要好多了啦！而且我不是說過，不准你比我先死嗎！黑白兩個傢伙別一直跟著我啦！還有還有，我比較喜歡死在春天的花下！在這裡，像隻髒兮兮死老鼠的死法實在太難看了，我堅決反對！」

拜託你了——陵王的聲音裡傳達著悲切的請求。

看著眼前的「莫邪」，旺季還是一動也不動。劉輝終於垂下頭開口了。

「……旺季，孤也有一個想看見的世界。而在那裡面有你……求你了。」

求什麼？別開玩笑了。旺季咬緊牙根心想。

因放開一切而獲得的一切，最後的最後竟想連「莫邪」都捨棄，好完全將旺季打入慘敗的境地。

連鋼鐵般的意志都輸得一敗塗地。不甘心，不甘心。懊悔的情緒，令他一陣天旋地轉。

就連戩華直到最後都不曾征服的內心角落，要我交給你？開什麼玩笑。不該是這樣的。明明就快達成目標了。明明自己才是更強的。旺季幾乎想如此大聲呼喊，別管我了，最後就讓我隨自己高興不行嗎？

曾幾何時。

『……您要加油喔。好好的負起責任，親眼看看未來會不會成為父親大人您喜歡的那種世界——』

和國王陛下一起。迎向未來。外孫正看著你唷。父親大人，不可以逃避。

璃櫻緊緊抓住旺季的雙臂。那雙黑夜森林般的雙瞳望著自己。

你錯了，承認吧——承認吧。在那雙跟自己相似的眼睛凝視之下，旺季彷彿聽見自己這麼說。

……終於，雕像般的旺季動了手指。

承認失敗。輸給了王，也輸給自己。

國王讓渡的「莫邪」，旺季主動收下了。淡漠而沒好氣的，一把抓過來。

「……謝謝。」

賭氣似的，嘀咕了這麼一句。

……雲散開了，令人泫然欲泣的夕照，從雲縫間探出頭。

——就在此時。

不知為何，只有秀麗發現了。明明燕青也在場，旺季和劉輝也都在，璃櫻也在。然而，卻只有秀麗一個人發現了。那個臉頰上有傷痕的男人。帶著弓箭。

身體的反應動得比思考還快。

朝劉輝身邊狂奔，踮起腳護住他的背。就在那一瞬間。

一把箭在空中畫出一道弧線飛來，穿透秀麗柔軟的身體，發出可怕的聲音。

從身後傳來的力道太強勁，甚至使秀麗的腳有點騰空了。令人難以呼吸的灼熱與麻痺感，令秀麗踉蹌的站不穩腳步，整個人撞在劉輝背上。

一拍之後，劉輝立刻回頭。秀麗的黑髮在眼前散開。

「——秀麗！」

差點因遲來的激烈疼痛而沒了知覺，秀麗的眼角這才瞥見箭羽。箭射進肩膀了嗎？還是胸口？

模糊中，知道劉輝抱著自己，他那張不知吶喊著什麼的表情，也映在眼底。

看到他的臉，秀麗就放心了。有種已經百年不見的感覺。太好了，秀麗低語。能夠保護你真是太好了。因為過去總是由劉輝保護著秀麗啊。

秀麗想起三年前的春天。明明那麼害怕黑暗，卻為了被抓的秀麗而獨自來到仙洞宮的劉輝。這次輪到自己了。不可思議的是，秀麗認為這再自然不過了。

時光就像個圓環。

接受了什麼，就要再度還回去。就像秀麗從母親身上接收的生命，而現在輪到自己了。

「……反正……我已經沒剩多少時間了……」

劉輝眼中閃著激動的眼神。

秀麗大口呼氣，這才發現剛才自己忘了呼吸。

看見劉輝平安而放心之後，全身突然失去力氣。不——

不只是力氣，連生命都正從指尖漸漸流逝。秀麗自己很清楚。

瑠花說了，醒來之後所剩下的生命，就只有一天，不過那還夠完成幾件工作。全身血液有如倒流般奔騰發熱。秀麗笑了起來。瑠花大人為自己留下的最後時間。最後一天。等見到她時，一定要好好自豪一番，可不是只有幾件呢，瑠花大人。

全部，全部的工作都完成了。一件不留。

眨著沉重的眼皮，望著劉輝的身影。嗯，就這樣看著他直到最後吧。

「只是被箭刺中而已，妳不會有事的！」

「嗯，我知道……」

夕陽開始籠罩大地，一天就要結束了。可惜無法將一切都做得很完美。血和時間正一同流逝著。

時候到了。結束的時候。這也是沒辦法的事。已經夠了。

跑啊，跑啊，跑到了這裡。跑到再也跑不動為止——再也跑不動為止。

視野瞬間變黑。秀麗緩緩吐氣，連自己身在何處都開始混亂不清。

彷彿聽見靜蘭呼喚自己的聲音，秀麗輕輕笑了。

「……你看……吧……我就說，他一定能成為好國王的……靜蘭……」

這裡是哪裡？現在是什麼時候？看得見紛飛的櫻花瓣。初次和國王相遇時，就對靜蘭這麼說了。

全白的國王。一定會改變，成為一個好國王。我將幫助他，這是約定。

在你身邊，實現願望。

昏暗的視野另一端，傳來某個年幼的哭聲。爹，爹……

『爹，為什麼女人不能參加國試呢——』

哇哇大哭，好想成為官員。一直以來的願望。同時，想靠自己的力量守護別人。只要努力，就能守護所有重要的東西。想看見什麼樣的世界，就憑自己的力量去看。

——我肯定妳的一切。

聽見父親那溫柔的聲音。在這世上，只有父親會對自己這麼說。給了自己如彗星般的自由。

（……爹。聽我說，爹。讓你操了這麼多心，真的很抱歉。對不起……）

最喜歡您了。

被誰搖晃著身體。然後是另一個人怒斥的聲音。暗成一片的視野，只有一瞬忽然變得光明。

視野裡，出現的是劉輝焦急扭曲的表情……請你別露出這樣的表情。

想起在九彩江時，楸瑛問自己的話。問自己對國王是怎麼想的。

「……劉輝……」

「孤不想聽。」

「你聽嘛。雖然不管誰當國王我都不會改變……可是我說過。我的國王，還是由你來當最好了。我最喜歡……當你的官員……」

沉眠於棺木中時，看見了許多景象。就像一張張閃過眼簾的畫像。看見了黃尚書每天不間斷的寫信寄到黃家，看見了悠舜前往北方展開行腳，看見了絳攸前往會見黃家宗主，看見了呆呆請求清雅提供協助一起救出姜州牧，看見了玉華拿劍指著藍雪那，要他派出司馬家。每一幕都像瞬間的幻影閃過眼前，然後又全部像砂一般向下沉澱。都是些不全的殘像，沒能留在腦中。

可是只有關於劉輝的事，不可思議的記得好清楚。他去找霄太師說了什麼，他逃離王都，他遇見那山屋裡的老人，他來到紅州後所有發生的事，全部。秀麗都看見了。

好擔心、好擔心他，擔心的不得了。

只能看他哭泣，迷惘，煩惱，秀麗卻什麼都幫不了。然而劉輝卻還是走到這裡了。即使只有他一個人。即使秀麗不在身邊。那些全都是劉輝自己思考，用心決定所選擇了的道路，懷抱所有被打開的箱子，一個人來到這裡。而一定也會繼續向前。

內心深處有個聲音。堅硬的殼裂開的聲音。從裂縫裡流出了某種溫暖，令秀麗呼吸不過來，胸口漲滿激動，連腦子都暈眩起來了。那一直緊閉的殼。

就算秀麗不在了，劉輝也能一個人向前進……可是。

——即使如此，還是好想陪在你身邊。

和你一起活著，在你身邊。

有如徙蝶，一起去看前方未知的世界。永遠、永遠在一起。

「秀麗，秀麗，拜託，求妳不要離開。孤不要妳走，孤討厭這樣……」

「嗯……」

可是秀麗的翅膀已經斑駁破碎，再也飛不動了。她緩緩眨動越來越沉重的眼皮。

溫柔又有耐性的他，不管被自己拒絕了多少次，始終一直等待。溫柔的像個傻瓜。

這個人真的會喜歡我嗎？現在也還喜歡嗎？有時，會突然這麼懷疑。

一想到要將他留下，胸口就像快被壓扁似的痛苦。聽見翅膀掙扎的聲音。

「我也討厭這樣……可是。」

雙手雙腳，都已重得像是鉛塊。有什麼不斷從肩膀中箭的傷口流出。

想摸摸劉輝，卻連一根手指都動不了。光是呼吸就得費盡力氣。

秀麗試著笑了笑，但可能失敗了。聲音沙啞的說：

「抱歉……我有點累了……」

流過秀麗臉頰的，究竟是劉輝還是秀麗的眼淚，也都分不清了。

如彗星般稍縱即逝的人生。跑到再也跑不動為止。用盡自己所有的力量。近乎不要命的。

倒是沒有後悔。不過，還是很不甘心。不甘心必須就這樣將他留下。可是卻沒辦法。沒辦法……

沒辦法。

「再撐一下，再一下就好了，等等啊。」

劉輝哭泣的聲音近在耳邊。一下是多久？秀麗輕輕笑了起來。

不到三年的時間。可是卻是如此精彩豐富而鮮明，裝滿了一切。

——因為有你。

『邵可，我的心先交給你了，直到永遠的永遠之後都屬於你。』

聽見說話的聲音。從內心最深處響起。像說出了秀麗的心聲。那是誰的聲音？

『你給我的一切是如此令人愛不釋手，我很幸福。』

沒錯，我也是。用力活過，盡情歡笑，盡情哭泣。可是，那些全部……

全部都是幸福。這三年，比其他任何一段時光都還要幸福。全部都是劉輝給的。

為了你，可是也全部都是為了自己。這兩者都是實話，因為是屬於兩個人共同擁有的寶物，一起向前走。

不知道是誰的聲音，和秀麗的心意相通。而且不可思議的，秀麗已經知道她接下來會說什麼。輕聲細語。

「……別哭了。要笑，要幸福啊。因為是給了我這麼多幸福的你。」

劉輝應該說了些什麼吧。可是已經聽不見了。

沒關係，沒關係的。

我雖然無法繼續走向那未知的前方，但你可以代替我去，和大家一起。

一定還會再相見。時光就像一個圓環。總有一天，還會相見。重要的人，一定會再相見。

因為你擁有我的一部分啊。我心的一部分，在你手中。所以。

你活下去，就等於我也活下去了。

眼皮重重垂下，因為實在太重、太重了，只要一閉上，應該就再也睜不開了吧。啊，能不能再等一下，只要一下就好。

「聽我說，劉輝。我……其實我……對你……」

嘴唇翕動著，低聲說了什麼。似乎是安心了，秀麗吐出最後一口氣。

睫毛緩緩閉上。手臂滑落。有什麼流乾了。連最後一滴都不剩。

劉輝嗚咽，皺著一張臉。自己口中的語無倫次，聽起來都是那麼遙遠。連自己說了些什麼都不知道，像個迷路的孩子。

「——……」

只是抱住秀麗，不肯放手。

……嘩沙，嘩沙，彷彿浪潮般的聲音，似乎連靈魂都能因此動搖。

睜開眼，那棵古代櫻正聳立在眼前，花瓣紛紛如雨飄落。

古代的夜空。古代的月。古代的篝火。在火光照映下，那扇似曾相識的門反射出光芒。

過去在秀麗面前關上的那扇門，現在正為了迎接她入內而敞開。

一旁，除了那散發神聖氣息的黑色存在之外——另外一個白色的，也低垂著頭隨侍於秀麗——不，是隨侍於牽著秀麗的那個人身邊。

手就這樣被牽著，走向櫻花樹的另一端，朝著那扇門走去。

秀麗安分的任由對方牽著自己，通過那叢篝火，繼續向前走，走進了那扇曾關得緊緊的門中。眼前的光景，令秀麗把眼睛睜大得不能再大。

七夕之夜，點綴著滿天星光的夜幕之上，有一道銀河。

牽著秀麗的那人，這次依然不轉過頭，只是帶著秀麗向前走。往下，再往下。

樹葉摩擦的聲音越來越響了。那悲切的聲音，令人想起送葬歌，不禁差點流下眼淚。

以前也曾聽過的。這悲切的樹葉摩擦聲。是什麼樹呢？才這麼一想，就聽見有人回答。

「是槐木。」

前方道路出現一位女子。秀麗停了下來。那位女子年約二十五、六，溫柔婉約的面容，黑夜森林般的黑瞳。身上飄著甜美芬芳的花香。穿著一身美麗的蒼藍色服飾，散發出大家閨秀的氣質。她正是那位曾在櫻花門前留住秀麗的女子。沒錯——

秀麗曾一度見過活著時的她。聞過她身上的花香。

——青色的月光，白棺的葬送行列。在一具具的空棺之間，唯一留在棺木中的女子。

直到最後的最後，瑠花都未使用的那具棺木。是不能使用吧。因為她是一位特別的女子。最後的女兒。

「……您是飛燕小姐吧？」

旺飛燕微笑了。那雙黑瞳中的眼神，是旺季的眼神，也和璃櫻相似。

「也不知道是為什麼呢，嫁入縹家之後，我和瑠花大人真的是經常激烈爭吵。每天、每天的大吵，我還以為她一定恨死我了。所以……當我醒來時，真的好驚訝。不明白為什麼會這樣。為什麼她會將我放在『棺木』中……直到現在，我還是覺得不可思議。」

生下小璃櫻，使飛燕幾乎失去生命，此時瑠花將她放入了棺木中，勉強維繫住她即將消逝的生命。

這也就是為何旺季連骨灰都沒收到的原因。飛燕始終昏昏沉睡於那具白棺之中。

瑠花一定是這麼想的吧——總有一天，說不定能找到救回飛燕的方法。

現在已經無法證實了。再也聽不見瑠花親口說出，她為何留下飛燕的理由。

然而隨著瑠花的死，加諸於飛燕棺木的法術也因而解除，被停止的時間又開始流動。

即使醒來，等待的也唯有一死。當知道這一點之後，飛燕便決定了。在一切結束前，要再好好活一次。於是她主動向珠翠提出幫助秀麗的要求，有太多非這麼做不可的理由了。多得數不清。

飛燕所調查並寄給旺季的那批數量龐大的蝗災資料。

醒來時，正好看見一位少女正和兒子一起接替自己，完成了鎮壓蝗災的工作。

……那不知讓飛燕有多麼高興。

就像瑠花讓自己活下來一樣，這次輪到自己幫助秀麗了。要為她守住這剩下的最後一天。

「我跟父親及璃櫻見過面了，像作夢一樣。陛下也給了我一份禮物，讓我帶著它安心赴黃泉。」

飛燕一臉喜悅的從懷中掏出一封信。正面是旺季的親筆信。

「正面是我父親的親筆信，背面是我兒子寫下的話：『你好，我是璃櫻』。」

——你好，我是璃櫻。

飛燕過去所作的事，現在都值得了。接下來，兒子一定會延續著自己的腳步走下去。

「……你好，我是你的母親。好想這麼對他說啊。」

飛燕像是差點哭出來似的，上前一步抱住秀麗。

「呵呵，妳在皇毅底下做事，他嘴那麼壞，每天都很不好受吧？辛苦妳了，也謝謝妳這麼努力。

幫助了我的孩子，也幫助了我的父親，謝謝妳。還有瑠花大人的事也是，我一直想向妳道謝。謝謝，再見……我必須先走了。」

留下甜美的花香，隨著蒼藍色的光芒，飛燕消失在秀麗腳下那條通往天際的道路彼端。

秀麗再次被誰牽著手，繼續向前走。

嘩沙、嘩沙。槐木樹梢搖曳時的聲音，深深刻劃在內心深處。

已經可以看見那座巨大的黃昏之門了。令人落淚的秋日黃昏之色。

秀麗停下腳步，牽著她的人也一起停了下來。

胸口哽塞，眼淚沒來由的溢出眼眶。從互握的手中注入了什麼到秀麗的手。

春天的櫻花，夏天的明月，秋天打落柿子讓秀麗撿拾。冬天發燒的時候，一直握住自己的手。一直牽著自己，不只是還活著的時候，連離開身邊之後也一直如此。一直是如此。

直到最後都陪伴在自己身邊。

「……妳是娘吧？」

前面的人影緩緩回頭了。一頭瀑布般的絲絹黑髮，呈扇形散開。

秀麗對母親的長相其實印象很模糊了，只是常聽父親自豪的說，她是個美得如同薔薇般的人。

令人聯想起雷光的眼神，溼潤的雙唇。任誰都無法不被她的美貌吸引目光。而她正有些不知所措的笑著。

然而秀麗的眼中卻不斷冒出淚水，模糊了視野，使這一切都看不清楚。

也忘記自己究竟是什麼時候撲進母親懷抱中了。回過神時，秀麗已經像個孩子似的放聲大哭，甚至連自己哭泣的理由都搞不清楚。

「……好了、好了，別哭了。妳已經很努力了呀，秀麗。很努力、很努力了，是個好孩子喔……」

母親緊抱住抽泣不停的秀麗，在她耳邊不斷重複的這麼說。

秀麗像是回到孩提時代，成了不聽話的孩子耍賴的說：

「我、嗚嗚……已經……嗚嗚…好累了……」

「這樣啊。」

「我好努力、好努力了……」

「是啊，我知道。」

「大家都說，已經結束了。所以夠了吧？娘，我隨您一起去也沒關係了吧？帶我走吧，帶我走。因為我好努力了呀，趁我改變主意，想沿著那條路回去之前，也帶我進入那扇門吧。」

「秀麗……」

「我想一直和娘在一起。」

「……讓妳不好受了……秀麗……對不起……」

秀麗猛然抬起頭。母親正露出有些沮喪的表情。

「我……想讓妳活下去。無論如何。明知再也不能見到妳，不能再見到邵可，也不能再見到靜蘭，我還是想讓妳活下去。」

生死有命，世界上的一切都有如一道圓環，不能輕言干涉。然而，如果是為了讓女兒活下去，那也沒辦法。想讓她能夠活得久一點。那時的自己，就像個人類一樣的放不下。

擅自許下心願，希望她能活得如同一顆自由的彗星，奔馳在屬於自己的人生。為此不惜扭曲了自然法則。

只不過是數十年。這麼做真的有意義嗎？紫霄問過她。不知道。即使是身為仙女的她也不知道。

秀麗緊緊攀了上來。

「對不起。不是那樣的，我並不是不想活下去。」

「我知道……妳看，秀麗，那顆星即將面臨終結。」

「咦……」

母親指尖所指的是星空的彼方，一顆赤紅燃燒的妖星閃爍著光芒。

那灼熱的光芒盡情燃燒，發出彷彿不能再比這更亮的光，吐出最後一口氣。

不久，星星出現裂痕，逐漸崩落，變成了無數顆流星。

成千上萬的流星雨落在如夢似幻的夜裡。多得數不清。

簡直像是誰哭泣時的淚水。

「王星動了，秀麗。在妳的國王那裡，有一顆新的王星閃耀著光芒。新時代即將到來。」

妖星碎裂，王星於東方天空升起。

秀麗笑了。新的王星——劉輝。

「……秀麗，正如瑠花所說，奇蹟已經不會再發生了。無論是我還是其他人，真的都沒辦法了。什麼都無法為妳做，妳天命已盡。妳真的好努力了。」

秀麗擦擦眼淚，深呼吸。然後笑著回答「是」。

只回過一次頭，去看那條銀河。

漫長的道路，看似轉瞬即逝，其實或許並非如此。

……閉上眼睛，然後讓母親的手牽著自己，慢慢走下那條黃泉路。

● ● ● ● ●

紅色妖星粉碎四散，化作幾千萬顆流星落在夜空裡。多得數不清。

有著朱金色眼睛的大鴉滑空而過，恭敬地停在那站在仙洞宮頂眺望流星雨的，夜色般的男人手臂上。黑仙。他摸摸大鴉的頭，嘉許自己這位隨從。

金色的風吹遍仙洞宮。很快的，金風之中，彷彿看見遠在太古的湖心正泛起漣漪，反射著令人落淚的夕暮之色，團團轉的紅傘下，一位女子正抿著唇微笑。

『……我不能隨你去。不能去。我弄錯太多事了。可是還想繼續找尋正確答案。能不靠戰爭而守護一切的辦法，不靠殺戮而保護所有人的辦法。和兄長不一樣的做法，不同的路……我想守護你，可是也想守護兄長。結果卻是現在這樣。可是我不想口中說著「只能這麼做，沒有別的辦法了」而活下去。所以，我無法隨你去。』

遙遠的過去。心愛的女人從未消失的聲音在腦海中復甦。不願屈服於他，而從他眼前失去蹤影的蒼遙姬。

……在霧裡，聽得見正爬上山頭的小小腳步聲。女孩牽著弟弟的手。

『……沒辦法，只好出動「暗殺傀儡」，取走雙方首腦的性命……我明白，這不是解決的方法。反正一定又會像蟲一樣的跑出來。羽羽，那樣不行。事到如今。要是我能早出生五十年，只要五十年就好……如此一來，就能——』

如此一來，就能在戰爭開始之前阻止——

不讓戰爭發生。反戰與中立，仲介與調停，用她的智慧。瑠花找到了一個答案，只可惜她誕生得太晚了……而曾幾何時，連瑠花自己都忘了這個答案。

那條荒廢的道路，又被新的女孩們發現。清掃乾淨後，再次踏上這條路。

無數次，無數次反覆著這樣的過程，像是傳承著蒼遙姬的心。即使身在泥溝之中，也要繼續在這世界前進的聲音。

黑仙閉上眼睛，聽著那聲音。流星雨落盡後，美麗而陰暗的世界發出的聲音。黑仙不知道自己是欣喜還是失望。對於那直到最後都選擇作一個人類的蒼遙姬。她想守護的人類，真的值得她那麼做嗎？一方面諷刺地不希望如此，一方面卻又像現在這樣感到幾許安心。在這美麗的流星雨夜中。

聽見腳步聲。回過頭，不知多少年沒見的紫霄站在眼前。臉上掛著嘲諷的微笑。

「不打開的仙洞宮，無論破壞多少神器，蒼遙姬都絕不現身，這樣你滿意了嗎？黑的。」

轉動的紅傘。無論黑仙如何祈願，她就是不出現。那深愛著世人的蒼遙姬。能逼得在世上某處的她現身的，就只有迫使仙洞宮門開啟的時刻。但每當這樣擲出骰子時，黑仙總是更加不明白。不知道是對打不開的仙洞宮感到放心，還是失望。就像不知道自己究竟是愛著蒼遙姬，還是恨她。

不明白。這樣的自己，簡直像個愚昧的人類。

「……同樣的話我也要還給你，紫霄。你現在的表情和我差不多呢。」

紫霄不悅地移開視線。他的願望是看見毀滅。然而——沒錯，現在他臉上的表情也和黑仙一樣。無論將骰子擲出幾次，最後的最後，總會出現意想不到的點數。選擇了非戰的紫劉輝。延續了昨日的明天。這樣你滿意了嗎？討厭起不願回答的自己。

「別吵架了。只有一件事是可以確定的，那就是這次你們兩個，又相親相愛的打成平手啦。」

搖著頭，這麼說著降臨的，是黃仙的身影，三人站的位置正好構成一個三角形。

「別吵了，真怕你們把小姑娘好不容易守住的世界又弄壞了。我可不想再看見更多死人了。光是碧州就忙死我了……咦？茶，你的銀狼呢？」

一頭鬃毛般飄逸的銀髮裡，夾雜著一縷紅髮的茶仙，跟在黃仙之後降臨，並站在他身邊。

「……借給燕青的兄長了。我徒弟這麼努力，別輕易破壞這個世界嘛。再忍耐一下，一百年就好了。」

「真是的，你們竟然聯合起來往人類那邊靠攏，不覺得丟臉嗎？」

以影月之姿出現的白仙──陽月，忿忿不平的一邊瞪著黃仙與茶仙，一邊落在他們身旁站定。

「白的，你哪有臉說這種話啊？也不想想，最靠人類那邊站的人是誰？話說回來……這個臭龍蓮，竟然推開我跑回藍州去了，大概有一千年沒發生這麼令我驚訝的事了呀。」

以龍蓮之姿出現的藍仙發著牢騷，臉上卻是一副覺得有趣的樣子。誰都不知道，是不是他故意將身體讓給龍蓮的。最後現身的是嘴角含笑，以歐陽純之姿降臨的碧仙。

「人家說春眠不覺曉，可是藍的你未免睡太久了吧。我看你就是睡傻了才被龍蓮有機可趁。大家聽我說，我這次可是有妻子家室的人呢！真有意思。我也想看看孫子的長相啊，所以至少維持個百年安寧吧。」

唯一空下的位置冷冷清清，卻又令人難以忽視。每位仙人都不由自主的望向那裡。那總是散放鮮豔紅光，高貴自傲的美麗公主。最討厭人類的紅仙。

這樣的她，為人類留下的細窄道路，現在正於眾人眼前展開。

黃仙搔搔頭，看著腳下那風雅的，打不開的仙洞宮。

「『只要出現值得效忠的國王，彩八仙就會群集於仙洞宮』。歷代以來，不知有多少笨蛋國王相信蒼周留下的這句謊話，結果現在全仙真的睽違數百年的聚頭了，卻又沒人相信。真不錯啊。」

事實並非如蒼周說的那句話。而是因為出現了彩八仙覺得值得幫忙的國王，結果才造就了所謂的名君。可是這次卻不是，旺季和紫劉輝根本沒想過尋求彩八仙的幫助。

被彩八仙借宿身體的人，各自有其支持的王。這是不是巧合，誰也不知道。只有一點可以確信的，就是戰爭最終獲得迴避，但並非出自他們的意志。

全都是出於人類的意志。時代改變了。即使可能只有這個時代是這樣的。

藍仙想起紅秀麗。耳邊彷彿聽見紅仙牽著她走下黃泉的聲音。那女孩就這樣做著自己，走到這裡。奇蹟既沒有發生，以後也不會發生。絕不會。然而藍仙認為正因如此，才稱得上是最棒的未來。所有人只是走在自己的路上就能抵達終點的世界。正因為沒有發生奇蹟，所以才更有價值。以人們的雙手自行守住的平靜夜晚，通往明日的今天。

眼角一瞥黑仙與紫霄，兩人正擺出同一副表情。一副連自己都搞不清楚是該高興，還是該失望的表情。因為他們是比誰都喜愛，也比誰都憎恨人類的那兩個。

「……呼。這麼一來，大業年間留下的帳這下也終於算清了吧。」

藍仙將酒杯拋給眾人，酒杯還浮在半空中時，從杯底便已咕嘟咕嘟地冒出美酒。

「這個人世間對我們而言，不過是轉瞬即逝的一場夢境，總有一天會結束。雖然不知道是會結束在人類手中，還是我們其中一個手中……不過，就讓它再持續一陣子吧。畢竟這是一場值得讓我們這麼做的夢。為了紅的女兒。也為了那推動王星，和蒼周有那麼點相似的國王。」

黃仙、茶仙和碧仙都舉起了酒杯。白仙一邊舉杯，一邊別過頭去。紫仙與黑仙雖然不能接受，但最後也還是——紫霄心不甘情不願地，黑仙默默不語地——舉起了酒杯。

七個杯子，朝流星雨夜而舉。

佇立於仙洞宮旁的古代櫻木，如獻上祝福般地在夜風中舞落所有花瓣。

終章

——春天。

朝廷裡櫻花滿開，花瓣不斷紛如雨下。

「……不需要花啊。」

飄落的淡紅與白色櫻花花瓣越積越多，全新的墓碑有一半都被花瓣淹沒了。

劉輝一如往常的將花瓣打掃乾淨，除了草，供上新鮮的水。因為已經來過太多次，做這些事都很熟練了。除了璃櫻以外，旁邊沒有其他人。璃櫻低聲說：

「好寂寞啊……」

之所以身邊只有璃櫻，是因為其他人都為了新官上任的調動，或者是交接事宜而忙得不可開交。回到王都之後，悠舜馬上配合新的季節來臨，大肆重整了地方與中央朝廷的人事。先王戩華與霄宰相時代所決定的主要大官，已經好多年都沒有異動了，此外，也多出了幾個空的官位。於是便趁著春天來臨的時機，將文武百官全面換新。

原是地方大官的劉志美與姜文仲、慧茄等實力派都被召回中央政府，相對的，原本待在中央的年輕官員則全都派到地方上去。其中包括歐陽玉、楊修、李絳攸與藍楸瑛、茈靜蘭等人。

櫻花散盡的時節，他們已經各自出發前往赴任地區了。不過劉輝對此事卻是微笑以對。

「是啊，有點寂寞呢。不過反正他們一定馬上又會回來的。那三人必須趕快超越在上位的大官們才行。只要他們在孤身邊，就不會寂寞了，只要這樣就夠了……」

那三年，讓他體會到這一點。別離為的是總有一天會再回來。

一陣風吹過，將堆積的花瓣吹亂一地。

看著墓碑上的名字，劉輝只在瞬間露出傷痛的表情，轉瞬又笑了。

有時覺得那已是遙遠的過去，有時又覺得是昨天才發生的事。劉輝也不明白為何會有這種感覺。

……只有時光不斷流逝。像這樣，同樣的春天總會不斷來臨。

還記得那時，夕陽西下的暗紅天際，一隻大鴉滑過了虛空。

燕青和靜蘭只能站在那裡，看著一動也不動的秀麗和不願放開她的劉輝。

不知是誰的手搭上劉輝的肩，但馬上又被他揮開。狂亂的哭泣著，口中語無倫次的說著自己也不明白的話，被勉強拉開，最後終於被人打暈，失去意識……再次醒來時，已經身在某處道寺中。耳邊聽見樹葉相擦時的聲音而猛然驚醒，璃櫻與珠翠、邵可他們正圍著一具白棺。

劉輝踉蹌著腳步靠近白棺。每個人看見他，都默默讓出一條路。

──秀麗身上穿的不是縹家服飾，而是一身白衣。臉和手腳都被清洗乾淨了，雙手重疊放在胸口，靜靜地躺在那裡。從前躺在同一具棺木中時的臉上紅暈已經消失，蒼白的近乎發青。

劉輝屈膝跪地，眼淚不斷滑落。

……深夜裡傳來的夜半鐘聲，彷彿永遠不會停。

即使如此，季節依然無情的更迭，春天來臨。有時劉輝覺得難以呼吸，當時感覺到的失落與傷痛，至今依然鮮明如實，反而是眼前的現實像是夢境，又像是一個遙遠的幻覺。只有季節交替，櫻花盛開，不斷反覆。

劉輝的眼神落在墓碑上，發自內心的感謝低語：

「……謝謝妳。」

璃櫻另外供上了四季綻放的美麗薔薇，然後輕聲問劉輝：

「……然後呢？你打算拿紅秀麗怎麼辦？國王。」

「…………唔。」

墓碑上刻的名字是——旺飛燕。一邊看著母親的名字，璃櫻一邊毫不留情的說：

「你也差不多該放棄了吧？我不是一年前就這麼告訴過你了嗎？」

「……囉、你這兒子怎麼這麼囉唆！是叛逆期到了嗎？」

「誰叛逆期到了啊！聽好，你可是被整個朝廷大反對耶。榛蘇芳帶頭的那些下級貴族所組成的派閥，每天都投書到仙洞省，徹底反對你們結婚。而中央大官們和悠舜也說了很多次，希望秀麗繼續為官，這樣對國家才有好處。再說秀麗現在太能幹了，上司葵皇毅根本不會收下她的辭呈吧？就連珠翠都鼓吹秀麗，叫她先逃到縹家去，就算對象是國王也可以悔婚耶！最重要的是，連秀麗本人都還在猶豫，直說著還不想進後宮。你根本就是被拒絕了嘛！在朝議上，當著百官的面很乾脆的被拒絕啦！」

「哼、哼哼。你們全都來阻擋孤的戀愛之路。不過孤已經習慣了，孤的心臟可是鋼鐵打造的呢。」

「你習慣，我可是會很困擾！秀麗不嫁，你就說什麼好，那孤等，孤不結婚保持獨身。可是國王需要子嗣，只要認璃櫻當養子問題就解決了。竟然把責任都推給我！你有沒有搞錯啊！」

「為了貫徹愛情，犧牲是必要的。」

「犧牲？犧牲的是我吧！」

「話說回來，璃櫻，你上次那件事太過分囉。」

劉輝又想起了什麼，怒上心頭的抱怨著。

「孤正和秀麗流淚道別時，你竟然從後面敲暈孤，還把孤帶走！」

「又不只有我。」

「沒錯！還有旺季和孫陵王，連珠翠都一起下手，把身為國王的孤揍個七葷八素！」

「……可是，肩上中箭又不是致命傷。秀麗是因為花了半天時間從貴陽快馬趕來，疲勞加上空腹和貧血才會那麼虛弱。最重要的是，先幫她療傷才對吧！」

「這個笨蛋國王哭哭啼啼的真礙事！」，「不快點幫秀麗處理傷口怎麼行！」所有人七嘴八舌的就這樣決定先拉開他再說了。

「可是，不是說她醒來之後，剩下的時間就只有一天嗎？」

劉輝恢復意識後，一邊望著棺中蒼白的秀麗，一邊哭著屈膝跪下時。

秀麗突然翻了個身，嚇得劉輝心臟都要停止跳動了。還以為秀麗是不是變成殭屍了呢。變成殭屍之後，還可以娶她嗎？當時腦中煩惱過這個問題的事，一定要當成一輩子的祕密。

「……話是沒錯，不過，那本來就是事實，最後也並非發生了奇蹟。那個方法是不是真能順利也沒人知道，只是珠翠千交待萬交待，就是不能讓你和紅秀麗知道。」

當劉輝得知秀麗還活著時，不管怎麼逼問珠翠與璃櫻，就是沒人告訴劉輝那到底是怎麼回事。

「莫名其妙！害孤變成一個連秀麗肩膀中箭了都不知處置，只會哇哇大哭的笨蛋國王，還被凌晏樹到處拿去說嘴……被你們害慘啦！」

「……呃……關於那個……我道歉……可是！你還不是不告訴我那封信是要送給我母親的，害我除了『你好，我是璃櫻』之外什麼都沒寫！你才沒資格說我呢！」

——我是個什麼都沒能給你的母親，對不起。耳邊彷彿又聽見飛燕這麼說著。不，璃櫻抬頭看著滿樹櫻花。沒有妳，我現在也不會在這裡。璃櫻初次發自內心的感謝。

就這樣又吵鬧了一陣，兩人才慢慢走回去。

『……秀麗，正如瑠花所說，奇蹟已經不會再發生。無論是我還是其他人，真的都沒辦法了。什麼都無法為妳做，妳天命已盡。妳真的好努力了。』

笑著說完「是」，正想和母親一起走下去時，母親突然停下腳步，不知所措的苦笑了起來。

「可是……真搞不懂你們人類，怎能如此頑強。真是輸給你們了。」

「欸？」

「秀麗，妳難道忘了自己對瑠花許過的願望？最初見到她時的第一個願望。」

如黑夜般漆黑的髮，白雪般的肌膚，血色紅唇。青白色的月光下，第一次見到的瑠花。

「縹家必須遵守槐樹的誓約，那是絕對不能打破的不成文誓約。就連大巫女也不能不遵守的誓約之一就是──『初次見到縹家大巫女時，口中說出的第一個願望，縹家一定要為對方實現』。」

想要水的就給他水，想休息的就讓他休息。為眾人伸出援助的手。

而秀麗許下的願望是──

『……請讓我再活久一點。請給我生命，請……給我……』

想起自己的願望，秀麗驚訝地張大嘴巴……當時是那麼說的。

「瑠花確實是一個歷代罕見的出色大巫女。雖然個性上有些瑕疵，但頭腦好得不得了，自尊心又高，絕不會違背誓約。雖然這樣的她就像是一把雙刃劍，幫助別人的同時也不斷損耗自己的心神……」

孤獨自傲的女皇。然而，她的驕傲與尊嚴也是毋庸置疑的。

「瑠花她為了遵守誓約，想盡各種方法，最後終於讓她發現了一個可能性，並將方法作為遺言留在白木椅上了。之後，由珠翠和飛燕繼承了她的意志完成了這件事。所以這並非奇蹟，而是每個人為了讓妳多活一點而奮鬥不懈的結果……你們人類真是……」

母親微笑著，雪白的指尖輕觸秀麗胸口的心臟部位。

「那不是其他人的生命，秀麗，而是妳自己的生命，還留下了那麼一點，就在這裡。」

心臟，猛然跳了一拍。

似乎看見槐木上停了一隻大鴉，眼睛是太陽的金黃色。

「夕陽西下時，連催人回家的烏鴉都飛來啦？來，該是妳回去的時候了。其實我還想像這樣多牽著妳久一點，一起向前走，保護妳……」

手放開了。秀麗好想哭，自己伸手抓住她。

腦中一片混亂，還有好多想說的話。好多，好多，好多。

想說不要這樣，不要走，還想和妳在一起。可是，什麼都說不出口。

身體逐漸變得透明。鮮豔的紅色，秀麗魂魄的顏色。等一下，等一下。

拚命抓住母親的手，最後用力的笑了，用盡全力。

「謝謝妳生下了我，謝謝妳給了我生命，守護我。娘，我最愛妳了。」

母親愣了一拍後，才又是驚訝又是安心的帶著淚眼笑了。發自內心的笑容。

「……這樣啊。」

嘩沙、嘩沙。槐木的聲音漸行漸遠。

身影，從指尖開始慢慢消失。滿天星斗和銀河構成的黃泉路也逐漸消失。

被一股力量朝某處拉扯，很強勁的力道。彷彿看見大槐樹旁，黃昏之門的另一端有人站在那。眼前的景象如走馬燈一一轉換。看見瑠花，還有羽羽。也看見了飛燕與英姬。最後還有一個人，忽然看見那背對著自己的身影，一頭波浪長髮。

（是誰……）

最後，聽見母親毅然決然的聲音。

「玄冥、飛廉，辛苦你們保護女兒了。不過時候還未到，去吧，再陪秀麗走這一程。」

玄冥、飛廉？好像在哪裡聽過這兩個名字。對了，在一個很久很久以前聽過的故事裡。

眼角瞥見白色與黑色的兩團小球，正朝自己滾動而來。

（那不是雨師和風伯的名字嗎……）

小白和小黑完全改變了外貌。化身為神聖而美麗得令人畏懼的姿態。

不過，這一切秀麗沒能來得及看見。

「……什麼？所以就是這麼一回事嗎？」

「好像是。聽珠翠和璃櫻是這麼說的。」

燕青抓著頭，眼看靜蘭的臉越來越臭，知道他心情壞到極點了。

的確第一次聽見時，燕青也驚訝得差點掉了下巴。

「……等一下，那這麼說來，在茶州時，被茶朔洵轉移了生命，小姐的生命不就縮短了嗎？而朔洵最後變成殭屍，還給小姐惹了一堆麻煩，最後才……」

「不，那個殭屍是個空殼，真正的朔洵靈魂似乎是飄盪在其他地方。」

「我才不管那麼多。你的意思是朔洵的魂魄後來和飛燕小姐一起──也進了小姐體內嗎！」

難怪珠翠會說「那件事最好不要告訴靜蘭」。

「……不，瑠花她好像一直在思考一個能讓小姐接受的延命方法。別人的命小姐一定不肯要，可是若是她自己的命，那就沒話說了吧。被朔洵移轉的那些命，都還完整保存在朔洵的魂魄裡。」

「運氣真好！不對，那原本就是小姐自己的命。」

「是這樣沒錯，但如果沒被朔洵保存起來，一定也是被小姐自己糟蹋掉了，她就是這樣啊。」

靜蘭雖然氣得怒髮衝冠，但也無法反駁。是啊，這就是秀麗的優點，但也是她的缺點。不管做什麼總是全力以赴，就連自己的生命也毫不客氣的豪爽花光。

「瑠花好像發現，可能有辦法將那些生命轉回給小姐。可是朔洵只是普通人，死了之後魂魄又到處飄盪，小姐當時又睡睡醒醒的。所以，就需要一個巫女先把他捉起來，進入小姐體內搭一座橋樑，好把朔洵從小姐那裡奪走的命還給她。而這件事，就由飛燕小姐義無反顧的去做了……」

秀麗離開縹家前，瑠花曾強制她睡了兩天。那兩天之中，由飛燕搭起和秀麗之間的橋樑，並捕獲到處飛翔徘徊的朔洵魂魄，當時也曾出現在燕青面前。移到秀麗體內的黑色團塊，其實就是朔洵的魂魄。而瑠花死去後，這個任務也由飛燕繼續完成。

對飛燕的恩情感激不盡。蝗災的事也一樣。不管到她墳前上幾次香，都不足以還這份恩情。

瑠花想出了辦法，珠翠在白木椅上繼承了「遺言」，再由飛燕繼續完成。這不是奇蹟，而是少了一個人都不行，也完成不了的結果。

「……可是，就因為朔洵的魂魄進了她的身體，導致殭屍朔洵和魂魄朔洵互相拉扯，把縹家的結界全給破壞，並且擄走了小姐。這就完全在瑠花計畫之外了……」

「全都是那離經叛道的傢伙不好！都是他的錯！我真是個笨蛋，竟然還幫忙埋了他的骨灰，撿骨還給克洵。早知道就該全灑進海裡算了！」

「別這麼激動！總而言之，這些事絕對不能讓國王和小姐知道。」
靜蘭一邊生氣的踱步，一邊也只能悻悻然的點頭對燕青說「我知道啦」。

「你太誇張了！為了和迅決鬥，竟然把國王和秀麗丟著不管，一直鬥到天都黑了才罷手？這個笨蛋哥哥！你真的太差勁了！」
十三姬怒上心頭，不停地對楸瑛說教。楸瑛自知理虧，無以反駁。
「……可是，十三姬。都是迅不好啊，誰叫他要在那裡出現──」
「別找藉口了，笨蛋哥哥。你最好反省一下自己，為何連迅那種小角色都無法馬上解決啊？」
「…………對不起…………」
在十三姬犀利的眼光下，身為兄長的楸瑛也只有挨罵的份。心想，這個妹妹說不定很適合當軍中的指揮官呢──就在此時，戴著黑眼罩的迅探出頭來。
「怎麼說『迅這種小角色』呢？好過分喔，螢……不過其實我還頗受刺激呢，本來以為馬上就可以解決楸瑛的……」
「啥？別癡人說夢了，迅。不如現在就繼續做個了結好了！」
十三姬嬌小的身體，毫不留情的穿梭在楸瑛和迅之間，朝他們的肚子各捶了一拳。

「兩個人都別說夢話了。尤其是迅。你還有臉出現在我面前啊？什麼御史，開玩笑也得有個限度吧？快滾啦，前未婚夫！我有叫你來嗎？」

被十三姬冷淡的丟下這句話，迅狼狽地止住腳步，卻並未退卻。也不管壓著被十三姬揍了一拳的肚子，笑嘻嘻在一旁看好戲的楸瑛。

「……那要我怎麼做，妳才不會趕我走？」

「至少得要單挑贏過白大將軍，奪回司馬家掛念的青釭劍，然後我才願意考慮考慮。」

「唔！」

迅和楸瑛的臉都抽搐了起來……其實關於這一點，兩個人還一起發了誓。尤其當司馬龍在五丞原發現青釭劍之後，楸瑛便被司馬龍逼得招出一切。得知現任的青釭劍持有者是白雷炎之後，司馬家更是燃燒起熊熊鬥志。偏偏現在司馬家有可能贏過白雷炎的人，就只有楸瑛或迅。因此司馬家舉行了家族會議，會議中一致通過的結論就是：只要迅或楸瑛其中之一，能夠單挑白雷炎獲勝並取回青釭劍，迅就能回到司馬家。

在那之後，迅和楸瑛只要一有機會就去找白大將軍單挑，甚至還企圖模仿悠舜，想了不少卑鄙的小手段，不過全都失敗了。想要打贏白大將軍，這輩子或許都難以實現了吧。

望著輕柔的風吹散櫻花瓣，十三姬露出憂鬱的神情。

——櫻花雨。對於秀麗平安活著回來的這件事，十三姬真的打從內心歡喜。但同時也必須強迫自己收拾起內心某種剛萌芽的感情，並永遠上鎖。因為十三姬能為他們做的，也只有這樣而已。

忽然迅伸過手，捏住十三姬兩邊臉頰。迅的臉上難得露出不悅的表情。

「……我知道了。等我單挑贏了白大將軍一定會再來。聽好了，螢，妳最好先做好心理準備。還有楸瑛你也是，等著看我哪天給國王好看吧。」

「……嗯……可以揍個半死就好了嗎……畢竟是我可愛的妹妹……」

「哥！你在胡說八道什麼！還有迅！你要真敢把國王揍個半死，我可不原諒你！」

聽著十三姬從迴廊傳來的聲音，百合嘆了口氣。

聽見百合的嘆氣聲，正襟危坐在椅子上的絳攸馬上跳下來。

「……百合媽媽……」

「沒事的，絳攸。雖然那個笨蛋黎深無視我要他來接我的要求，為了追悠舜而擅自跑去北方周遊斡旋，最後卻被人丟在北方，和兒子一起迷路，最後一起被我派出的紅家搜索隊找到，這些都在我預料之中，一點也不意外。」

絳攸邊聽，邊捏了一把冷汗。想起原本被軟禁在貴陽的百合，帥氣的騎著白馬前來的畫面，就不禁為自己和黎深當時那副德性深感慚愧。更別說後來又聽說其實那一天，早已聯合了城下貴陽聯隊及前冗官們的百合和十三姬，同時動用紅藍兩家的勢力，徹底防守了整座貴陽城。就算沒有下雨也不會讓晏樹的火攻之計得逞。聽說是胡蝶暗中察覺了晏樹的計畫，並及早聯絡了百合的結果。

然而比起這一切，更讓絳攸心生畏懼的是——

「……那個……百合媽媽……黎深大人應該有好好回到這裡來吧？」

「…………………」

只見百合沉鬱的長嘆一聲，也不說話只是望著櫻花，這讓絳攸更害怕了。

「絳攸。那個笨蛋黎深好像人還在貴陽，正圍著悠舜和邵可大哥團團轉呢。」

「…………我是有接到聯絡……說好像……想重新恢復官位……」

「是嗎。既然如此，那我看我也別管那個笨蛋了，差不多該離開後宮回到紅家去了。」

「百百百百合媽媽！求求妳千萬別說要離婚啊——」

「我才不管那麼多。絳攸，你也一樣，好好完成任務後，偶爾也該回故鄉走走啊。我等你回來。」

百合微笑著，不由分說地打斷絳攸。

就在絳攸垂頭喪氣，哭喪著臉離開之後。

百合瞇著雙眼，臉上露出惡作劇成功的笑容。因為覺得捉弄絳攸很有趣，所以就沒告訴他，其實黎深早就來過百合在後宮住的地方。比任何地方都先來到這裡。

（還說什麼「……對不起，回來晚了」。沒想到那個黎深竟然會道歉！）

真是令人感慨。在一路走來的人生中，還真的發生了意想不到的事呢。

「……是嘛。再不回來也不行了——該做的事還多得很，還有——」

百合輕撫自己的肚子，雖然只是直覺，不過——

「……十個月後，絳攸說不定就要當哥哥了。」

櫻花樹下，悠舜正一面振筆疾書，一面笑著諷刺一起長大的好友。

「……呼，你這個人真是的，一點都派不上用場耶，晏樹。」

「悠舜說得沒錯。別說拚命幫助旺季大人了，你根本就是在扯他的後腿吧。」

始終留在朝廷奮鬥的皇毅，也氣沖沖的叨念著。

「我和悠舜還以為，不管發生什麼事，你都一定不會讓他死的啊！」

「對不起，可以吧！但我還是努力到最後了呀。雖然曾有瞬間閃過和旺季大人一起死的念頭……能讓這麼愛惜生命的我這麼想耶！旺季大人實在太恐怖了。唉，不過還真可惜……」

悠舜和皇毅氣得額頭直冒青筋。

「別開玩笑了。從過去到現在都活得那麼隨心所欲，到最後還想帶著一切逃到另一個世界，你是不是把人生給想得太簡單了？也不想想是誰讓你過著那麼悠哉的人生啊！」

「就是啊。這是不是人家常說的，越笨的孩子越受寵啊？總之，我跟悠舜早就決定了，就算要花上一輩子，都要教會你這個笨蛋，什麼叫做『忍耐與互助互讓』！」

「那我就直說好了，你們的教學對我一點效果都沒有。」

皇毅搶下盤子，不讓晏樹去吃那一堆小山高的草莓。

「不准擺爛！可惡，最糟糕的是竟然抓不到你的把柄。你真的是大壞蛋，下次絕對要抓到你的把柄，把你下放到鄉下地方，遠離旺季大人。」

「我才沒那麼笨。而且我討厭被流放，不如直接開除我吧。反正我也該做些更有趣的事了。」

「你白痴啊！放你在外面四處亂晃才更恐怖！誰知道你會做出什麼事？還是養在朝廷好了。至少在朝廷裡，即使是你也派得上一點用場，現在人手不足，你給我好好工作！認真賺錢！」

說得沒錯。反正現在多得是人可以好好看住晏樹，悠舜也回來了。就算晏樹在世人眼中是個糟糕的傢伙，在朝廷裡卻能化身成能幹的人材，這一點實在讓人感到不可思議。

「是是是……喔，對了。我要告浪燕青和茈靜蘭非法闖入民宅，破壞私人器物！」

「你還有臉說！」

不過，生性認真的葵皇毅還是姑且收下晏樹的訴狀，心裡想著這次就以不起訴結案吧。皇毅心中也不是沒有一點歉疚，特別是當事情又與一起長大的凌晏樹相關時。

「你都不罵悠舜！還以為他在茶州這麼久，性情也該變溫和了，沒想到仍是個大騙子嘛！」

「你說什麼。悠舜那樣很好。人家可是拖著病體鞭策那個笨蛋國王，辛勤工作得差點連小命都丟了耶。」

晏樹驚訝得下巴差點脫臼……皇毅完全沒發現悠舜的病是假的。外表看起來最凶狠的皇毅，其實有時還挺粗神經的。也就是因為這樣，三人之中，他最常被人說像旺季。

「因為我是完美主義者啊。『做個八分，差不多、差不多就行了』，這種話撕爛我的嘴也說不出來。既然要做，就要做到徹底。要顧全大局也要守護旺季大人的生命，那是當然的。」

「不知道是誰冷淡的說，如果不行就放棄喔！」

悠舜的心願。人生千載難逢的機會。晏樹邊將一顆草莓放進口中，邊皺眉。

「不行、不行，你一定辦不到的啦。不可能，你說是不是，皇毅？」

「……不，就算是悠舜，只要有心一定也辦得到。」

「你騙人！『打從心底想做個好人』這種夢想，再給悠舜一百年他都不可能達成的！待在無可救藥的笨蛋身邊，只想好事不打壞主意的生活未免太安逸了吧！學著當好人，每天傻呼呼笑著的悠舜，反而讓人起疑心。不可能、不可能，悠舜絕對辦不到。」

「好了啦，晏樹！就是無法實現才叫作夢想啊。你還年輕，多努力學著點。」

聽著兩人的對話，躲在羽扇後的悠舜發出一聲嘆息。

「……就是這樣，我才討厭待在你們兩個身邊。好不容易平靜的心情都被搞亂了，真悲哀。不如跟笨蛋在一起要輕鬆多了啊，什麼都不用想，只要說好話，做好事就好，還會受到感激呢，真不錯。」

悠舜露出沮喪的表情。這番話究竟是真心話還是胡說八道，兩人其實也分不清，只知道悠舜確實是那個最害怕自己能力的人。也知道他以為只要待在旺季身邊，自己就能成為正正當當的人。只要主子需要，他連眉毛都不皺一下，就能獻上屍橫遍野的計策。

正因如此，他才幾乎不自己選擇主子。

連晏樹都贏不了他。這個想當善人，卻是壞到骨子裡的大壞蛋。皇毅聳聳肩。

「不過，不知道是誰，連凜夫人懷了身孕都沒發現就前往北方行腳喔？」

「咦？真的嗎？所以你才會被揍成豬頭三啊，悠舜？啊哈哈，這也難怪她了。」

悠舜回到朝廷後不久，有一天上朝時，頭部竟呈現出不可思議的形狀。這位大宰相的說詞雖是「受到妻子失敗的新發明波及的結果」，但那怎麼看都是被揍的痕跡。還說什麼失敗的新發明。

悠舜無言以對。沒想到天底下，還有事能瞞過自己的眼睛，女人真可怕。

想也知道，悠舜當然收到了來自凜的休夫狀。為了求凜回心轉意，悠舜不知道動了多少腦筋，想了多少計策，結果全都派不上用場。對凜這位自立自強的新女性而言，根本就不需要悠舜，當然費盡唇舌也說服不了她。悠舜有生以來，第一次嚐到背水一戰的恐怖滋味。最後挽回她的，卻是一句單純得近乎愚蠢的吶喊：「我愛妳！請妳回心轉意！」悠舜這才明白，自己根本一點也不聰明，其實是個大笨蛋。

「對了，悠舜……國王的那個提案，想必也是你給他出的主意吧？」

「是啊。這麼做也可以保住旺季大人。雖然對璃櫻來說是無妄之災啦。」

一邊竊笑，悠舜一邊看著尚未寫完的空白部分，沉吟著說：

「接下來，這裡該如何是好……」

此時，才聽見一旁的草叢發出沙沙聲，就看到黎深從中冒出頭來。

「喂！你們兩個快離開悠舜，不准你們又來逼迫威脅他。」

「黎深，悠舜在嗎——咦，怎麼你們又來纏著悠舜，不覺得自己可恥嗎？」

黎深和奇人介入三人之間，一副想保護悠舜的樣子。悠舜則是臉上掛著溫柔的笑容安撫他們。

看到這一幕，皇毅和晏樹都火大了起來……這些人又被騙了。他們一直都是這麼認為的。

晏樹突然瞇起貓般的雙眼，嘻嘻一笑，便撲向悠舜壓倒他。

「不好意思喔，比起你們，我們和悠舜在一起的時間可是長得多了呢，你說是不是啊，皇毅？」

「對啊，真是的，你們這些少年人搞不清楚狀況。悠舜的這些事跟那些事都不知道，還敢以好朋友自居咧。」

「什、什麼啊！悠舜的這些事跟那些事到底是哪些事，快說！」

一陣風吹來，悠舜手中的宣紙被吹得飄了起來。

「啊——」

抬頭一望，滿天櫻花花瓣間，是一片美麗無比的春日晴空。

「晏樹這個傢伙，既然每次都想殺我，最後幹嘛阻止我啊！這個背叛者！」

「嘿嘿，我說你也應該收斂收斂了吧。」

陪著勃然大怒的旺季，陵王在櫻花樹下啜飲著美酒。就是因為知道在最後的最後，只有晏樹會不顧一切為你找尋任何活下去的可能，所以悠舜和皇毅和我才會一直不管晏樹啊。陵王心想。

（畢竟那傢伙，比起旺季的心意，還是會以自己的心意為最優先啊……）

如果是陵王或迅，或許都無法阻止旺季。

「不，不過真令人意外啊，姑且不論制裁與否……」

「不行！該依法判我罪才對啊！」

「你很囉唆！你不過就是帶了大軍前往紅州，迎接那個笨王回來而已！事情就讓它這樣結束！你都已經接受『莫邪』了，就該認了吧。」

「話雖如此，紫劉輝收了璃櫻當養子，這又是什麼跟什麼！他可是我外孫耶！」

旺季一邊生氣，一邊大口喝酒。陵王也露出微妙的表情。

「……不過，璃櫻無論在血統或王位繼承權上，都是無可挑剔的啊……這確實是個好主意。如此一來，身為璃櫻外公的你，也可獲得不成文的赦免了。」

「這絕對是悠舜出的主意！沒半個人聽我的意見就擅自決定，最可憐的還是璃櫻了。之前的老爸是個年過八十的癡呆老頭，這次的老爸竟然變成紫劉輝。我這外孫的父運實在太差了。」

父運是什麼東西啊。陵王這麼想著，一片櫻花花瓣翩翩落入杯中。

「國王想必打定主意，這輩子都不和其他女人結婚了。比起你姊姊死後，連續娶了六名妃子，生了一堆小孩的戩華王，我還比較欣賞劉輝。既然他堅持到這個地步，不管是獨身一輩子，還是收養養子，都叫人願意支持他了啊。而且這對璃櫻來說也不錯……雖然他本人好像驚訝得魂飛魄散就是了。」

旺季的姊姊，過去曾是幫助皇子戩華，從戰禍中逃離的上一代黑狼。

捨棄了家族與家人，一切的一切。再次與姊姊相會時，已經成了敵人。

旺季屬於朝廷，姊姊屬於戩華那一方，直到最後，兩人都處於敵對的狀態。

姊姊和女兒飛燕都不在了，自己卻還活著。這令旺季感到不可思議。

然而，飛燕還留下了璃櫻。一看到璃櫻，旺季心中就會有股自己也難以理解的情感萌生。和自己不同，卻又確實擁有自己的一部分。就算今後旺季死了，璃櫻也會帶著那一部分繼續活下去。旺季是這麼想的。而那同時，也是飛燕的一部分。說起來理所當然，但是活到這把年紀了，旺季才終於能這麼想。有如徙蝶，生命繼續向下傳承。

旺季抬頭望著無限散落飛舞的淺紅色櫻花瓣。

只能存活一代的櫻花。與那狂野的美作為交換的，便是這既飄渺，又毫不戀棧地滅絕的宿命。

——我最喜歡像隻打不死的蟑螂，活得堅忍不拔，從不逃避的父親大人了……

旺季微微一笑……活得像隻打不死的蟑螂般堅忍不拔，沒有什麼比這更飄渺而毫不戀棧的了。

那種櫻花真正的意義，或許也相同吧。

● ● ● ● ●

……睜開眼時，只見櫻花如雨般不斷落下，自己彷彿躺在一張花瓣床上。

看著櫻花花瓣，這才想起在那之後，已經過了一個月。

醒來時，身邊是望著自己哭泣的父親，本來吵著想隨母親一起走的，見到這樣的父親時，秀麗不禁打從內心覺得回來真好。

頭上罩下一個黑影，是蘇芳探頭過來看著自己。

「那個讀訴狀的女人請了病假，其實是在偷懶嗎？葵長官送了這麼一封文書來了喔。」

「嘖……該不會是減薪的通知吧！幫我燒了它吧。」

「是新任務的命令書。妳不去的話，就輪到清雅囉。」

「哇啊啊啊！我要、我要，請給我！」

秀麗像池塘裡的青蛙似的，從床上直跳起來，搶走蘇芳手中的任務命令。將任務命令打開來看，蘇芳也從後面跟著窺看著說：

「……很適合妳的任務嘛。妳打算去嗎？」

秀麗的眼睛閃閃發光，就像人家常說的「眼睛會說話」。

「——當然去。這應該是清雅之前也在做的事吧？在藍州時，聽姜州牧提過。那我怎能輸給那個陰險蛾男呢！」

「就讓清雅先升格為侍御史又有什麼關係，你們的年資本來就不一樣。」

「你說什麼傻話？侍御史的任期只有一年，接下來就能升上中央官員飛黃騰達了，這可是每個御史最想爭取的重要職位啊！所以我怎麼能還在這裡磨磨蹭蹭呢？」

「就像司馬迅馬上被提拔為兵部侍郎那樣？」

「沒——錯！萬一那樣，你想這世界會變得有多難待？絕對不要，對吧？」

蘇芳噗哧一笑。最早認識的秀麗就是這麼一個女人，當初真覺得她煩死了。可是現在看到這樣的她，自己卻感到如此安心。終於，原本的秀麗回來了。肩上還纏著繃帶，但那一直籠罩著她的黑影卻已消失的無影無蹤。眼前的人已經完完全全回到原本的那個秀麗。

「有妳在，我就不擔心了，小姐，我走啦，改天在哪再見吧。」

秀麗不加思索地拉住蘇芳的衣袖。後來才知道，那段時間，蘇芳和叔牙這些下級貴族，首次同心協力，組織起像是常平倉的志願團體，回到老家，向身為地主的父執輩募集食糧與物資送往黑白州支援。茶州府和茶家也做了一樣的事。當然黑白州牧努力開源節流的成果也發揮了力量，但真的是多虧了他們的努力，黑白兩州的人民才不至於引發武裝暴動。

秀麗溼潤的雙眼凝視著蘇芳，然後她說：

「我幫你父親墊的保險金要記得還喔。不如，把你那些越來越多的狸貓飾品典當換錢——」

「狸貓可是我的幸運吉祥物啊啊啊啊！」

蘇芳揮開秀麗的手，朝邵可家的庭院一溜煙地逃跑了。

（……我怎麼覺得，呆呆你就是因為戴了那些狸貓的飾品，才開始變得不幸的啊……）

不過，蘇芳本人似乎不這麼認為。做人最重要的就是信心了，說不定會有那麼一天，他真能獲得幸運呢。

秀麗輕輕揮著手中的任務書，忽然感到身後傳來一股熟悉的氣息。

回過頭，秀麗微笑了。

劉輝來到邵可家後，漫步於庭院之中。打從王位之爭後，就不曾開花的櫻樹，今年開滿了花。雖然劉輝的櫻花還很小，也稱不上盛開的程度。

漫步於後院的櫻花雨中。

感到人影晃動，劉輝一回頭就笑了。秀麗一定沒有發現。

過去，總是劉輝追著秀麗不放，而秀麗一個勁兒的逃。但最近秀麗變得開始主動接近劉輝了。就像一隻不理人的貓，終於願意親近時的那種感覺。

（……這話要是讓她知道了，一定又不願意靠近了吧……）

這陣子，劉輝和楸瑛特別談得來，兩人總聚在一起商討對策。在一群老愛阻礙人談戀愛的大官中，只有楸瑛是劉輝忠實的夥伴。

劉輝站著不動，秀麗果然自己靠了過來。要忍著才能不讓自己露出笑意。

「——你知道這件事了嗎？劉輝。」

秀麗揮揮手中的文件，乾脆直接塞進劉輝手裡。

「嗯？這什麼？——任務命令，可惡，我沒聽說！」

「我就知道。」

「悠舜～～～」

你不是說，會幫孤完成所有願望嗎？這麼一說，悠舜便頂著一顆奇形怪狀的腦袋，彷彿經過沉痛領悟的對劉輝宣言道：

「女人說起謊來是很可怕的，我現在已經明白這個道理了。關於這件事，我決定不再干涉。」

關於這件事是怎樣！你想說話不算話嗎？沒想到關於秀麗的事，悠舜如此乾脆的違背承諾。不過，還有其他事情很想向悠舜問個清楚。

（……離開王都時，臉上那冰一般淒絕美麗的笑容，是孤的幻覺嗎？）

不管叫他再笑幾次，都找不出當時那抹笑容的蛛絲馬跡。悠舜露出的，永遠都是溫柔的笑。

然而在那之後，即使看見悠舜溫柔的微笑，不可思議的是，劉輝再也不會迷惘了。

劉輝瞇起眼睛，再次凝神細看那份任務命令書。花瓣紛紛落下，妝點著紙面。不久，連劉輝的鼻頭都沾上了花瓣，他嘆了一口氣。

「……孤明白了。」

「咦？等、等一下，明白是怎麼回事？你答應嗎？」

秀麗發出驚訝的聲音，臉上的表情說明了她非常意外。

「怎麼，看妳剛才笑得那麼志得意滿，不是應該欣然接受嗎？」

「是、是這樣沒錯。可是，難道你就沒別的話說了嗎？沒別的意見了？」

「別的意見是什麼意見？不就是兩三年見不到面而已，不是嗎？」

——秀麗的新任務，是必須花上數年時間巡視全國的「巡察使」。

這在御史臺是屬於長期任務，不是年輕體力好的官員是無法勝任的。包括周遊列國行腳在內，是非常辛苦的任務。但只要能累積這樣的全國監察經驗，回到中央將會因精通全國州政，令這段時間的經驗與實力產生爆炸性的成長與發揮。悠舜與葵皇毅似乎就是因為這樣而決定的。

歷代許多成為國王左右手的大官，都曾經歷過這條路。

秀麗露出奇怪的表情，似乎想抱怨什麼，卻又沒有立場抱怨。很明顯的，是不滿意劉輝的反應，但又不想讓劉輝知道。就是這樣的表情。

（明明都寫在臉上了……）

「怎麼？還是妳不想周遊巡察，願意嫁給孤了嗎？那孤可是樂意欣然接受唷。現在馬上可以來個一零一次求婚，獨身宣言也隨時可以改成大丈夫主義。」

「那可不行。」

「怎麼這個就拒絕得這麼快！」

忽然，全身沾滿櫻花花瓣的秀麗，演起了莫名的小短劇。

「劉輝，我、我明白的。人生也是會有光憑愛卻沒辦法完成的事。」

「平常什麼事都那麼糾纏不清的，別就只在這件事上輕言放棄啊！」

這時邵可正好經過，聽見兩人之間的對話不禁愣住了。這、這對話是——

這是過去，每天、每天、每天都要被妻子叨念的話啊。邵可不禁憶起過往而淚如雨下。劉輝陛下……結婚後，可有得你辛苦了。

即使如此，比起當時，這話語卻讓邵可感到更多溫暖與溫柔。真是不可思議。

邵可帶著漲得滿滿的胸口與淡淡的微笑，靜靜地離開了那裡。

「說孤是全天下最不懂得放棄的人，不正是妳嗎？孤已經做好覺悟了。決定等妳回來。孤的計畫是等妳拚命工作，累得要死要活時，回來對孤說：『劉輝……我累了』，到時孤的機會就來了！」

「都告訴我本人了，這計畫不是等於失敗了嗎？」

「啊，對喔！」

然而劉輝已經不會因此感到挫折了。現在處於下風的人反而是秀麗。

耐心等待一定會有好事發生。

「呵呵，沒關係啊。反正妳就好好地去為孤工作吧，孤不會阻止妳。」

於是，秀麗露出生悶氣的表情。原本期待劉輝會吵著說寂寞不想分開，而自己則帥氣的揮揮衣袖，不帶走一片雲彩。沒想到卻是這樣的反應。

看到秀麗有點生氣的表情，劉輝的決心也不免受到動搖。

一直以來，劉輝總希望秀麗能給他什麼。什麼都想要。可是現在，已經沒有從她身上奪取什麼的必要了。劉輝早就將全部握在手中。現在的他，比起要求，更想做的是給予。想將自己擁有的全部都給秀麗。而不可思議的，總覺得一旦這麼做了，想要的東西一定就會自己靠近。就像旺季所做的那樣。

雖然這不是個帥氣的方法，但劉輝也只懂得這麼做。

「秀麗。」

「……幹嘛。」

「不要這樣板著臉嘛……孤話先說在前面，妳想逃也沒關係喔。」

秀麗訝異地抬起頭，正好看見不知何時已近在眼前的劉輝的臉而手足無措。

「妳想逃也沒關係。反正逃不逃，都由妳決定。」

劉輝咧嘴一笑，臉近得連氣都呼在秀麗臉上了。凝視著秀麗，終於停止靠近。

留給秀麗足夠的餘地與時間，如果她想逃離的話。

秀麗慌了手腳，臉越來越紅。心想自己現在的表情一定很奇怪吧。想說什麼，張開嘴卻什麼都說不出口。明明好想當場逃開，卻發現從指尖傳來一陣甘美、麻癢的微顫，正沿著脊椎往上爬。全身寒毛都豎立了起來，雙腳動彈不得。

眼裡瞬間充滿了淚水。什麼嘛，什麼嘛。

──這太狡猾了。

秀麗瞪了劉輝一眼。劉輝卻笑了。自己可沒有做任何狡猾的事，而是堂堂正正的給了秀麗退路。之所以不逃，完全是出自秀麗自己的意志。

沒錯，想逃的話，絕對二話不說認輸逃離，這也是秀麗的優點之一。

「……孤當然會很寂寞。可是，之前也說過了，反正妳很快就會回來了。」

輕輕吐出這句話後，溫柔的唇疊了上來。是的，就在不知第幾次櫻花綻放的時候。

看吧。妳一定很快就會回來的。一定會。

●　●　●　●　●

以鄭悠舜為首，上治年間出了許多英明的宰相與有名的大官。他們的名聲燦爛如星。
以上治五年為界，受後世讚譽為「最高上治」的劉輝治世終於正式揭開序幕。
在他一生之中，從未掀起戰爭，並修復了所有大業年間留下的戰爭傷痕，為各地帶來多項蓬勃發展的文化復興。開花結果的劉輝治世，正如父親戩華被比喻為蒼玄王再世一般，身為戩華之子的劉輝，則經常被後世喻為蒼周王。
終其一生，劉輝只娶了一位妻子的事，以及其妻之名，也被後人詠嘆成詩。
——終於迎娶了這位妻子，是在上治十五年，劉輝三十二歲的時候。
對象是這個國家的第一位女性官員，也是留下諸多傳說，馳名後世的官員紅秀麗。
當時的她，已經與李絳攸齊名，成為國王的左右手，為國家立下許多功績。卻毫不戀棧官位，接受了劉輝的求婚。
也就是在這一年，日後成為史上首位女性宰相，茶州出身的朱鸞，在行之有年的女人國試中及第了。這件事也被認為是促成紅秀麗下嫁國王的遠因之一。

除了紅秀麗之外，劉輝治世亦是歷史上出現最多傑出女性的時代。致力於中立仲介的縹珠翠，提供國王非戰的方針，並積極促進學問的開放與普及，成為上治年間學術研究呈現爆炸性發展的基礎。紅家的百合致力於經濟，將無償事業推展至全國，在大幅提昇國家經濟水準上有著極大貢獻。政治方面除了前述朱鸞外，還有擔任工部尚書的尚書令夫人柴凜都是出色的女性；軍事方面則有藍家的十三姬；藝術方面有碧家的碧歌梨，將才能流傳到千年之後。其中，只有紅秀麗彷彿是歷史上虛構的傳說，不時引起後世歷史學家的爭論。原因在於，她的一生實在太短暫了。

結婚後的第二年，生下女兒的紅秀麗，像是用自己的生命換來女兒般的香消玉殞了。另有一說，是她在自己的健康和生產之間，不顧周遭的反對，選擇了生下女兒。

享年三十歲。

與紫劉輝的婚姻生活，只有短短的一年就宣告結束。傳說在臨終之際，她留下了「這短短的時間，就這樣結束了呢」的不可思議遺言。

一生中有一半時間都以官員身分奔走於全國各地，歷任多種官位，犀利辛辣的行事作風和陸清雅不相上下，被稱為國王的右眼。雖然貴為紅家的女兒，留下的極少資料卻都幾乎散佚，為她的生涯留下許多謎團。

紫劉輝不知為何在年輕時便收養了縹家公子璃櫻為養子。然而，璃櫻日後並未繼任王位，而將繼承權讓給了紅秀麗的女兒，自己則師事於鄭悠舜與景柚梨兩位名相，更在多年後繼李絳攸成為次任宰相。這是睽違數百年後，縹家第一次出現在中央為官的男性，璃櫻也和珠翠共同被尊為今日名官輩出的縹家中興鼻祖。

紅秀麗生下的獨生女，除了古代幾位女王之外，繼名君紫劉輝之後，即位為史上罕見的女性君主。她不但完成了父王紫劉輝留下的豐功偉業，更創造出被後世稱為「三代之祖」的光輝治世。像是要接替母親短暫的生命一般，她一直活到了七十多歲。

傳聞中，她的政治作風、堅強的意志力與生存之道，都與其母紅秀麗相似。

……「武有藍茈，文有李紅。」這句俗諺所歌頌的四人之中，儘管英年早逝，甚至被認為是虛構的人物，卻仍牽引著整個國家與人們的命運、留下無數傳說、給予後世重大影響的，正是紅秀麗。

完

國家圖書館出版品預行編目資料

彩雲國物語：紫闇王座 / 雪乃紗衣作；邱香凝譯
. -- 初版. -- 臺北市：臺灣國際角川, 2012.01-
冊；　公分. -- (Kadokawa fantastic novels)
譯自：彩雲国物語：紫闇の玉座
ISBN 978-986-287-553-7(上冊：平裝). --
ISBN 978-986-287-611-4(下冊：平裝)

861.57　　100025494

Kadokawa
Fantastic
Novels

彩雲國物語 紫闇王座（下）

（原著名：彩雲国物語 紫闇の玉座（下））

2024年4月30日 二版第1刷發行

作　　者：雪乃紗衣
插　　畫：由羅カイリ
譯　　者：邱香凝

發 行 人：台灣角川股份有限公司
總　　監：呂慧君
總 編 輯：蔡佩芬
主　　編：林秀儒
編　　輯：黎夢萍
設計指導：陳晞叡
美術設計：宋芳茹
印　　務：李明修（主任）、張加恩（主任）、張凱棋

發 行 所：台灣角川股份有限公司
地　　址：104台北市中山區松江路223號3樓
電　　話：（02）2515-3000
傳　　真：（02）2515-0033
網　　址：www.kadokawa.com.tw
劃撥帳戶：台灣角川股份有限公司
劃撥帳號：19487412
法律顧問：有澤法律事務所
製　　版：巨茂科技印刷有限公司
ISBN：978-986-287-611-4